orn
Strahlhorn
Aletschgletscher
Gletscherstube
Eggishorn
Fiescheralp
Fiesch
Ernen
Moosfluh
Bettmeralp
Riederalp
Mörel
N

Pendo

Peter F. Keller

DER HANDKUSS DES AUGENFALTERS

Kriminalroman

Pendo München und Zürich

Mehr über unsere Autoren und Bücher:
www.pendo.de

FSC Mix
Produktgruppe aus vorbildlich bewirtschafteten Wäldern und anderen kontrollierten Herkünften
www.fsc.org Zert.-Nr. GFA-COC-001262
© 1996 Forest Stewardship Council

ISBN 978-3-86612-241-3

Karte: Lee Barlage
Gesetzt aus der Sabon
Satz: BuchHaus Robert Gigler, München
Druck und Bindung: Pustet, Regensburg
Printed in Germany

Für Sylvia Marina

1

Das Lötschberg-Tunnelportal bei Kandersteg verschlang den Intercity um dreizehn Uhr acht. Die Reisenden zweifelten keinen Augenblick daran, dass es elf Minuten später in Goppenstein wieder tagen würde. Unter ihnen befand sich Hans Heinrich Hosang. Er blätterte in einem Nachrichtenmagazin, das jemand auf der Fensterablage hatte liegen lassen.

Die Wahrheit gehört auf den Scheiterhaufen, prangte als Titel über einem mehrseitigen Artikel. Hosang begann zu lesen: ›*Um Mitternacht war keine Spur von Nacht. Die Sonne verweigerte den Untergang. Kurz bevor sie den Horizont streifte, sah ich, wie sie wieder kraftvoll zum Himmel emporstieg. Und das nicht nur an diesem Tag. Auch am nächsten und am übernächsten – an jedem Tag.*‹

Der dies nach seiner großen Reise in den hohen Norden Europas berichtet hatte, war der Handelsreisende, Astronom und Geograf Pytheas. Seine wahre Geschichte erzählte er um 325 vor Christus in der Hafenstadt Massalia, die heute Marseille heißt. Er beschrieb auch das Phänomen von Ebbe und Flut und erklärte, der Mond sei daran schuld. Pytheas wurde von Gelehrten und Gläubigen verspottet – und ist als Meisterlügner der Antike in die Geschichte eingegangen.

Hosang schaute auf und betrachtete sein Spiegelbild im Zugfenster. Hinter dem Spiegel flog im schwachen Schein der beleuchteten Waggons die Tunnelwand vorbei, deren bedrückende Monotonie nur sporadisch von vorbeiflitzenden Signallichtern und einmal von einem vorbeidonnernden Autozug aus der Gegenrichtung unterbrochen wurde. Der erzeugte Luftdruck beim Kreuzen beider Züge rüttelte heftig an der

Fensterscheibe, an der Hosangs Nase klebte. Er schrak zurück. Die beklemmende Finsternis im Bergesinneren bohrte sich mit dunklen Phantasien in seinen Kopf: Nicht auszudenken, wenn im Wagen Feuer ausbrechen würde, wenn die Felsmassen rundherum einstürzten und den Zug zerquetschten. Oder menschliches Versagen: Frontalzusammenstoß aufgrund eines fehlgeleiteten Zuges. Unmöglich eigentlich bei dem hohen Sicherheitsstandard in der Schweiz, holte ihn die Vernunft ein. Unmöglich – sagte man das nicht oft, nachdem etwas Unmögliches geschehen war? Hosang suchte Ablenkung und beugte seinen Kopf wieder über das Magazin.

1925 Jahre später: Der Dominikanermönch, Naturforscher, Philosoph und Freidenker Giordano Bruno wird am 19. Februar 1600 auf dem Campo dei Fiori in Rom auf dem Scheiterhaufen öffentlich und bei lebendigem Leib verbrannt. Was war geschehen?

Das Mönchlein Bruno hatte ausgesprochen, was andere vielleicht im Stillen dachten. Reihenweise hatte Bruno Kirchenväter, Akademiker und Heuchler vom Dienst demaskiert, indem er die Wahrheit predigte, nichts als die Wahrheit. Er geißelte die Kirche und übergoss die Wissenschaft mit Hohn und Spott: Noch vor Kepler beschrieb Bruno für die Planeten eine elliptische Bahn um die Sonne. Noch vor Galilei wusste er um die Drehung der Sonne um ihre eigene Achse. Noch vor allen anderen sprach er von der Abflachung der Erde an den Polen als Folge der Erdrotation. Bruno erachtete die Schöpfung als ›Natura naturans‹ – als Natur, die sich selbst erschafft. Dafür bezahlte er mit dem grausamen Tod, um später – viel zu spät – als Märtyrer und Sinnbild für die Geistesfreiheit gepriesen zu werden. Für die Inquisitoren waren Brunos Behauptungen, die für uns heute Wahrheiten sind, der Gipfel der Absurdität und eine beispiellose Provokation.

In der Dunkelheit des Berges empfand Hosang das Unheimliche, das er soeben gelesen hatte, als noch unheimlicher. Er las trotzdem weiter und kam vom Grauen der Unwissenheit vergangener Tage in die Gegenwart zur haarsträubenden katholischen Kirchenmacht mit ihrem Anspruch auf die einzig wahre Religion:

Anno 1633 stellte die geistliche Obrigkeit den tiefgläubigen Galileo Galilei vor die Wahl, entweder seinen ketzerischen Irrlehren – auch dies lauter Wahrheiten – abzuschwören oder auf dem Scheiterhaufen der Hölle entgegenzuschmachten wie Bruno. Unterwürfig leugnete Galilei die Wahrheit. Die Kirche hatte einen Widerspenstigen gefügig gemacht.

Erst 1993 nach Christus bemühte sich der amtierende Stellvertreter Christi in einer Ansprache an die Päpstliche Akademie der Wissenschaften *sichtlich gequält um Vergebung für den Irrtum und die Verbrechen der Kirche. (Zu diesem Zeitpunkt lagen die ersten Schritte von Menschen auf dem Mond bereits 23 Jahre zurück!) En passant rehabilitierte der Heilige Vater postum den verfemten Galilei, und die Vatikanpost ehrte ihn mit einer Sonderbriefmarke.*

Nach seinem bitteren Eingeständnis knebelte ein gebrochen wirkender Pontifex Maximus noch in der gleichen Rede die Wissenschaftler. Er forderte sie eindringlich auf, nicht zu sehr über die Schöpfung des Universums nachzudenken, sie nicht ultimativ zu erforschen. Der Kosmos sei Gottes Werk und als solches unantastbar.

Heute wird uns von prominenten Astrophysikern die ›Einheitsformel für alles‹ binnen der nächsten hundert Jahre in Aussicht gestellt. Die Kirche würde eine solche mit großer Wahrscheinlichkeit weitere hundert Jahre lang leugnen. Das Gerangel um den Hoheitsanspruch auf die Wahrheit wird auch in Zukunft so lange andauern, wie vom vermeintlichen Diesseits aus uneinsichtig über das vermeintliche Jenseits gestritten wird.

Hosang legte das Magazin auf die Fensterablage zurück. »Was ist, wenn heute jemand mit einer Wahrheit kommt, die nicht in unser Weltbild passt. Was ist, wenn sich einer die Freiheit ausbedingt, alle Gesetzmäßigkeiten anzuzweifeln?«, fragte er sich versonnen. Er fragte nicht, was *wäre* ... er fragte, was *ist*. Dass er nur einen Tag später mit exakt dieser Frage konfrontiert werden sollte, konnte er nicht ahnen.

Dreizehn Uhr neunzehn, es tagte, Goppenstein war erreicht. Hosang sah wieder das Licht.

An diesem Montag Mitte Juni war der Himmel nördlich der Alpen mit tiefen Wolken verhangen, und für die nächsten Tage sah es nicht besser aus. Das Wallis versprach freundlicheres Wetter, und dorthin war Hans Heinrich Hosang zu einem Kurzurlaub im Aletschgebiet unterwegs. Auf die Riederalp kam er, weil er in dem Oberwalliser Nest hoch über dem Rhonetal schon einmal als zehnjähriger Knirps Sommerferien mit seinen Eltern und Geschwistern verbracht hatte und seither nie mehr dort gewesen war. ›Soldanella‹, erinnerte er sich, hieß das Chalet, in dem sie damals wohnten. Soldanella, der Name für das zierlich violette Alpenglöckchen mit seinem tief gefransten Blütensaum, gefiel ihm.

Fast lautlos schwebte die blaue Luftseilbahn *Mörel – Riederalp Mitte* in die Höhe. Das Surren der Laufwerkrollen war Hosang vertraut, es hatte ihn schon oft genug aus dem hektischen Stadtleben in die Gemächlichkeit der Bergwelt getragen. In der Kabine für achtzig Personen befand sich neben dem Kabinenführer und ihm noch eine Frau in schwarzer Ordenstracht. Über der Schulter trug sie eine Umhängetasche aus schwarzem Leder. Zwei Touristen mit schweren Rucksäcken sprachen englisch miteinander, und auch drei Mädchen fuhren mit. Sie nahmen von der Umgebung kaum Notiz, so eifrig fingerten sie auf ihren Handys. Hosang fiel auf, dass die drei, kaum älter als zwölf, vom immerwährenden Handyfingern bereits leicht deformierte vordere Daumengelenke hatten – Ganglions, Überbeine, Weichteiltumore, gutartig. Die natürliche Evolution passte sich der künstlichen Revolution an, der ›Homo handycus‹ war im Vormarsch. Der Kabinenführer unterhielt sich mit einem Polizisten in Uniform. Pius hieß er, mehr verstand Hosang nicht – Walliser Dialekt – Kauderwelsch.

Oben angekommen, wehte ihm ein empfindlich kühler Wind entgegen. Immerhin lag die Bergstation *Riederalp Mitte* rund 1900 Meter über dem Meeresspiegel. In der Vorsaison fand Hosang auch ohne Reservierung ein ruhiges Drei-Sterne-Hotel für drei Übernachtungen.

Das Zimmer war einfach und zweckmäßig eingerichtet: Wände, Decke und Boden aus Holz, Holzbettstatt und Holzkonsole samt Radiowecker und Nachttischlämpchen, ein Kleiderschrank und ein dreibeiniges Nierentischchen, ebenfalls Holz, daneben ein halbhoher, stoffüberzogener Holzsitz, weder Sessel noch Stuhl, unbequem. Dusche und WC waren separat, in jüngerer Zeit lieblos renoviert.

Als Hosang den Kleiderschrank öffnete, strömte ihm ein vertrauter Geruch entgegen: Hotelkleiderschrankgeruch. Er stand vor einer beeindruckend hässlichen Kleiderbügelsammlung: Drahtmodelle der chemischen Reinigung, Exemplare zum Aufblasen und solche mit gehäkelten Überzügen, mickymausbemalte Kinderbügel, und auch ein klobiges Holzfabrikat hing dort, lackiert und mit eingebranntem Schriftzug ›Holliger Langenthal‹ – was für ein merkwürdiges Wiedersehen mit seinem Geburtsort. Der ›Holliger‹ musste vor Jahren von einem Hotelgast hier zurückgelassen worden sein – ›Holliger Langenthal‹, das Kleidergeschäft, gab es längst nicht mehr.

Das Zimmerfenster gab die Sicht frei auf das Rhonetal und die südlichen Walliser Alpen – wie damals im Chalet. Der Blick hinaus verriet ihm, dass auf der offiziell immer noch autofreien Riederalp vieles nicht mehr war wie einst – viele Neubauten, neue Bergbahnen, asphaltierte Sträßchen, von autorisierten Vehikeln befahren, Wellness-Tempel, Tennisanlagen, Golfplatz – aber Berge waren auch hier keine versetzt worden.

Nach dem Abendessen (serviert wurden Tagessuppe oder Saisonsalat, anschließend Schnitzel mit Schinken und Tomaten, dazu, im Preis inbegriffen, ein Zweier ›Rosé de Goron Claroz‹, als Dessert Fruchtsalat) studierte er auf dem Zimmer am Nierentischchen die Wanderkarte ›Aletschgletscher‹. Hosang verfluchte Nierentischchen: Sie waren unberechenbar und hatten keine Tischmitte. Man konnte rundherum sitzen und hatte immer eine andersförmige Tischoberfläche vor sich, die einem stets das Gefühl gab, man sitze falsch zum Tisch. Von draußen drang noch ein Rest Tageslicht ins Zimmer. Hosang nahm sich vor, am nächsten Morgen zeitig mit der Gondelbahn hinauf zur Moosfluh zu schweben. Von dort führte ein Höhenweg am Nordhang über dem imposanten Gletscher hinunter zum wildromantischen Märjelensee in der Senke zwischen Eggishorn und Strahlhorn.

Das ›Rosenwasser‹ aus dem Zahnglas – so nannte Hosang seinen Bourbon der Marke ›Four Roses‹, den er immer dabeihatte – spülte ihn in den Schlaf.

Hans Heinrich Hosang war eine unauffällige Stadtratte von drahtiger Statur. Eine bescheidene Parterre-Wohnung am Waldrand war sein Zuhause, gelegentlich vorbeistreunende Katzen, selten Wühlmäuse, einmal ein Siebenschläfer seine unerwünschten Gäste. Am wohlsten fühlte er sich als Einzelgänger in der Anonymität, sei es im städtischen Schmelztiegel, wo er untertauchen konnte, sei es in der Abgeschiedenheit der Natur, wo ihm kaum eine Menschenseele begegnete. In den wenigen Restaurants, die er regelmäßig besuchte, hatte er seine wenigen bevorzugten Tische. Waren sie nicht frei, machte er rechtsumkehrt und ging ein Haus weiter. ›Seinen Tisch‹ im Voraus zu reservieren, kam prinzipiell nicht infrage, weil er beim Verlassen seiner Wohnung nie wusste, wo er einkehren wollen würde, und, was viel wichtiger war, weil er seinen Namen durch eine Reservierung nicht preisgeben wollte. Es berührte ihn geradezu unangenehm, als ›Herr Hosang‹ angesprochen zu werden. Das war auch der Grund, weshalb er immer bar bezahlte. Kreditkarten lehnte er ab, denn sie verrieten den Namen des Inhabers, und sie hatten Nummern und Magnetstreifen mit einer Menge von Informationen drauf. Big Brother wollte er so weit wie möglich von sich fernhalten, dabei hatte er doch überhaupt nichts zu verbergen.

Seinen Lebensunterhalt verdiente er schon seit mehr als zwanzig Jahren in der rückwärtig gelegenen Abteilung eines Dienstleistungsbetriebes – ein Bürojob, bei dem er seine Arbeit diskret verrichten konnte, ohne sich mit Fremden herumschlagen zu müssen. Fremd waren ihm fast alle und er ihnen auch, was ihm sehr gut passte. Karriere machen war nie seine Absicht gewesen, im Gegenteil. Hosang tat alles, um nur ja nicht in eine Qualifikationsspirale gesogen zu werden wie in eine Windhose. Eine Beförderung wäre für ihn einer Höchststrafe gleichgekommen. Für Teppichetagen und Nadelstreifenanzüge hatte er nichts übrig und fand sogar, man müsste allen CEOs und Verwaltungsräten Stehpulte zuweisen, damit sie nicht zu Sesselklebern wurden. Dabei war er selbst der größte Sesselkleber, wenn auch auf einem unbegehrten Sessel. Auf ihm gab es nichts zu holen, kein Ansehen, kein fettes Einkommen, keine Boni, keine Privilegien. Er war zufrieden, keine Dreckarbeit verrichten zu müssen, Kleider und Hände blieben stets sauber, und infarktanfällig war der Job auch nicht. Er selbst bezeichnete sich gern als ›Edelbürolist‹.

Das Leben neben dem Beruf war ihm viel wichtiger, die beinahe schon anachronistische ›lange Weile‹ seine Leidenschaft. Verpflichtungen, Gesellschaftsdiktaten, Konventionen, Zwängen, Masken- und Rollenspielen konnte er nichts abgewinnen. In der langen Weile fand er das Sein und noch viel mehr das Seinlassen. Entsprechend klein, sehr klein, war sein Freundeskreis, und er war stets bemüht, nichts daran zu ändern.

Seine Freizeit galt der Bergwelt. Mit ihr fühlte er sich fremd verbunden. Ihre geheimnisvolle Verschwiegenheit beeindruckte ihn ebenso wie die ehrfürchtige, aber auch verschlossene Bergbevölkerung. Sie hatte im Mikrokosmos ihrer Täler und Dörfer den Bezug zur Natur mit ihren bizarren Schönheiten bei immerfort drohenden Gefahren noch nicht verloren. In dieser Umgebung war er am liebsten ganz allein. Alleinsein hieß für ihn, *bei* sich und *mit* sich zu sein. Nur mit sich allein war er er selbst – in zeitlos langer Weile.

Hosang hätte alle Voraussetzungen für einen Eremiten mitgebracht, einen Bruder Klaus, Timon von Athen oder Hilarion von Gaza. Allein die Gläubigkeit fehlte ihm. Hosang war überzeugter Agnostiker. Weder glaubte er an Gott, noch verleugnete er dessen Existenz. Das war kein Widerspruch, denn Hosang widersetzte sich bloß der Überheblichkeit, mit der ›Gott‹ in jeglicher Benennung und Darstellungsform als Kult inszeniert und zelebriert wurde. Von dogmatischen Glaubens- und Wahrheitslehren egal welcher Herkunft hielt er nichts, sie waren für ihn ein gigantisches, von Menschen konstruiertes Welttheater. Leider ein machtgieriges und viel zu machtvolles dazu. Das war aber nur seine ganz persönliche Ansicht. Einen Glauben hatte Hosang sehr wohl. Er reduzierte ihn auf den Satz: *Ich glaube an nichts und halte nichts für unmöglich*. Darüber reden mochte er nicht, weil er darüber nichts zu sagen hatte. Ein einziges Mal nur geriet er in ein Gespräch, in dessen Verlauf sich ein Ontologe zu einem hochgeschraubten Exkurs über Hosangs Weltanschauung verstieg, dessen Wortlaut ihm noch vage in Erinnerung geblieben war. Aus geisteswissenschaftlicher Sicht sei sein unscharf und verzogen reflektiertes Daseinsbild in seinen Ansätzen psychologisch durchaus interessant, nur müsse man es analytisch angehen und semantisch differenziert zu einer eigendynamischen Semiotik hin entwickeln. Ob er nicht auf einem zweiten Bildungsweg promovieren wolle, schlug der Akademikus vor.

Hosang hatte den Universitätler abgeblockt und erwidert, dass studieren sicher gut sei, dissertieren und promovieren indes pure Fleißarbeit, lupenreine Lebenszeitverschwendung. Darauf hatte er nie Lust gehabt.

Hans Heinrich war ein ganz Gewöhnlicher. Kein Träumer, kein Visionär, kein Phantast, kein Prophet, kein Besserwisser, kein Don Quichotte. Und seit diesem ontologischen Geschnorr empfand er sich als ein beinahe außergewöhnlich Gewöhnlicher. Er hielt sich noch mehr zurück, nicht vornehm und nicht arrogant, sondern natürlich bescheiden. Er ging nicht auf die anderen zu, aber wenn die anderen auf ihn zukamen, war er ein aufmerksamer Zuhörer. Alle, die ihn etwas näher kannten, mochten ihn – alle, das waren kaum ein Dutzend. Wäre gegen ihn der Vorwurf eines Eigenbrötlers erhoben worden, hätte er ganz und gar nicht freudlos entgegnet, ihm beliebe die Pflege der Geselligkeit ausschließlich mit sich selbst. Der Vorwurf blieb jedoch aus.

2

In der ›Gletscherstube‹ unweit vom sagenumwobenen Märjelensee saß der achtzigjährige Pater Josef Berchtolt als einziger Gast, als Stammgast. Die zur Sommerzeit von Vreni Abegglen-Abegglen und ihrem erwachsenen Sohn Xavier junior geführte Berghütte bewirtete den Geistlichen, der aus dem kleinen Oberwalliser Dörfchen Ernen stammte, regelmäßig.

Wer Vreni Abegglen-Abegglen kannte, bewunderte die tapfere, aber auch eigenwillige Frau. Schon kurz nachdem sie den Hüttenbetrieb mit ihrem Bergführer-Gatten Xavier senior übernommen hatte, stürzte dieser am Aletschhorn auf dem Haslerrippegrat zweihundert Meter in den Tod. Vreni und Xavi junior rappelten sich gemeinsam wieder auf, und das war wahrlich kein Honigschlecken. Vreni schöpfte all ihre Energie und Kraft aus den zahlreichen Sagengestalten, die in den Bergen heimisch waren und dort ihr Wesen trieben – manchmal auch ihr Unwesen. In den Gletscherseelen sah sie ihre Verbündeten.

Pater Berchtolt erlebte, gleich wie alle Einkehrer aus nah und fern, in der Gletscherstube herzliche Gastfreundschaft. Im fortgeschrittenen Rentenalter gab sich das schmächtige, leicht bucklige und stets etwas ungepflegte Pfäffchen erstaunlich vital. Rom halte ihn in Schuss, beliebte er zu scherzen, aber im Scherz lag auch Bitternis. Der zuständige Bischof seiner Diözese, weit weg von Rom, hatte den Pater nämlich schon lange vor dem ordentlichen Pensionsalter sozialverträglich zur seelsorgerischen Betreuung in die Oberwalliser Seitentäler wegbefördert. Das hatte Josef nie verdaut, aber er fügte sich, gottergeben, wie er war, und besuchte die alten Einheimischen, die froh waren, wenn hin und wieder jemand vorbeischaute. Wo der Gottesmann auftauchte, wurden ihm von den untertänigen Gläubigen randvolle Teller mit üppiger Verpflegung gereicht. »Wenn sich der Herr Pfarrer schon zu uns bemüht, soll er auch etwas Rechtes bekommen«, hieß es dann. Bevor er jeweils gut genährt wieder weiterzog, hielt er seinen ›Schäfchen‹ unter der Haustür die hohle Hand hin und setzte sein clowneskes Herz-Schmerz-Gesicht auf. Für das monetäre Almosen revanchierte er sich dann ohne weitere Kostenfolge für die armen Leute mit einem großzügigen Sondersegen: ein *urbi* für die Behausung, und für den ganzen Krachen ein *orbi*. So war die Ordnung auf dem kleinen Erdkreis hüben wie drüben gesichert.

»In meinem ›Revier‹ herrscht der wahre Glaube«, lobte sich Josef und gab sich nicht ungern als ›Stellvertreter Christi‹. Vrenis Gletscherseelenwelt war in seinen geistlichen Augen nichts als blöder Märchenzauber, für Gläubige unwürdig.

Normalsterbliche erreichten die Gletscherstube nur zu Fuß. Vreni und Xavi sorgten aber dafür, dass der Pater jeweils mit einem motorisierten Vehikel auf dem kleinen Fahrweg von der Fiescheralp aus durch den eins Komma vier Kilometer langen Tälligrattunnel gekarrt wurde. Irgendein Gefährt und irgendein Fahrer standen immer zur Verfügung, meistens war es der junge Xavier selbst, ein ausgebildeter Senn.

Josef schätzte das Privileg und erklärte jeden fahrbaren Untersatz zu seinem ›Papamobil‹. Schusssicher musste es nicht sein, denn in dieser Abgeschiedenheit jubelte ihm keine Menge zu, die einem Bösewicht hätte Schutz bieten können. Das Publikum bestand allenfalls aus dem sömmernden Vieh, das keinen Anlass sah, sich wegen eines ausrangierten Pfäffchens von der Pflicht des ausgiebigen Grasens zum Zweck der Alpenmilchproduktion ablenken zu lassen. Auf der holprigen Fahrt hielt sich Josef immer an seinem silbernen Flachmann fest, der aus seiner Zeit als Missionar in Russland stammte. War damals Wodka drin, tat hier hochprozentiger Enzian sein Gutes, damit ihm nicht übel wurde. Und obwohl er nie davon sprach, fühlte er sich als später Nachfolger des Walliser Kardinals Schiner, ebenfalls in Ernen geboren. Dieser hatte es im Mittelalter bis zum Beinahepapst gebracht.

Hosang war schon kurz nach vier Uhr hellwach. Vom Zimmer aus bewunderte er die Sterne am nachtblauen Himmel über dem Rhonetal und den Bergen. Die aufsteigende Dämmerung ließ einen nach dem anderen verglimmen – ein Bilderbuchtag kündigte sich an.

Zum Frühstück um sieben Uhr erschien er als Erster. Eine halbe Stunde später trat er in die Morgenfrische und inhalierte die reinigende Luft. Sie roch nach Gräsern, Alpenblumen, Heilkräutern und langer Weile. Mit einem Lunchbeutel des Hotels in seinem Rucksack machte er sich auf den Weg. Die Gondelbahn zog ihn tausend Höhenmeter bergwärts, vorbei am Blausee. Dort balgten sich putzige Murmeltiere sorglos in der Morgensonne – Munggen, wie die Walliser sagten. An die beinahe geräuschlos schwebenden blauen Gondeln hatten sich die verspielten Pelzknäule längst gewöhnt, sie bedeuteten keine Adlergefahr von oben.

Auf der Moosfluhkrete wurde Hosang vom überwältigenden Panorama des Gletschers und der Berge willkommen geheißen. Er folgte dem weiß-rot-weiß markierten Bergwanderweg hinunter in die Nähe des Gletscherrands. Weiß-rot-weiße Markierung bedeutete: Für das Begehen solcher Wege waren Trittsicherheit, Bergtüchtigkeit, Ausdauer, Orientierungs- und Geländebeurteilungsvermögen erforderlich, an exponierten Stellen und weglosen Schroffen auch Schwindelfreiheit. So stand es in einschlägigen Routenführern. Was aber die wenigsten wussten: Bei Unfällen auf weiß-rot-weißen Pfaden konnten keine Haftpflichtansprüche an die Wegbetreiber gemacht werden.

Obwohl nicht ganz schwindelfrei, war Hosang den Anforderungen gewachsen. Unterwegs strömte der harzige Duft von Arven, Lärchen und Fichten durch seine Atemwege, und ein Kuckuck trug ihm aus der Ferne des Aletschwaldes seinen Ruf zu Ohren. Die ›Rostblättrige Alpenrose‹ stand in voller Blüte und verbreitete ihren Schimmer mit einem Rot, das Hosang an die säuerliche Konfitüre aus Johannisbeeren erinnerte, die er schon als Bub verpönt hatte. Etwas abseits des Weges weideten einige Schafe mit kleinen Glocken um den Hals gebunden, wetterfeste Schwarznasen, die sich an der jungen Vegetation gütlich taten. Berggängern begegnete er zu dieser Stunde noch keinen. Erst als er den steil abfallenden Nordgrat des Eggishorns passierte und sich die Sicht auf den Märjelensee auftat, sah er von weitem ein seltsames schwarzes Objekt auf einer großen Felsplatte. Es passte für ihn nicht in die Landschaft und bewegte sich. Ein Lebewesen. Wie angewurzelt blieb er stehen. Sein erster Gedanke: ein Bär. Möglichst ohne hastige Bewegungen zu machen, zog er den Feldstecher aus dem Lederetui und fokussierte ihn auf das Objekt. Kein Bär, es war ein Mensch. Hinter ihm türmte sich ein Felsblock auf, vielleicht ein Findling aus dem Jungfraumassiv, der mit den Jahrhunderten von den Gletschermassen talwärts geschoben worden war. Oder der Felsabbruch einer Strahlhornflanke.

Die schwarze Gestalt bewegte sich kaum. Soweit es Hosang ausmachen konnte, hielt sie ebenfalls ein Fernglas vor den Augen. Eine leise Enttäuschung beschlich ihn, hatte er doch zu dieser Vormittagszeit noch niemanden am Märjelensee erwartet. Er würde der Erste sein, hatte er gehofft, der Erste, der an diesem Tag die Ehrfurcht einflößende Bergwelt in sich aufsaugen und in dieser überwältigenden Arena über seine eigene Nichtigkeit sinnieren konnte. Als er näher kam, sah er, dass dieses Menschenwesen eine Frau in Ordenstracht war – eine Nonne. Sie hielt offenbar Ausschau nach Gämsen, Steinböcken, Murmeltieren und Alpendohlen oder nach den vielfältigen Frühlingsanzeichen der hochalpinen Flora. Jetzt sah er auch, dass sie ein aufgeklapptes Laptop neben sich liegen hatte. War es die Nonne mit der Ledertasche aus der Seilbahnkabine von gestern? Eine Nonne mit Laptop in dieser hehren Alpenwelt – Hosang wusste nicht, was er davon halten sollte. Unbehagen machte sich in ihm breit. Er ging deshalb zügig an ihr vorbei, so zügig, dass er beinahe über eine knapp aus dem Boden ragende Steinkante gestolpert und zu Fall gekommen wäre. Mit einem flüchtigen Blick, formell und freundlich distanziert, gab er sein vielfach erprobtes mechanisches ›Grüezi‹ von sich.

In den Bergen war es gang und gäbe, dass man sich grüßte. An dieses ungeschriebene Gesetz hielt auch er sich. Hosang hatte sich im Verlauf der Jahre daran gewöhnt und sich eine Miene und einen Tonfall angeeignet, die unmissverständlich zu verstehen gaben, dass er keinerlei Lust auf darüber hinausgehende Konversation verspürte.

Die Nonne ihrerseits erwiderte den Gruß lächelnd mit einem standesgemäßen ›Grüß Gott‹, und schickte ein undefinierbar vieldeutiges Lächeln hinterher. Dämlich war es nicht, auch nicht heiter, aufreizend schon gar nicht. ›Grüß Gott‹ hatte Hosang in den Bergen schon oft gehört, nur noch nie von einer Nonne – mit so einem Lächeln. Am liebsten wäre er stehen geblieben. Am liebsten hätte er sich umgedreht und richtiggestellt, dass er weder Gott war noch so hieß, es sei denn, sie kannte zufälligerweise einen Gott namens Hosang. Natürlich tat er das nicht, aber es kochte in ihm: Genau dort, wo die Rabenschwarze hockte, hätte er sich nämlich gerne zur Mittagsrast niedergelassen und die Idylle des kleinen, farbentrunkenen Gletschersees genossen. Damit war nun nichts, die

Geistliche hatte ihm sein Vorhaben gründlich vermiest – ein ersehntes Stück lange Weile war futsch. Er sah sich gezwungen, bis zur Gletscherstube weiterzugehen, von wo aus der Märjelensee und die ›Spielverderberin‹ nicht mehr zu sehen waren. Er setzte sich an einen der langen Holztische mit Bänken, die vor der kleinen Hütte standen.

Kaum hatte er seinen Rucksack abgelegt, ratterte ein Pinzgauer in einem Affentempo heran und zog eine Staubwolke hinter sich her. Aus der Hütte trat Pater Josef Berchtolt und winkte dem Fahrer schon priesterlich zu, ehe er die drei ungleichmäßigen Stufen hinabstieg. Er tat es mit der Geste eines prätendierenden Würdenträgers, der unter den Blicken der auf dem roten Teppich wartenden Honoratioren das Treppchenhinabsteigen aus dem Privatjet übt. Nur dass es weder roten Teppich noch Honoratioren gab. Hosang würdigte er mit einem verächtlichen Seitenblick, Touristen betrachtete er als Eindringlinge in seinem Revier.

Unter dem Türrahmen der Hütte hatte er es nicht versäumt, sich umzudrehen, die hohle Hand zu machen und die clowneske Fresse aufzusetzen, hatte jedoch von Vreni Abegglen-Abegglen das Almosen nicht bekommen. Abegglen-Abegglen war nicht katholisch und auch keine Oberwalliserin, sondern Berner Oberländerin. Und so fand sie, dass Pater Josef das, was er konsumierte, auch selbst berappen musste. Das würde sich eines Tages ändern, war sich der missionierende Seitentalpriester sicher. Darum spendete er den Sondersegen trotzdem, sozusagen als Vorschuss – ein *urbi* für die Hütte und ein *orbi* für die Märjelenalp. Daraufhin schritt er auf sein ›Papamobil‹ zu, vor dem bereits der junge Senn Xavier mit der Pfeife im Mund wartete. Der Pater trug zwar keinen päpstlichen Umhang, war aber immerhin von Kopf bis Fuß in Schwarz gekleidet: abgewetzte Schuhe, schluderige Hose, speckiger Kittel, darunter ein zerknittertes Kollarhemd, dessen Kragen vergilbt war und von einem faltigen Pelikanhals überlappt wurde, auf dem Kopf ein Scheitelkäppchen. Hosang wusste natürlich nicht, wer dieser Mann war, erkannte in ihm aber sofort einen Zugehörigen zur geistlichen Obrigkeit und fand, dass es nach der Nonne nicht auch noch einen Pfaffen gebraucht hätte. Er war dann aber doch erstaunt, wie behände der Bucklige sich bewegte und sich elegant mit einem Hüftschwung auf den Pinzgauer hievte. Der Pfaffe griff umgehend nach seinem silbernen Flachmann, der in der Sonne wie ein Bergkristall funkelte. Xavier klopfte dem Pater kameradschaftlich auf die Schulter, winkte seiner Mutter Vreni zu, löste die Handbremse, schaltete den Gang ein und setzte den von Rostfraß und Dellen arg ramponierten Pinzgauer mit einem heftigen Ruck in Bewegung. Das Gefährt stiebte Richtung Tälligrattunnel und verschwand im Berg.

Was der Lunchbeutel des Hotels zutage förderte, entsprach nicht Hosangs Ideal. Zuerst hielt er ein kleines Aluförmchen mit Johannisbeerkonfitüre in der Hand, dann eine Portion Margarine, die ranzig roch, als Drittes ein in Klarsichtfolie geschweißtes Stück Käse, aber es war kein Emmentaler – Hosang mochte nur Emmentaler, und von diesem lediglich die milde Sorte, und davon wiederum eigentlich auch nur die Löcher. Als Viertes kam eine kleine PET-Flasche Cola zum Vorschein, Durst machendes braunes Zuckerwasser. Auch die Dauerwurst und die zwei Brötchen waren kein Schmaus – die Wurst viel zu salzig, die Brötchen furztrocken. Ein mehliger Apfel rundete den Segen trefflich ab. Immerhin versüßte ihm die Hüttenwartin den Frust mit einem Hüttenkaffee – Kaffee mit Alpenkräuterschnaps –, einem hausgemachten Apfelkuchen und einem gastfreundlichen Wort:

»Sind Sie zum ersten Mal bei uns?«, fragte sie.

»Ja«, gab sich Hosang zugeknöpft und zog sein Portemonnaie.

»Die Saison ist noch lang«, versuchte sie den Muffel aus der Reserve zu locken. »Ich heiße Vreni. Mein Sohn und ich sind den ganzen Sommer über hier oben. Vielleicht besuchen Sie uns im August wieder.«

»Und was soll ich im August hier oben?«, versetzte Hans Heinrich abweisend. Seinen Namen behielt er für sich.

»In der August-Vollmondnacht könnten sie am Gratzug in der Märjela teilnehmen, ein faszinierendes Ritual in ehrfürchtiger Stille.«

»Ah so. Und was soll daran faszinierend sein?«

»Der Gratzug ist die fleischgewordene Sage. Huhu, da ziehen nicht nur die Neugierigen, sondern selbst die Ungläubigen bei Vollmond von der Fiescheralp zum Märjelensee. Dort gibt's am Lagerfeuer die Gratzug-Suppe. Ein schauriges Gebräu, das uns mit den verwunschenen Gletscherseelen verbindet. Und ich erzähle allen Gratzüglern aus der beängstigenden Sagenwelt. Nur die Suppe bewahrt die Teilnehmer vor eiskalten Schauern. Huhu, da würden Sie was erleben.«

»Ich brauche keinen Hexenzauber«, erwiderte Hosang.

»Das sagen die meisten, und doch kommen jedes Jahr mehr«, ließ Vreni nicht locker.

Hosang zahlte.

»Zu viel«, sagte Vreni, »der Hüttenkaffee geht aufs Haus.«

Das war Hans Heinrich sogar ein gequältes Lächeln wert. »Oh, danke.«

Vreni strahlte, und er verabschiedete sich angestrengt höflich.

Aus purer Neugier ging er zum Märjelensee zurück. Er fragte sich, ob die Nonne wohl immer noch an ›seinem‹ Platz hockte. Das tat sie nicht, sie war verschwunden. Dafür kreisten nun über der Felsplatte, auf der sie gesessen hatte, einige Dohlen mit ihren unverkennbaren ›Cras-cras‹-Rufen. Hosang wollte die Rabenvögel nicht stören oder gar vertreiben und näherte sich deshalb der Felsplatte, die von einem gelben Flechtenpelz überzogen war, mit bedächtigen Schritten. Da bemerkte er einen Augenfalter, der in einer kleinen Kuhle der Felsplatte auf einem Vogelei saß. Eigenartig, dachte Hosang, die Dohlen werden doch nicht etwa des Schmetterlings wegen in Aufruhr geraten sein. Als er sich vorsichtig annäherte und sein Schatten den Augenfalter touchierte, flog dieser munter auf und setzte sich für einen kurzen Augenblick auf Hosangs rechten Handrücken. Was für ein samtener Kuss eines derart fragilen Geschöpfes inmitten der ruppig-rauen Bergwelt, sinnierte er. Sekunden danach suchte der scheinbar unbekümmerte Falter das Weite. Hans Heinrich schaute ihm wehmütig nach, bis sich der federleichte Segler dem Auflösungsvermögen seiner Augen entzogen hatte.

Noch leicht verzaubert, richtete Hosang seine Aufmerksamkeit auf das Vogelei. Ein Dohlenei, dachte er sofort, als er sich niederkauerte, obwohl er sich in Vogeleiern nicht auskannte. Die Vögel über ihm hielten sich auf Distanz und zogen wenig später ›Cras-cras-cras‹ in die zerklüfteten Felswände des Strahlhorns zurück.

Hosang ließ das Ei liegen und zog sich zurück. Er wollte aus sicherer Distanz beobachten, was nun geschehen würde. Nichts geschah, die Dohlen kamen nicht wieder. Er überlegte scharf und folgerte, dass es sich um ein taubes Ei handeln musste, das von den Altvögeln nicht mehr verteidigt wurde. Als sich auch nach zwanzig Minuten nichts regte, näherte er sich wieder vorsichtig dem Vogelei und stellte fest, dass es intakt war. Es konnte also nicht von einem feindlichen Vogel geraubt und im Flug abgeworfen worden sein, sonst wäre die Eischale beschädigt gewesen. Hosang entschloss sich, das taube Ei als Souvenir mitzunehmen. Nach dem Nonnenfrust würde es eine kleine Entschädigung für sein verhindertes Bergseepicknick in idyllischer langer Weile sein.

Von allen seinen Wanderungen ins Hochgebirge brachte Hosang jeweils etwas mit nach Hause – einen Stein, ein knorriges Stück Totholz, einige Kiefernnadeln, einen Tannenzapfen, ein Stück Arvenrinde, einen Wurzelstock, eine Vogelfeder, einmal war es der Knochen eines Tierkadavers und ein anderes Mal sogar ein ganz kleiner Bergkristall. Heute sollte es ein taubes Dohlenei sein. Er zog sein rot-weiß kariertes Taschentuch hervor, faltete es auseinander und polsterte es sorgfältig mit Wollgras aus. Dann tastete er mit Daumen und Zeigefinger der rechten Hand nach dem zerbrechlichen Ei, um es behutsam ins vorbereitete Nest einzubetten, doch es gelang ihm nicht. Was er fühlte, war auch gar kein Ei, sondern eher ein matt polierter Stein oder ein geschliffenes dunkles Stück Glas, spürbar kalt. Doch die Musterung der Oberfläche war von einem richtigen Vogelei nicht zu unterscheiden. Nun griff Hosang etwas weniger zimperlich, aber immer noch vorsichtig nach dem vermeintlichen Dohlenei und staunte nicht schlecht, als er es nicht aufzuheben vermochte. Das Ei war zu schwer. Selbst als er kräftig zupackte, tat es keinen Wank. Hosang wurde stutzig: Es musste ein Stein sein – aber ein Stein, nicht größer als ein Dohlenei, zu schwer, um ihn mit den Händen hochzuheben? Unmöglich. – Sagte man das nicht oft, nachdem etwas Unmögliches geschehen war? Nicht einmal mit einem heftigen Fußtritt ließ sich das Ding von der Stelle rühren. Seltsamerweise sah es auch nicht danach aus, als wäre es mit der Felsenplatte, auf der es lag, fest verwachsen, als ›Steingewächs‹, wie ein Muttermal auf der Haut. Eher hätte man vom Anblick her annehmen können, dass der kleine Stein sich schon mit einem sanften Schubs ins Rollen bringen ließ, so minimal war die Auflagefläche.

Hosang wurde nachdenklich. Ein Stein, nicht größer als ein Dohlenei, zu schwer für seine Manneskraft ... er verstand die Welt nicht mehr. Das konnte gar nicht sein. Denkpause.

Nervöses Treten auf der Stelle. »Ich bin doch bis auf den Hüttenkaffee völlig nüchtern.« Hüttenkaffee. Spendiert von Vreni. »Ich …« Denkpause. Herzklopfen. »Hat sie mich mit ihrem Gesöff verhext?« Leichter Schwindel. Hier stimmt etwas nicht. Aber was? Denkpause. Dann Erleichterung: Ganz klar: der Hüttenkaffee. Der war bestimmt so schaurig wie die Gratzug-Suppe, von der Vreni erzählt hatte. Aber von Gletscherseelen spürte er nichts. Und schon im nächsten Augenblick war er wieder fest im vertrauten Fundament seines rationalen Denkens verankert. Ihm kam der unheimliche Zeitschriftenartikel, den er auf der Hinfahrt im Lötschbergtunnel gelesen hatte, in den Sinn. Pytheas, Giordano Bruno, Galilei und wie sie alle hießen, hatten recht gehabt, auch wenn ihre Erkenntnisse mit der damaligen Realität nicht vereinbar waren. Warum also sollte das Vogelei keine Realität sein? Waren hier nicht vielleicht einfach nur andere Dimensionen im Spiel, andere Energien, andere Synergien, Größen, für die uns das Vokabular fehlt und für die wir keine Zuordnung finden, nur weil wir – noch – keinen Zugang zu ihnen haben? Warum brauchte es überhaupt für alles eine Zuordnung, eine Schublade, ein passendes Schema? Es gab für alles eine Antwort, davon war er überzeugt, und alberte schließlich mit sich selbst: »Und wenn es diese Nonne oder Vreni ist. Hexenbrut.«

Fotografieren mochte er das ›Ei‹, den ›Stein‹ oder was auch immer es war, nicht. Das war auch nicht nötig, denn selbst wenn er ein Foto gemacht hätte, was hätte man anderes darauf gesehen als ein Vogelei?

Seine Wanderlust war aber bei aller Rationalität nicht mehr die eines Müllers. Wie ein begossener Pudel schleppte er sich zur Gletscherstube zurück, um dort gleich nochmals begossen zu werden: Er musste mit ansehen, wie die Laptopnonne just in dem Moment zu Fuß im Tunnel durch den Tälligrat verschwand. Das brachte ihn innerlich in Rage, denn es war zu spät, um über den Tälligrat zu steigen, weshalb auch er den Weg durch den Tunnel würde nehmen müssen, der Nonne hinterher. Hosang schnaubte wie ein Brauereiross.

Das soeben Erlebte Vreni zu erzählen, wäre eigentlich naheliegend gewesen. Aber wollte er sich mit seiner Geschichte lächerlich machen?

Den Handkuss des Augenfalters, dieses entzückende Sekundenerlebnis der Leichtigkeit, wollte er für sich behalten. Und alles, was danach geschah, würde sich schon irgendwie von selbst klären.

Auf dem Natursträßchen bis zum Tunneleingang blieb er ein paarmal stehen. Immer wieder wurden seine Augen magisch von Steinen in der Größe eines Vogeleis angezogen. Mehrmals bückte er sich, um nach ihnen zu greifen. Jedes Mal ließen sie sich mühelos aufheben, und er schleuderte sie mit aller Wucht ins Weite. Steine werfen gegen eine Welt, die für ihn nicht mehr Ordnung war, das wirkte befreiend.

Der Tunnel war schnurgerade und nur spärlich beleuchtet – schon beim Eintreten sah man das Tunnelende als winzigen Lichtpunkt. Aus dem Gestein tropfte allenthalben durchsickerndes Schmelzwasser, manchmal Rinnsale, die am Boden große Pfützen bildeten. In der Tunnelmitte kam er an einer Felsnische vorbei, in der auf einem archaisch gemauerten Steinaltar eine kleine Madonnenstatue stand. Sie schaute unsäglich doof drein, die heilige Barbara, Schutzpatronin der Tunnelbauer. Zu ihren Füßen flackerten einige Kerzenlichter. Zwei mickrige Blumentöpfe sollten die Andachtsstätte schmücken – Blumen in diesem fast lichtlos feuchten Loch. Im Steinaltar verankert war selbstverständlich auch ein massiver Kollektentopf. Kommt überhaupt nicht infrage, dachte sich der Nonnenverfolger. Oder sollte er doch? Würde ihm die doofe Statuenbarbara als Gegenleistung das Eierrätsel lösen?

Quatsch. Zielstrebig beschleunigte er seinen Schritt, um den Tunnelausgang möglichst rasch zu erreichen.

Als er auf der anderen Seite ans Tageslicht kam, konnte er endlich wieder durchatmen. »Ich bin über den Berg«, schmunzelte er, »auch wenn ich mittendurch musste.« Vor allem aber freute er sich auf ein kühles Bier, das ihn auf der Fiescheralp erwartete. Doch die Freude war verfrüht, das kühle Bier wurde zum Bleihammer: Denn auf der sonnigen Alpinaterrasse saß bereits die Laptopnonne. Die Laptopnonne! Schon wieder war sie Hosang voraus. Sie saß – hockte – an einem Tisch und starrte mit geschäftiger Miene auf ihr aufgeklapptes Laptop. Als wäre ihr Anblick nicht schon genug für Hosang, lächelte sie ihm auch noch zu, als er mit forschem Schritt an der Terrasse und seiner Bierpause vorbeistampfte, als wollte sie ihm bedeuten, dass sie sich heute ja schon einmal begegnet waren. Er schaute demonstrativ weg und machte sich stinksauer auf den langen Weg hinab nach Bettmeralp und von dort hinüber auf die Riederalp.

Auf der schmalen Asphaltstraße brauste von hinten plötzlich ein Moped heran und fuhr im Schritttempo neben ihm her.

»Polizeikorporal Abdeneggen. Wandern Sie bitte am linken Straßenrand, sonst sind Sie eine Gefahr für den motorisierten Verkehr«, herrschte ihn der Uniformierte an und ratterte, einen blauen Dunst hinter sich lassend, von dannen. Es war Pius, der Polizist, den Hosang gestern in der Luftseilbahn gesehen hatte. Gefahr für den motorisierten Verkehr, auf so einem Sträßchen, schüttelte Hosang den Kopf. Polizeitrottel, dachte er und hätte es Pius sogar fast hinterhergeschrien.

Beim Abendessen im Hotel (Tagessuppe oder Saisonsalat, Fleischvögel mit Bohnen und Salzkartoffeln, dazu, im Preis inbegriffen, ein Zweier ›Rosé de Goron Claroz‹, zum Dessert Cassata) erkundigte sich die aufmerksame Hotelgerantin, ob der Lunchbeutel recht gewesen sei. »Sehr gut«, erwiderte Hosang mit einem Mindestmaß an Euphorie. »Sehr gut« sagte er immer, wenn er gefragt wurde, ob es ihm geschmeckt habe. Damit war die Sache selbst dann erledigt, wenn er das Essen eine Zumutung fand – er musste sich nicht auf weiterführende Gespräche mit dem Servierpersonal einlassen.

Auch die Fleischvögel erwiesen sich als nicht eben kulinarische Inspiration, die Bohnen waren faserig und die Salzkartoffeln noch hart. Dennoch lieferte er auf Geheiß selbst zur synthetisch aromatisierten Cassata sein »sehr gut« und verkroch sich danach in sein Zimmer. Er mochte nichts mehr hören, nichts mehr sehen, nichts mehr sagen und schon gar nichts mehr denken. Dabei hätte es doch ein Bilderbuchtag werden sollen.

Er brauchte jetzt dringend ein Rosenwasser aus dem Zahnglas. Dann wollte er nur noch schlafen, schlafen und vergessen.

Die Augendeckel wölbten sich bereits über die Linsen, als sie von einem unvermittelten Reflex daran gehindert wurden. *Achtung, Nonne!* Hosang sprang geradezu aus den Federn, um unter gütiger Mithilfe eines weiteren Rosenwassers über die Nonne als solche zu sinnieren. Mit jedem Satz wurde er lauter und schärfer: »Nonnen sind ein Einheitsbrei, alle sehen sie gleich aus. Wandelwesen in schwarzen Stoffsäcken, die jeden Ansatz von Weiblichkeit verhüllen, als gelte es, ein großes Geheimnis zu wahren. Und dann der weiße Kollar, dieser bocksteif würgende Halskragen wie ein zu tief geratener prämortaler Heiligenschein. Und der Schleier erst, was für ein unnützes Vorhangteil! Ja, und zur Vollendung der ganzen Tracht auch noch das Brustkreuz, für alle das sichtbar sakrosankte Seht-Ich-Bin-Die-Geistlichkeit-In-Person!« Das brüllte er so laut, dass es Zimmernachbarn mit leichtem Schlaf hätten hören können – hören müssen.

›Vergessen‹ war jetzt das richtige Wort und es bot sich willig an: »Vergiss den ganzen Zauber. Voilà. Und jetzt ist Schluss, und ich reise morgen ab.«

Er lag schon wieder in der Horizontalen und wollte das Licht ausknipsen, als er nochmals über das Ei nachdachte, über das Unmögliche, aber auch über die Nonne und Vreni, die Sagenerzählerin. Urplötzlich sah er von der Zimmerdecke herab Dutzende von Augen auf sich gerichtet. Aus den Dutzenden waren schnell einmal Hunderte geworden, und sie lugten von allen Wänden und vom Boden auf ihn. Aber kein einziges Augenpaar war dabei, lauter Einäuger. Oder ein einziger Tausendäuger? Die Augen irrlichterten aus dem Arvenholz, Holzaugen, Astlöcher – lauter ›Wanzen‹, die von ihm Besitz zu nehmen drohten.

Er stand erneut auf, ging zum Fenster, riss es auf, tigerte herum, öffnete wutgeladen den Kleiderschrank, sah den Holzkleiderbügel ›Holliger Langenthal‹, griff nach ihm, kehrte zum offenen Fenster zurück und wuchtete ihn mit aller Kraft in die Nacht hinaus. Das tat gut.

Nach einem weiteren Rosenwasser legte er sich wieder flach. Die zweitletzte Wahrnehmung, bevor er einschlief: Ich glaube an nichts und halte nichts für unmöglich. Und die letzte: Hat mich Vreni mit dem rätselhaften Ei verhext? Oder war es die Laptopnonne?

3

Zu seiner Überraschung war der Himmel am nächsten Morgen bleigrau, und es fiel ein leichter Nieselregen. Hosang war bereit für die Talfahrt. Um halb acht saß er beim Frühstück, wo ihn die Gerantin trotz des nicht zu einer Tagestour einladenden Wetters fragte, ob sie ihm wieder einen Lunchbeutel bereitstellen dürfe.

»Ja, gern, das ist sehr nett von Ihnen.« Er war selbst verblüfft, dass er nach dem Lunchfiasko vom Vortag einen so netten Satz hervorbrachte. Aber er fand diese Gerantin eben so nett, dass er ein Nein als Affront gegen sie empfunden hätte. Im Übrigen würde er sie wohl nie mehr wiedersehen, mit der Riederalp hatte er abgeschlossen. Sie konnte ihm also jeden Schmarren in den Lunchbeutel stopfen, es war ihm wurscht.

Als sie ihm den Beutel mit dem strahlenden Gesicht einer fürsorgenden Mutter brachte, konnte sich Hans Heinrich nicht dazu überwinden, ihr im selben Atemzug zu eröffnen, dass er in einer halben Stunde abreisen würde und sie ihm doch bitte die Hotelrechnung fertig machen solle. Auch fünf Minuten später war er dazu nicht fähig, und nach weiteren zehn Minuten war es zu spät. Da hatte er bereits beschlossen, doch noch zu bleiben, und sich mit dieser plötzlichen Kehrtwende selbst überrumpelt.

Unter dem Vordach zum Hoteleingang sah er vier Nonnen vergnügt miteinander schwatzen. Vier? Richtig. Hosangs optische Wahrnehmung war nicht durch das viele Rosenwasser der vergangenen Nacht getäuscht. Ob das Nonnengrüppchen auch im Hotel logierte oder sich nur zum Schutz vor dem Nieselregen unter das Vordach begeben hatte, wusste er nicht. Sein flüchtiger Blick erlaubte ihm auch nicht festzustellen, ob die Laptopnonne sich darunter befand.

Der schwatzende Einheitsbrei trieb ihn instinktiv vom Hotel weg. Oder war es nicht vielleicht eher Giordano Bruno, das Scheiterhaufen-Mönchlein, das Hosang im Unterbewusstsein dazu antrieb, eine neue Wahrheit nicht in sich hineinzufressen? Jedenfalls marschierte er zielstrebig zum Bergführerbüro, um sich dort aus der größten Umklammerung seines bisherigen Lebens zu befreien. Keinen Lidschlag lang zögerte er an der Richtigkeit seines Tuns – er, der sich mit Entscheidungen oft schwertat.

Nicht gerade typisch war auch Hosangs Auftritt im Bergführerbüro, wo er um zehn nach acht seine Aufwartung machte. Hinter einem Tresen saß eine Frau, die sich gerade durch einen Stapel Prospekte las. Auf dem Tresen lagen einige Informationsbroschüren, Routenführer, Fahrpläne der Bergbahnen, ein Hütten- und ein Bergführerverzeichnis. Daneben stand auf der Ablagefläche ein Kartonschild mit der Aufschrift ›Heidy Berchtolt‹. Vor dem Tresen an einem kleinen Tischchen – ein dreibeiniges Nierentischchen – kniete ein Bub am Boden, ein Blondschopf, der mit Farbstiften in ein Heft zeichnete und eine Melodie vor sich hin summte. Es war ein Kinderlied, das Hosang aus Schulzeiten vertraut war, aber an dessen Text er sich nicht mehr erinnern konnte.

Hosang begrüßte die Frau mit einem respektvoll unpersönlichen »Guten Tag«, und ließ ihr nicht einmal die Zeit, nach seinem Anliegen zu fragen. »Ich möchte mich heute, am liebsten gleich jetzt, von einem erfahrenen Bergführer auf dem schnellsten Weg zum Märjelensee begleiten lassen. Ich habe dort gestern eine sehr rätselhafte Entdeckung gemacht.«

Die Frau musterte Hosang kurz und skeptisch, war aber höflich und bemüht, den Wunsch des Unbekannten ernst zu nehmen: »Ganz einfach ist das so kurzfristig nicht. Für Hochtouren ist es im Juni zu früh. Unsere Bergführer sind noch mit ihren anderen Berufen beschäftigt.«

»Es wäre sehr wichtig«, drängte Hosang, schon etwas den Enttäuschten markierend.

»Hm ... Augenblick, bitte«, antwortete sie. »Mein Mann und mein Schwager sind beide Bergführer, aber bis zum Mittag weg. Ich kann es noch beim Primus versuchen, der wohnt gleich nebenan.«

»Primus?«, fragte Hosang verdutzt.

Sie lachte und erklärte, der Primus sei ihr Schwiegervater, Albrecht Berchtolt. »Er hat zwar schon zweiundsiebzig Jahre auf dem Buckel, ist aber flink wie ein junger Steinbock. Für ihn wäre das ein Spaziergang. Und etwas spezielle Touristen hat er sogar ganz gern.«

Hosang schlug augenblicklich seinen rührseligen Ton an: »Das ist aber sehr liebenswürdig von Ihnen, ich wäre Ihnen wirklich dankbar, wenn Sie das für mich einfädeln könnten.«

Während sie telefonierte, schaute Hosang dem Bub zu. Mit Ölkreide zeichnete er einen Osterhasen – ein Osterhase im Juni, seltsam, wunderte er sich, hätte sich aber nie getraut, sich in die Welt des Kleinen einzumischen. Hingegen fragte er sich, was die Frau wohl unter *etwas spezielle Touristen* verstand.

»Der Schwiegervater kommt gleich«, sagte sie. »Das ist übrigens Cyril, mein Sohn. Solange er nur zeichnen kann ...«

Der Kleine war wirklich in seiner Welt versunken, er reagierte nicht.

»Ich nehme an, Sie sind Heidy Berchtolt?«

»Wie es auf dem Schildchen steht, ich mache das Büro.«

Hosang reichte ihr die Hand und stellte sich vor: »Hosang ist mein Name, Hans Heinrich Hosang.« Die Klärung des Rätsels am Märjelensee war ihm jetzt wichtiger als alle Prinzipien, und er fand, dass man sich im Ausnahmezustand durchaus einmal freiwillig mit Namen vorstellen konnte. Sein Leben steuerte bereits auf eine Kurve zu, er wusste bloß nicht, ob es eine Rechts- oder eine Linkskurve sein würde, eine Haarnadelkurve, eine nie endende Spiralkurve oder eine unendliche Geradeauskurve wie die Krümmung der Zeit. Auf alle Fälle befand sich die Kurve in einem stockdicken Sinnesnebel.

»Ich freue mich sehr, dass Sie zu uns gekommen sind«, strahlte Heidy Berchtolt.

Was für eine Herzlichkeit, dachte er, Balsam geradezu, und flüchtete sich gleich in seine vertraute Abwehrhaltung: »Ich will Ihnen keine Umstände machen, ein spezieller Tourist möchte ich wirklich nicht sein, aber diesmal ...«

Heidy Berchtolt unterbrach: »Schon gut. Wissen Sie, speziell sind für uns Leute, die vom Leben in den Bergen etwa gleich viel verstehen wie wir vom Leben auf hoher See. In ein paar Wochen kommen die Engländer und wollen mit ihren Schlarpen auf den Gletscher. Das sind für uns spezielle Touristen.«

»Was tun Sie dann?«

»Wir bieten ihnen bereits getragene Bergschuhe in allen Größen an. Die sind geschmeidig, und wir leihen sie gratis aus. Aber nein, das ist für ihre Insulanerfüßchen zu wenig chic. Lieber kaufen sie im Sportgeschäft teure nagelneue Schraubstöcke und jammern dann später, wenn sie mit Blasen an den Fersen, Schwielen und blutigen Zehen vom Gletscher hinunter humpeln.«

Albrecht Berchtolt war für eine Bergführergestalt ungewohnt schlaksig, hager und sehnig. Seine Schultern hingen hinab, das weiße, schüttere Haar trug er streng nach hinten gekämmt, Stirn und Wangen waren furchig, die Lippen spröde, die grüngrauen Augen hellwach. Mit einem gehörigen Händedruck begrüßte er Hosang und bat seinen Gast in ein kleines

Zimmer hinter dem Tresen, dort seien sie ungestört und könnten alles in Ruhe besprechen. Von Ruhe spürte Hosang allerdings wenig. Er musste sich wie ein scheuendes Pferd in die Zügel nehmen, um das gestern Erlebte einigermaßen so erzählt zu bekommen, dass es nicht wie das Gestotter eines durchgedrehten Irren klang.

Albrecht Berchtolt erwies sich als geduldiger Zuhörer. Nicht nur sein Blick, auch seine ruhigen Gesten, sein ganzes Wesen hatten großväterlich vertrauensvolle Züge. Hosang konzentrierte sich auf seine Schilderung und stellte fest, wie schwierig es war, etwas *Unmögliches* in einfachen Sätzen so zu formulieren, dass es möglich erschien und nicht wie ein schlechter Witz daherkam. Am Ende war er von Berchtolts besonnener Reaktion überrascht.

»Der schnellste Weg ist nicht der schönste«, sagte der Bergführer, »er führt von der Fiescheralp durch den Tunnel. Ich hasse dieses feuchte Loch. Fahren wir doch lieber mit dem Jeep hinüber zur Bettmeralp. Dort können wir die Seilbahn hinauf zum Bettmergrat nehmen, und dann sind es auf dem Bergweg mit dem herrlichen Blick auf unseren Gletscher nur noch rund vier Kilometer bis zu Ihrem Vogelei, alles bergab, eine gemütliche Stunde. Laut Wetterbericht soll es bis Mittag schon wieder aufreißen. Und ich kann Ihnen unterwegs dieses und jenes aus dem Leben in unserer Bergwelt erzählen.«

Hosang war einverstanden. Sie einigten sich über den Tagespreis, und er zahlte im Voraus bar. Auch das war eines seiner unumstößlichen Prinzipien: nie jemandem etwas schuldig bleiben.

Heidy und der Primus organisierten den Jeep, während sich Hosang im Hotel die Bergschuhe schnürte und im Rucksack endlich den Lunchbeutel verstauen konnte. Kurz nach neun fuhren die zwei im offenen Fahrgestell hinüber zur Bettmeralp. Es hatte bereits aufgehört zu regnen.

Hosang war zufrieden. Von jetzt an würde alles seinen geordneten Lauf nehmen, dachte er, lehnte sich entspannt zurück und genoss die Landschaft. Denn reden konnten sie während der Fahrt nicht viel, weil der Motorenlärm und die Reifengeräusche auf der nassen Straße jegliche Konversation verschluckten.

Doch die Zufriedenheit währte nicht lange. Allein mit seinen Gedanken, ging für Hosang nun auf einmal alles wieder viel zu schnell, und er wurde erneut wankelmütig: Hatte er das Richtige getan? Hätte er seine Entdeckung nicht besser in den Mantel des Schweigens gehüllt? Wäre es nicht gescheiter gewesen, doch abzureisen, mitsamt dem Schmarren im Lunchbeutel? Oder wäre es nicht intelligenter gewesen, zuerst noch einmal allein den Fundort aufzusuchen? Wie würde er dastehen, wenn das Ei plötzlich vom Erdboden verschwunden wäre? Was wäre, wenn es Berchtolt vor seinen Augen mit Daumen und Zeigefinger aufhob und ihm erklärte, dass es ein Dohlenei war? Wie würde er reagieren, wenn die Nonne mit dem Laptop wieder dort hocken sollte? Für solche Überlegungen war es jetzt natürlich zu spät, aber seine Verunsicherung und seine Angst nahmen ihn derart in Besitz, dass er sich in den Jeep gepfercht fühlte wie ein verdattertes Stück Vieh, das man zur Schlachtbank führt.

Gerade als Berchtolt und sein Gast auf dem Bettmergrat die Gondel verließen, tat sich der Himmel auf. Nur um einige der Gipfel – Geißhorn, Aletschhorn, Olmenhorn, Wannenhorn – schlichen noch dichte Nebelschwaden wie unförmige Luftschiffe. Der nicht mehr ganz junge Bergführer schlug gleich ein strammes Marschtempo an. Hosang, immerhin zwanzig Jahre jünger, war vom sicheren Schritt Berchtolts beeindruckt.

Wie aus heiterem Himmel erkundigte sich Hosang auf dem Weg hinunter zum Märjelensee, warum es denn in dieser Gegend vor Nonnen nur so wimmele. Berchtolt reagierte gelassen, er hatte speziellen Touristen aus dem Unterland schon bei den unpässlichsten Gelegenheiten die eigenartigsten Fragen beantworten müssen. Dass es vor Nonnen wimmele, sei ihm noch nie aufgefallen, antwortete Berchtolt, er sehe relativ selten eine.

»Aber ich bin offen gestanden auch kein Kirchenhuscher«, fügte er hinzu.

Hosang versuchte die Frage umzubiegen: »Vielleicht stechen mir schwarz gewandete Geistliche in dieser kaum berührten Gebirgskulisse einfach besonders stark ins Auge. Ihre äußerliche Aufmachung passt für meine städtischen Sehgewohnheiten nicht in diese Umgebung. Ja, vielleicht sehe ich deshalb überall nur noch Nonnen.«

Sie seien hier oben so willkommen wie alle Gäste, sagte Berchtolt, und dann fast ein wenig ironisch: »Manche mögen sich in der dünnen Luft dem Himmel etwas näher fühlen als in den Niederungen.« Dann blieb er stehen und wies mit dem Teleskoppickel, den er auch als Gehstock gebrauchte, über den lang gezogenen Aletschgletscher in Richtung Konkordiaplatz und Jungfraujoch. »Schauen Sie sich diese einmalige Bergwelt an, ihre Erhabenheit, ihre strahlende Ruhe, ihre Friedfertigkeit, ihre Nähe zum Himmel. Himmlischer als die Berge kann etwas Irdisches gar nicht sein. Aber das Gletschergebiet ist auch von schaurigen Sagen gesättigt. Im Wallis brodelt ständig ein Hexenkessel, der nie zur Ruhe findet. Wir haben uns daran gewöhnt, es gehört zu uns wie der ewige Schnee. Und der ist ebenso vergänglich wie wir. Jeder ewige Schnee wird irgendwann einmal zum Schnee von gestern.«

Dann setzten sie den Marsch fort, etwas gemächlicher, wie es Hosang schien. Es war ihm recht, sein Gang wurde schon etwas wacklig.

»Wissen Sie, wie der Aletschgletscher entstanden ist?«, fragte Albrecht Berchtolt seinen Gast.

»Ich nehme an, er ist ein Hexenwerk.«

»Als der Herrgott die *Jungfrau* erschuf, den Berg natürlich, schickte er einen besonders begnadeten Engel mit strohblondem Haar zu Werke. Ob es ein männlicher oder weiblicher Engel gewesen ist, weiß niemand. Wir witzeln manchmal darüber. Jedenfalls soll sich der Engel mit Ehrfurcht und großer Hingabe an die Gestaltung der Jungfrau gemacht haben. Nach nicht allzu langer Zeit, so heißt es, ist dann der Teufel vom *Mönch* her kommend durch den Schnee gestampft. Er hat Feuer gespien und den Engel in eine hässliche rothaarige, von beißenden Flöhen bevölkerte Ziege verwandelt. Es soll eine zweibeinige gewesen sein. Die Engelsgeiß gefiel sich in dieser Rolle und konnte dem aufreizenden Verführungstanz des Teufels, trotz der beißenden Flöhe, nicht widerstehen. Daraufhin, erzählt die Sage, ist der Herrgott mit seiner starken Hand dazwischengefahren. Erzürnt hat er den Teufel vertrieben und der Engelsgeiß den Auftrag entzogen. Die Rothaarige ist in Tränen ausgebrochen und hat tagelang, nächtelang geflennt, doch der Herr zeigte kein Erbarmen. Das Flennen nahm kein Ende, die Tränen flossen in Bächen bergab. Sie füllten den Konkordiaplatz und es entstand ein Tränenmeer, das schließlich übergelaufen und zu Tal geflutet ist. Um eine Katastrophe zu verhindern und Unschuldige vor dem sicheren Tod zu bewahren, hat der Allmächtige schließlich die Notbremse gezogen und durch seinen bitterkalten Hauch die ganze Region mitsamt der rothaarigen Geiß zu Eis erstarren lassen. So ist der Große Aletschgletscher entstanden. Und auch die Gletscherflöhe, die dort heute noch leben.«

»Großartig«, war alles, was Hosang zu sagen wusste.

»Wissen Sie, die Bergwelt hat ihre Launen, die nicht einmal wir Bergler begreifen. Wir nehmen sie einfach hin und versuchen gar nicht, hinter allem eine Erklärung zu finden. Wir haben von unseren Vorfahren gelernt zu respektieren, dass einer da oben immer seine Hand im Spiel hat.« Er zeigte mit dem Stock nach oben. »Und wenn es keiner von da oben ist, dann eben einer da unten.« Jetzt hielt er den Stock nach unten, als wollte er ihn tief in die Gletscherklüfte bohren. »Oder beide zusammen, der da oben *und* der da unten.«

»Zwei Komplizen?«, fragte Hosang.

Berchtolt war um eine Antwort nicht verlegen: »Das ist es ja. Herrgott und Teufel haben eines gemeinsam: Niemand hat jemals den einen oder den anderen gesehen. Und wie es dazu gekommen ist, dem Herrgott alles Gute und dem Teufel alles Böse zuzuschreiben, weiß ich auch nicht. Aber bitte, ich bin kein Theologe, kein Priester wie mein Bruder Josef. Der glaubt es zu wissen, obwohl er doch auch nur ein Mensch ist.«

»Zweifeln Sie an Ihrem Bruder oder an der Kirche?«, tastete sich Hosang vorsichtig auf gefährliches Gebiet vor.

»Weder noch. Aber die Kirche ist eben auch nur ein menschliches Machwerk. Sie steht hilflos unter dem Joch der Wahrheit, die sie selbst nicht kennt. Ich bin ein gläubiger Christ, verstehen Sie mich nicht falsch. Den Glauben hat man uns in die Wiege gelegt. Aber nicht nur den Glauben, auch den gesunden Menschenverstand für selbstständiges Denken. Ein französischer Philosoph soll einmal gesagt haben: *Die Religion hat viel Schlechtes und nur wenig Gutes hervorgebracht.* Dem kann ich mich auch als Katholik anschließen, wenn ich an all das Brimborium der Kurie denke.«

Hosang hatte eine derart unzimperliche Kirchenschelte nicht erwartet, obwohl er sie sich erklären konnte: Die Bergler sind Naturburschen, keine Götzenanbeter. Er dachte dabei an das *feuchte Loch*, das Berchtolt hasste, vielleicht hasste er es sogar wegen der heiligen Barbara, dieser kitschigen Puppe mitten im Stollen.

Bis zum Märjelensee war es nun nicht mehr weit. Urplötzlich, Hosang wusste nicht warum, waren die ersten Zeilen des

Kinderliedes wieder da, das Heidys Sohn geträllert hatte: *Uf de Alpe obe isch es herrlichs Läbe / uf de Alpe obe möcht i sii.* Es war gar kein Kinderlied, es war ein Jodellied. Sogar die letzte Strophenzeile brachte er noch zusammen: *Schöni Meitli küsse / möcht i nid vermisse / d Mueter sälb hät gseit, es sig kei Sünd.* Wäre ihm nicht zum Heulen gewesen, hätte er zufrieden geschmunzelt. Doch er watete durch seinen Gedankensumpf und fragte sich, wie Berchtolt wohl auf das Ei reagieren würde. Hätte er eine simple Antwort parat, mit der er Hosang bloßstellen würde? Gehörte er tatsächlich zur Kategorie *Etwas spezieller Tourist*? Immerhin, beruhigte er sich halbwegs, war der Bergführer ein bodenständiger Walliser, kein *Kirchenhuscher*, und zu ihm war er sehr nett. Sehr nett – etwas Besseres fiel ihm nicht ein.

Sie kamen an die Stelle, wo sich der Weg vom Bettmergrat mit dem von der Moosfluh vereinigte und zum Märjelensee hinunterführte. Von hier an war Hosang die Geografie vom Vortag her wieder bekannt. Ein kurzes Stück weiter blieb Hosang wie tags zuvor beim ersten Blick auf den See bocksteif stehen und starrte hinunter.

Berchtolt schaute ihn einen Moment lang an und fragte dann: »Was sehen Sie?«

Hosang brachte es kaum hervor: »Eine Nonne, dort, sehen Sie, die schwarze Gestalt? Da, da unten auf der Felsplatte!«

Berchtolt setzte seinen um den Hals hängenden Feldstecher ans Auge und stellte die Sehschärfe ein: »Eine zusammengekauerte Dohlenschar«, sagte er und erklärte: »Wahrscheinlich tun sie sich an Abfällen gütlich, die Touristen liegen gelassen haben. Ich sehe auch etwas Rotes, ein Schokoladenpapier oder so. Dohlen sind Allesfresser, und manche Bergwanderer hinterlassen hin und wieder köstliche Happen. Wir sehen das zwar nicht so gern, aber die Dohlen haben sich noch nie über mangelnde Abwechslung in ihrer Ernährung beschwert ... ich zähle mindestens zwölf Vögel dicht beieinander. Es können auch fünfzehn sein.« Er nahm den Feldstecher vom Auge und wandte sich Hosang zu: »Jetzt verstehe ich Ihre Frage von vorhin.«

Hosang verstand nicht: »Welche Frage?«

Berchtolt erklärte schelmisch: »Wenn Sie natürlich in jeder Dohle eine Nonne sehen, wimmelt es hier oben tatsächlich nur so von Nonnen.«

Ein bisschen beschämt war Hosang ja schon, hatte aber immerhin so viel Humor, dass er seine Mundwinkel ein bescheidenes Stückchen nach oben zu ziehen vermochte.

»Wissen Sie, die Rabenvögel haben viele Gesichter. Bei den Kirchenvätern sind sie ein Symbol für den Sünder.« Er schmunzelte. »*Cras-cras* rufen die Dohlen, wissen Sie, was das heißt? Die Viecher können Latein! *Cras-cras* bedeutet ›morgen, morgen‹ ... also nicht heute. Und das gilt als hinterlistiger Aufruf, eine gute Tat, die man sich vorgenommen hat, auf die lange Bank zu schieben. Aber ganz und gar nicht einverstanden bin ich mit dem Bibelwort: *Betrachtet die Raben! Sie säen nicht und ernten nicht, sie haben weder Speicher noch Scheune und Gott nährt sie doch. Wie viel mehr seid ihr wert als die Vögel!*«

Hosang staunte: »Sie sind ein Bibelkenner?«

Berchtolt lachte: »Ich habe Ihnen doch gesagt, dass mein Bruder Priester ist, heute allerdings ein Pater im Ruhestand. Er lässt keine Gelegenheit verstreichen, uns die Schrift einzutrichtern, als wären wir noch nicht einmal reif für die Erstkommunion. Wir nehmen das nicht ernst, manchmal widerspreche ich ihm auch. Im Fall der Alpendohlen und überhaupt aller Rabenvögel kann ich Ihnen sagen, dass die Bibel an der Wahrheit vorbeischaut. Ich habe die Alpendohlen von Kindesbeinen an mit eigenen Augen beobachtet und nicht durch das Gleichnis in der Bibel kennengelernt. Die Raben tun nämlich alles andere, als was dort steht: Sie säen *und* sie ernten. Mit ihrem Kot verbreiten sie die Samen von Pioniergehölzen und leisten damit dem Wald gute Dienste. Sie haben auch ein erstaunliches Erinnerungsvermögen und legen Nahrungsvorräte für den Winter an – in Duzenden, manchmal sogar Hunderten verschiedenen Verstecken. Das sind ihre Speicher. Und die finden sie auch mühelos wieder. Aber es kommt noch besser: Die schlauen Vögel spionieren sogar ihre Artgenossen beim Verstecken aus und plündern später, wenn die Luft rein ist, Vorratskammern, die ihnen gar nicht gehören.«

Hosang hatte nicht mehr richtig hingehört, denn mit jedem Schritt auf den Märjelensee zu verkrampfte er sich mehr. Etwa dreißig Meter vor der Felsplatte mit dem rätselhaften Ei und den Dohlen darauf geschah das Erwartete: Die Vogelschar flog weg – *Cras-cras-cras, Cras-cras, Cras-cras-cras-cras.*

»So ein Zetermordio, nur wegen uns«, beruhigte Albrecht seine Dohlen. Und Hosang nahm schnurstracks Kurs auf die Felsplatte mit dem Ei – oder hatte er sich geirrt und war es eine andere Stelle? Nein. Das Rote, das Berchtold durch den Feldstecher geortet hatte, war das rot-weiß karierte Taschentuch, in das Hosang am Vortag sein ›Souvenir‹ einbetten wollte und das er nach dem ersten Schock hatte liegen lassen.

Albrecht Berchtolt sah die gelben Flechten auf dem Gestein und erklärte fachkundig, das sei ein untrüglicher Hinweis darauf, dass sich hier häufig Dohlen aufhielten. Ihre Ausscheidungen auf dem Fels seien der ideale Nährboden für solche Flechten.

»Da, sehen Sie, da ist das Ei«, sagte Hosang mit zittriger Stimme und fügte hinzu: »Sie können auch gleich drauftrampeln, es wird nicht zerbrechen.«

Berchtolt war weise genug, genau das nicht zu tun. Er näherte sich behutsam, betrachtete das Ei von allen Seiten und blickte immer wieder zum Himmel. »Eigenartig, dass sich keine Dohlen bemerkbar machen. Normalerweise verteidigen sie ihr Gelege vehement und stürzen aus großer Höhe mit einer Geschwindigkeit von bis zu zweihundert Stundenkilometern auf alles Lebendige nieder. Erst ganz kurz vor dem Boden spannen sie ihre Schwingen auf, um den Sturzflug aufzufangen. Wer das einmal aus nächster Nähe miterlebt hat, zieht den Kopf schon beim bloßen Gedanken daran ein.«

Dohlen waren indes weit und breit keine mehr zu sehen. Trotzdem wollte Berchtolt das Ei nicht gleich anfassen und erklärte, er wolle sichergehen. »Wir müssen uns nur etwas zurückziehen und die Lage aus der Ferne betrachten. Wenn es ein Dohlenei ist, werden die Vögel kommen und es in Sicherheit bringen«, sagte der Dohlenkenner.

»Das Ei lag schon gestern da«, berichtigte Hosang fast vorwurfsvoll, »und ich nehme an, auch vorgestern und vor einer Woche und einem Jahr, vielleicht sogar vor tausend Jahren, damals, unter dem gefrorenen Tränenmeer der Engelsgeiß.«

Berchtolt hielt fest an seiner Ehrfurcht vor der Natur: »Trotzdem«, bekräftigte er, »für mich sieht es aus wie ein Dohlenei.« Und überhaupt sei jetzt auch Lunchzeit, Gelegenheit, sich ein wenig zu stärken und dabei die Gegend wachsam zu beobachten.

Hosang fügte sich der Anweisung. »Wenn Sie meinen, Sie sind der Bergführer.« Ein wenig düpiert klang das selbst in seinen Ohren.

Appetit hatte er keinen. Das war nicht weiter tragisch, fand er doch in seinem Lunchbeutel wieder ähnliche Kost vor: Johannisbeerkonfitüre, keine milden Emmentalerlöcher, Margarine und anstelle einer viel zu salzigen Dauerwurst viel zu trockenes Trockenfleisch, drei Scheiben Pumpernickel, die er am liebsten gleich an die Dohlen verfüttert hätte, braunes Zuckerwasser und eine saftlose Birne. Zu seiner Überraschung war aber auch ein hartgekochtes Ei dabei, ein Hühnerei – nicht größer und nicht schwerer als ein Hühnerei. Das gab es in der Regel in keinem Hotel-Lunchbeutel ohne Aufpreis. Doch gerade ein Ei war das Letzte, was er jetzt runtergebracht hätte. Auch Berchtolts Hunger schien sich in Grenzen zu halten, er knabberte Studentenfutter und trank Tee aus einer ausgebeulten Thermosflasche.

Bergdohlen zeigten sich keine, auch nach einer Dreiviertelstunde nicht. Berchtolt suchte mit dem Feldstecher die ganze Umgebung ab. Beiläufig erwähnte er nach einer Weile, die Gämsen seien für die Jahreszeit schon erstaunlich hoch oben. Etwas später fügte er hinzu, dass der Nachwuchs der Munggen gut zu gedeihen scheine, und ergänzte nach einer weiteren Pause: »Weit und breit keine Nonnen.« Danach sinnierte er in sich gekehrt weiter.

Hosang ließ ihm Zeit und überlegte, was in diesen Augenblicken wohl in ihm vorgehen mochte. Konnte er innere Kraftquellen anzapfen? Würde er plötzlich mit einer völlig logischen Antwort kommen? Hatte er eine Logik, die alles zur größten Selbstverständlichkeit werden ließ? Hosang konnte sich das nicht vorstellen.

»Wenn es kein Dohlenei ist, nicht einmal ein taubes, dann könnte es ein Kuckucksei sein«, sagte Berchtolt plötzlich. »Sie wissen ja, dass der Kuckuck seine Eier einzeln in fremde Nester legt. Er ist sogar befähigt, wie ein Kunstmaler die Eischale dem Gelege anzugleichen, in das er sein Ei legt. Wer weiß, vielleicht haben die Dohlen das Kuckucksei erkannt und kämpfen deshalb nicht darum.«

Einen Kuckuck habe er gestern tatsächlich gehört, gestand Hosang, aber Dohlenei oder Kuckucksei mache in diesem Fall keinen Unterschied, protestierte er mürrisch.

»Wir werden sehen«, sagte Berchtolt, und Hosang begann innerlich zu kochen.

Als sie sich der Felsplatte mit den gelben Flechten nach einer Stunde wieder näherten, kauerte sich der Bergführer und Dohlenkenner erneut nieder und inspizierte das Ei. Dann griff er, genau wie Hosang einen Tag zuvor, gefühlvoll mit Daumen und Zeigefinger der rechten Hand zu. Hosangs Herz raste. Das Ei tat keinen Wank.

»Es muss ein Stein sein oder das kristalline Gewächs aus einem Stein, etwas anderes kommt gar nicht infrage«, sagte Berchtolt mit einer Bestimmtheit, die Hosang wieder ins Schlottern brachte.

»Das habe ich gestern auch gedacht«, gab er zur Antwort, »aber jetzt zeigen Sie mir doch, wo das Ei mit dem Fels fest verwachsen sein soll, das Ding liegt ja nur mit einer winzigen Oberflächenstelle auf dem Fels.«

Nun griff auch Berchtolt kräftiger zu, konnte jedoch den Stein auch mit aller Kraft nicht bewegen, was er nach einem beherzten Fußtritt und einem präzisen Schlag mit seinem Pickel feststellen musste. Am Stein war nicht einmal ein Kratzer zu erkennen. Jetzt geriet auch Berchtolt außer Atem.

»Ein Rätsel«, sagte er.

»Also doch kein Kuckucksei«, antwortete Hosang leicht gereizt. Gleichzeitig fiel ihm aber auch ein Stein vom Herzen – der wohl schwerste seines bisherigen Lebens. *Ich halluziniere nicht, ich bin nicht gaga*, schoss es ihm durch den Kopf, während sich der Bergführer, die Stirn schweißnass, hinsetzte und schwieg. Ein paar Minuten später versetzte er dem Rätsel noch einmal einen zornigen Pickelhieb. Umsonst.

»Unerklärlich«, brummelte er, »aber ich habe es Ihnen gesagt: Die Bergwelt ist schon immer auch die Heimat von geheimnisvollen Geistern gewesen. Es ist verdammt schwierig, das plausibel zu erklären. Wir Einheimischen versuchen es schon gar nicht mehr, wahrscheinlich deshalb, weil wir damit keine schlechten Erfahrungen gemacht haben. Unser Denken ist vom guten Einvernehmen mit Hexen, Dämonen, Boozen, Gogwärgini und unheimlichen Gestalten beseelt. Nur so lässt sich in Eintracht nebeneinander leben. Vielleicht ist das Ei ja ein Hexenköder, mit dem sie uns auf ihren Prüfstand locken wollen.«

»Wie war das? Boozen? Gogwärgini?«

»So heißen hier die Kobolde und Zwerge. Und der Rollibock ist der Gletscherbewohner, vor dem sich alle fürchten.«

Glaubhaft klang das in Hosangs Ohren nicht. Freilich wollte er diesen buchstäblich sagenhaften Erklärungsversuch nicht absichtlich gering schätzen und seinen Bergführer vor den Kopf stoßen. Sein *Ich glaube an nichts und halte nichts für unmöglich* genügte ihm als Anker. Er erinnerte sich an die Hüttenwartin Vreni und dass sie durchaus Ähnliches über die Bergmystik erzählt hatte. Diese Art verschrobenen Berglerdenkens schien man hier oben öfter anzutreffen.

Berchtolts Gesicht wurde immer käsiger und ausdrucksloser. Seine Augen waren starr wie eine Salzsäule.

»Ist Ihnen nicht gut?«, fragte Hosang besorgt.

Berchtolt versuchte die Fassung zu behalten und antwortete abwesend: »Doch doch, keine Sorge.« Er machte eine Pause. »Ich habe bloß ein wenig zu laut nachgedacht.«

Hosang wollte ihn jetzt nicht mit sinnlosem Geschwätz berieseln, und zu witzeln gab es auch nichts. Daher schwieg auch er. Nach einer Weile sprach Berchtolt erstaunlich selbstsicher und zu Hosangs Verblüffung nicht in seinem Walliser Dialekt, sondern in gestochenem Hochdeutsch: »Des Rätsels Lösung muss ein Ei des Kolumbus sein.« Dann griff er in die Jackentasche, zog eine Gly-Coramin-Lutschtablette hervor, die er aus dem Papierchen wickelte und in den Mund schob. Hosang beobachtete diesen Vorgang genau – ein wenig angezählt wie ein Boxer auf den Brettern wirkte der Bergführer nun doch. Er war zweifellos überrumpelt worden.

Das leicht aufputschende Präparat tat offensichtlich gut, jedenfalls sagte Berchtolt einen Augenblick später wieder sehr präsent und in seinem Dialekt: »Die Rätsel der Natur sind oft nur für uns rätselhaft und die Lösungen manchmal so einfach, dass wir vorerst über sie hinwegsehen. Weil wir unseren Blick viel zu weit in die Ferne richten.«

Beide warfen ihren Blick synchron in die Ferne, als wollten sie Anlauf nehmen, um die Augen dann auf ihre unmittelbare Nähe zu fokussieren. Hosang kam es vor, als würde Albrecht Berchtolt jetzt am liebsten allein sein. Einen Moment lang erwog er, dem Bergführer vorzuschlagen, er, Hosang, könnte in die Gletscherstube gehen und dort auf ihn warten, für den Fall, dass Berchtolt mit den Hexen Kontakt aufnehmen wollte. Aber Berchtolt kam ihm zuvor und nahm das kommunikative Zepter in seine Hand: Er griff in die Jackentasche und zog sein Handy hervor. Als er eine Nummer wählte, es war offensichtlich eine gespeicherte, denn er tippte nur auf drei Tasten, rutschte ihm das kleine Mobilgerät aus der Hand, und er kippte zur Seite, mit dem Kopf zum Glück direkt auf seinen Rucksack. Berchtolt blieb bewusstlos liegen.

Hosang reagierte geistesgegenwärtig, griff zum Handy des Bergführers, drückte die Wahlwiederholungstaste und stellte die Verbindung her, die Berchtolt gewählt hatte. Die Leitung war tot. Der Märjelensee, eingekesselt zwischen Eggishorn und Strahlhorn, lag in einem Funkloch – oder in einem Störbereich des Rätsels? Darüber zu werweißen, war jetzt müßig. Er überlegte keine Sekunde, sondern rannte den Steilhang über Grasböschungen, Geröll und Gestein hinauf bis auf die Höhe des Fußweges, der zum Aussichtspunkt *Platta* führt. Auch dort hatte er noch keinen Empfang. Also spurtete er weiter bis zum Aussichtspunkt. Von dort aus konnte man den Gletscher in seiner ganzen Länge überblicken, das Gelände war weit offen. Dritter Versuch, und es klappte. Am anderen

Ende meldete sich das Bergführerbüro Riederalp. Hosang sprach, zwar vollkommen außer Atem, aber doch mit erstaunlicher Fassung: »Hallo, spreche ich mit Frau Heidy Berchtolt?«

So war es. Hosang berichtete kurz, was vorgefallen war, und rannte den Weg zurück und den Hang hinunter. Berchtolt regte sich nicht. Hosang fühlte den Puls. Er war schwach. Sehr schwach.

4

Hosang musste sich auf alles gefasst machen. Er war drauf und dran, sein hartgekochtes Ei im Märjelensee zu versenken, ließ es aber sein. Berchtolts Eintracht mit den geheimnisvollen Geistern sollte nicht im Affekt unnötig strapaziert werden.

Ein Hexenköder. Sendet er Signale aus über eine Frequenz, die wir nicht kennen? Prüfsignale? Störsignale? Das Funkloch brachte Hosang auf diesen Gedanken. Oder fraß sich eine vernichtende Strahlung in alles Lebendige rund um das Rätsel-Ei? Fragen über Fragen. Die alpine Sagenwelt und das Ei nahmen für ihn zunehmend dämonische Konturen an.

Eine Ewigkeit war verstrichen. Keine zwanzig Minuten nach seinem Notruf hörte Hosang das dumpfe Brummen der Helikopterrotoren herannahen. Der Eurocopter landete auf einem flachen Wiesenstück beim See, und erst jetzt bemerkte Hosang, dass die Wiese in voller Blüte stand – Bergfrühling.

Albrecht Berchtolts spröde Lippen begannen zu vibrieren. Wahrscheinlich kam er durch den Lärm der beiden Turbinen, der ihm sicher vertraut war, wieder zu sich. Sein Atem ging schwer, sein Gesicht schien blutleer, die Augen, zwar offen, blickten ins Leere, und seine Mundbewegungen waren unkontrolliert.

Die Helikopterbesatzung, eine Pilotin und ein Arzt, beide in einem roten Overall, eilten mit dem Nötigsten für die Erstversorgung herbei.

»Mein Vater ist eine zähe Natur«, sagte die Pilotin.

»Dann sind Sie die Tochter des Vaters?«, brachte Hosang tapsig hervor.

Sie lachte auch in diesem angespannten Moment: »So ist es, ich heiße Maria Berchtolt, man nennt mich auch Libelle.«

Hosang war erleichtert, dass er nicht mehr allein hier stand und ihm die Verantwortung für seinen Bergführer von erfahrenen Rettungskräften abgenommen wurde. Die Libelle nannte den Arzt ›Zeni‹. Hosang schloss daraus, dass die beiden nicht ihren ersten gemeinsamen Einsatz flogen. Das Retterduo machte einen eingespielten Eindruck, alles ging sehr schnell, beinahe wortlos – Routine. Zeni hatte den Oxy-Bag mit Sauerstoff, Intubations- und Beatmungsmaterial bei sich, dessen Einsatz nicht nötig war, denn der Primus war schon wieder ansprechbar und begann bereits zu philosophieren.

»Die Gefährlichkeit von Steinschlag hat mit der Größe der Gesteinsmasse nichts zu tun«, gab er noch etwas verwirrt zu bedenken. Mit der Hilfe von Maria konnte er sich aber wieder aufsetzen und war ganz anwesend. Kreislaufkollaps war die Diagnose, weiter nichts Tragisches, aber zur Sicherheit würde man ihn nach Brig ins Spital fliegen.

»Dorthin, wo man gestorben ist, wenn man nicht mehr hinauskommt«, meinte Berchtolt schelmisch.

In Hosangs Kopf geisterte das Wort *Steinschlag* umher. War in Berchtolts Erinnerung Steinschlag der Grund für seinen Zusammenbruch? War er von einem kleinen Stein getroffen worden? Dann hätte man Anzeichen einer Verletzung sehen müssen. Vielleicht kam auch einfach das Steinschlagtrauma eines früheren Erlebnisses hoch – oder das Unergründliche schlug nach seinem Hirn. Dass vom Rätsel ein wie auch immer gearteter Einfluss ausging, sobald man sich ihm näherte, wurde für Hosang beinahe schon zur Gewissheit – er war ja selbst mehr als nur leicht angeschlagen.

»Sie können mitfliegen, wenn Sie wollen, und von Brig aus mit der Bahn zur Riederalp zurückkehren«, bot die Libelle Hosang an.

Bevor er in den Helikopter stieg, kam ihm ein beiläufiges »Übrigens, der Stein des Anstoßes liegt hier« über die Lippen, und er wies auf das Rätsel.

»Darüber reden wir später«, bemerkte Zeni kurz angebunden und brachte damit unmissverständlich zum Ausdruck, dass für ihn das Rätsel bedeutungslos war, verglichen mit einem Menschenleben. Hosang nahm es hin. Als korrekter Schweizer Bürger war er ohnehin damit beschäftigt zu überschlagen, was sich an Kostenfolgen aus diesem Rettungseinsatz ergeben würde: Immerhin befanden sie sich auf einem weiß-rot-weiß markierten Bergweg, die Haftung lag bei den Unfallverursachern und konnte ihm in die Schuhe geschoben werden.

Als der Hubschrauber abhob, sah Hosang, wie die Blumen auf der Wiese nach allen Seiten gezerrt wurden, als würden zwei Wetterfronten unnachgiebig aufeinanderprallen. So kleine zarte Pflänzchen hielten den Kräften dieses Motorenmonsters problemlos stand, dachte er, und lobte stillschweigend die Natur. Kurz bevor die Libelle den Tälligrat überquerte, schaute Hosang durch den Feldstecher noch einmal zurück auf den Märjelensee. Er erschien ihm nicht größer als ein Tümpel und er sah, wie sich einige Dohlen von den Strahlhornfelsen her in die Tiefe stürzten. Keine Nonnen, nein, schwarze Königinnen der Lüfte, die sich nun dort niederlassen würden, wo Berchtolt und er appetitlos gepicknickt hatten. Trockenfleisch, Pumpernickel, Birne und ein hartgekochtes Hühnerei standen heute auf dem Speisezettel der Allesfresser – offeriert von Hans Heinrich Hosang.

Die zehn Flugmeilen bis nach Brig nutzte Zeni für die Kontaktaufnahme mit dem Spital und gab Entwarnung. Herzrhythmus, Blutdruck, Körpertemperatur und Atemfrequenz des Patienten würden keine Notmaßnahmen erforderlich machen, er war unverletzt, bei vollem Bewusstsein und guter Dinge.

Der Primus hatte das Gespräch über Kopfhörer mitverfolgt und meldete sich persönlich zu Wort. »Das Holzkistchen können wir uns für später aufsparen, Herr Sensemann. Du weißt ja, Maria, wo das Geld dafür bereitliegt.«

»Typisch Papa«, meinte die Libelle, »sobald es ihm etwas besser geht, markiert er gleich wieder den Primus.«

Als Berchtolt vor dem Briger Spital aus dem Eurocopter stieg und mit beiden Beinen auf dem Boden festen Halt gefunden hatte, wurde ihm von einer weißbeschürzten Krankenpflegerin mit aufgestecktem Haar und Häubchen ein Rollstuhl in die Kniekehlen geschoben. Der Primus sträubte sich vehement dagegen, wie ein Stück Ware in diesen Spitalschubkarren verfrachtet zu werden. Er sei mitnichten hinfällig, stellte er fest, fuchtelte mit den Armen wild umher und verlangte nach seinem Pickel, den ihm seine Tochter auch umgehend mit vorwurfsvoller Milde reichte.

Von Hosang verabschiedete sich Albrecht Berchtolt mit einem knappen »Vergelt's Gott« und marschierte auf den Spitaleingang zu, als wollte er zum Fitnesstest antreten.

Maria bedankte sich bei Hosang für das beherzte Handeln und wünschte ihm, dass sie ihn nie aus einer ähnlichen Lage würde bergen müssen.

Wo immer er fremd war und einen kleinen Hunger verspürte, ging Hosang ins Bahnhofbuffet, sofern es ein solches gab. In Brig fand er alle drei Kriterien erfüllt. Das Bahnhofbuffet Brig lag direkt am Nordportal des Simplontunnels, durch den die Eisenbahn im Fahrplantakt Menschen, Tiere, Karossen und andere Güter nach Italien beförderte – oder von Italien in die Schweiz. Irgendwo im Bergesinnern befand sich der Punkt, der das Land im kalten Norden vom Land im warmen Süden messerscharf trennte. Ob an dem Grenzpunkt eine heilige Barbara ebenso doof posierte wie im feuchten Loch unter dem Tälligrat, entzog sich Hosangs Kenntnis. Sicherlich gab es dort im Bergesinneren keinen eingemauerten Opferstock für klerikale Bettlereien, dafür aber ganzjährig drückend heiße Temperaturen bis weit über dreißig Grad.

Im Bahnhofbuffet Brig trank Hosang ein Bier und griff nach einem der legendären Schinkensandwiches, die in einem geflochtenen, halb kaputten Körbchen auf dem Tisch thronten. Diese Sandwiches, so rühmten sich die Zulieferer seit Jahrzehnten, kamen jeden Tag frisch zubereitet in die Buffets, an Imbissstände, in Verpflegungsautomaten und natürlich in alle SBB-Züge mit Minibars. Die Sandwiches waren vor allem dafür bekannt, dass man auch ohne Zähne in sie beißen konnte.

Hosang erinnerte sich an die Schinkensandwiches in der SBB – was für drei stolze Buchstaben, SBB, Schweizerische Bundesbahn. Als kleiner Knirps wartete er während der Bahnreisen jeweils auf das Gerumpel des ›Wägelis‹, das von einem Mann, selten von einer Frau, einmal durch den gesamten Zug gestoßen, geschubst, gezogen und gezerrt wurde, und wieder zurück. Zu den Zieh- und Zerrgeräuschen des ›Wägelis‹ gehörte als fester Bestandteil noch der monotone Singsang, in dem das Wägeli-Personal das Angebot herunterleierte. Die einen taten es schrecklich gelangweilt, andere wiederum leicht melodiös, leidend oder mit einem nasalen Timbre. Es war immer derselbe Spruch, in unveränderbarer Reihenfolge auswendig gelernt, einstudiert in einem Einführungskurs: »Cigar-Cigarette-Tee-Café-Chocolat-Sandwich-Bier-Mineral.«

»Cigar-Cigarette-Tee-Café-Chocolat-Sandwich-Bier-Mineral.« Der kleine Hans Heinrich spitzte die Ohren und wartete nur auf sein Stichwort, nämlich Sandwich. Sobald er es hörte, sah er aus, als hätte jemand eine Glühbirne in seinem Gesicht angeknipst. Aber mehr als einmal wurde er bitter enttäuscht, als es dann hieß, die Sandwiches seien bereits ausverkauft. Es ärgerte den kleinen Hosang maßlos, dass die geistigen Kapazitäten des Zugpersonals in diesen Fällen nicht ausreichten, um den Punkt ›Sandwich‹ aus dem Angebots-Geleier einfach zu streichen.

»Deswegen geht die Welt doch nicht unter«, pflegte die Mutter den Kleinen zu trösten, und Hans Heinrich bekam stattdessen eine Toblerone – sofern sie nicht schon alle weg waren.

Hosang verschluckte sich an einem Bissen Schinkensandwich im Briger Bahnhofbuffet, als er zu seinem Schrecken feststellte, wie das Lokal von einer Schar Alpendohlen gestürmt wurde. Er brauchte keinen Feldstecher, um festzustellen, dass es sich um Nonnen handelte. Offenbar war soeben ein Zug aus Domodossola eingefahren. Die Ordensschwestern, alle im mittleren und oberen Alterssegment und alle von erstaunlich gleichförmig üppiger Unschönheit, schwappten als Einheitsbrei in den Saal. Innerhalb von Sekunden hatten sie das ganze Buffet in Beschlag genommen und belagerten sämtliche freie Tische. Nussgipfel rangierten hoch oben auf der Beliebtheitsskala, und sie wurden mit Milchkaffee, Kräutertee, Orangensaft, Süßmost oder Wasser hinuntergespült. Letzterem mischten einige Nonnen ihre eigene Mixtur bei, ein Wässerchen oder ein Pülverchen. Sie schwatzten wie die Spatzen. Italienisch. Hosang ging davon aus, dass sich die Laptopnonne nicht in diesem Schwarm befand. Hastig stürzte er seine Stange hell die Kehle hinunter, steckte das angebissene Sandwich in den Rucksack, legte eine Zwanzigernote – viel zu viel – auf den Tisch, in der Hoffnung, sie würde den Weg in die Kasse des Buffets finden und keinem Kirchentopf zum Opfer fallen. Fluchtartig verließ er das Lokal, denn die ersehnte lange Weile hatten ihm die Nonnen gründlich verdorben.

Die Bergruhe auf der Riederalp war nach diesem aufwühlenden Tag wohltuend. Hosang setzte sich im Hotel ziemlich ausgelaugt an den Tisch zum Abendessen (Tagessuppe oder Saisonsalat, Gehacktes dreierlei und Hörnli mit einem Spiegelei, dazu den obligaten Zweier ›Rosé de Goron Claroz‹, zum Dessert ein Erdbeersorbet). Als ihm die Gerantin den Teller servierte, sagte er instinktiv »Sehr gut«, um der Frage nach dem Lunchbeutel zuvorzukommen.

Da saß er also abwesend vor dem Essen und starrte minutenlang auf das Spiegelei – ausgerechnet heute gab es Ei. Was zum Teufel steckt hinter diesem Dohlenei am Märjelensee, das keines ist, fing es in seinem Kopf wieder zu brodeln an. Er erinnerte sich an den Vormittag, ans Bergführerbüro, wo der kleine Cyril einen Osterhasen gezeichnet hatte – einen Osterhasen im Juni. Hosang wanderte in Gedanken ein halbes Jahrhundert zurück: Ostern war eben vorbei, und er stand vor einem Rätsel, dessen Lösung er überzeugt war als Erster gefunden zu haben: Fräulein Krebs, die Kindergärtnerin, empfing die Kleinen, die bemalte Ostereier in bunten Umhängetäschchen mit sich trugen. Buben und Mädchen kauerten im Kreis am Boden, Fräulein Krebs in der Mitte. Sie wartete gleich zu Beginn mit einer kniffligen Rätselfrage auf: Was denn zuerst gewesen sei, das Huhn oder das Ei. Angespannte Stille, große Augen, fragende Blicke. Dann die ersten zögerlichen Stimmchen »Das Ei«, »Das Huhn, äääh«, »oder vielleicht doch ... oder, äääh, nein, äääh...«, die Meinungen waren geteilt. Es wurde gezweifelt, gewerweißt und bald wild durcheinandergeredet. Genau das wollte Fräulein Krebs mit ihrer blöden Frage bewirken, denn nun konnte sie den Kleinen eine erste pädagogische Lektion verpassen: »Was soll dieses Gegacker, das ist ja wie in einem Hühnerstall. Wenn alle gleichzeitig plappern, versteht man nichts. Also Kinder: Was war zuerst, das Huhn oder das Ei?«

Jetzt schrien die einen »Das Huuuuuhn!« und wurden von den anderen mit »Das Eeeeiiiii!« niedergeschrien. Nur der kleine Hans Heinrich schrie nicht und nahm auch am Gegacker nicht teil, was dem aufmerksamen Fräulein Krebs natürlich nicht entgangen war. Sie glaubte bereits, in ihrer neuen Gruppe einen Autisten diagnostiziert zu haben, einen Sonderling, den man besonders einfühlsam behandeln musste. »Und was meint Hansli, das Huhn oder das Ei?«, fragte sie ihn.

Es wurde mucksmäuschenstill und alle Augen richteten sich auf Hansli, der sagte: »Der Osterhase. Und ich heiße Hans Heinrich, Fräulein Krebsli.«

An die Reaktion der Kindergärtnerin und der anderen Kinder erinnerte er sich nicht mehr, nur noch daran, dass er sehr stolz gewesen war auf seine lausbübische ›pädagogische Lektion‹. Heute wunderte er sich über seine damalige Unverfrorenheit. Denn diese wurde ihm im Laufe der folgenden qualvollen Schuljahre durch konsequent praktizierte Persönlichkeitsvertilgung seitens der Lehrer gründlich und nachhaltig ausgetrieben.

Wieder auf dem Zimmer, war ein Rosenwasser überfällig. Und ein zweites für diesen Tag, der für ihn doch ein gutes Ende genommen hatte – zumindest beinahe. Morgen Abend würde er wieder daheim sein, dachte er. Doch das dritte Rosenwasser lenkte seine Gedanken mit aller Macht weg von Hasen und Ostereiern zurück zu dem anderen Ei, Dohlenei, Kuckucksei, Ei oder Nichtei, Stein oder Nichtstein, Hexenköder oder ... und auf einmal war da wieder der Satz, den Berchtolt halb umnachtet gemurmelt hatte: *Die Gefährlichkeit von Steinschlag hat mit der Größe der Gesteinsmasse nichts zu tun.* Der Satz dröhnte so heftig, dass Hosang das Gefühl hatte, seine Schädelknochen vibrierten wie das Becken eines Schlagzeuges. Er wurde förmlich durchgeschüttelt vom Rätsel am Märjelensee, vom Unerklärlichen, vom Unmöglichen, von diesem Gebilde, das sich einer Erklärung so standhaft entzog. Hosang entschloss sich, dem Kinde zumindest einen Namen zu geben, denn das vermittelte immerhin die Illusion von Greifbarkeit. Wie schließlich sollte man erkennen, was man nicht einmal benennen konnte? Er entschied sich ganz pragmatisch für ›Aletsch-Ei‹.

Sollte dieses Aletsch-Ei unmöglich sein, nur weil es nicht erklärt werden konnte? Es stellte ja nicht einmal etwas infrage. Es setzte keine Gesetzmäßigkeiten außer Kraft, es korrigierte sie allenfalls oder fügte neue hinzu. Das Aletsch-Ei war einfach da. Er selbst war derjenige, der alles infrage und auf den Kopf stellte, nicht das Ei. Er spürte, dass er alles, woran er in seinem Leben bislang geglaubt hatte, einer Prüfung unterziehen musste. Die Schule hatte sich die größte Mühe gegeben, ihm einzutrichtern, dass die exakten Wissenschaften in der Lage seien, für alles eine Erklärung zu finden und diese mit handfesten Beweisen zu zementieren. Alles, was sich nicht beweisen ließ, sei entweder vorläufig oder gehöre, wenn überhaupt, ins Reich des Glaubens und des Aberglaubens, der Narren, Spinner, Magier und Scharlatane. Hosang erinnerte sich, wie er als Jugendlicher einmal zu fragen wagte, ob die Naturwissenschaften nicht nur meinten, an den Ufern des Unbekannten zu forschen, während sie in Wirklichkeit über den morastigen Tümpel des bereits Bekannten nicht hinauskamen. Es blieb bei dieser einen – im Übrigen unbeantwortet gebliebenen – Frage, denn Hosang lernte bald einmal, dass man als Stopfgans bequemer durchs Schülerleben kam als mit Nachdenken: Schnabel auf, Fakten rein, Klappe zu. Nach diesem Motto machte Hosang die frühe Bekanntschaft mit dem Fluch des Wissens – und er wurde ihn nie mehr los.

Noch schlimmer war der Religionsunterricht: Mit der evangelisch reformierten Version der Wahrheit konnte Hosang ebenso wenig anfangen wie mit ›Aschenputtel‹, ›Rotkäppchen‹ und dem ›Froschkönig‹. Dass Wahrheit stets nur der im Moment akzeptierte Irrtum ist, schien außer ihn niemand zu interessieren. Wie einfach war doch der Herr Pfarrer Bürgli in Verlegenheit zu bringen, wie leicht war es, ihn mit unbequemen Fragen in Unterweisungsnotstand zu befördern, wie simpel, ihm die Schamesröte in die Ohren zu pumpen.

Zu seiner großen Erschütterung musste Hosang sich eingestehen, dass er erkenntnistheoretisch kein Jota weiter war als damals in der Pubertät. Die Jahre waren vergangen, und er wusste noch immer nicht, wie die Welt zu betrachten war, wenn weder Wissenschaft noch Religion der Wahrheit näher kamen. »Nur dass ich jetzt schon wieder das vierte Rosenwasser in mich hineinschütte«, was er prompt auch tat.

Die Bergwelt ist schon immer auch die Heimat von geheimnisvollen Geistern gewesen. Es ist verdammt schwierig, das plausibel zu erklären. Hosang erinnerte sich wieder an Berchtolts Nachdenklichkeit kurz vor dem Kollaps. Jetzt lag er im Spital. Ein Kistchen brauche er noch nicht, hatte er gesagt, und in ein paar Tagen würde er auf die Riederalp zurückkehren und allen erzählen, was ihm widerfahren war. Oder er würde schweigen, *dem guten Einvernehmen mit Hexen, Dämonen und unheimlichen Gestalten* zuliebe. Vielleicht hatte er aber auch einen richtigen Blackout und wusste von nichts mehr. *Das wäre das Beste für mich,* wollte Hosang frohlocken, *wenn niemand vom Aletsch-Ei erführe.* Aber da waren noch andere: Heidy Berchtolt, Maria Berchtolt, Zeni. Und sicherlich gehörten dem Berchtolt-Clan noch andere an. Vielleicht verbreitete sich ja das Aletsch-Ei – wenn auch nicht unter diesem Namen – bereits wie ein Lauffeuer und fraß sich vom Rhonetal aus in die Walliser Seitentäler, über alle Pässe und Berge. Vielleicht wusste der Pfaff schon davon, der Bruder von Albrecht Berchtolt, vielleicht hat er die Vreni in der Gletscherstube benachrichtigt, und sie wird beim nächsten

Gratzug am Lagerfeuer eine neue Sage aus der Gratzug-Suppe löffeln. Darauf hatte Hosang jetzt keinerlei Einfluss mehr. Er musste sich auf alles gefasst machen.

Um sich abzulenken, packte er seine Siebensachen für die Heimreise am nächsten Tag zusammen. Im Rucksack fand er das angebissene Schinkensandwich aus dem Briger Bahnhofbuffet. Er zerrupfte es in dohlengerechte Portionen und warf sie zum Fenster hinaus. Die mitternächtliche Uhrzeit und ein fünftes Rosenwasser legten ihn aufs Ohr. Sogar die drohenden Arvenaugen im Zimmer gaben sich schläfrig.

5

Der andere Morgen war neblig, aber Hosangs Geist klar. Zur Abreise bereit, trat er an seinen Frühstückstisch, an dem bereits zwei bullige Typen warteten und Kaffee tranken. Es waren imposante Muskelprotze, die Bodyguards hätten sein können. Oder Gewichtheber. Aber sie trugen Bergsteigerkleidung und stellten sich als Albin und Pirmin Berchtolt vor, Söhne von Albrecht Berchtolt.

Die gleichen einander ja wie ein Ei dem anderen, fuhr es Hosang durch den Kopf, als er die beiden kahl geschorenen, markant eierförmigen Köpfe auf den muskulösen Hälsen sah. Sie waren tatsächlich eineiige Zwillinge, wie Hosang später erfahren sollte. Zunächst aber vernebelte die spontane Ei-Assoziation seinen eben noch so klaren Geist. »Höchste Zeit, dass ich abreise, ich sehe sonst überall nur noch Eier«, murmelte er verstört.

Dem Vater gehe es gut, nach dem, was gestern vorgefallen sei, versicherte Albin oder Pirmin, Hosang konnte es beim besten Willen nicht sagen, und der andere, Pirmin oder Albin, fügte hinzu, die Ärzte wollten ihren Patienten noch bis morgen früh zur Beobachtung in Brig behalten. »Reine Vorsichtsmaßnahme der Weißkittel, nicht wahr, und Zusatzeinnahmen für das Spital«, sagte der andere.

Nachdem sich auch Hosang vorgestellt hatte, sagte er: »Ich nehme an, Sie wollen mit mir über das Aletsch-Ei reden.«

Die Brüder runzelten synchron die Stirn und schauten sich verdutzt an.

»Sie wissen schon, was ich meine«, sagte Hosang etwas unwirsch, »besser gesagt, wir wissen ja alle nicht, was es ist, ein Dohlenei, ein Kuckucksei, ein Stein oder gar ein Hexenköder, wie Ihr Vater sagt.«

Sie wären ihm dankbar, sagten die Eierköpfe, wenn sie das Gespräch ungestört im Haus des Vaters fortsetzen könnten.

Er reise heute ab, erwiderte Hosang mit einem Blick auf seine Uhr, und habe eigentlich vor, um neun Uhr ins Tal zu fahren.

Einer der Berchtolt-Brüder drängte höflich, aber bestimmt: »Es ist außerordentlich wichtig, es geht um viel, um sehr viel, nicht wahr, und Sie kommen heute auf jeden Fall noch nach Hause, das versprechen wir Ihnen.«

Hosang willigte ein.

Das Haus von Albrecht Berchtolt gleich neben dem Bergführerbüro war ein alter Walliserbau aus Lärchenholz mit einem gemauerten unteren Teil. Ins Wohnzimmer gelangte man durch die Küche, was typisch war für die Walliser Bauweise. Es roch nach süßem Gebäck. Hosang betrat eine Arvenstube und duckte sich reflexartig, denn die Decke hing tief, und die knorrigen, zum Teil leicht durchhängenden Balken machten die Stube noch niedriger. Es war ein Eckzimmer mit kleinen Fensterreihen. In der Mitte des Raumes stand ein massiver Arventisch auf einem rohen und durchgetretenen Lärchenparkett. Rund um den Tisch reihten sich zehn Stabellen mit kunstvollen Kerbschnitzereien. An einer Wand schlummerte ein altes Stoffsofa vor sich hin, darüber hingen eingerahmte Familien- und Bergfotos, alle schwarz-weiß, und in einem Respekt zollenden Abstand das kolorierte Bild des Generals. Von der Ablagefläche eines Arvenbuffets aus äugte eine ausgestopfte Alpendohle in den Raum. Sie krallte sich auf einem Sockel aus Granit fest und schien die ganze Stube zu beherrschen. Ein schwarzes Wandtelefon klebte rechts neben dem Türrahmen wie ein Extremkletterer auf der Direttissima einer Felswand. Einen Fernseher gab es in dieser Stube nicht, was

Hosang angenehm auffiel, denn er selbst hatte daheim auch keinen.

»An diesem Tisch halten wir jeweils Familienrat«, sagte ein Berchtolt, fast etwas Respekt einflößend, und bat Hosang, sich zu setzen. »Wo Sie wollen.«

»Danke.« Hosang wählte eine Stabelle mit Sicht auf die ausgestopfte Dohle, die ihn in seinen Bann zog. Am liebsten wäre er auf sie zugegangen und hätte gefragt, was dieser Vogel mit dem Aletsch-Ei zu tun hatte, aber er konnte sich gerade noch zurückhalten.

»Der Primus hat uns den gestrigen Tag in allen Einzelheiten geschildert, nicht wahr«, begann einer der Zwillinge, »und darum weiß ich auch schon, dass Sie Bescheid wissen, wenn wir vom Primus und von der Libelle reden.«

Einen so ungezwungenen Gesprächsauftakt hatte Hosang angesichts der Bedeutung dieser Begegnung nicht erwartet. Er empfand die Atmosphäre als beinahe familiär. Das entkrampfte auch seine Zunge: »Dann wissen Sie bestimmt schon, dass ich eine Dohlenschar für eine Nonne gehalten habe.«

Sie lachten, wurden aber sogleich wieder ernst. Albin und Pirmin bedankten sich für Hosangs beispielhafte Reaktion nach dem Zusammenbruch des Vaters. Dann brachte ihnen die gute Fee – so nannten die Zwillinge Heidy, die auch die Frau von Pirmin war – eine Kanne Kaffee und dazu einen Teller mit frisch gebackenen ›Spitzbuben‹. Sie ging, nachdem auch sie Hosang strahlend die Hand gereicht hatte, wieder zur Stube hinaus und schloss die Tür hinter sich.

»Das Wichtigste vorweg, oder?«, nahm nun der eine nach dem ersten Schluck Kaffee das Gespräch auf: »Die ganze Sache darf unter keinen Umständen an die Öffentlichkeit kommen, oder nicht?«

Hosang reagierte spontan mit einem zustimmenden Kopfnicken. »Das ist ganz in meinem Sinn.« Es fiel ihm ein Stein vom Herzen.

»Stellen Sie sich den Auflauf hier oben vor, nicht wahr«, fuhr der andere fort. »Wenn man vom Aletsch-Ei, wie Sie es nennen, etwas erfahren würde, wäre das für die ganze Region eine bare Katastrophe, nicht wahr? Pirmin sieht das genauso.«

»Touristisch zwar auf den ersten Blick gewiss eine reizvolle Attraktion, oder nicht?«, gestand Pirmin, »aber sie würde uns die Gegend kaputt machen.«

»Nicht wahr, es reicht schon, dass die Riederalp in einem Gebiet liegt, das zum UNESCO-Naturwelterbe ernannt worden ist. Ich weiß nicht, ob Sie davon wissen. Viele Machthungrige und Geldgierige sagen jetzt der ganzen Region goldene Zeiten voraus, nicht wahr?«, erklärte Albin, und sein Bruder ergänzte nahtlos.

»Sie planen ja bereits weitere Luftseilbahnen, oder nicht? Den Grat zwischen Moosfluh und Bettmerhorn wollen sie durchbohren und ganz Aletsch in Richtung Obertälli Märjela und Jungfraujoch erweitern, eine Verrücktheit, oder?«

»Es gibt aber zum Glück auch Gegenkräfte, die mit allen Mitteln verhindern wollen, dass die Region wirtschaftlich versaut wird, nicht wahr?«

»Zu diesen gehören auch die Berchtolts, wir wollen hier oben ja schließlich kein Disneyland, oder?«

Hosang hatte nun keine Mühe mehr, die Zwillinge voneinander zu unterscheiden, er brauchte ihnen nicht einmal länger ins Gesicht zu schauen, denn ihr linguistisches Markenzeichen war unverwechselbar.

»Wir wissen natürlich, dass Sie der Entdecker des seltsamen Steins sind. Sie, Herr Hosang, können das Ei vermarkten, können Kapital daraus schlagen, womöglich weltberühmt werden, nicht wahr, das können wir Ihnen nicht einmal verbie…«

Hosang hatte längst verstanden, auf was die Zwillinge hinauswollte, und unterbrach: »Das Aletsch-Ei darf nicht in die Schlagzeilen geraten, ich sehe das auch so. Auf mich können Sie zählen, ich unterschreibe sofort und ohne Bedingungen jedes Geheimhalteabkommen.« Er dachte keine Sekunde daran, dass ihn ein solches Versprechen einmal in Schwierigkeiten bringen könnte.

Das Brüderpaar war sichtlich erleichtert. Pirmin sagte: »Das machen wir ganz unbürokratisch, oder? Unter Berglern gilt ein einfacher Handschlag.«

Sie standen auf und legten in der Tischmitte mit einer beinahe feierlichen Geste die Hände aufeinander. Dann setzten sie sich wieder, tranken Kaffee und verzehrten ›Spitzbuben‹.

»Alle Familienratsbeschlüsse werden bei uns auf diese Weise besiegelt, nicht wahr, sie sind mehr wert als jeder Fetzen Papier.«

»Ein Berchtolt-Ritual.«

»Und was unternehmen Sie jetzt?«, fragte Hosang.

»Gar nichts, das heißt, wir werden morgen, wenn der Vater wieder hier sitzt, Familienrat halten. Und jetzt, da wir auf Ihre Verschwiegenheit zählen dürfen, werden wir beschließen, dass das Rätsel unser Geheimnis bleibt, das Geheimnis der Berchtolts, oder nicht?«

»Aber damit wir überhaupt wissen, über was wir reden respektive schweigen, werden Pirmin und ich noch heute mit der Libelle zum Märjelensee fliegen, um einen Augenschein vor Ort zu nehmen.«

Das schwarze Wandtelefon läutete. Der Primus meldete sich aus dem Spital und wollte wissen, was Hosang gesagt hatte. Albin konnte ihn beruhigen, alles sei, wie sie es sich wünschten, und: »Auf Herrn Hosang können wir uns verlassen, nicht wahr, genau so, wie du dich gestern auf ihn hast verlassen können.«

»Ein ganz feiner Kerl, oder nicht?«, rief Pirmin aus dem Hintergrund. Hosang seinerseits wirkte fast beschämt.

Im Spital war gerade Arztvisite, und der Primus musste aufhängen.

»Die Weißkittel belagern ihn schon wieder«, murmelte Albin, als er den Hörer einhängte. »Entschuldigen Sie, aber mein Verhältnis zur Ärztezunft ist nicht so rein wie die Kittel.«

»Es geht mir nicht anders«, bekräftigte Hosang.

Pirmin schenkte nochmals Kaffee nach, der ›Spitzbuben‹-Berg wurde minütlich kleiner und die Unterhaltung merklich entspannter. Die Zwillingsbrüder merkten, dass Hosang einer von ihnen war, und Hosang hielt die Berchtolts ebenfalls allesamt für gute Leute. Deshalb zögerte er nicht mehr zu fragen, wie sie denn zur ausgestopften Bergdohle auf dem Buffet gekommen waren, »ein faszinierendes Tier, finden Sie nicht auch?«.

»Ja, schon, und ein schicksalhaftes noch dazu, nicht wahr?«

»Eine gleichermaßen traurige wie glückliche Erscheinung, oder nicht? Die Dohle nennen wir ›die Göttliche‹. Sie lag tot im Schnee vor diesem Haus. Es war an jenem bitterkalten Februarmorgen, an dem mein Bruder und ich zur Welt gekommen sind und der Herrgott unsere Mutter zu sich genommen hat.«

Hosang verschlug es den Atem, doch die Zwillinge blieben gelassen.

»Nicht wahr, sie hat unsere Geburt nicht überlebt.«

»Bis heute wissen wir nicht, was die Göttliche zu bedeuten hat, oder nicht? Die einen sagen, sie hätte zwei Menschenleben gebracht und eines mitgenommen, das Glück sei größer als das Leid.«

»Und die Schwarzseher versteigen sich zu bösen Geschichten. Sie glauben, diesem Haus leuchte eine schwarze Sonne den Weg. Wir könnten das alles bis zum Wahnsinn hinterfragen, aber das bringt nichts. Wenn wir unserer Mutter im Jenseits die Ruhe gönnen, dann zollen wir auch der Göttlichen im Diesseits Respekt und lassen sie in Ruhe. Jetzt erst recht, nicht wahr?«

Hosang hatte gar keine Zeit, etwas zu erwidern – und er hätte auch gar nicht gewusst, was.

»Eine Frage hätte ich noch«, fuhr Pirmin fort. »Warum sind Sie eigentlich zu uns gekommen? Warum haben Sie das Aletsch-Ei nicht einfach für sich behalten?«

Hosang war weder darauf gefasst, noch reagierte er verwundert: »Diese Frage hat mich die ganze vorletzte Nacht hindurch beschäftigt. Und als ich gestern im Hotel beim Frühstück saß, wurde mir klar: Ich brauchte einen Zeugen, und zwar nicht irgendeinen, sondern infrage kam nur ein Bergkundiger von hier. Ich hatte das dringende Bedürfnis, einen verwurzelten Einheimischen einzuweihen, einen Naturverbündeten, und als solchen habe ich Ihren Vater kennengelernt. Ich wollte mir bestätigen lassen, dass ich nicht verrückt bin. Als ich mit Ihrem Vater dann im Jeep zur Bettmeralp fuhr, fragte ich mich allerdings wieder, ob ich richtig gehandelt hatte. Seit dem Fund surren meine Gedanken um dieses vermaledeite Ei wie Nachtfalter um eine Lichtquelle. Vor allem aber hat mich der Mönch Giordano Bruno nicht mehr losgelassen.«

Hosang erzählte den Zwillingen nun vom Artikel im Magazin, den er auf der Anreise im Lötschbergtunnel gelesen hatte – vom Mönchlein, das für seine Wahrheit auf dem Scheiterhaufen hatte Platz nehmen müssen. Wie die beiden Brüder zum Glauben und zur Kirche standen, traute er sich noch nicht zu fragen, erfuhr es aber zumindest zwischen den Zeilen von Albin:

»Wir kennen ja den Untergang des Heiligen Römischen Reiches, nicht wahr, und auch seine Totengräber sind uns bekannt.«

Pirmin wählte sogar noch deutlichere Worte: »Wir tragen nicht einmal ein Brustkreuz mit uns herum, wir kriechen niemandem zu Kreuze.«

»Als Alleinwissender hätte ich die Riederalp nicht verlassen können«, erklärte Hosang weiter. »Und jetzt wissen bereits andere vom Aletsch-Ei, aber ich hoffe, es sind alles verschwiegene Leute.« Dann fügte er nicht ganz ohne Nachdruck hinzu: »Im Übrigen: Wer weiß denn, dass *ich* der Entdecker bin? Das Ei haben vor mir vielleicht schon andere gesehen, vielleicht schlauere Zeitgenossen als ich.« Hier hielt er kurz inne, um die Frage zu provozieren, die jetzt kommen musste. Hosang täuschte sich nicht.

»Was meinen Sie mit ›schlauere Zeitgenossen‹?«, hakte Albin sofort nach. »Das klingt aber sehr misstrauisch.«

»Solche, die das Ei zu gegebener Zeit zuerst mit einem Paukenschlag als Weltsensation publik machen und dann vermarkten«, sagte Hosang. »Ich will den Teufel nicht an die Wand malen, aber das Aletsch-Ei liegt nun einmal an einer Stelle, wo schon Hunderttausende vorbeigekommen sind. Abgesehen davon hat mich ja ein Augenfalter auf das Ei aufmerksam gemacht. Er saß auf ihm, er hat es also vor mir entdeckt. Was wissen wir, was der Augenfalter weiß ...«

Die Zwillinge nahmen Hosangs Überlegungen besonnen zur Kenntnis. Alle drei richteten sie ihre Blicke auf die Göttliche. Die Alpendohle auf dem Buffet schien sich in diesem Augenblick noch beharrlicher an ihrem Granitsockel festzukrallen.

Als sie sich von ihren Stabellen erhoben, läutete das Telefon erneut. Pirmin nahm ab und hörte lange Zeit schweigend zu. Hosang wartete, denn er wollte sich von beiden Brüdern verabschieden. Sein Auge blieb an der offen daliegenden Bibel hängen, und er las den Satz: *Der Wind weht, wo er will, und du hörst sein Sausen; aber du weißt nicht, woher er kommt, noch wohin er fährt. Ein wunderbarer Satz*, dachte er.

»Ja … gut … ja, Vater«, nickte Pirmin am Hörer »jaja, das besprechen wir alles, mach dir keine Sorgen und erzähl nichts davon … jaja, lass ihn nur schwatzen, du kennst doch das Wallis, oder nicht? Da geht's zu wie in Waschküchen und Treppenhäusern … jaaa … gut. Komm lieber gesund wieder heim.« Dann hängte er den Hörer auf die Gabel und sagte zu seinem Bruder: »War ja nicht anders zu erwarten, oder? Onkel Liebgott bibelt schon wieder und bearbeitet den Vater mit weiß was für drohenden Teufelsplagen.«

Albin antwortete nicht, und Hosang wollte sich nicht einmischen.

Die Pendeluhr schlug elf Mal auf die Feder des Schlagwerks und produzierte einen Ton, der einem *Cras-cras* sehr nahe kam. Den kräftigen Händedruck, mit dem sich Albin und Pirmin von Hosang verabschiedeten, empfand er wie eine Versicherung dafür, dass nun alles, was sie miteinander besprochen hatten, unter dem Siegel des Familienrates verschlossen war.

Um die talwärts schwebende Luftseilbahnkabine herum verfingen sich letzte Nebelfetzen wie Tüllgardinen im Durchzug offener Fenster. Mit Hosang fuhr noch eine Familie zu Tal, Mutter, Vater, ein Mädchen und zwei Buben im Vorschulalter. Sie hatten viel Gepäck dabei, und jedes Kind hielt ein Schweizerfähnchen in der Hand. Auch vier Nonnen schwebten talwärts – es waren wirklich vier. Die Schwatznonnen, die gestern unter dem Vordach des Hotels gestanden hatten? Das war ebenso wenig auszumachen, wie sich einzelne Dohlen voneinander unterscheiden ließen. Der uniformierte Polizeikorporal Pius Abdeneggen war ebenfalls unter den Passagieren und plauderte angeregt mit der Familie:

»Ihr fahrt in die Ferien?«

»Jaaa, nach Rimini«, rief einer der Buben.

»Hohoo«, lachte Pius und wandte sich belustigt zum Vater.

»Passt auf, die Adria ist noch voller Bomben. Die Amis haben im Balkankrieg auf dem Rückflug zu ihrer Basis in Piacenza Ballast über dem Meer einfach ausgeklinkt und versenkt. Sie hatten den Befehl, Treibstoff zu sparen.«

Die Nonnen verzogen ihren Mund zu einer Miene gouvernantenhaften Missfallens.

Seltsamer Ferienratschlag von einem Polizisten, dachte auch Hosang, der mit etwas ganz anderem beschäftigt war: Zum ersten Mal kehrte er ohne Souvenir aus den Bergen zurück. Das rot-weiß karierte Taschentuch war leer, und leer fühlte auch er sich, obwohl er doch voller Eindrücke heimreiste, die zwischen gleichgültig und aufwühlend in allen Facetten durch seinen Kopf schwirrten, einmal flüchtig wie Quecksilber, einmal klebrig wie Teer.

In Brig mied er das Bahnhofbuffet aus Furcht vor einer erneuten ›Alpendohleninvasion‹. Er wartete auf dem Bahnsteig seinen Anschlusszug ab, der ihn durch den Lötschberg bringen sollte. Auf der gegenüberliegenden Seite sah er die Rimini-Familie in den bereitstehenden Zug durch den Simplon in Richtung Italien einsteigen. Die Kinder winkten und schwenkten fröhlich ihre Schweizerfähnchen. Hosang war gerührt und winkte zurück – doch noch ein kleines Souvenir.

Zur Rushhour fuhr der Intercity im heimatlichen Hauptbahnhof ein. Endlich strömte Hosang wieder stickige Luft entgegen – ein Gemisch aus Eisenbahnfeinstaub, Ausdünstungen schweißgesättigter Reisender und miefigem Gepäck – und vertrieb den Rest Bergluft, der sich noch in seinen Lungen befand. Die Leute hasteten wie Ameisen kreuz und quer durcheinander, die meisten davon mit dem Handy am Ohr, sie kamen an, reisten ab, stiegen um, warteten oder lungerten einfach nur herum, sie studierten Fahrplantafeln, stopften sich eilig Schokoriegel in den Mund, kauften Zeitungen, Snacks und Getränke, deponierten ihr Gepäck in Schließfächern oder mühten sich schleppend damit ab. Hosang sah Mütter mit Babys, Sehbehinderte mit weißen Stöcken, Geschäftsmänner in Einheitsgrau, Polizisten, Musikanten, Piloten, Heilsarmisten, Mönche und Nonnen – ja, er erblickte auch Nonnen in der Menge. Doch hier an diesem Ort störten sie Hosang nicht, sie gehörten einfach dazu. – Alles, wonach ihn jetzt verlangte, war ein Bier am Imbissstand, eine Stange hell.

Hosang stellte sich an einen runden, wackligen Aluminiumtisch mit klebriger Oberfläche, ließ den nicht abreißenden Lautsprecherdurchsagestrom an seinen Ohren vorbeirauschen und schaute dem Treiben zu. Das Bewegungswirrwarr hüllte ihn ein wie das seidene Netz einer Spinne, die Riederalp rückte in immer weitere Ferne, lediglich Erinnerungsfragmente schossen ihm noch durch den Kopf: die Aura der Arvenstube, der Geruch des Holzes, der Bibelspruch, den er nicht mehr ins Gedächtnis zurückholen konnte, die ausgestopfte Dohle.

In diesem Bahnhofsgetümmel weiß nur einer vom Aletsch-Ei, und das bin ich.

Als er nach dem letzten Schluck Bier das leere Glas auf den Stehtisch stellte, zuckte er zusammen. Eine Nonne huschte dicht an ihm vorbei, zielstrebig auf das S-Bahn-Gleis zu, das vor allem von Pendlern aus den westlichen Vorortgemeinden der Stadt frequentiert wurde. Er war nicht sicher, ob es sich um die Nonne vom Märjelensee handelte, eher unwahrscheinlich, dachte er. Und doch schien es ihm, als hätten ihre Augen kurz Kontakt gehabt, eine halbe Sekunde nur, in der er wieder dieses Lächeln auf ihrem Gesicht erkannt zu haben glaubte. Es ging alles zu schnell, als dass er hätte reagieren können, und schon war sie entschwunden. Er versuchte sich zu erinnern, ob sie eine schwarze lederne Umhängetasche für ein Laptop mit sich getragen hatte, war aber unschlüssig – und sowieso wäre das noch lange kein Erkennungszeichen gewesen, dachte er, Laptopnonnen waren heutzutage bestimmt kein Einzelfall mehr.

Die Berchtolt-Zwillinge waren bereit. Sie wollten an diesem Donnerstagnachmittag das Aletsch-Ei nicht bloß in Augenschein nehmen, sie wollten es aus der Welt schaffen. Davon hatten sie Hosang wohlweislich nichts erzählt, und auch ihrem Vater nicht. Aber von ihrem Onkel, Pater Josef, waren sie, wenn auch in verschlüsselter Form und nicht direkt von ihm selbst, mit einem dezidierten Auftrag betraut worden.

Pater Josef Berchtolt war der Familienälteste. Der Achtzigjährige hatte sich im Verlauf seines bewegten Priesterlebens einige Spitznamen erworben: ›Primus honoris‹ zunächst einmal deshalb, weil er der ältere Bruder vom Primus war. ›Onkel Liebgott‹ nannten ihn die Zwillinge Armin und Pirmin schon, als sie noch Dreikäsehochs waren, und in den abgelegenen Oberwalliser Seitentälern sprach man hinter vorgehaltener Hand vom ›bibelnden Pater‹, immerhin laut genug, um das Zweideutige daran weit über die Grenzen seines Reviers hinauszutragen. Wenn der Pater bibelte, dann wollte er damit Herzen bewegen. Doch ›Herzen bewegen‹ war eine milde Formulierung für das, was seine Bibelsprüche tatsächlich waren, nämlich Maßregelungen, Verordnungen, Zahlungsaufforderungen, Diktate, Befehle. Einen solchen hatte auch Albrecht Berchtolt im Spitalbett verpasst bekommen, der ihn seinerseits umgehend telefonisch weitergeleitet hatte, gerade als sich Hosang in der Arvenstube von den Zwillingen verabschieden wollte. *Schon ist aber die Axt an die Wurzel der Bäume gelegt. Ein jeder Baum nun, der nicht gute Frucht bringt, wird abgehauen und ins Feuer geworfen.* Das war der Auftrag, und er hieß nichts anderes als: *Das Ei, diese mysteriöse Entdeckung, ist des Teufels, und es muss weg.* Die beiden Muskelprotze Albin und Pirmin zweifelten keinen Augenblick daran, dass sie den Auftrag problemlos erledigen würden. Und das wiederum bedeutete, dass die zwei Kerle im Innersten weder Hosang noch ihrem eigenen Vater restlos glaubten, was diese über das Ei berichtet hatten.

Den Helikopter der Libelle beluden die Geschwister Berchtolt mit zum Kappen eines Vogeleis verhältnismäßig schwerem Gerät: Keilhammer, Brecheisen, Spitzhacke, Bohrhammer und Steinfräse – Werkzeuge also, die sonst in Steinbrüchen zum Einsatz kamen. Das Schwarzpulver zum Sprengen ließen sie jedoch lieber zu Hause, denn mit dem Knall hätten sie viele Tiere aufgeschreckt und womöglich Menschen in der Umgebung aufhorchen lassen – Vreni Abegglen-Abegglen und Xavier waren ja in der nahen Gletscherstube, vielleicht sogar auch ihr Stammgast, Onkel Liebgott.

Nachdem sie auf der Frühlingswiese beim Märjelensee gelandet waren, hatten sie vorerst einige Mühe, die Felsplatte mit dem Aletsch-Ei zu finden. In der Hektik des Vortages hatten Maria und Zeni bei der Bergung des Vaters vom Stein des Anstoßes kaum Notiz genommen.

Albin lachte, als sie es schließlich fanden: »Komm, das niedliche Ding schaffe ich doch allein, nicht wahr?«

Er rüttelte, rupfte, riss und tritt, doch das Ei tat keinen Wank.

»Lass mich mal ran«, drängte Pirmin ungeduldig und machte kurz darauf die gleiche Erfahrung. Beide schüttelten sie ratlos den Kopf, doch Albin gab sich noch nicht geschlagen.

»Dann halt mit härterem Geschütz«, murrte er, und schon

begannen die zwei Muskelprotze auf das Aletsch-Ei einzubengeln, was ihre gestählten Muskeln hergaben. Ohne Erfolg. Schließlich holten sie Bohrhammer und Steinfräse aus dem Helikopter, mit denen sie es nicht schafften, dem Rätselobjekt auch nur den kleinsten Kratzer zuzufügen, dafür aber einen Heidenkrach machten. Als Nächstes versuchten sie, die Felsplatte rundherum anzubohren, kamen aber auch mit dieser Methode nicht weiter. Nach rund vierzig Minuten standen sie schweißgebadet da und waren sprachlos. Auch Maria fehlten die Worte.

Es dauerte eine ganze Weile, bis die Berchtolt-Geschwister die Fassung wiedergefunden hatten. Dann gestand Albin nachdenklich: »Ich verstehe, warum Hosang das nicht für sich behalten konnte. Ich hätte die Last dieses Wissens, das ein Unwissen ist, auch nicht bis ans Ende meiner Tage allein mit mir herumtragen können.«

»Ja, und dass es für Vater zu viel war, muss man auch verstehen, oder?«

Die Idee von Maria, das Aletsch-Ei wenigstens mit herumliegendem Geröll zuzudecken, um nicht aus purem Zufall einen ›zweiten Hosang‹ zu riskieren, fanden die frustrierten Zwillinge zwar schlecht, hatten aber selbst keine bessere Idee: Also türmten sie widerwillig ein paar faustgroße Steine über das Ei.

Als hätten sie eine Schlacht verloren, schleppten die zwei gebeutelten Krieger ihre Waffen zum Helikopter zurück. Zwei Goliathe – zwei – hatten es vor den Augen der eigenen Schwester nicht geschafft, einen David zu schlagen. Wie sollten sie das zu Hause glaubhaft machen können? Mit wie viel Spott und Häme würde man sie überschütten? Über das vereinbarte Stillschweigen mit Hosang waren sie jetzt froh. Das Aletsch-Ei musste unter allen Umständen geheim gehalten werden, darüber herrschte nun Einigkeit.

In der Libelle befand sich stets ein Besen, mit dem Maria unter den verwunderten Blicken ihrer Brüder die Felsplatte rund um das neu errichtete Steinhäufchen fegte. »Der Besen kehrt und reinigt, er vernichtet nicht.« Ein poetischer Akt.

Der Helikopter hob ab, und seine Insassen schwiegen den ganzen Rückflug über. Ohne es auszusprechen, fragten sich Albin und Pirmin – eineiig – dasselbe: Kann ich unter diesen Umständen jemals wieder eine Seilschaft auf einen Gipfel und heil zurückführen?

Das Rätsel hatte sich nun auch im Gedächtnis der Berchtolt-Geschwister festgesetzt. Unauslöschlich.

Zurück auf der Riederalp, erzählten sie Heidy im Bergführerbüro das Erlebte. Die Stimmung war auf einem Tiefpunkt, doch die gute Fee behielt den Kopf oben: »Jetzt wird das Büro gleich zugemacht und ich backe eine Aprikosenwähe, das hebt eure geknickten Hälse.«

Cyril, der am Boden kniend zeichnete, war begeistert: »Aprikosenwähe, jaaa!«

6

Das Lächeln der Nonne. Es war wie ein aufsässiger Schatten, dem ein Frösteln anhaftete, und auch ein Prickeln, vor allem aber eine unzähmbare Unruhe. Kaum war Hosang am Freitagmorgen einigermaßen wach und bei Sinnen, holte ihn die Vergangenheit ein.

Hans Heinrich erinnerte sich an seinen ersten Besuch in Paris. Er galt einem Lächeln, das er vom Hörensagen und aus Büchern auswendig kannte und schrecklich langweilig fand. Von diesem Lächeln wollte er sich damals vor Ort seine persönliche Meinung bilden, denn irgendetwas musste ja dran sein. Bei der Metro-Station ›Palais Royal / Musée du Louvre‹ stieg Hans Heinrich in der festen Absicht aus, der Mona Lisa die Aufwartung zu machen, genau das, was Hunderte aus aller Herren Länder zur selben Stunde ebenfalls vorhatten. Als er eine geraume Zeit später endlich gemeinsam mit Dutzenden von Gaffern vor der Schönen stand, trennten ihn immer noch einige Meter von ihr: Vor einer schweren rubinroten Kordel, die an beiden Enden von zwei Messingständern gehalten wurde, war Schluss – bis hierher und nicht weiter. Nicht dass er die Mona Lisa hätte betatschen wollen, aber ihr tief in die Augen zu sehen, wie unmittelbar vor dem ersten leidenschaftlichen Kuss einer ersten leidenschaftlichen Liebe, wäre schon sein Wunsch gewesen. Doch Hosang musste das berühmteste Lächeln der Welt aus Distanz bewundern und war maßlos enttäuscht. Er sah sich einem toten Sphinxlächeln gegenüber, dem jeder Lebenshauch abhandengekommen war, und begriff das Theater nicht, das darum gemacht wurde. Das Lächeln der Mona Lisa übte nicht den unvergesslichen Zauber auf ihn aus, wie es in überschwänglichen Abhandlungen zelebriert wurde. Er war nicht *gefesselt von der Ausstrahlung der Porträtierten, die über allem erhaben in sich gelassen ruht, durch nichts zu erschüttern ist und in distanzierter Höflichkeit durch den Augenkontakt dem Betrachter mit natürlicher Würde ihre Aufmerksamkeit schenkt.* Hosang sah in ihr schlicht eine bornierte Schnepfe. Es interessierte ihn auch nicht, dass das Lächeln bei näherem Hinschauen gar keines war, weil die Mundwinkel und Augen jegliche Fältchen vermissen ließen – und geliftet war die Schöne ja wohl kaum. Es ließ ihn gleichfalls kalt, dass sie vielleicht ein Er war, das androgyne Selbstporträt da Vincis.

Jahre später nun war er von einer Sache felsenfest überzeugt: Das Lächeln der Nonne auf der Alpinaterrasse der Fiescheralp hatte noch keiner gemalt, kein Altmeister und kein junger Wilder. Er war schon in vielen Museen und Ausstellungen gewesen, hatte schon jedes Lächeln gesehen, das süffisante, das spöttische, das maliziöse, das verträumte, das verschämte, das verliebte, das verklärte, das affektierte, das hämische, das verführerische, das laszive, das entwaffnende, das vernichtende – aber diesem unbeschreiblichen Lächeln auf den Lippen dieser Laptopnonne war er noch nie begegnet. Es hatte sich in einem Sekundenbruchteil in einer vielleicht nie wieder auffindbaren Hirnzelle verschanzt wie ein Bakterium, das auf ›seine Zeit‹ wartet. Aber gehörte das Lächeln der vorbeihuschenden Nonne von gestern Abend tatsächlich der Laptopnonne auf der Alpinaterrasse? Das Lächeln wanderte in Hosangs Gehirnwindungen unaufhaltsam vorwärts und näherte sich dem Aletsch-Ei auf beunruhigende Weise. Hat die Laptopnonne das Ei vor mir entdeckt? Ist sie mir meilenweit voraus? Ist das Aletsch-Ei eine Sonde? Versorgt sie das Laptop mit Informationen aus den Tiefen der Alpenkruste? Er wollte es wissen – er musste es wissen.

Im Westen vor den Toren der Stadt steht ein Kloster, ging ihm durch den Kopf, wenn ich nicht irre, ein Frauenkloster. Das konnte ja im zweitbesten Fall das Reiseziel der Nonnen gewesen sein und im besten Fall das Reiseziel der Laptopnonne. Unwahrscheinlich, dachte er schon im nächsten Moment, aber nicht unmöglich, im übernächsten. Außerdem hatte er erst kürzlich aus der Gastronomiekolumne einer Zeitung erfahren, dass neben dem Kloster ein Restaurant mit Terrasse unter altehrwürdigem Baumbestand gutbürgerliche Kost anbot und mit den öffentlichen Verkehrsmitteln bequem zu erreichen war – ein guter Grund, dort einmal einzukehren. Oder ein Vorwand.

Ich bin niemandem eine Erklärung schuldig, erklärte er sich selbst, wann und warum ich wohin gehe und was ich dort tue und lasse. Und wenn es stimmen sollte, dass das Grundmodell unseres Hirns vor vierhundertfünfzig Millionen Jahren bei den Urfischen entworfen worden ist, so ist es heute, vierhundertfünfzig Millionen Jahre danach, vielleicht kein Zufall, sondern das Ergebnis der Evolution, dass ich, Hans Heinrich Hosang, mich von meinem kleinen, aber immerhin einmaligen Hirn aufgefordert fühle, dem Kloster meine Aufwartung zu machen. Ob das eine oder das andere oder beides oder gar nichts davon, wird mein kleines Hirn auf seine einmalige Art entscheiden.

Um vier Uhr nachmittags machte er sich auf den Weg.

In der Arvenstube auf der Riederalp war der vollzählige Familienrat zusammengekommen: der wieder genesene Primus Albrecht Berchtolt, seine beiden Söhne Albin und Pirmin, seine Tochter Maria, die Schwiegertochter Heidy und Albrechts Bruder, Pater Josef Berchtolt, seines Zeichens Primus honoris. Der Auftritt des Paters war sonderbar: Er hatte einen schwarzen, sichtlich nicht mottenresistenten Talar übergestreift, und seinen Kopf krönte eine ausladend schwarze Hutkreation zwischen Ufo und Tellermine. Die ausgefranste Krempe hatte etwas Cowboyhaftes. Unbekannt war diese Aufmachung im Familienkreis nicht, sie kündigte stets eine der ausschweifenden geistlichen Lektionen des Paters an. Und die hatten es in sich, denn danach gab es jedes Mal Streit.

Bei Kaffee und Kuchen – Heidys Hefekranz, nach einem Rezept ihrer Schwiegermutter, die sie nie gekannt, aber in der Verkörperung der Göttlichen auf dem Buffet ins Herz geschlossen hatte – bei Kaffee und Kuchen also lag ein drückender Schleier gegenseitigen Misstrauens in der Luft, und betretenes Schweigen machte sich breit. Alle starrten vor sich hin und aneinander vorbei in eine jeweils andere Sackgasse, an deren Ende sich ein überlebensgroßes Fragezeichen auftürmte, das eigentlich nicht größer war als ein Dohlenei. Doch irgendjemand musste irgendwann etwas sagen, und zwar mehr als »Heidy, dein Kuchen schmeckt wie keiner sonst«. Schließlich war es der bibelnde Pater, der sich rollengerecht vernehmen ließ und kundtat, was er beim unerwarteten Telefonanruf seines kollabierten Bruders Albrecht aus dem Spital in Brig am Mittwoch empfunden hatte: *»Ein Geist ging an mir vorüber; die Haare meines Leibes standen mir darob zu Berge«*, sprach er und nahm die Tellermine vom Haupt. Zumindest auf seinem Kopf waren nicht mehr viele Haare auszumachen, die zu Berge hätten stehen können.

Die Versammelten zögerten mit ihrer Reaktion – Zeit für den Primus honoris, tief Atem zu holen: »Ich ... ich ... war auch dort.«

»Wo dort?«, fragte Maria ungeduldig.

»Dort. Dort, wo Albrecht am Mittwoch zusammengebrochen ist.«

»Du hast das Ei gefunden?«, fragte dieser verwundert.

»Nein.«

»Aber?«

»Vreni Abegglen-Abegglen.« Er rang asthmatisch um Luft: »Ich blieb über Nacht in der Gletscherstube, in der auch andere Gäste genächtigt hatten. Zwei Touristen, die englisch gesprochen haben. Und Toni Kalberer aus Raron kam mit einer Wandergruppe, vier oder fünf Leute. Die Stimmung war heiter, es wurde über Gott und die Welt diskutiert und Vreni unterhielt ihre Gäste auf ihre Art. Wie sie leibt und lebt eben, Schauergeschichten aus der Märjela. Wie immer erzählte sie von den armen Gletscherseelen und bösen Sagengestalten, Boozen und Gogwärgini und machte den Gästen mit ihren Gruselgeschichten mehr als deutlich, was für Angst die Alpleute vor diesem ›Todesvolch‹ haben. Ihr kennt sie ja, die Vreni. Und ihr wisst, dass ich davon wenig halte. Sie war eben ganz die fleischgewordene Sage – Spuk und Trug und heidnische Angstmacherei. Es wurde natürlich auch tüchtig getrunken, in meinem Revier mag ich das nicht. Ich musste ein paarmal an die frische Luft und zog mich dann schnell zurück.«

Hier unterbrach er für eine Atempause und fuhr dann fort: »Am nächsten Morgen, als ich aufstand, waren die englischen Touristen schon fort. Toni und seine Wandergruppe nahmen den Weg Richtung Tälligrat und Eggishorn unter die Füße und Xavi junior setzte Kaffee auf. Aber von Vreni fehlte jede Spur. Der Junge suchte sie hastig in allen Räumen, lief einmal rund um die Hütte und bekam es merklich mit der Angst zu tun. Auch mir wurde langsam unwohl. Doch da berief mich eine göttliche Stimme zum Märjelensee. Ich machte mich alleine auf den Weg und ließ Xavi wartend zurück.«

Die Familie hörte dem Primus honoris gebannt und auch ein wenig furchtbenommen zu. Etwas war heute anders mit Josef, das spürte Heidy sofort, und sie brauchte auch nur ein Wort, um Onkel Liebgott wieder anzuschieben:

»Und?«

»Am See habe ich Vreni gefunden.«

»Gott sei Dank«, seufzte Heidy erleichtert.

»Vreni ist tot.«

Alle sprangen erschrocken von ihren Stühlen. »Vreni? Tot? Was um Gottes willen ist passiert?«, fragte ein schockierter Albrecht.

Josef blieb erschöpft sitzen. »Das weiß wohl nur der Herrgott. Es war kein unschöner Anblick. Der Leichnam sah sogar geradezu sanftmütig aus. Wie man sich den ewigen Frieden vorstellt.« Nachdenkliches Kopfnicken.

Albrecht setzte sich wieder, und der Rest machte es ihm nach.

»Aber das Aletsch-Ei, das hast du wirklich nicht gesehen, oder?«

Da horchten der Pater und der Vater auf: »Aletsch-Ei?«, erkundigte sich der Primus.

»Hosang nennt das Ding so«, erklärte Albin, »gar nicht schlecht, nicht wahr, wer von uns weiß denn schon, was es ist, ein Dohlenei, ein Kuckucksei, ein Stein oder ein Hexenköder.«

»Ein göttliches Wunder benennt man nicht unbedarft«, ermahnte Pater Josef. »Ich bin ins stille Gebet gesunken und habe erfahren, dass die Erscheinung ein *Genius Loci* ist. Ein Schutzgeist braucht keinen Namen. Und man muss ihn auch nicht gesehen haben.« Josef faltete die Hände zum Gebet. Die anderen taten ihm gleich.

In die andächtige Ruhe wurde selbst die Göttliche auf dem Buffet einbezogen. Nur der uralte Lärchenparkettboden knarrte hin und wieder, und an der Wand wollte das gleichmäßige Ticken des Uhrpendels bedeuten, dass die Zeit nicht stillstand, auch wenn es den im Raum versammelten Menschen so vorkommen mochte.

Heidy befreite sich endlich aus der Grabesruhe und fragte Josef nüchtern: »Und wie ist Vreni zu Tode gekommen?«

»Woher soll ich das wissen? Ich bin zurück zur Gletscherstube gegangen und habe mich um den jungen Vollwaisen gekümmert. Der braucht jetzt und in der nächsten Zeit viel Wärme und Zuneigung. Xavi hat sofort die Polizei benachrichtigt, und dann kam auch schon ein Helikopter und holte Vrenis Leichnam ab. Sie haben noch nach Spuren gesucht, Abdeneggen war auch dabei. Gefunden haben sie aber nichts Außergewöhnliches, und vom Ei haben sie auch keine Ahnung. Weder die Polizei noch der Junge. Ich selbst habe es natürlich auch nicht erwähnt. Aber warum sollte es nicht in einem Zusammenhang mit Vreni stehen? Der Herrgott wird es schon wissen, was sind wir Erdenkinder, uns da einzumischen … Aber zurück zu Xavi. Er wollte unbedingt auf der Hütte bleiben und trauern. Auf jeden Fall werde er den Betrieb weiterführen, sagte der tapfere Bursche noch zu mir.«

»Der ist ein gelernter Senn, nicht wahr? Einmal hat er mir erzählt, Vreni habe ihm gesagt, er solle sich in Jahren mit schlechten Erträgen aus der Alpwirtschaft keine Sorgen machen, die Gletscherseelen würden es dann schon richten und Schafsmilch aus dem Eis in den Märjelensee fließen lassen.«

»Sie hat den Mut nie verloren und ihr Schicksal mit Humor getragen.«

»Sie hätte aber auch mehr beten dürfen«, meckerte Josef.

Maria wehrte sich: »Woher weißt du, dass sie zu wenig gebetet hat?«

»Reformierte Christen beten weniger«, behauptete der Pater.

»Weniger ist manchmal mehr, oder nicht?«

»Arme Vreni.« Heidy konnte nur noch seufzen. Aber dem Seufzer folgte die nüchterne Sachlichkeit, das Aletsch-Ei – schließlich war das Ei der eigentliche Grund für diese familienrätliche Zusammenkunft.

Heidy wollte wissen, wie sich denn dieses Aletsch-Ei beim

Berühren angefühlt habe. Gute Frage, dachten Albrecht, Albin und Pirmin. Sie fanden aber keine treffende Beschreibung. Sie waren mit ihrem Latein am Ende, und das klang bei Albrecht so:

»Wie nichts hat es sich angefühlt, aber das ganz intensiv.«

Albin und Pirmin konnten mit der Erklärung nichts anfangen, hatten aber auch nichts Besseres zu entgegnen. Es wurmte sie vielmehr immer noch, dass es ihnen nicht gelungen war, das kleine Ding einfach aus der Welt zu schaffen. Und Pater Josef hatte nichts hinzuzufügen – seine Begegnung mit dem göttlichen Wunder stand in dieser Stube für ihn nicht zur Diskussion.

Die Grüblerei in den Köpfen des ratlosen Familienrates wäre unerträglich geworden, hätte man sich nicht am Hefekranz festhalten können – etwas Vertrautes, das sich anfühlte und schmeckte wie immer – köstlich.

»Wir sitzen hoffentlich nicht hier, um zu beschließen, dass es nichts zu beschließen gibt«, sagte Maria nach ein paar Bissen. Ihr Missfallen war unüberhörbar.

»Absolute Geheimhaltung ist hier und jetzt das Einzige, was wir beschließen können«, stellte Albin fest und erhielt von seinem Bruder Unterstützung.

»Zwingend beschließen *müssen.* Das haben wir auch mit Hosang getan, es gibt gar keine andere Wahl, oder?«

Das Unbehagen des Paters machte sich unter dem Tisch bemerkbar: Er tippelte auf seiner Stabelle sitzend mit beiden Füßen auf den Boden, *prestissimo*, wie ein strampelndes Baby. Da sei doch noch ihr lieber Bruder Justy Beachold aus dem fernen Amerika, »unser Justus Berchtolt«, rief der Pater ein fast vergessenes Familienmitglied in Erinnerung. »Wir sind zwar alle nicht sonderlich begeistert gewesen, als er vor vielen Jahren ausgewandert und ein Yankee geworden ist. Aber wir müssen anerkennen, dass er in seiner neuen Heimat als angesehener Professor für Geologie und Glaziologie zu den wenigen Hochdekorierten seines Faches zählt. Im Übrigen sind auch Wissenschaftler Menschen voller Ehrfurcht. Bruder Justy wird uns das göttliche Wunder bestimmt nur bestätigen können.«

»Wir reden hier vom Aletsch-Ei und nicht von göttlichen Wundern, nicht wahr«, berichtigte Albin scharf, worauf der Pater ziemlich unwirsch reagierte.

»Bin ich aber auch der Rede unkundig, so doch nicht der Erkenntnis; sondern wir haben sie stets in allem bewiesen euch gegenüber!«

Albrecht fand die Anregung seines Bruders zumindest nicht ganz verwerflich: »Einen gelehrten Wissenschaftler in der eigenen Familie zu haben muss kein Privileg sein, aber auch kein Nachteil.«

Den Jungen war der Unmut anzusehen, denn sie befürchteten Schlimmstes.

»Wenn die dort drüben in Amerika vom Aletsch-Ei erfahren, ist der Spatenstich zu einem Disneyland im Wallis bereits beschlossene Sache, oder etwa nicht?«

»Business, nicht wahr?«

Diese Überspitzung bewog den Pater umgehend zu einem biblischen Faustschlag: *»Wer Gutes mit Bösem vergilt, von dessen Haus aus wird das Böse nicht weichen. Tropfenweise geht der Hader an; darum lass vom Zanken, ehe er losbricht.* Immerhin war Salomon ein Weiser. Und Justy ist ein ehrenwerter Blutsverwandter. Auf seine Diskretion können wir mit Sicherheit zählen.«

»Tatsache ist doch«, fuhr Albrecht fort, »dass bislang nur wir, die hier Anwesenden, und Hosang vom rätselhaften Fund wissen. Absolute Geheimhaltung hat Albin vorhin gesagt, das müssen wir beschließen, nicht mehr und nicht weniger.«

»Dann ist also der Vorschlag Justy vom Tisch, oder?«, wollte Pirmin herausgehört haben.

Das Fußtippeln, *presto*, unter dem Tisch verriet einen stillen Protest der geistlichen Fraktion, und Maria korrigierte die Aussage ihres Vaters.

»Wir sind beileibe nicht die Einzigen, die vom komischen Ei etwas wissen, Papa. Erinnerst du dich nicht? Du hast uns doch im Spitalbett in allen Einzelheiten erzählt, was vorgefallen ist, und da waren auch Zeni und andere Ärzte, zeitweise Krankenpflegerinnen und zwei Zimmergenossen anwesend.«

»Du willst doch nichts ...«, begann Albrecht.

»... nichts heraufbeschwören, Papa?«, fuhr ihm Maria ins Wort. »Nein, natürlich nicht. Aber so ist es nun einmal gewesen.«

»Umso dringlicher muss der Kreis der Eingeweihten so klein wie möglich bleiben, nicht wahr?«

Pirmin fügte etwas respektlos hinzu: »Vreni Abegglen-Abegglen selig ist jetzt zwar wahrscheinlich auch eingeweiht, aber sie kann zumindest nichts mehr anrichten.«

Das Fußtippeln unter dem Tisch verlangsamte sich bis zum *Grave*, um schließlich wie ein ausgeschwungenes Metronom den Geist aufzugeben.

Nach einer Pause erhoben sich alle – der Pater nur trotzig – und legten in der Tischmitte unter der elektrifizierten Petroleumlampe die Hände übereinander, das gleiche Zeremoniell, das Albin, Pirmin und Hosang bereits am Tag zuvor zelebriert hatten.

Der Pater startete schließlich noch einen müden Versuch, die Dinge zu verharmlosen. Er erinnerte daran, dass dieser Zeni oder wie er nun heiße und alle anderen Ärzte und das Spitalpersonal dem Arztgeheimnis verpflichtet seien. Und die Polizeiermittler, die das Dossier ›Abegglen-Abegglen‹ zu führen hätten, müssten genauso verschwiegen und diskret ihrer Sache nachgehen, »inklusive Pius Abdeneggen. Aber die wissen ja gar nichts vom großen Rätsel. Wer immer vor wem auch immer zu schweigen gelobt hat«, salbte Onkel Liebgott, »und dann mit seinem Gerede Wind verbreitet, der muss wissen: *Denn Wind säen sie, und Sturm werden sie ernten; da wächst kein Halm; das Gewächs ergibt kein Mehl; und sollte es etwas geben, so würden Fremde es verschlingen.*«

»Amen, nicht wahr?«

Die Sitzung des Familienrates war beendet. Albrechts Gesichtszüge blieben finster, Pater Josef grummelte vor sich hin, Albin, Pirmin und Maria saßen wie versteinert am Tisch. Nur die gute Fee brachte wieder etwas Leben in die Stube.

»Ich glaube, wir brauchen jetzt alle einen ›Enzian‹«, sprach sie, stand auf und holte die Schnapsflasche aus dem Buffet. »Und Onkel Liebgott soll auch gleich seinen silbernen Flachmann auftanken.«

Doch darauf hatte Onkel Liebgott keine Lust.

Im gleichen Moment klopfte es an der Tür. Dreimal.

Albrecht gab grünes Licht: »Dreimal klopft nur Pius. Herein.«

Dieser Trottel, murmelte Josef. Der Pater war auf Polizeikorporal Pius Abdeneggen nicht gut zu sprechen, denn er hielt Polizisten grundsätzlich für halbgebildete Wichtigtuer.

Abdeneggen in Uniform trat selbstbewusst ein.

»Guten Abend, die Herrschaften.«

Pirmin spaßte: »Es sind auch Damen anwesend.«

»Richtig«, stellte der Polizist formell fest, »kommt in den Rapport.« Dienstbeflissen kam er zum Eigentlichen: »Habt ihr von Vreni Abegglen-Abegglen gehört?«

»Nein«, erwiderte Josef, und die anderen in der Runde staunten wie Schafsköpfe.

»Nein? Das wollte ich hören. Kommt in den Rapport. Guten Abend.« Er machte rechtsumkehrt und war weg.

Das Schlagwerk in der Adleruhr krächzte sechsmal an der Wand über den verdutzten Gesichtern der Tischrunde.

Hosangs Klosterstunde hatte geschlagen. Die Öffnungszeit für Touristen war bereits abgelaufen, als er um sechs Uhr an der Pforte auf ein Lächeln traf. Es passte aber nicht zur Laptopnonne, es war nicht das Originallächeln. Das Lächeln gehörte einer Ordensschwester, die gut und gern eine Generation älter war als ›seine‹ Nonne. Enttäuscht war er deswegen nicht, im Gegenteil. Das Lächeln weckte seine Vorfreude.

Nur im Kloster kann man wahrscheinlich so lächeln lernen: höflich und doch nicht ganz einladend, im Ausdruck überlegen, ohne in geringster Weise zu erniedrigen, exakt dosiert, mit unterkühlter Ordenswürde, lächeln in unverbindlich leidenschaftsloser Nächstenliebe. Dieses Klosterlächeln, so viel stand für ihn fest, wurde in keiner Anstandsschule, in keinem Benimmbuch und in keinem Lachseminar unterrichtet. Für das Klosterlächeln, dachte er, brauchte es das Klostervirus und die Klosteraura mit ihren gestreng reglementierten Sitten. Seine Augen sahen den Nährboden für das Klosterlächeln in einer Rezeptur aus Melissengeist, Klostermief, Weihrauch, Myrrhe, Kampfer und Möbelpolitur, zubereitet mit dem Spiritus selbstloser Unterwerfung.

Hosang war instinktiv veranlasst, ein wenig demütig zu wirken, aber nicht so demütig, dass er sich selbst unterwürfig vorkommen musste, bloß ein wenig bittend, nicht erwartungsvoll und schon gar nicht fordernd, sondern ganz einfach vorurteilslos freundlich. Jedenfalls gelang es ihm, sich jeder Gebärde der Neugier oder Aufdringlichkeit zu enthalten, was keineswegs mit seiner inneren Befindlichkeit im Einklang war. Ehrerbietig erkundigte er sich bei der Pfortennonne nach einer möglicherweise, aber dennoch im unwahrscheinlichsten Falle hier anwesenden Ordensfrau. Ihren Namen kenne er nicht, er wisse nur, wenn ihn sein Erinnerungsvermögen nicht sträflich im Stich lasse, sie unterwegs gesehen zu haben. Über ihr Aussehen könne er nichts Näheres sagen – das sei ja bei dieser zugeknöpften Aufmachung auch unmöglich –, nein, genau diesen Lapsus vermied er geflissentlich. Es sei auf einer Bergwanderung gewesen, sagte er lediglich, und die Ordensfrau habe ein Laptop bei sich gehabt, »wissen Sie, so einen tragbaren Computer«.

Die Befragte kam gar nicht zum Antworten, denn die Gesuchte trat in diesem Moment geräuschlos neben Hosang, ohne Laptop, dafür mit ihrem um eine Generation jüngeren Klosterlächeln. Gleichzeitig hellte sich auch das Lächeln der Pfortennonne noch einmal auf, stufenlos wie eine Glühbirne, deren Helligkeit man dimmen kann. Es war für Hosang das Zeichen dafür, dass sich alles ohne Umstände und wie erhofft ergeben hatte.

Die Kunst dieses Lächelns müsste man jetzt beherrschen, sinnierte Hosang. Zwar wusste er haargenau, was er hier wollte, aber nicht, wie es sagen. Seine Worte holperten gestelzt und unbeholfen über seine Lippen: »Sind wir uns ... äääh, ich meine, haben wir uns nicht vor einiger Zeit ... äääh, ich weiß nicht mehr so genau wann, schon einmal ... also natürlich nicht hier. Also ... äääh wissen Sie, ich war auf einer Bergwanderung im Wallis, und dort kam ich ... am äääh, wie sagt man... äääh, dieser See dort...« Nicht einmal der Name fiel ihm ein, und er war froh, als sie ihm das Wort abnahm.

»Märjelensee«, sagte sie, und ihr Lächeln entwickelte sich wie eine im Zeitraffer aufgehende Rosenblüte, »am letzten Dienstag und schon vorher, am Montagnachmittag in der Kabine der Luftseilbahn Mörel-Riederalp Mitte. Und dann habe ich Sie nochmals auf der Fiescheralp gesehen. Ich arbeitete dort auf der Alpinaterrasse und Sie gingen in ziemlich strenger Eile an mir vorbei.«

Dort, wo ich mich gern von meinem ersten Aletsch-Ei-Schock erholt hätte, wurde Hosangs Zorn wieder wach, war aber ebenso schnell wieder verflogen, wie die Nonne weitersprach.

»Sie kommen sicher wegen meines Laptops. Sie sind bestimmt so ein IT-Verkäufer, der mir etwas Neueres anbieten oder meine alte Kiste aufrüsten will? So sagt man doch: aufrüsten. Ich kenne mich zwar in diesem Geschäft nicht aus, aber es soll ja ein Kampf um jeden Kunden sein.«

»Ganz und gar nicht, ich bin eine kleine Büronummer und erst noch ein IT-Banause. Ich verkaufe nichts, nicht einmal Versprechen, die sowieso nichts wert sind. Ich wäre der denkbar schlechteste Verkäufer.« Dann kam er wieder ins Holpern: »Der Grund, weshalb ich hier bin, ist, äääh ... wie soll ich sagen ... ich komme eigentlich nur, ich meine ... ja doch, ich, ich bin wegen Ihnen hier, nur wegen Ihnen, und ... äääh, nichts ... äääh, wegen gar nichts anderem.«

Auch wenn er sie mit seiner Antwort überrascht hatte, so kehrte sie das Blatt doch gleich wieder um: »Wenn Sie mich nicht in das amtliche Verhör eines Kriminalbeauftragten nehmen wollen, freut mich Ihr Interesse an mir.«

Was man einer Geistlichen in einer solchen Situation entgegnet, wusste Hosang nicht, darum riss er einfach die Augen auf, so weit es ging, schüttelte den Kopf, so heftig er konnte, und fuchtelte mit beiden Händen so wild wie möglich: »Nein, nein, wo denken Sie hin! Ich wäre der unbegabteste Detektiv, bekäme immer gleich rote Ohren und, und, äääh ... würde mich laufend verplappern. Oder sehe ich etwa wie ein Spitzel aus?« Seine Ohren glühten tatsächlich.

Sie fand Gefallen an der Unbeholfenheit dieses Klosterbesuchers, machte ihm dann aber klar, dass sie sich jetzt nicht länger mit ihm unterhalten könne. »Bei uns ist gleich das Nachtessen und anschließend die gemeinsame Rekreation, bevor um viertel vor acht die Komplet unseren Tag beschließt.«

Er wolle Sie auf keinen Fall aufhalten und mit unverschämten Fragen belästigen, er sei weder Journalist noch … und schon wieder wurde er unterbrochen.

»Viertel nach acht ist für mich okay. Wenn Sie wollen, können Sie im Gartenrestaurant nebenan essen, sofern Sie solange auf mich warten mögen. Die Schlachtplatte ist besonders gut, ich habe sie gestern Abend gehabt«, empfahl sie mit einem betörenden Lächeln – mit *dem* Lächeln.

Er sagte zu, diesmal sogar ohne Versprecher. Alles lief nach Plan, er konnte es kaum glauben.

– *Okay* im Vokabular einer deutsch sprechenden Nonne … Hosang wunderte sich. Er ging hinüber ins Gartenrestaurant und setzte sich an einen roten Blechtisch. Dass sie ihn spontan für einen IT-Verkäufer gehalten und von Kiste-Aufrüsten gesprochen hatte, befremdete ihn ebenso wie der Kriminalbeauftragte. Ein Scherz war das kaum. Hosang schöpfte einen Verdacht: Warum bringt sie mich in Verbindung mit IT und ihrem Laptop? Erforscht sie tatsächlich das Aletsch-Ei? Empfängt und sendet die Kiste vielleicht irgendwelche verschlüsselten Daten? Und warum hält sie mich für einen Kriminalbeauftragten? Fühlt sie sich beschattet? Braucht sie Zeit bis viertel nach acht, um sich auf das amtliche Verhör einzustellen? Oder dafür zu beten, sie möge nicht entlarvt werden?

Der Blechtisch wackelte bedenklich. Hosang auch. Er schob zur Stabilisierung einen Bierdeckel unter ein Tischbein und hielt sich an der Speisekarte fest, die er gar nicht brauchte. Er wusste bereits, was er essen würde. Seltsam, fand er, dass die Nonne noch exakt wusste, wann und wo und wie oft genau sie sich begegnet waren. Es kam ihm jetzt vor, als würde er bespitzelt. Vielleicht führt sie im Laptop Tagebuch, dachte er, aber es war ja auch erst drei Tage her. Dann bestellte er die Schlachtplatte und eine Flasche ›Dornfelder Rosé‹.

Das Lächeln seiner Nonne nahm Hosangs Kopf mit der Kraft einer ganzen Besatzungsmacht gefangen. Er versuchte, es zu ergründen, und kam zu einer erstaunlichen Erkenntnis: Das Lächeln entbehrte jeglicher Geistlichkeit. Es war eine Finte, eine Überlistung, sogar das Wort ›Köder‹ drängte sich vor.

Wie er zu diesem Schluss gekommen war?

Hosang erinnerte sich nicht, auf Darstellungen – Bildern, Fresken, Mosaiken, Schnitzwerken, Statuen – jemals das lachende Gesicht einer biblischen oder heiligen Gestalt gesehen zu haben. Und damit meinte er ein richtiges Lächeln, das einen Blick auf die Zähne der Dargestellten zugelassen hätte, und nicht nur das Hochziehen der Mundwinkel. Für seine Vermutung fand Hosang gleich drei mögliche Erklärungen: Entweder brachten die Kunstschöpfer keine kirchlichen Motive mit anmutigen Zähnen zustande oder der Zahnzustand der abgebildeten Geistlichen war so desolat, dass es unmöglich gewesen wäre, ihn einem Publikum würdevoll zu präsentieren. Die dritte Erklärung hielt er für die wahrscheinlichste: Die geistliche Welt forderte Demut, und da gab es nichts zu lachen. Warum aber, fragte sich Hosang, lachen die Geistlichen von heute und zeigen dabei ihre Zähne ohne Scheu? Wo nehmen sie ihr Lachen her? Dafür hatte er nur eine Erklärung: Die geistliche Welt von heute *muss* Zähne zeigen, gerade *weil* sie nichts zu lachen hat. Und das tut sie geschickt und nicht einmal unsympathisch: immer mehr Geistliche bleiben bei allem Ernst humorvolle Menschen und lachen zuweilen sogar über sich selbst.

Dann kam die Schlachtplatte.

Auf einem stattlichen Bohnenhügel, der rundherum von Salzkartoffelkuben gestützt wurde, lagen ein Stück Rippli, ein Stück Siedfleisch, ein Stück Speckschwarte, zwei Scheiben Zungenwurst und zu beiden Seiten zwei Schüblinge, die wie

Leitplanken den Plattenrand markierten. Wie das ein Nonnenmagen wohl verdaute, war das Erste, was Hosang einfiel, aber vielleicht hatten sie die Portion gestern ja auf mehrere Nonnenmägen verteilt. Oder aber die Klosterverköstigung war so diskutabel, dass die Insassinnen hin und wieder ausscherten und etwas Währschaftes suchten.

Der ›Dornfelder‹, den er zu seiner Schlachtplatte trank, war zwar auch sauer, aber auf eine angenehmere Art als der saure ›Goron‹ auf der Riederalp. Hosang kämpfte sich tapfer bis zu den Leitplanken. Die letzten Wurstzipfel beförderte er zwar längst nicht mehr so lustvoll durch die Speiseröhre in Richtung Magen wie noch die ersten Bissen. Aber der lauschige Sommerabend und das Warten auf *das* Lächeln waren ihm ohnehin weitaus wichtiger als die Verköstigung. Dieses Warten behagte ihm so sehr, dass es ihm plötzlich gleichgültig, ja sogar recht gewesen wäre, wenn sich diese Laptopnonne nicht mehr hätte sehen lassen. Doch das tat sie, und dazu auch noch in einer Weise, mit der er nun gar nicht gerechnet hatte.

Zwanzig nach acht stand sie an seinem Tisch, und Hosang erlitt einen kurzen, aber heftigen Kinnladenfall: Die Nonne war eine Zivilperson – eine bildhübsche Frau.

»Da bin ich«, stellte sie fest und setzte sich ihm gegenüber. Als Erstes wollte sie wissen, ob die Schlachtplatte geschmeckt habe.

»Äääh ... ja ... schon ... jaja ... doch doch ... sehr gut. Wie soll ich sagen ... wie ... wie ein Stillleben von Rubens.«

Die Zivilnonne wusste genau um seine Verwirrung und wartete auf ein Aber, das aber nicht kam. Hosang traute sich nicht, ihre Erscheinung direkt anzusprechen, und sich als Antwort auf ihre eigentliche Frage zu erkundigen, ob sie die Schlachtplatte gestern tatsächlich ganz allein ratzeputz vertilgt hatte, erlaubte ihn sein Anstand ebenso wenig. Er antwortete also überhaupt nichts.

»Sie wundern sich über mein Outfit?«, half sie ihm aus der Klemme.

»Jjjaaa ... äääh ... ja schon. Sie haben recht, wenn ich mir das so überlege ... äääh, ja, eine Nonne in Zivil habe ich tatsächlich noch nie gesehen. Sie verstehen?«

Jetzt lachte sie – herzhaft: »Verstehen schon, aber ich glaube es Ihnen nicht. Sonst müssen Sie mir zuerst einmal erklären, woran Sie eine Nonne in Zivil erkennen.«

Das brachte ihn in arge Verlegenheit, seine Ohren glühten bereits, aber sie fuhr zu seinem Glück gleich fort:

»Ordensschwestern tragen längst nicht mehr zu allen Gelegenheiten Trachten. Geistliche Frauen emanzipieren sich ebenso wie andere Frauen, auch wenn die Kirche das nur zähneknirschend oder gar nicht schluckt. Ich kenne viele Kolleginnen, die genauso frei denken wie ich. Sie ermessen unverkrampft zwischen Alltagskleidung und Tracht. Unser äußeres Erkennungszeichen ist ohnehin das Brustkreuz. Aber manchmal tragen wir nicht einmal dieses sichtbar, sondern wirklich auf der Brust, so wie viele Männer, vor allem Italiener, die kitschige goldene Kreuze an kitschigen goldenen Ketten um den Hals auf ihrer schwarz behaarten Brust tragen.« Sie kicherte.

Hosang wagte den Blick auf ihre Brusthöhe nicht, er war irritiert und fasziniert, wie sich diese Nonne gebärdete. Sie verhält sich tatsächlich wie eine Frau, dachte er, wie eine richtige Frau. Und so sah sie auch aus: schöne Figur, klassisch gekleidet, aber durchaus modisch – obwohl Hosang von Mode nicht den Hauch einer Ahnung hatte und sich kein wirkliches Urteil erlaubte. Vor allem aber sah sie nun viel jünger aus als in ihrem schwarzen Gewand mit Schulterschleier. Aber vielleicht ist es ja vor allem das Wort ›Nonne‹, überlegte er einen Moment, denn ihm fiel auf, wie lächerlich es im Grunde war, darüber zu sinnieren, dass eine Nonne eine Frau war. Was sollte sie schließlich sonst sein. Aber das bloße Wort ›Nonne‹

machte älter, und es war vor allem eine Klischeevorstellung, die von den unzähligen unsäglich demütigen, leidenden, bittenden, flehenden Madonnenbildern herrührte.

»Trinken Sie auch ein Schlückchen Wein?«, fragte er endlich, um sein Nonnenklischee zu verdrängen, vor allem aber, damit wieder etwas gesagt war und er sich abermals verblüffen lassen konnte.

Sie nickte spontan. »Gern, es darf auch ein Schluck sein.«

Er verlangte beim Kellner ein zweites Glas. »Ich hoffe, Sie mögen den Tropfen.«

»Nicht sonderlich«, sagte sie geradeheraus.

Hosang wollte schon aufspringen und dem Kellner nachrennen, um einen anderen Wein zu bestellen, aber sie hielt ihn zurück. Der ›Dornfelder‹ sei schon in Ordnung, man gewöhne sich daran: »In Klöstern bekommt man viel Saures serviert.«

Nachdem sie sich ohne Gläserklingen zugeprostet hatten, war sie an der Reihe, ihm eine direkte Frage zu stellen:

»Und wie steht es bei Ihnen? Tragen Sie ein Brustkreuz?«

»Äääh ... nein, nein, und äääh ... wenn Sie es genau wissen wollen, meine Brust ist auch nicht schwarz behaart.« Über diese geradezu kecke Antwort war Hosang richtig stolz. Und vor allem hatte er endlich seine Verwirrung abgelegt.

Sie lachte. »Ich wollte damit eigentlich herausfinden, ob Sie auch katholisch sind.«

»Nein. Und auch nicht reformiert.«

»Sondern?«

»Andere.«

»Andere?«

»So steht es auf meiner Steuerrechnung. Unser Staat kennt nur ›reformiert‹, ›katholisch‹ und ›andere‹, Muslime, Juden und was es sonst noch gibt. Die zahlen nichts und empfinden es seltsamerweise nicht einmal als diskriminierend oder antisemitisch. Dabei ist das doch eine klare Ausgrenzung.«

Da war es wieder, das Lächeln. Es ermutigte ihn, die Tür zu seiner Verschlossenheit einen Spaltbreit zu öffnen. »Erzogen worden bin ich reformiert und habe es bis zur Konfirmation geschafft. Danach habe ich den Geist der Reformation für mich weiterentwickelt, nicht als Gelehrter, nicht als Gläubiger und schon gar nicht als Besserwisser, nur für mich allein. Mit meinem bescheidenen Menschenverstand, den ich unbescheiden gesund nenne, habe ich meinen Reformkurs eingeschlagen. Lehren, Gebote und klerikale Zwänge, Liturgien, Rituale und der ganze Firlefanz sind mir ein Gräuel. Ich mache mir mein eigenes Bild von dieser Welt und lasse mir vom Glauben keines diktieren. Das ist ein täglicher Prozess, wie man so schön sagt, und vielleicht kommt er auch erst an meinem Lebensende so richtig in Schwung.«

Hosang war von sich selbst überrascht, wie tiefe Einblicke in sein Seelenleben er gewährt hatte – und das auch noch einer wildfremden Geistlichen gegenüber. Wäre sie ihm in der schwarzen Soutane mit Schleier und sichtbarem Brustkreuz gegenübergesessen, hätte er den Mut wohl kaum aufgebracht, so deutliche Worte zu wählen. Und das, so bemerkte er, schien ihr zu gefallen, was für ihn wiederum ein Alarmsignal war, sich zu zügeln: Er steuerte das Gespräch in die Gegenrichtung.

»Leben Sie schon lange in diesem Kloster?«

»Seit gestern, seit ich von der Riederalp zurück bin. Ich habe hier im Restaurant noch das Stillleben von Rubens gegessen und danach an die Pforte des Klosters geklopft.«

Aus ihrer Antwort klang in Hosangs Ohren so etwas wie Melancholie, vielleicht war das aber auch nur seine Einbildung. Jedenfalls unterließ er es, weiter darauf einzugehen, sondern hörte lieber zu. Er war sich jetzt fast sicher, sie gestern Abend am Hauptbahnhof eilig an ihm vorbeihuschen gesehen zu haben.

Hosang liebte es, in Gesellschaft und in der Zweisamkeit still dazusitzen und alle Antennen auf Empfang zu stellen – wie beim Radiohören. Und so saßen sie sich eine Weile ohne Wortwechsel gegenüber. Sie begnügte sich mit ihrem durchdringenden Lächeln, das nicht nur von jedem Fältchen in ihren Lippen ausging, auch ihre tiefbraunen Rehaugen bildeten einen wesentlichen Bestandteil des Lächelns. Sie sendeten gleichzeitig etwas Leichtes und Schweres aus. Im Leichten sah er die unscheinbare Zierlichkeit des Parmaveilchens, im Schweren dessen verführerischen Duft. An diesen Augen würde er sich nie sattsehen, dachte er. Um nicht in Sentimentalität zu verfallen, aber auch, weil er spürte, dass sie irgendetwas von ihm erwartete, nahm er das Gespräch wieder auf.

»Sie waren also auf der Riederalp.«

»Ich bin oft dort.«

»Sie lieben die Bergwelt?«

»Das ist es nicht.«

»Ach so.« Ich kann auch kurz angebunden sein, dachte er.

»Auf der Märjelenalp war ich auch nicht zum ersten Mal. Ich forsche zurzeit über Krähenvögel«, überraschte sie ihn.

»Aha.« Deshalb Feldstecher und Laptop, schlussfolgerte Hosang: »Im Allgemeinen oder im Speziellen?«

»Beides«, antwortete sie, »im Augenblick befasse ich mich mit dem Stoffwechselendprodukt der Krähenvögel und dessen Auswirkungen auf die Umwelt.«

Hosang war verdutzt. »Interessant. Stoffwech…«

»Vogeldreck«, unterbrach sie ihn.

Hosang lachte nicht. Vielmehr versuchte er mit ernster Miene einen Kausalzusammenhang zwischen Ordensschwester und Vogeldreck herauszufinden. Das gelang ihm ebenso wenig, wie dem Gespräch im Folgenden noch eine charmantere Wendung zu geben. Hosangs Orientierung war gestört, die Konversation mit einer Nonne hätte er sich schon etwas weniger deftig vorgestellt. *IT-Verkäufer, Kiste aufrüsten, Kriminalbeauftragter, Schlachtplatte, Saures, Outfit, Vogeldreck* passten einfach nicht zu seinem Nonnenbild. Dann schon eher zum Laptopnonnenbild. Und das rückte in seinen Gedanken immer näher an das Aletsch-Ei heran.

Das Geplauder verebbte schließlich in Belanglosigkeiten über das Wetter, den alten Baumbestand und darüber, dass man manchmal auch Heißhunger auf das eine oder andere habe und dann eben überborde, schlimm sei das gewiss nicht, und sowieso und überhaupt.

Natürlich brannte es in Hosang lichterloh. Nicht, weil ihn ein Weib – vornehm ausgedrückt – leicht verblendet hatte. Nein, Hosang brannte darauf, das Aletsch-Ei zur Sprache zu bringen. Aber er durfte nicht wortbrüchig werden, auch nicht gegenüber einer gewiss höchst vertrauenswürdigen, diskreten Geistlichen. Seinen Handschlag auf der Riederalp empfand er nun zum ersten Mal nicht als Erleichterung, sondern als Maulkorb.

Gegen halb zehn, die Dämmerung setzte langsam ein, erhob sich die Nonne von ihrem Platz.

»Die Zeit ist reif für mich. Hier muss man um zehn vor fünf in der Früh aus den Federn, und eine halbe Stunde später ist Vigil.«

»Vigil?«

»Gebetszeit.«

Hosang zahlte. Als sie sich ohne Händeschütteln verabschiedeten, steckte sie ihm ein kleines Kärtchen zu.

»Oh, eine Visitenkarte, danke, damit kann ich leider nicht dienen.« Daraufhin entschwand das Lächeln hinter dem Klostergemäuer, und Hosang machte sich auf in die entgegengesetzte Richtung.

7

Am Samstagmorgen weckte ihn das Telefon.

»Polizeikorporal Abdeneggen am Apparat«, tönte eine energische Stimme.

Hosang war hellwach, aber auch schlecht gelaunt.

»Tag.«

»Wo waren Sie in der Nacht vom Donnerstag auf den Freitag?«, schoss es pfeilgerade durch den Hörer.

»Hier.«

»Das ist nicht ausreichend.«

»Und was ist ausreichend?«, gab Hosang barsch zurück.

»Ich brauche ein Alibi.«

»Was haben Sie denn angerichtet? Stehen Sie unter einem Verdacht?«

»Verkaufen Sie mich nicht für dumm. *Sie* müssen ein Alibi vorweisen. Kapiert?«

»Kapiert. Das wird sich finden lassen.«

»Gut, das ist ausreichend. Kommt in den Rapport«, gab sich der Polizist zufrieden und hängte wieder auf.

Trottel, ärgerte Hosang sich und stand auf. Aber dann schaute er doch aus dem Haus, um sicher zu sein, dass es nicht von einem ganzen Polizeigeschwader umstellt war. Kein Geschwader. Kein Polizeitrottel weit und breit. Nun endlich war Hosang wach und wusste nicht, wo er sich befand, irgendwo außerhalb von sich – weiter außerhalb als bloß neben den Schuhen. Oder war es genau umgekehrt? War er in sich gefangen? Fand er den Weg nach außen nicht mehr? Nicht über das Aletsch-Ei reden zu dürfen nahm beklemmende Ausmaße an. Dennoch zweifelte er keinen Augenblick an der

Richtigkeit daran, dass er zu schweigen gelobt hatte, so wenig, wie er an der Richtigkeit zweifelte, ins Bergführerbüro gegangen zu sein.

Der Handschlag mit den Berchtolt-Zwillingen sollte ja eine Art Schlussstrich sein. Es gab also gar keinen Anlass, noch länger zu grübeln. Vorwärtszuschauen erschien ihm richtiger denn je. Diese Klarheit herrschte aber nur für die Lebensdauer einer Seifenblase, denn sein Naturell erlaubte ihm gar nicht, Geschehenes zu verdrängen, vor allem, wenn es mit Ungelöstem in Verbindung stand. Im Fall des Aletsch-Eis konnte er das Geschehene nicht einmal relativieren. Relativieren hätte für ihn bagatellisieren bedeutet, und eine Lappalie war die Entdeckung nach seiner Einschätzung nun wirklich nicht. Erst recht nicht nach dem Anruf dieses Polizeitrottels. Und dann auch noch die Laptopnonne. ›Phantom des Lächelns‹ hätte sein Buch heißen müssen, aber er schrieb keine Bücher. Zunehmend fühlte er sich vom Einfluss der Laptopnonne ›verunreinigt‹. Ihr Lächeln – *das* Lächeln – tanzte seinen Hexentanz um ihn herum und führte ihm einen Konflikt vor Augen, auf den er gern verzichtet hätte: den Konflikt um Hans HeinrICH. Und das nur, weil die Begegnung mit dieser Nonne und der Handkuss des Augenfalters am selben Ort stattgefunden hatten – am selben Ort! Keime der Verzweiflung setzten sich sprießgierig in allen seinen Poren fest.

Zu sprießen und gedeihen begannen diese Keime bereits wenige Minuten später, als er, um seine Gedanken auf andere Bahnen zu lenken, das Radio einschaltete. Unter noch ungeklärten Umständen sei im Aletschgebiet beim Märjelensee am Freitagmorgen eine weibliche Leiche von einem pilgernden Priester gefunden worden. Man habe sie in einem Helikoptereinsatz der Polizei zu rechtsmedizinischen Abklärungen nach Brig geflogen. Zur Identifikation der Toten wurde ohne genauere Namensnennung mitgeteilt, es handle sich um die Hüttenwartin der Berghütte ›Gletscherstube‹.

Vreni.

Hosang stockte das Herz. Und Abdeneggens Anruf machte alles klar: Ich werde mit ihrem Tod in Verbindung gebracht.

Das Alibi war dann rasch gefunden: Am Donnerstagabend, zweiundzwanzig Uhr, war sein Computer daheim eingeschaltet und aktiv in Betrieb. Aber damit knüpften sich seine Gedanken nur noch fester an Vreni.

Sie tut mir wirklich leid. Und ich bin genauso ein Trottel wie dieser Abdeneggen. Warum habe ich am Holztisch vor der Gletscherstube nicht länger mit ihr gesprochen? Sie war so gesprächsfreudig und ich ein Muffel.

Er war über sich selbst verärgert, nach der Entdeckung des Aletsch-Eis das Gespräch mit Vreni nicht doch noch einmal gesucht zu haben. Er hätte ja seinen Fund nicht preisgeben müssen. Und bestimmt hätte ihm die Hüttenwartin noch viel über die geheimnisvolle Märjela zu berichten gewusst.

Wie im Wahn begann er, seine perfekte Ordnung in der ganzen Wohnung noch perfekter zu gestalten, was fast nicht möglich war. Hosang war so ordentlich, dass es nichts zu ordnen gab. Immerhin war sein Ansinnen nicht ganz ergebnislos, indem es ihn mit einem Schlag aus seinem zentrifugalen Teufelskreis katapultierte. Klimt. Auf seinem Pult lag immer noch das aktuelle Kulturprogramm der Stadt, das er jetzt beinahe im Ordnungstaumel in den Papierkorb geworfen hätte.

Noch vor seiner Reise ins Wallis hatte er sich vorgenommen, die laufende Ausstellung im Kunsthaus zu besuchen. Eine gute Gelegenheit, fand er jetzt, den ganzen Aletsch-Ei-Plunder und vor allem die Gedanken an Vreni wenigstens für ein paar Stunden beiseitezuschieben.

Die Retrospektive des Österreichers Gustav Klimt unter dem Titel ›Klimt und die Frauen‹ erlebte rekordverdächtige Besucherzahlen. Als einer der bedeutendsten Jugendstilmaler um die Wende zum 20. Jahrhundert hatte er mit seinen ebenso tiefsinnigen wie freizügigen Darstellungen des weiblichen Körpers nicht nur Lob geerntet. Damals wirkten seine Bilder auf das Wiener Publikum wie eine Kriegserklärung an das klassische Ideal. Aber an seiner künstlerisch unbestrittenen Meisterschaft kam niemand vorbei. Die wirkliche Würdigung des Œuvres fand dann erst in den Jahrzehnten nach Klimts Tod 1918 ihren Höhepunkt – Künstlerschicksal.

Kaum hatte Hosang das Kunsthaus betreten, fixierten seine Augen vier Nonnen, alle vier in schwarzen Soutanen mit Schleiern und Brustkreuzen. Sapperlot. Das darf doch wohl nicht ... begann er innerlich zu fluchen und blickte sich mit allen Anzeichen nahender Paranoia um: Was, wenn hier zusätzlich zu den vier Nonnen noch lauter Nonnen in Zivil herumliefen? Nach der gestrigen Zivilbegegnung mit der Laptopnonne konnte er diese Möglichkeit nicht mehr ausschließen. Zum ersten Mal war er den Nonnen dankbar für den Einheitsbrei, den er in den Bergen verflucht hatte – schwarze hängende, schluderige Stoffsäcke von der Schulter bis zur Sohle. Diese vier zeigten Charakter und standen offen zu ihrem Berufsstand, auch in dieser nicht eben gottesfürchtigen Ausstellung. Plötzlich zog Hosang auch die Umkehr seiner Nonnenwahrnehmung in Betracht: Nonnen in Trachten mussten nicht zwangsläufig Nonnen sein. Die vier Kunsthausnonnen jedenfalls, stellte er fest, hatten nicht das Klosterlächeln von gestern. Er konnte sich also nicht sicher sein, vier wirkliche Nonnen im Kunsthaus zu sehen, auch wenn es für alle so aussah. Kein Mensch zweifelte an der Echtheit dieser Nonnen, niemand verlor wohl nur einen einzigen Gedanken daran, dass es auch anders sein könnte: Spioninnen, Terroristinnen, Selbstmordattentäterinnen – ein abscheulicher Gedanke. Eine potenzielle Nonne steckt in jeder Frau, dachte Hosang, und wahrscheinlich noch sehr viel mehr.

Kunstabwesend arbeitete er sich durch die Ausstellung. Seine Gleichgültigkeit konnte er erst wieder halbwegs ablegen, als er sich an die Fersen der vier Nonnen klammerte. Sie hatten sich nämlich einen sachkundigen Ausstellungsführer genommen, wahrscheinlich einen Kunststudenten.

Vor dem Gemälde mit dem Titel ›Danae‹ blieben sie lange stehen. Das Werk aus dem Jahr 1908 zeigte eine nackte Frau in einer embryonalen Stellung. Die skeletthaften Finger der rechten Hand waren angespannt und griffen scheinbar nach der linken Brust. Die Augen waren geschlossen, der Mund mit roten Lippen leicht geöffnet, das lange flammend rote Haar für Hosangs Empfinden übertrieben zurechtdrapiert. Die ganze Gestalt war umhüllt von goldenen Ornamenten. Vom jungen Sachkundigen hörte Hosang nun einen auswendig gelernten Singsang. Die vier Nonnen starrten auf das Bild und hörten gebannt zu.

»*Das Weib ist mein Hauptwerk*, soll Klimt einmal gesagt haben. Er bevorzugte schwarz- oder rothaarige Frauen. Wie viele von Klimts Werken, ist auch dieses von dezenter Erotik. Die zartgliedrige Danae wird von Zeus, hier in der Gestalt eines Goldregens, geliebt. Das Jugendstilbild der ›Allfruchtbarkeit‹ stellt Klimts eigene Obsession der weiblichen Sexualität ins Zentrum. Der Goldregen gleitet in den Leib der Danae und verleiht dem Motiv etwas sakral Enthobenes. Selbstvergessen liegt sie da, ihren Triebenergien hingegeben. Als Betrachter nehmen wir sie als Ikone des weiblichen Narzissmus wahr, freilich aus Klimts, also aus männlicher Wunschphantasie erschaffen.«

Potztausend, dachte Hosang nach diesem Vortrag, der junge Schnösel studiert tatsächlich Kunstgeschichte und spult seinen Text ungeachtet seiner Gäste ab – sein Auftrag ist Programm.

Vor dem ›Bildnis der Baronin Elisabeth Bachofen Echt‹, das weder primäre noch sekundäre Geschlechtsmerkmale zeigte, ›entspannten‹ sich die Ordensschwestern, und der Kunststudent kommentierte knapp:

»Im Bild der Baronin findet sozusagen die Erotik des Nichtstattfindendürfens statt. Ich hoffe, Sie verstehen mich.« Vermutlich verstanden sie ihn: sie wendeten sich gelangweilt von der Baronin ab.

Vor ›Nuda Veritas‹, die zwei Meter große Frau, schlug der Student einen leicht anzüglichen Ton an: »Hier verführt die Frau nicht durch den Apfel, sondern durch ihren Körper. Und immer wieder tauchen in Klimts Werken Pollen und Pistille auf.«

»Pollen und Pistille?«, fragte eine der Nonne.

»Samen und Eizellen«, erklärte der Angesprochene, worauf die Fragende ein leicht frivoles Kichern nicht unterdrücken konnte.

Die größte Menschenansammlung fand vor dem Bild ›Die Hoffnung I‹ statt. In seitlicher Ansicht mit betont rotem Schamhaar posierte eine hochschwangere Nackte kurz vor der Niederkunft. »Klimt hat seinen ganz eigenen Typus von Frau kreiert, eine Femme fatale. Eine dekadent-morbide Erotik ist bei fast allen Frauenfiguren von Klimt charakteristisch …« So ging das Studentengeleier weiter.

Hosang hatte genug vom kunstgeschichtlichen Duktus des Jungakademikers und brach die Übung ab, auch weil es ein zum Scheitern verurteiltes Unterfangen war, inmitten von Nonnen nicht an das Aletsch-Ei zu denken.

Weil ihm nichts Besseres einfiel, ging Hosang zum Hauptbahnhof und versuchte, an seinem klebrigen Stehtisch bei seiner Stange hell durchzuatmen, wurde aber vom Aushängeplakat des Boulevardblattes angezogen: *Priester findet Leiche am Märjelensee*, stand dort in fetten Lettern. Er kaufte das Blatt und erfuhr nicht mehr, als er ohnehin aus dem Radiobeitrag wusste – die Geschichte wurde einfach noch mit ein paar mystisch anmutenden Sätzen über Gletschergeister, Hexen und Dämonen ausgeschmückt. Gelangweilt ließ er von der Lektüre ab und wandte sich dem Treiben in der Bahnhofshalle zu. Dabei ertappte er sich, wie er instinktiv Ausschau nach *dem* Lächeln hielt und es mit der *Femme fatale* aus dem Kunsthaus verkettete. Und nur Minuten später fügte sich ein weiteres Kettenglied dazu: Gerade als er aus dem Bahnhof trat, bedachte ihn eine Taube mit einem schleimig-weißen Schlack auf dem schwarzen Revers – Stoffwechselendprodukt.

Er floh in ein Taxi und ließ sich nach Hause fahren, ab unter die warme Dusche – sie war eiskalt: Er fühlte sich wie eine Marionette, die an ferngesteuerten Fäden zappelte – ferngesteuert von wem? Von der Laptopnonne? Sein verlässlicher Rationalismus war dahin. Wider seinen Willen hungerte es ihn nach mehr Informationen – über diese Nonnengestalt, die Leiche Vreni, den *pilgernden Priester* und den Polizeitrottel. Nicht aus Neugier, sondern weil er sich von ihnen bedrängt fühlte. Sein Leben bot einfach nicht mehr genug Raum für die Fragezeichen hinter diesen Menschen.

8

Am Tisch in der Arvenstube saßen Albrecht und Albin Berchtolt beim Milchkaffee. Es war Montagmorgen.

»Ein Gedanke will und will nicht mehr aus meinem Kopf weichen«, sagte der Primus mit angespannt tiefen Sorgenfalten. »Das Aletsch-Ei ist eins mit der Erde, untrennbar von ihr.«

»Aber du hast doch mit eigenen Augen gesehen, nicht wahr, wie klein die Fläche ist, die es mit der Felsplatte verbindet.«

»Das spielt keine Rolle. Es könnte auch ganz und gar schwerelos über dem Boden schweben und trotzdem fest in der Erde verwurzelt sein.«

»Das geht über meinen Verstand, das verstehe ich nicht.«

»Das ist es ja, Albin, unser Wahrnehmungsvermögen reicht schlicht und ergreifend nicht aus.«

»Müssen wir deswegen irgendetwas erfinden? Sollen wir uns etwas einbilden, nur damit wir eine Begründung haben?«

»Nein, genau das dürfen wir nicht, alles ist da, alles ist vorhanden und wir verstehen es trotzdem nicht.« Dann schaute Albrecht zur Göttlichen auf dem Buffet und fügte hinzu: »Vielleicht ist Vreni dem Aletsch-Ei zum Opfer gefallen. Das werden wir wohl nie erfahren. Und auch der Gratzug zum Märjelensee im Vollmondschein wird nicht mehr derselbe sein.«

»Weil sie immer so schön erzählt hat, nicht wahr. Jetzt erzählt sie nie mehr. Und was auf dem Seziertisch zum Vorschein kommt ...«

Sie wurden abrupt unterbrochen: Ein völlig aufgebrachter

Pater Josef Berchtolt stürmte völlig außer sich geraten in die Arvenstube, im Schlepptau Heidy, die gerade das Bergführerbüro öffnen wollte, und hinter ihr Cyril mit Zeichenpapier und einem Farbstift.

»Vogelsang hat uns verraten!«, stammelte der Pater atemlos. Albrecht und Albin schauten verständnislos den unbeherrschten Josef an.

»Vogelsang?«, fragte Albrecht.

»Der Entdecker! Er hat ausgepackt, seinen Schwur gebrochen! Hier! Seht! Lest!« Er schmetterte das Boulevardblatt zornig auf den Tisch.

»Du meinst Hosang, nicht wahr?«, wollte Albin sichergehen.

»Jaja, dieser ... dieser Halunke, ein ... ein, ein Verräter übelster Sorte!«, stotterte Josef. »Hier steht es schwarz auf weiß! Himmel! Herrgott, erbarme dich«, flehte er zum Himmel – zur tief hängenden Zimmerdecke.

Albrecht, Albin und Heidy sahen die fette Schlagzeile auf der Frontseite: *Vogelei zu schwer für zwei Muskelprotze!* Darunter war zu lesen: *Hobbybotaniker, die anonym bleiben wollen, berichten von einer unerklärlichen Entdeckung, die sie vor einigen Tagen gemacht haben: Im Gebiet des Aletschgletschers, am Fuße des Eggishorns beim Märjelensee, hätten sie einen seltsamen Stein gefunden. Ihrer Schilderung zufolge solle er in Größe, Form und Farbe dem Ei einer Alpendohle zum Verwechseln ähnlich sein. (Alpendohlen sind in den Bergregionen heimisch. Sie brüten in Felsmulden bis zu einer Höhe von über 3500 m.)*

Nicht schlecht staunten die Hobbybotaniker, so ihre Aussage, als sie das Vogelei aufheben wollten. Es sei zu schwer gewesen. Selbst mit vereinten Kräften hätten sie es nicht geschafft, das Ei auch nur um Haaresbreite von der Stelle zu rühren. Und als sie es mit Brachialgewalt malträtierten, habe es keinen Wank getan (siehe Bild). Nicht einmal einen Kratzer habe das seltsame Objekt abbekommen.

Die Welt steht vor einem Rätsel. Auf Anfrage beim zuständigen Amt im Wallis hieß es, man könne sich das Phänomen nicht vorstellen, zur Beunruhigung bestehe aber kein Anlass. In den Bergen, so die amtliche Auskunft, komme es hin und wieder zu rätselhaften Erscheinungen, die sich bei näherem Betrachten immer erklären ließen und sich als völlig harmlos entpuppten. Spezialisten werden den angeblich seltsamen Fund in den nächsten Tagen nun genauer untersuchen.

Das Bild zum Artikel war aus großer Distanz aufgenommen und zeigte unscharf zwei Männer, die auf eine Felsplatte einprügelten, darunter die Bildlegende: *Auf dieser Felsplatte liegt das tonnenschwere Vogelei.*

Vom Vogelei selbst sah man aus der zu großen Aufnahmedistanz nichts.

Der Pater fauchte wie eine bedrohte Raubkatze. Sogar die Göttliche auf dem Buffet wankte bedenklich.

Heidy unternahm einen spontanen Beruhigungsversuch, bevor das Gefluche über den Vaganten aus der Stadt losbrach. »Soll ich euch zum Kaffee etwas Süßes bringen?«

»Ich glaube, wir brauchen jetzt eher einen Enzian, nicht wahr, am besten einen doppelten«, sagte Albin.

Albrecht besänftigte: »Vor allem Ruhe bewahren sollten wir jetzt.«

Heidy war bereits verschwunden, als auch Pirmin hereinkam und vom Pater gleich in Beschlag genommen wurde. »Jesus Christus, Pirmin, hast du gehört? Hier! Schau! Lies!«

Pirmin las. »Hm, da stimmt schon mal was nicht, oder? Seit wann sind wir Hobbybotaniker?«, kommentierte er den Artikel.

»Du erkennst dich und mich auf diesem unscharfen Bild?«, fragte Albin.

»Nicht wirklich, aber wir bengelten doch auch so drauflos, oder nicht?«

Albrecht analysierte weiter: »Und warum zeigt man uns nur dieses Bild? Warum nicht auch den Helikopter von Maria? Warum nicht die Maschinen, die ihr dabeigehabt hattet?«

»Du meinst ... «, hob Albin an.

»Die beiden auf dem Bild sind eindeutig nicht Pirmin und du«, war sich Albrecht sicher.

Heidy war nach kaum einer halben Minute bereits wieder zurück in der Stube, ohne etwas Süßes, dafür in höchster Aufregung: »An der Tür zum Büro hat bereits eine Gruppe Touristen nach dem Ort des Vogeleis und dem Weg dorthin gefragt. Ich habe sie angelogen, ich habe so getan, als wüsste ich von nichts.« Tränen standen ihr in den Augen.

Pater Josef wetterte mit zornigem Bibelwerk: *»Die Erde wird laut krachen, die Erde wird reißen und bersten, die Erde wird bedenklich wanken. Die Erde wird schwanken wie ein Betrunkener und schaukeln wie eine Hängematte; ihre Missetat liegt schwer auf ihr; sie fällt und steht nicht wieder auf!* Gnädiger Jesus Christus, barmherziger Vater, lass es nicht wahr werden, strafe die, die es verdient haben.« Dann plumpste er entkräftet aufs Sofa.

»Du hast das Richtige getan«, beruhigte Albrecht seine Schwiegertochter, »unser Gelöbnis zu schweigen steht über dem Begehren der Gaffer, ihre Neugier zu befriedigen.«

Albin und Pirmin hatten sich nebeneinander an den Tisch gesetzt, und vom Sofa her stotterte Josefs verbitterte Stimme halblaut wie ein Zweitaktmotor, der nicht mehr anspringen will: »Schurke. Ketzer. Verräter.«

Albin reagierte gelassen: »Am besten wird es wohl sein, wenn wir unsere Bergführerkollegen benachrichtigen. Sie sollen die Wege zum Märjelensee sofort für jeglichen Zugang sperren, um einen Volksauflauf zu verhindern. Wir müssen ihnen ja nichts von unserer Erfahrung mit dem Ei sagen, nicht wahr, wir wissen nur, was hier in der Zeitung steht.«

»Ich übernehme das und sage den Kumpels, dass wir keine Völkerwanderung wegen so einer billigen Zeitungsente wollen.« Pirmin stand auf und ging.

Der Primus nahm die Zeitung wieder zu sich und studierte den Artikel aufs Neue, immer wieder den Kopf schüttelnd. Heidy hatte das Bergführerbüro im Haus nebenan geschlossen – *Heute Ruhetag* verkündete ein Kartonschild an der Tür. Dafür kam sie mit frischem Kaffee und selbst gebackenen ›Vogelnestern‹, worauf jedoch niemand Appetit hatte. Aus dem Buffet nahm sie den Enzian und stellte ihn auf den Tisch. Der erzürnte Onkel Liebgott schraubte sich mit unverständlichem Gebrummel aus dem Sofa hoch und genehmigte sich einen guten Schluck Enzian – direkt aus der Flasche.

»Ich kann mir einfach nicht vorstellen, dass Hosang der Verräter ist«, bemerkte Albin etwas ungehalten.

»Stadtschurke«, murrte der Pater erneut.

Albrecht versuchte, weitere Schlüsse zu ziehen: »Das Bild ist vom Eggishorn aus aufgenommen worden, daran gibt es keinen Zweifel.«

»Folglich sind die anonymen Hobbybotaniker und der Fotograf schon einmal nicht identisch, nicht wahr?«

Heidy nahm die Zeitung auch nochmals zu sich und vermutete eine üble Inszenierung, eine erfundene Geschichte, die zur Sensation aufgebauscht wurde. »Oder Zeni oder sonst jemand aus dem Spital könnte dahinterstecken …«, fiel ihr noch ein.

Albrecht schüttelte den Kopf und zog die Schultern hoch. »Kann ich mir nicht vorstellen, aber …« Doch er wusste auch nicht weiter.

Pater Josef sah eine finstere Verschwörung herandrohen, böse Machenschaften mit gotteslästerlichen Absichten, und er sah seine Befürchtung erneut in der Bibel begründet: »*Hütet euch aber vor den falschen Propheten, welche in Schafskleidern zu euch kommen, inwendig aber reißende Wölfe sind.*«

In der Arvenstube waren sich alle bewusst, dass hier eine Geschichte mit unabsehbaren Folgen verbreitet wurde. Erfunden war die Geschichte nicht. Die Frage war nur, wer dem Blatt die Informationen zugespielt hatte und woher *Spezialisten* den exakten Standort des rätselhaften Objektes kennen sollten.

Auch im Tal unten, in Fiesch, seien bereits Schaulustige eingetroffen, auf dem Weg zum Märjelensee, berichtete Pirmin, nachdem er vom geschlossenen Büro aus mit seinen Kumpels telefoniert hatte. »Wir müssen gar nichts mehr unternehmen. Pius hat von oben die polizeiliche Anweisung erhalten, die ganze Umgebung abzuriegeln. Und auf ihn ist Verlass, oder etwa nicht? Ich kann mir gut vorstellen, dass seit Vrenis Tod seine Antennen in alle Richtungen auf Empfang stehen. Wir wissen ja, wie ambitioniert er seinen Beruf ausübt. Und übrigens sitzt Xavi schon seit Samstagabend in U-Haft. Der Hüttenbetrieb ist bis auf Weiteres eingestellt.«

Albrecht schien etwas erleichtert und meinte, die Berchtolts wüssten von nichts, hätten nichts damit zu tun, und was Hosang betreffe, so müsse der mit sich selbst ins Reine kommen.

Auch Josef gab sich milder, brachte aber gleich eine neue Bombe zum Platzen: »Es trifft nicht zu, Albrecht, dass wir nichts wissen. Wir tun nur so, als ob. Unser Bruder Justy Beachold aus Amerika sitzt nämlich bereits im Flugzeug nach Europa. Das Vogelei sei von höchster Brisanz, das hat er mir höchstpersönlich am Telefon gesagt. Wenn ich selbst Geologe wäre, würde ich mich auch sofort an den Fundort begeben. Aber ich bin nicht Geologe, ich bin *The*ologe. Und weil ich das bin, mache ich mir aus geistlicher Sicht ernsthaft Sorgen um das Ei und seine Verteufelung. Nach dem mysteriösen Tod von Vreni fürchte ich, ein Fluch könnte sich über die ganze Märjela gelegt haben wie ein durch Sünde beschmutztes Laken. Wir können nur um die schützende Hand Gottes beten und ihn anflehen, er möge uns nicht zum Bade in einem Strom teuflischer Magie verleiten.«

Alle wechselten bestürzte Blicke.

»Du hast dem Yankee hinter unserem Rücken alles brühwarm aufgetischt, nicht wahr?«, fragte Albin vorwurfsvoll.

»*Er* hat mich angerufen. Nach dem Gespräch über den großen Teich habe ich fünf Rosenkränze gebetet«, rechtfertigte der Pater sein gebrochenes Schweigen. »Wenn ich laut darüber nachdenke, was ich als geweihter Priester zu tun habe, erachte ich auch die vertrauensvolle Zuwendung an eine höhere kirchliche Instanz nicht als Verfehlung. Lasst mich darüber nachdenken, ob es nicht meine heilige Pflicht ist, beim Generalvikar Rat zu erfragen.«

Albrecht wollte von seinem Bruder wissen, woher denn der ehrenwerte Justy Beachold von Hosangs Entdeckung erfahren habe.

»Das habe ich ihn auch gefragt«, gab Josef zurück, »und erhielt die Antwort, wir Älpler, deren Horizont an den Bergen rund um uns endet, sollten langsam begreifen, dass Amerika immer einen Schritt voraus sei.«

Pirmin war außer sich: »Arroganter Sack. Der wird was hören, sollten wir ihn zu Gesicht bekommen.«

»Wenn uns der Herr Professor Beachold aus dem verheißungsvollen Land der unbegrenzten Möglichkeiten nur keinen Ärger in die Berge bringt«, befürchtet Albin.

Pirmin seinerseits ermahnte seinen Onkel: »Deine Rosenkranzbeterei in allen Ehren, aber du wirst sie hoffentlich nicht als Freipass missbrauchen und dich im reinen Laken deiner erlauchten Geistlichkeit ein zweites Mal über unser Stillschweigeabkommen hinwegsetzen?«

Nun wurden Pater Josefs Augen giftig, und er maßregelte erst recht geistlich: »*Und wenn ihr betet, sollt ihr nicht plappern wie die Heiden; denn sie meinen, sie werden erhört um ihrer vielen Worte willen.*«

Sein wutgeladener Abgang löste ein kleines Beben aus: Der Pater verließ die Stube mit ungewöhnlich polterndem Getrampel und knallte die Tür hinter sich derart heftig zu, dass die Göttliche von ihrem Granitsockel auf den Boden stürzte.

»Meine Güte, hoffentlich hat Onkel Liebgott kein Öl ins Feuer gegossen«, bangte Heidy. »Wenn Justy tatsächlich bereits im Flugzeug sitzt, können wir nicht ausschließen, dass Josef selbst der Plapperi war und schon am letzten Donnerstag das Blatt informiert hat.«

Dem zehnjährigen Cyril wurde es zu laut, er rannte hinaus. Heidy hob die seelenlose Ausgestopfte auf und stellte sie wieder an ihren Platz.

»Wie kommst du denn darauf?«, fragte Albrecht.

»Er hat Justy doch erzählt, dass Pirmin, Albin und Maria am Donnerstag hingeflogen sind.«

»Worauf Justy blitzartig gehandelt und jemanden mit einer Kamera aufs Eggishorn gehetzt hat«, folgerte Pirmin.

»Exakt. Vielleicht hat er sogar Onkel Liebgott damit beauftragt, jemanden zu finden, der die Bilder schießt. Und er hat bestimmt angeordnet, dass der Helikopter von Maria und sie selbst keinesfalls in die Zeitung kommen dürfen, nicht wahr?«

»Warum eigentlich nicht?«, fragte der Primus.

»Weil Justy nicht will, dass man die Berchtolts bestürmt. Er will sich als Wissenschaftler das Ei unter den Nagel reißen, bevor es andere tun.«

»Darum heißt es im Artikel ja auch, dass die Hobbybotaniker anonym bleiben wollten«, ergänzte Heidy.

Die Ruhe in der Stube war angespannt und die ziellosen Blicke sandten wenig Vertrauen aus. Albrecht gab zu bedenken: »Lasst die Unschuldsvermutung gelten. Neben Josef und Hosang kommen grundsätzlich alle als Plapperi infrage, die ums Aletsch-Ei wissen.«

Das hörten die Jungen nicht gern. Sie waren sichtlich mokiert, dass der Primus mit *grundsätzlich alle* auch die eigenen Familienmitglieder als potenzielle Verräter mit einschloss.

»Erst jetzt fällt mir ein, dass Hosang nicht gesagt hat, ob er bei seiner Entdeckung allein oder in Begleitung war, und ich habe ihn auch nicht danach gefragt«, bedauerte Albrecht.

»Das haben wir ohne Weiteres angenommen«, folgerte Albin, »sonst hätte er uns kaum erklärt, er könne das Rätsel nicht *für sich allein* behalten, nicht wahr?«

Jede Mutmaßung trug einen Funken Wahrheit und wackelte doch bei der Weiterentwicklung wie Milchzähne, bevor sie abgestoßen werden.

»Der Kreis der Wissenden erweitert sich stündlich«, sagte Albrecht nachdenklich, »aber die Erde gibt ihre Geheimnisse nicht preis. Nicht einmal auf dem Seziertisch. Unsere Sinne werden das Rätsel nie erreichen.«

»Wir müssen jetzt nur zusammenhalten«, meinte Pirmin selbstironisch, »wir haben starke Schultern, auch wenn sie für das eine oder andere zu schwach sein mögen.«

Das war schon fast ein heldenhaftes Wort, mit dem Moral und Rückgrat gestärkt werden sollten. Die wohlverdiente Stärkung auf dem Tisch stand jetzt auch nicht mehr ganz umsonst da – Kaffee und ›Vogelnester‹ – aber hauptsächlich Enzian.

Hosang erfuhr von der Boulevardgeschichte erst am Abend. Er hatte die Arbeit wieder aufgenommen und wurde nach Büroschluss durch ein kleines Aushängeplakat am Bahnhofskiosk aufmerksam. *Vogelei zu schwer für zwei Muskelprotze!* Er kaufte das Blatt und hatte Lust auf ein Bier. In der Bahnhofshalle am klebrigen Stehtisch nahm er den Bericht zur Kenntnis. Er war nicht schockiert, nicht nervös, nicht aufgebracht, nicht verärgert und noch nicht einmal überrascht. Auch verdächtigte er niemanden des Verrats. Er wusste, wie löcherig selbst das Schweigen war. Er wusste auch, was Medien aus Gerüchten basteln und in die Welt streuen konnten. Dass Albrecht Berchtolt und die Übrigen der Familie, die er kennengelernt hatte, Schwätzer waren und gleich zur Presse rannten, glaubte er nicht. Am wenigsten von allen traute er dem Helikopterarzt, diesem Zeni. Der hatte doch bei seinem Rettungseinsatz am Märjelensee zum rätselhaften Objekt kurz angebunden gesagt: *Darüber reden wir später.* Aber das genügt natürlich bei Weitem nicht für einen dringenden Verdacht.

Die Art der Berichterstattung kam Hosang seltsam vor. Offenbar glaubte die Zeitung selbst nicht, was sie angeblich von den *Hobbybotanikern* gehört hatte. Warum hatten die Redakteure nicht recherchiert? Warum zeigte man denn das Aletsch-Ei nicht? Für diese Fragen hatte er eine einfache Antwort: Es handelte sich um eine klassische Sommerlochgeschichte.

Seine nüchterne Einstellung begann jedoch allmählich zu bröckeln, als er zu Hause war und den Artikel im Detail studierte. Die Fragen häuften sich, Antworten blieben aus. Man würde ihn auf der Riederalp nun als wortbrüchigen Übeltäter verfluchen, als respektlosen Städter, der skrupellos aus seiner Entdeckung Kapital schlagen wollte, als einen, der sich über Versprechungen hinwegsetzte, der ohne Rücksicht auf Ehrenhaftigkeit nur auf seinen eigenen Vorteil bedacht war – ein dubioser, ein windiger Kerl. Hosang wusste, wie Bergler denken: Vertrauen hatten sie in die Natur mit all ihren Geheimnissen und in ihren Glauben an Gott, allem anderen gegenüber blieben sie verschlossen. Und wer ihr Vertrauen dann einmal gewonnen hatte und dieses missbrauchte, der brauchte nicht noch einmal an ihre Tür zu klopfen.

So konnte er die Sache nun doch nicht auf sich sitzen lassen, er musste selbst eingreifen, auch wenn sich alles in ihm gegen aktives Handeln sträubte, als würde er ein Naturgesetz verletzen. Am liebsten hätte er den Telefonhörer zur Hand genommen und unverzüglich mit Albrecht Berchtolt oder den Zwillingsbrüdern gesprochen, aber das machte jetzt keinen Sinn: Jede Unschuldsbeteuerung hätte nur den Verdacht erhärtet, er sei der Schwätzer gewesen und habe womöglich etwas mit der toten Vreni zu tun. Er brauchte eine andere Idee, um sich der verschworenen Gemeinschaft dieser Bergler diskret anzunähern.

Die Laptopnonne. Hatte sie das Aletsch-Ei entdeckt und öffentlich gemacht, fragte er sich und sah sich im Geist wieder vor der Schlachtplatte am Blechtisch neben dem Kloster, sah die zivil gekleidete Nonne, diese Frau, dieses Lächeln, hörte die Geschichte mit dem Brustkreuz und dem Stoffwechselendprodukt – Vogeldreck. Und … sie hatte ihm doch bei der Verabschiedung ein Kärtchen zugesteckt. Wie von einer Feder aus dem Sessel katapultiert, sprang Hosang auf. Wo war das Kärtchen? Er riss den Kleiderschrank auf und griff hastig in die Taschen der Jacke, die er am Freitag angehabt hatte. Tatsächlich fand er es, ein Visitenkärtchen, chamoisfarben mit Büttenrand und altmodisch verschnörkelter Schrift:

Irina Danae Soldanella Ambrosia Marna
von Märjela
… unterwegs …

Auf der Rückseite stand nichts. Sonderbar. *Von Märjela*, murmelte Hosang, wie kam sie zu diesem Namen und wie zu der Litanei an Vornamen? Sie las sich wie eine willkürliche Aneinanderreihung von Frauennamen ... zunächst. Aber dann: *Danae* – so hieß doch das Klimt-Bild in der Ausstellung, die nackte Frau in der embryonalen Stellung. *Ambrosia*. Hosang schüttelte den Kopf. War das nicht dieses lästige Unkraut, das Allergien, Asthma und Nesselfieber auslösen konnte? *Soldanella*. Das Chalet auf der Riederalp, dessen Namen er schon immer gemocht hatte. *Irina*. Klang russisch. *Marna* – noch nie gehört. Vielleicht ein Duft? Er führte das Kärtchen an die Nase und roch daran. Nichts. Er legte das Kärtchen zurück auf den Tisch und las den Zeitungsartikel ein viertes Mal. Nicht einmal das Kürzel eines Journalisten. Fragen über Fragen und keine Antworten. Spekulieren brachte nichts. Er legte die Zeitung zurück auf den Tisch und griff wieder nach dem Kärtchen. Und roch. Nichts. *Irina Danae Soldanella Ambrosia Marna von Märjela ... unterwegs ...* – Bahnhof. Er schmiss das Ding auf den Tisch zurück.

Das Einzige, worüber er sich bei einem Rosenwasser Klarheit verschaffen konnte, war die schlichte Erkenntnis, dass ihn diese Visitenkarte nicht weiterbringen würde. Keine Adresse, keine Telefonnummer, keine E-Mail. Vielleicht war genau das ihr Kalkül, war genau das Stück Käse in der Mausefalle, mit dem sie ihn – und andere? – an der Nase herumführte, bis er hungrig in die Falle ging.

Polizeikorporal Pius Abdeneggen wartete schon seit einiger Zeit auf einen Karrieresprung – oder wenigstens einen kleinen Hupf. Mit zweiundvierzig und nunmehr zehn Jahren im Polizeidienst wäre die Zeit reif, so seine Überzeugung. Mit einer Beförderung zum Revierboss hätte er immerhin Anrecht auf ein eigenes Büro, ein etwas größeres Pult und einen Bürosessel mit Filzunterlage auf der Sitzfläche, vielleicht auch einen Hunderter mehr Lohn. Als Erstes würde er sich einen Kaktus für den Fenstersims anschaffen, malte er sich aus. »Die

Chance muss ich packen«, ermutigte er sich selbst, »die tote Vreni am Märjelensee und jetzt noch diese Eiergeschichte sind zwar keine ganz großen Fische, aber auch keine ganz kleinen.«

Tatsächlich verbuchte er – wahrscheinlich nicht als Erster – einen Fahndungserfolg: Er hatte im Hüttenbuch die Namen der Touristen ausfindig gemacht, die in Vrenis Todesnacht in der Gletscherstube genächtigt hatten: John Darkwood und Abraham Blumlein, beides Amerikaner, Toni Kalberer aus Raron, ein Kugler, ein Ehepaar Lüscher, ein Hofacher, ein Poncet, alle aus der Region Neuenburg. Pater Josef Berchtolt war nicht eingetragen. Pius folgerte, dass man ihm das als Stammgast ersparte.

Kalberer war bekannt, vor allem seine Biografie. Im Oberwallis kannte jeder jeden. Toni kam als Verdächtiger grundsätzlich nicht infrage, er war einer von ihnen. Auch die Neuenburger standen nicht im Vordergrund der Ermittlung – handelte es sich doch um eine geschlossene Wandergruppe. »Aber der Amerikaner nehme ich mich persönlich an«, beschloss er. Dann griff er vehement zum Telefonhörer und wählte die Nummer von Hosang.

»Entschuldigen Sie die Störung zur vorgerückten Abendstunde«, erklärte sich Abdeneggen rücksichtslos und wurde gleich abgeblockt.

»Das muss ich mir zuerst überlegen.«

»Was überlegen?«

»Ob ich die Störung entschuldigen soll«, fauchte Hosang.

»Gut. Kommt in den Rapport. Überlegen Sie ungeniert. Ich rufe Sie in ein paar Tagen wieder an«, besänftigte Abdeneggen höflich. Dann legte er den Hörer unhöflich auf.

»Trottel«, fluchte Hosang. Doch damit war die Sache nicht erledigt. »Erst die Nonne, dann das Aletsch-Ei, kurz darauf die Leiche ... alles am selben Ort. Und jetzt schon wieder dieser Abdeneggen«, grübelte er. »Geschwüre wuchern, bis sie platzen. Und dann ist es zu spät.«

In der Nacht träumte er von riesengroßen Emmentalerlöchern, größer als der Käse um sie herum.

9

Im Oberwallis kannte jeder jeden. Auch Pater Josef Berchtolt und Toni Kalberer waren sich nicht fremd. Der Dipl.-Ing. ETH war schon lange nicht mehr in seinem Beruf tätig, genauer gesagt hatte er ihn noch nie ausgeübt. Stattdessen verdiente er sein Geld als Privatchauffeur und bot seinen Kunden eine komfortable Stretchlimousine an, ausgerüstet mit luftgefederter und niveauregulierter Hinterachse, speziell geeignet für mobilitätseingeschränkte Fahrgäste. Der Sarkophag einer ägyptischen Mumie hätte mühelos darin Platz gefunden, und der oder die darin Ewigruhende wäre auf der Fahrt weder geweckt worden noch zu Staub zerbröselt.

Nach seinem zornigen Abgang aus der Arvenstube am Montag hatte der Pater Toni Kalberer für den Dienstag bestellt, um sich mit der Luxuskarosse nach Kloten kutschieren zu lassen. Justy Beachold hatte ausdrücklich gewünscht, direkt vom Flughafen aus die Reise ins Wallis mit einem Privatauto fortsetzen zu können, möglichst komfortabel. – *Möglichst komfortabel* hatte sich der Pater hinter die Ohren geschrieben und dementsprechend gehandelt.

Während der ganzen Nacht zum Dienstag hatte es aus Kübeln gegossen, und auch am Vormittag strätzte es noch immer. Gegen Mittag schwebte bei der Autobahnraststätte Würenlos eine schwarze Stretchlimousine vor die Eingangstür des sogenannten ›Fressbalkens‹. Aus dem Fond der überdimensionierten Karosse krochen nacheinander Pater Josef Berchtolt mit Talar und aufgesetzter Tellermine, Justy Beachold, seine zwei Begleiter John Darkwood, ein ausgewanderter Appenzeller namens Hans Finsterwald und seines Zeichens Festkörper-

und Gravitationsphysiker, sowie Abraham Blumlein, ein ausgewanderter Tiroler, Strahlenforscher und selbst ernannter Urknalllauscher. Ihn hatte man in Amerika nicht umgetauft, sondern ließ einfach die ü-Pünktchen weg, also Blumlein statt Blümlein.

Pater Josef war etwas aus der Bahn geworfen worden, als er Darkwood und Blumlein am Flughafen antraf. Die beiden Assistenten von Professor Beachold erwarteten schon gespannt dessen Ankunft. Beide gingen sie spontan auf Josef zu, man sei sich doch schon am letzten Donnerstagabend in der Gletscherstube begegnet. Josef erinnerte sich an die Englischsprachigen, die am Morgen von Vrenis Tod verschwunden waren.

Die Begrüßung des Professors war merkwürdig unterkühlt: Josef wollte mit ausgebreiteten Armen auf seinen Bruder Justus zugehen, doch dieser streckte ihm in steifer Manier die Hand entgegen:

»Hi Sepp. How is life?«

Josef hätte seinen Bruder allzu gern mit pastoralem Singsang gleich in Beschlag genommen, doch dieser war schon mit formell strengem Händeschütteln beschäftigt – Darkwood, Blumlein, Kalberer – in dieser Reihenfolge. Privatchauffeur Toni Kalberer hatte sich bescheiden als ›Driver‹ vorgestellt.

Beim Aussteigen vor der Raststätte schützte Kalberer seine kostbare Fracht mit einem großen schwarzen Schirm vor dem prasselnden Regen und geleitete die Gäste an den Schermen. Er selbst wartete draußen unter dem Vordach und biss in ein Faustbrot.

Der eifrige Josef hofierte seine Gäste überschwänglich und geleitete sie ins Restaurant im ersten Stock. Die drei Ankömmlinge aus Amerika bestellten einen Beef Burger mit Pommes und Ketchup, dazu eine Cola. Der Pater wäre nicht abgeneigt gewesen, etwas gediegener zu dinieren, passte sich aber den Fastfood-Gewohnheiten seiner Gäste an und orderte eine Käseschnitte und einen sauren Most.

Während sie aßen, zückte Pater Josef die neueste Ausgabe des Boulevardblattes. Nicht mehr auf der Frontseite, aber dennoch, das Vogelei war auch heute ein Thema: *Das Ei ist ein Monster*, wurde diesmal getitelt. Darunter standen ein paar belanglose Sätze, vor allem, dass noch keine gesicherten Angaben gemacht werden könnten und das Gebiet um den Märjelensee abgeriegelt worden sei, *wohl um uns eine brisante Wahrheit vorzuenthalten*. Die Wissenschaftler machten sich nicht die Mühe, ein Blatt dieses Niveaus zu kommentieren. Untereinander sprachen sie englisch, und obwohl Pater Josef interessiert zuhörte, merkten sie bald, dass sie ihn mit ihrem Kaugummidialekt nach Belieben vom Gespräch abnabeln konnten.

Als sich die Mittagspause nicht mehr länger strecken ließ und es ums Zahlen ging, tat der Pater keine Anstalten, sondern starrte mit gefalteten Händen scheinbar betend auf den Tisch vor sich, obwohl man doch üblicherweise vor dem Essen betete und nicht hinterher. Aber das Nachtischgebet hatte Erfolg: Bruder Justy zückte die Kreditkarte.

Am rechten Rand der Einfahrt, die von der Raststätte auf die A1 führte, stand eine schwarz gewandete Nonne unter einem von Windböen arg lädierten Regenschirm. An ihrer Schulter trug sie eine Umhängetasche aus schwarzem Leder. Der Pater schrie auf: »Barmherziger Herrgott, lass das Häufchen Elend nicht im Regen stehen!«

Kalberer fühlte sich angesprochen und hielt an. Barmherzig betätigte er den elektrischen Fensterheber, in diesem Fall Fenstersenker, damit der Pater mit dem Häufchen Elend reden konnte.

»Wohin des Weges, Schwesterlein? Steigen Sie zu, ich bin Bruder Josef.«

Das Schwesterlein nahm die Einladung an, quetschte den Regenschirm zusammen und schlüpfte in die Karosse, vorne neben Kalberer.

»Danke vielmals«, sagte sie.

Toni Kalberer fragte sie nach ihrem Reiseziel.

»Ach, einfach in die Richtung, in die Sie eh unterwegs sind.«

Bruder Josef gab sich jovial wie der personifizierte Oberhirte. Zum Stellvertreter Christi fehlten ihm im luxuriösen Interieur mit Hirschleder, feinsten Stoffen, Teakholzverkleidung und Dufttännchen – selbstredend hinter getönten und schusssicheren Scheiben verborgen – nur noch die Seidenpantöffelchen, die zu tragen das exklusive Privileg eines Pontifex war. »Wir fahren alle in die gleiche Richtung«, sagte Josef, »in die Richtung, die uns der Herr weist, Schwester. Seien Sie willkommen in unserer Obhut auf dem Weg nach Kandersteg und dann durchs Loch ins Wallis.«

Die drei Wissenschaftler waren eher peinlich berührt und entschieden sich zu schweigen

»Danke, ich bin eine Novizin«, korrigierte die Anhalterin.

»Eine Novizin«, salbte der Pater aus dem Limousinenfond hervor, »und wie heißt sie, unsere Novizin?«

»Irina.«

»Gott segne Sie, Irina, was für ein klingender Name«, predigte Pater Josef. »Irina bedeutet Frieden. Die Friedensgöttin ist mitten unter uns. Irina ist außerdem russisch. Wissen Sie, ich war lange Zeit als Missionar in Russland, in St. Petersburg, damals hieß es noch Leningrad. Dem Heiligen Stuhl in Rom habe ich über ein Dutzend neue Schäflein zugeführt – Herrgott Vater, wie lange das her ist.«

Nachdem die Novizin keinerlei Reaktion zeigte, gingen auch dem Pater die Worte aus. Das Gespräch der Amerikaner drehte sich hingegen mittlerweile um das Vogelei. Die

Messgeräte hätten die ganzen vier Wochen ihres Aufenthalts in der Schweiz an allen Orten perfekte Daten geliefert, in den Bündner Bergen, im Gotthardmassiv und auf dem Rhonegletscher.

»Nur auf dem Aletschgletscher von der Gletscherzunge hinauf zum Märjelensee begannen sie zu spuken. Immer häufiger fielen sie aus und die Aufzeichnungen wurden lückenhafter, je näher wir zum Bergsee kamen«, erklärte Darkwood, und Blumlein fuhr fort: »In der Hütte, wo wir übernachteten und am anderen Morgen weiter Richtung Jungfraujoch aufbrechen wollten, mussten wir einsehen, dass es mit kaputten Geräten keinen Sinn macht. Da haben wir die Übung abgebrochen.«

»Und dann kam noch die ganze Unruhe wegen dieses Leichenfundes. Wir waren gerade unterwegs zurück ins Hotel nach Fiesch und wurden schon von einem Polizisten erwartet – ziemlich meschugge der Typ, er verlangte Einsicht in unsere Papiere und wollte wissen, was wir im Wallis verloren hätten«, wusste Darkwood dem Professor zu berichten.

Irina vorne auf dem Beifahrersitz zog daraus ihre eigenen Schlüsse, was das Reiseziel der wissenschaftlichen Fracht im Fond anbelangte. Sie hatte die Zeitung ebenfalls gelesen. Und auch Kalberer ging langsam ein Licht auf.

Später wurde es still in der Limousine. Justy Beachold spürte den Jetlag, und Pater Josefs Magen hatte mit der Mikrowellen-Käseschnitte zu kämpfen. Das kaum hörbare monotone Geräusch der Reifen auf der klatschnassen Fahrbahn und der peitschende Regen auf der Windschutzscheibe wurden zur Schlafmelodie für die Herren im Fond. Irina hatte aus der schwarzen Ledertasche einen Laptop auf die Knie genommen: »Stört es Sie, wenn ich arbeite?«, fragte sie den Fahrer.

»Ganz und gar nicht, aber angurten sollten Sie sich trotzdem«, war seine höfliche Aufforderung. Sie gehorchte.

Toni Kalberer war ein gut aussehender, gut gekleideter Mann – nur das läppische Goldkalb am rechten Ohrläppchen wollte nicht zu ihm passen. Er erzählte gern aus seinem Leben, und so war er es, der die Novizin bei der Arbeit störte:

»Wissen Sie, Leute in der Gegend herumzukutschieren ist nicht das, was ich gelernt habe. Ich bin Maschineningenieur ETH, spezialisiert auf Mikromaschinen. Und auf Blödsinn. Einmal habe ich den Geldautomaten einer Bank im Wallis aus einer Mauer gesprengt. Aber das müssen Sie jetzt wirklich für sich behalten.«

Irina behielt es für sich – in ihrem Laptop. Dieser Kalberer interessierte sie zwar überhaupt nicht, dafür aber seine Geschichte. Also ließ sie ihn drauflos erzählen.

»Das war nur ein kleiner Studentenstreich. Angefangen hat alles viel früher, das liegt wohl an meinem Namen. Ich heiße Kalberer, Toni Kalberer.«

Sie drehte ihm kurz den Kopf zu und lächelte.

»Schon als Häfelischüler habe ich die Lok meiner elektrischen Modelleisenbahn so frisiert, dass sie zu schnell über die Schienen flitzte und darum in den Kurven immer entgleiste.«

Geldautomaten gesprengt. Toni Kalberer, Lok frisiert, tippte die Novizin in die Tasten.

»Als junger Flegel bin ich bei uns und in den Nachbardörfern Töffli weitaus schneller gefahren, als selbst die nachsichtigste Polizei erlaubt, und noch bevor ich zum Führerschein gekommen bin, war Mutters ›Mini‹ reif für einen kleinen Eingriff. Den habe ich dann so aufgemotzt, dass sie ihn selbst zu Schrott fuhr. Gott sei Dank unverletzt. Aber der Verlust des Minis schmerzte mich mehr, als mich die Freude über die unversehrte Mutter freute. Hihi. Obwohl ... eigentlich ist das wohl eher nicht zum Lachen. Später habe ich dann die wertvolle Taschenuhr meines Vaters, eine goldene Savonnette, dazu gebracht, der Zeit davonzulaufen, mit dem Resultat, dass er immer der Zeit hinterherrannte und viel zu früh zu seinen Verabredungen erschien. Hihi. Das brachte mich auf eine weitere Idee: Im Kaff, wo ich aufgewachsen bin, konnte man im Kirchturm herumturnen wie der Glöckner von Notre-Dame. Nächtelang habe ich das Schlagwerk der Turmuhr studiert, bis ich den Trick herausgefunden hatte: Um zwölf Uhr mittags und um Mitternacht schlug der Hammer dreizehn Mal an die Glocke. Hihi. Als es auch nach acht Tagen noch niemand bemerkt hatte, ging ich zum Pfarrer und sagte ihm, ich hätte etwas ganz Eigenartiges gehört – dreizehn Glockenschläge, immer um zwölf. Er solle doch bitte mal nachzählen. Der Pfaff wurde kreidebleich. Aber er dankte mir und lobte mich für mein kirchliches Ohr. Hihi. Den Täter haben sie nie geschnappt. Hihihi.«

Wieder schaute die tippende Novizin den Chauffeur an, nachdem auch *Turmuhr, dreizehn Glockenschläge* erfasst war.

»Dann kam die Rekrutenschule«, erzählte Kalberer weiter. »Dort habe ich aus meiner Feldflasche einen Molotowcocktail gebastelt und ihn bei einer Übung in einer Kiesgrube hochgehen lassen. Die ganze Kompanie ist in einer Staubwolke versunken und der Bombenrekrut blieb unerkannt. Hihi. Ich war für alle Verrücktheiten zu haben und wurde darum auch immer wieder aus meinen Jobs zur Studienfinanzierung gejagt. So karre ich jetzt halt mangels Leistungsnachweis Reisende mit Sonderwünschen in der Weltgeschichte herum, vornehmlich der Schweizer Weltgeschichte, zugegeben.«

Kaum hatte die Novizin *Rekrutenschule, Molotowcocktail, für alle Verrücktheiten zu haben*, im Laptop abgespeichert, wurde sie von einer ganz anderen Facette Kalberers überrascht.

»Ich habe in meinem Leben weiß Gott genug gesündigt, herumgehurt, in der Studienzeit gepafft, gekifft, gesoffen und sonstigen Raubbau an meiner Gesundheit getrieben. Aber ich bin wieder aufgestanden und wandle jetzt sauber als Mann hinter dem Steuer mit null Komma null Promille. *Warum denkt ihr Arges in euren Herzen? Was ist denn leichter zu sagen: Deine Sünden sind dir vergeben, oder zu sagen: Steh auf und wandle?* So steht es doch in der Bibel. Nur damit Sie nicht glauben, ich sei ein ungebildeter Mensch.«

»Ich bin immer davon ausgegangen, dass ein Ingenieur ETH nicht ungebildet ist«, kommentierte die Novizin lakonisch.

Als die Schlafgemeinschaft im Limousinenfond schließlich wieder aufwachte, bog Kalberer schon über die Rampe auf den Verladezug in Kandersteg ein. Irina war nicht mehr an Bord, und niemand fragte nach ihrem Verbleiben.

Auf ihr Verlangen hatte Toni sie in Spiez abgesetzt, nicht ohne ihr seine Visitenkarte zu überreichen: *Toni Kalberer, Privatchauffeur, Reiseleiter, Lakai, stellt sich mit höflicher Empfehlung und Stretchlimousine in Ihre Dienste*, stand darauf, plus Adresse, Telefon, Fax.

Der Pater faltete nach seinem Nickerchen die Landeskarte ›Aletschgletscher‹ auf und zeigte den drei Wissenschaftlern, wo der Märjelensee lag. Er kenne zwar die genaue Position des seltsamen Vogeleis nicht, aber Bruder Albrecht und seine Jungen würden die Stelle blind wiederfinden. Das Schweigegelübde seiner Verwandten hatte er wohl nicht ganz unzufällig vergessen.

»Natürlich fliegen wir im Helikopter von Maria zu der Stelle.« Vor allem aber würdigte seine Geistlichkeit, Pater Josef, noch einmal in aller Deutlichkeit das Geschenk des Himmels: »Der Allmächtige hat euch drei auserwählt, das Rätsel rasch zu lösen.«

»Und wenn wir es nicht lösen«, wollte John Darkwood wissen, »sind wir dann Gottverlassene oder einfach Versager?«

Der Pater bibelte pathetisch, aber nicht gerade motivierend: »*Darum sollt ihr euch nicht sorgen um den anderen Morgen; denn der morgende Tag wird für das Seine sorgen. Jedem Tage genügt seine eigene Plage.*«

Kalberer wertete das als klerikalen Schuss vor den Bug der Wissenschaftler, getreu seinem Diskretionsbewusstsein als Privatchauffeur.

Die Kurorte und Nester im Aletschgebiet waren von den Medien in Beschlag genommen worden, die Bergler sauer, die Gastwirte dafür umso glücklicher. Die überdurchschnittlich hohe Bettenbelegung und die Unmengen sensationshungriger Gäste bereits in der Vorsaison brachten einen willkommenen Vorschuss in die Kassen. Einige Hotels, Gastbetriebe und Wellnesstempel eröffneten ihre Saison sogar vorzeitig.

Die Amerikaner hatten für ihren Boss Justy Beachold ein Zimmer im gleichen Hotel der mittleren Klasse reserviert, in dem auch sie logierten.

Als Kalberer beim Hotel in Fiesch vorfuhr, wurde das Straßenschiff von drei Polizisten umstellt. Pater Josef Berchtolt erkannte den Polizeitrottel Abdeneggen sofort und war stinksauer, gab sich aber zuckersüß:

»Seht, meine Herrschaften, dem prominenten Besuch aus Amerika steht ein angemessener Begleitschutz zu.«

Toni Kalberer stieg aus und öffnete unter den Augen der Polizisten seinen Fahrgästen die hinteren Türen. Für die prominenten Herrschaften interessierten sich die Uniformierten allerdings gar nicht, sie hatten es auf den Pater abgesehen.

»Polizeikorporal Abdeneggen, guten Abend«, stellte sich Pius formell vor.

»Seien Sie gegrüßt, Herr Polizist«, spielte der Pater das Spielchen mit, »darf ich Sie mit unserem hohen Besuch aus den Vereinigten Staaten von Ame…«

Herr Polizist unterbrach freundlich, aber bestimmt: »Wir müssten Ihnen dringend ein paar Fragen stellen.«

Josef zog seine Tellermine vom Kopf und zeigte sich wohlwollend gesprächsfreudig: »Selbstverständlich, mein Herr. Es ist mir ein Vergnügen. Meinen Freund und Bruder Justus aus Amerika habe ich nach seiner langen Reise über das große ozeanische Wasser …«

»Darf ich Sie bitten«, unterbrach Abdeneggen und wies dem Pater den Weg zum Streifenwagen, der wie eine Straßensperre quer zur Limousine stand.

Josef folgte der Anweisung und lächelte Kalberer und dem hohen Besuch zu: »Es dauert nicht lang. Gott segne euch.« Dann versank er im Polizeifahrzeug. Beachold, Darkwood und Blumlein schauten ihm wie paralysierte Mondhühner nach.

»Das ist der Polizist, von dem ich Ihnen erzählt habe, vollkommen meschugge«, erklärte Darkwood, nachdem er sich gefangen hatte, dem Professor.

Kalberers Berufsethos war stark genug, um einen Lachanfall diskret zu unterdrücken.

Auf dem Polizeirevier angekommen, kam der Polizeikorporal gleich zur Sache und wollte wissen, ob der Pater Vreni Abegglen-Abegglen kenne.

»Nein, aber ich habe sie gekannt.«

»Und ihren Sohn Xavier, kannten Sie den ebenfalls?«

»Nein, den kenne ich, wenn er inzwischen nicht gestorben ist. Und der hat mich jetzt auch nötig. Es ist jetzt wichtig, dass der Junge …«

Korporal Abdeneggen hakte nach: »Nötig? Warum?«

»Meine Arbeit als gläubiger Katholik kann man nicht in ein paar Sätzen zusammenfassen wie die Zuständigkeiten eines Polizeikorporals«, giftete der Pater. »Im Fall Abegglen-Abegglen war diese geistliche Arbeit manchmal etwas delikat.«

»So?«, zeigte sich Abdeneggen interessiert.

In einer Ecke des muffigen Polizeibüros hämmerte ein Polizeirekrut an einem Schulstubenpültchen auf einer Maschine aus der ersten Hälfte des vorigen Jahrhunderts in die Tasten – wie die Polizei für ein solches Relikt noch zu Farbbändern kam, war selbst einem Pater Josef schleierhaft.

»Abegglen-Abegglen waren Fremde, Einwanderer. Vrenis Mann stürzte schon bald nach dem Umzug ins Wallis am Aletschhorn in den Tod. Das müssten Sie eigentlich wissen«, gab der Pater weiter zu Protokoll.

»Weiß ich. Kommt nicht in den Rapport. Aber Einwanderer?«, staunte Abdeneggen.

»Aus dem Berner Oberland. Reformierte. Sie haben sich in meinem streng römisch-katholischen Revier nie ganz wohlgefühlt. Es ist verdammt schwierig für sie gewesen.«

»Abegglen-Abegglen saßen also nicht in Ihrem Kirchenboot.«

Der Pater gab wahrheitsgetreu zu verstehen, dass er in seinem Leben nie ein Boot besessen habe.

»Verzeihen Sie meine vorsichtige Wortwahl in religiösen Fragen, Herr Pfarrer.«

»Die beiden waren Christen wie Sie und ich, nur eben noch keine Katholiken. Aber tüchtige Leute in dieser kargen Bergwelt. Hut ab.«

»*Tüchtige Leute, wie Sie und ich. Hut ab.* Kommt in den Rapport. Sie waren also in der Todesnacht unter den Gästen. Ist das richtig?«

»Es ist nicht falsch. Aber mein Geist weilte nicht unter ihnen.«

»Das müssen Sie mir erklären.«

»Die Gäste plapperten ganz fürchterliche Dinge zusammen und hörten sich Vrenis furchterregende Sagengeschichten an. Und sie haben gesoffen.«

»Aha. Alkohol.«

»Ich musste mehrmals an die frische Luft und habe mich dann vorzeitig zurückgezogen.«

»Gut. *Vorzeitiger Rückzieher*. Kommt in den Rapport.«

Damit war die Befragung beendet und der Pater wieder auf freiem Fuß.

10

Die starken Niederschläge der vergangenen dreißig Stunden fielen als Schnee bis in Lagen knapp unter 2000 Meter. Der Märjelensee war unzugänglich, der große Medienaufmarsch musste sich in Geduld üben. Das Vogelei, das unter einer schweren Nassschneedecke lag, blieb vorerst noch verschont vom Andrang der Massen. Umso emsiger wurde nach Informationen zum Leichenfund geschnüffelt. Vrenis Tod erschien auf einmal allen suspekt, wobei die Journalisten wohl eher nach einem Sommerlochersatz für das Ei suchten und keine durch Recherchen ermittelten Fakten vorweisen konnten, um ihre Spekulationen zu untermauern. Auch die Polizeibehörden ließen sich nicht löchern. Währenddessen trauerten die Bergler solidarisch mit dem nunmehr verwaisten Xavier um ›ihre‹ Vreni von der Gletscherstube. »Arme Vreni, armer Xavi«, hieß es allenthalben. Niemand mochte den wühlmausenden Journalisten aus dem Leben der Verstorbenen erzählen, höchstens dass Vreni auch im Tod eine von ihnen war und nicht der Öffentlichkeit gehöre. Der arme Xavi wurde abgeschirmt. Er war mittlerweile wieder ein freier Mann, denn die Befragungen durch die Staatsanwaltschaft während der U-Haft hatten keine Gründe für eine längere Inhaftierung ergeben.

Am Mittwochnachmittag kreuzte der Pater nach kurzfristiger Voranmeldung – ohne Talar und Tellermine – mit seinem wissenschaftlichen Gefolge in der Arvenstube auf, um den hohen Besuch mit seinem Bruder Albrecht bekannt zu machen. Die erstaunlich frohgemute Miene seiner Heiligkeit wich augenblicklich einer Bitternis, als Josef sah, dass er nicht nur Albrecht antraf. Dieser bot mit beiden Söhnen, der Tochter und der Kaffee, Kuchen – Zitronenroulade – und Enzian servierenden guten Fee auf. Der Familienrat war komplett, eine Stellvertretung hütete derweil das Bergführerbüro.

Der Empfang der Halbamerikaner war frostig – das Wiedersehen mit Bruder und Onkel Justus nach so langer Zeit wurde nicht zum großen Hallihallo. Auch Justus selbst gab sich reserviert – wie schon am Flughafen beim Shakehands mit Josef. Sein professoral zausiger Kopf passte nicht ins Familienbild der Berchtolts, und die Trabanten Darkwood und Blumlein wirkten wie schmächtige Sprösslinge einer weißen Birke, wie blutleere Gewächse, kopflastige, zähe und gewissenhafte Akademikerratten ihres Bosses.

Man begrüßte sich, wie Kunden und Lieferanten sich begrüßen, und nahm dann Platz. Der Pater tippelte mit den Füßen recht fröhlich unter dem Tisch – *allegro*. Weder Abraham Blumlein noch sein Forscherkollege wollten neben den Pater zu sitzen kommen, doch John Darkwood unterlag schließlich in dem strategischen Manöver und biss schweigend in den sauren Apfel.

Heidy rempelte mit ihrer verbal burschikosen Art den Pater schonungslos in die Seite und zeigte mit einer resoluten Armbewegung zum Buffet mit der ausgestopften Alpendohle: »Die Göttliche ist vorgestern vom Sockel auf den Boden gestürzt.«

»Jesus Christus!«, schrie der Pater auf. Dann senkte er den Kopf, faltete die Hände zum Gebet und murmelte still in sich hinein.

Darkwood hüstelte zur Überbrückung der Andacht, Blumlein war wind und weh, Beachold wusste nicht, wohin mit den Augen, Albrecht, Albin und Pirmin schüttelten den Kopf, beinahe synchron mit dem Uhrenpendel, und Heidy schenkte unverdrossen Kaffee ein und reichte die Zitronenroulade.

Als der Pater sein Haupt wieder aufgerichtet hatte, war auch der Spruch zum Vorfall mit der Göttlichen gefunden: »*Ein Auge, das den Vater verspottet und verachtet, der Mutter zu gehorchen, das müssen die Raben am Bache aushacken und die jungen Adler fressen.*«

Die Amerikaner waren überfordert, und Albrecht wies seinen Bruder ohne Rücksicht auf die drei Besucher in die Schranken.

»Hast du, lieber Bruder, keinen Augenblick daran gedacht, dass dieses Auge, das den Vater verspottet, vielleicht *dein* Auge sein könnte? Vielleicht ein Zeichen meiner seligen Frau, unserer gütigen Mutter Johanna im Himmel?«

Der Pater erbleichte und fragte erbost, wie Albrecht so etwas auch nur im Entferntesten erwägen könne, doch dieser brachte das Entfernteste auf das Naheliegendste: »Die Göttliche ist am Montag vom Sockel gestürzt, weil du wutentbrannt die Stube verlassen und die Tür hinter dir zugeknallt hast. Wenn unsere Menschen liebende Johanna selig Leute nicht mochte, dann waren es die Türschletzer.«

Auch in einer Gruppe von Menschen, die eigentlich miteinander hätten reden sollen, konnte Schweigen Gold sein. Beachold, Darkwood und Blumlein bemühten sich, den Mund möglichst immer kuchenvoll zu haben, damit sie, wie es der Anstand gebot, nicht mit vollem Mund reden mussten. Nur zum Enzian greifen wagte noch niemand.

Kurze Zeit später wagte Justy Beachold dann, sich nach der genauen Lage des Märjelensees, nach dem Gelände in der Umgebung und den Wegen, die dorthin führen, zu erkundigen. Der Augenblick für Pirmin war gekommen:

»Hier kann sich alles sehr schnell ändern«, belehrte er abschätzig den Professor für Geologie und Glaziologie und fuhr fort: »Wir sind in den Walliser Alpen, Onkel Justy, da kann man nicht einfach so in der Gegend herumfuhrwerken. Da braucht es schon Kenntnis, Beurteilungsvermögen und Erfahrung von uns Berglern, oder nicht?«

Die Wissenschaftler reagierten gelassen auf diese Schelte, denn sie kannten die Umgebung ja längst. Justy Beachold ging es mit seiner Frage doch nur darum, das Eis in der Stube zu brechen. Das gelang ihm auch, jedenfalls ergriff Onkel Liebgott die Gelegenheit sofort und brachte das Gespräch wieder in Schwung. Er begleitete sich selbst mit seinem aufmunternden Tippeln unter dem Tisch – *andante ... andantino ... moderato*.

»Keine Sorge, Bruder Justus, in der rauen Bergwelt halten Blutsverwandte zusammen wie eine Schafherde unter der Obhut eines Schäferhunds. Unsere liebe Libelle Maria hat die Stelle mit ihrem Hubschrauber schon zweimal gefunden und ist mit der Präzision einer computergesteuerten Katjuscha, natürlich ohne Sprengkopf, nur wenige Meter vom Ei entfernt gelandet. Sie wird ihre Meisterschaft auch mit euch hochkarätigen Gelehrten an Bord unter Beweis stellen.«

Bei der *Katjuscha* ging ein kurzer Ruck durch Abraham Blumlein, und Maria verdeutlichte: »Die blutsverwandte Libelle fliegt keinerlei Einsätze im Dienst für dieses Vogelei, und ich glaube, dass mein Vater, meine Brüder und meine Schwägerin ebenfalls nicht zur Verfügung stehen.«

Pirmin doppelte nach: »Das morgen beginnende Eiersuchen am Märjelensee findet ohne uns statt, nicht?«

»Das Gebiet ist doch eh polizeilich abgeriegelt.« Albins trockene Bemerkung brachte das kollektive Schweigen zurück in die Arvenstube.

Ziellose Blicke, explosive Stille, Onkel Liebgott hatte ausgetippelt. Justy Beachold schaute in die Runde und klopfte ein Weilchen später einmal mit seinen beiden altersfleckigen Händen sanft auf den Tisch, wie es medial geschulte Vorsitzende tun, wenn sie eine Pressekonferenz für beendet halten. Die

Geste bedeutet in der Regel ›dem gibt es nichts mehr hinzuzufügen‹. Im selben Augenblick rannte Cyril mit einem Fetzen Packpapier in die Stube und steuerte auf Onkel Liebgott zu, der sich geschmeichelt fühlte.

»Was hast du mir denn Schönes zu zeigen, mein Engelssohn?«, fragte der Hirte sein Lämmchen. Er schaute sich das Papier unter den gespannten Blicken der anderen an. Zuerst schmunzelte er und strich dann nachdenklich mit der linken Hand übers blonde Haar des Kleinen. *»Woher kommt denn die Weisheit, und welches ist der Ort des Verstandes? Sie ist verborgen vor den Augen aller Lebendigen und vor den Vögeln des Himmels versteckt.«* Mit einer betont erhabenen Bewegung legte er das Blatt mitten auf den Tisch, sodass es alle betrachten konnten. Es war eine Zeichnung der Göttlichen, der ausgestopften Dohle, die neben dem Sockel steht – mit viel zu großen Füßen.

Heidy standen die Tränen in den Augen. Ein Familienjammer bahnte sich an.

Justy Beachold legte zum wiederholten Male seine altersfleckigen Hände auf den Tisch und schaute auffordernd in die Runde. Die Trabanten Darkwood und Blumlein folgten dem Aufbruchzeichen und erhoben sich. Dann verließen sie ohne allgemeines Händeschütteln die Arvenstube, zuvorderst Justus Berchtolt, gefolgt von Hans Finsterwald, Abraham Blümlein und zuletzt Pater Josef Berchtolt. Dieses Mal zog der Geistliche die Stubentür hinter sich zu, als wäre sie aus Glas, mundgeblasen: Man hörte die Falle mit einem metallenen »Tick« in die Schlossvorrichtung am Türrahmen schnappen.

Hans Heinrich Hosang zog es wieder an den klebrigen Stehtisch zum Bahnhofsbier. In einer Abendzeitung stach ihm das Schlagwort *Giftmord* ins Auge. Darunter hieß es zur tot aufgefundenen Hüttenwartin am Märjelensee, die Frau sei nicht durch äußere Gewalteinwirkung zu Tode gekommen und stark unterkühlt gewesen. In ihrem Körper habe man unübliche Giftspuren gefunden, die nun vom toxikologischen Institut näher analysiert würden. Suizid sei nicht ausgeschlossen. Suizid? Hosang konnte wenig damit anfangen, und mutmaßen wollte er mit so wenig Information aus der Zeitung vorerst nicht.

Als er nach Hause kam, fand er im Briefkasten einen Brief, abgestempelt in Ernen. Der schüttelte ihn von Kopf bis Fuß durch. Es war neunzehn Uhr.

Er mixte sich einen Gin Tonic mit einem großen Zitronenschnitz und viel Eis. In seinem Sessel zupfte er ein dünnes weißes Papier aus dem Briefumschlag. Das Blatt war zweimal gefaltet und hatte weder Briefkopf noch sonstige Adressangabe. Hosang sah sich vor einem Schreiben, getippt auf einer mechanischen Maschine, deren Tasten eine Reinigung dringend nötig gehabt hätten: Alle Hohlräume in a, ä, b, d, e, g, o, ö, p, q waren schwarz ausgefüllt. Hosang las:

Mein Herr,
würde mir doch Erquickung zuteil in meinem Kummer! Aber mein Herz ist krank in mir. Wir hören nämlich, dass etliche von euch unordentlich wandeln und nicht arbeiten und unnütze Dinge treiben.

Wehe denen, die in ihren eigenen Augen weise sind und sich selbst verständig dünken! Wehe *denen, die Helden sind im Weintrinken und tapfer im Einschenken von berauschendem Getränk.*

Der Weisheit Anfang ist: Erwirb Weisheit, und um allen deinen Erwerb erwirb Verstand!

Der Mensch, vom Weibe geboren, lebt kurze Zeit und ist voll Unruhe. Wie eine Blume blüht er und verwelkt; gleich einem Schatten flieht er und hat keinen Bestand. Denn das

Schicksal der Menschenkinder und das Schicksal des Viehs ist ein und dasselbe; die einen sterben so gut wie die anderen, und sie haben alle einerlei Odem, und der Mensch hat nichts dem Vieh voraus; denn es ist alles eitel. Alle gehen an einen Ort; alles ist aus dem Staube geworden und alles kehrt auch wieder zum Staub zurück. Wer weiß, ob der Geist des Menschen aufwärts steigt, der Geist des Tieres aber abwärts zur Erde fährt?

Ein jeder hüte sich vor seinem Nächsten, und keiner traue seinem Bruder. Denn jeder Bruder übt Hinterlist, und jeder Nachbar geht als Verleumder umher.

Noch vieles hätte ich Euch zu sagen, aber Ihr könnt es jetzt nicht ertragen.

Die Zeilen waren handschriftlich mit schwarzer Tinte unterzeichnet.

P. Josef Berchtolt

Ein Schluck Gin Tonic versorgte seine Hirnlogistik mit Treibstoff, und Hans Heinrich kombinierte sofort.

Erstens: Meine Adresse hat der Pater vom Bergführerbüro, dort kennt man meine Personalien. Oder vom Hotel. Oder vom Polizeitrottel. Zweitens: Der Pater liest das Boulevardblatt. Drittens: Auf der Riederalp bin ich nun definitiv der Sauhund. Das Sammelsurium von Bibelsprüchen hat der Pfaff zu einem Bandwurm zusammengefügt und will mich damit einschüchtern, mürbe machen, womöglich ein reuiges Geständnis aus mir erpressen. Das alles bekommt er nicht. Nicht von mir.

Dann schaltete die Hirnlogistik in den Rückwärtsgang.

Schönes Geschenk. Da sitze ich voll im Sumpf und sinke und sinke und sinke tiefer. Ich werde mich noch selbst an meiner Verschwiegenheit ersticken. Nächstens fahren die Bullen vor und führen mich in Handschellen ab.

Aber schon Sekunden später hatte sich das Blatt in ihm wieder gewendet.

Mein Alibi lässt keine Zweifel offen. Laptopnonne – Aletsch-Ei – Vreni – das Bermudadreieck aus ungelösten Rätseln ist ein Sumpf, in den der Pfaff mich locken will.

11

Im Hause Berchtolt waren alle entrüstet über die tatsächliche Todesursache von Vreni Abegglen-Abegglen.

»Vergiftet«, schüttelte Albrecht nachdenklich den Kopf, »Suizid. Aber doch nicht unsere Vreni.«

Heidy schluchzte. »Den Bergtod ihres Mannes hat sie in der ganzen Zeit nie überwunden, ich habe es immer gewusst.«

»Das, das kann es nicht sein …«, stockte Albrecht.

Donnerstag. Der gefallene Nassschnee war an der Sonne rasch weggeschmolzen, der Zugang zur Märjelenalp jedoch weiterhin untersagt und die Gletscherstube auf Weisung von oben durch Polizeikorporal Pius Abdeneggen versiegelt worden. Trotzdem zeichnete sich ein imposanter Medienaufmarsch ab. Dem Ansturm wollten die Behörden rigoros entgegentreten und stellten als Begründung die unberührte Naturlandschaft des UNESCO-Naturwelterbes ins Zentrum. Zwei andere Gründe waren aber viel wichtiger. Beim Kanton hegte man Zweifel an der Existenz des Vogeleis. Und der Todesfall am Märjelensee war weiterhin ungeklärt, denn wie das Gift genau in Vrenis Magen gekommen war, ob durch ihre eigene Hand oder fremde, wusste noch niemand mit Gewissheit zu sagen. Mit dem Segen der zuständigen Stellen wurde präventiv auch der Luftraum über der Märjela für Privatflugzeuge gesperrt.

Der zweite Assistent des Beauftragten des stellvertretenden Kantonsgeologen, assistiert vom wachsamen Polizeikorporal, erklärte gegenüber den Medien, man werde sich zunächst mit einem wissenschaftlichen Expertenteam vor Ort ein genaues

Bild machen. Im Vordergrund stehe der Nachweis des angeblich rätselhaften Objektes. »Wir nehmen die Sache sehr ernst und informieren die Öffentlichkeit umgehend, sobald uns konkrete Ergebnisse vorliegen«, beendete er eine spontan einberufene Pressekonferenz. Das trug ihm die Buhrufe und den Tumult der versammelten Medienschaffenden aus der Schweiz und dem benachbarten Ausland ein, und Abdeneggen musste beschwichtigend zur Ruhe ermahnen. Seine Uniform war ihm dabei von großem Nutzen.

Am Nachmittag wurde das angekündigte Expertenteam in einem Armeehubschrauber mit einer stattlichen Fracht technischer Geräte an Bord beim Märjelensee abgesetzt. Präzise. Der genaue Standort des rätselhaften Steins war also bekannt und die Armee bereits eingeweiht. Die Einsatzbeteiligten trugen weiße Strahlenschutzanzüge – reine Vorsichtsmaßnahme.

Unter den Experten im Armeehelikopter befanden sich weder Beachold noch Darkwood oder Blumlein. Ihre Rechnung war nicht aufgegangen, und Beachold ärgerte sich doppelt über die ›Dienstverweigerung‹ seiner Nichte. Hätte sie ihn und seine Assistenten einfach hinaufgeflogen, anstatt so ein Theater zu machen, wäre ihnen der amerikanische *Schritt voraus* sicher gewesen. Doch eines war ihm klar: »Dass eure Messgeräte auf dem Gletscher ausgefallen sind, erstaunt mich überhaupt nicht, das steht in einem Zusammenhang mit dem rätselhaften Ei. Bloß kennen wir die Art des Zusammenhangs noch nicht. Elektromagnetische Störungen, übermäßige Strahlung, Dissonanzen im Erdinnern, eine Konzentration von horizontalen und vertikalen Energieadern, ein Vakuum, unbekannte Materie und vielleicht noch ganz andere Theorien kommen infrage«, erklärte er seinen Trabanten Darkwood und Blumlein und fügte hinzu: »Die wissenschaftliche Konkurrenz schläft nicht. Wenn uns der direkte Zugang zum Ei verweigert wird, müssen wir uns auf anderem Weg wieder einen Vorsprung verschaffen.«

Auf dem Eggishorn war das Gerangel um die besten Kamerastandorte enorm. Jeder schleppte seine Ausrüstung von der Bergstation zum Gipfel, jeder wollte mit seiner Teleobjektivkanone das große Rätsel möglichst nahe heranzoomen – nur ärgerlich, dass es so klein war. Und der Hubschrauberpilot verharrte mit seinem ›Super Puma‹ knapp über dem Boden in der Luft just in dem Winkel, dass sein Helikopter vom Eggishorngipfel aus den Blick auf das Rätselobjekt komplett verdeckte. Das war mit Sicherheit angeordnet worden – *man nahm die Sache sehr ernst* –, und dass das Ei zusätzlich von einem schäbigen Steinhäufchen der Berchtolt-Zwillinge zugedeckt worden war, wussten alle nicht. Die Tarnung war aber mehr als nur dilettantisch, ein solches Häufchen Steine, fein säuberlich aufgeschichtet, musste jedem ins Auge stechen.

Innerhalb weniger Minuten installierten fünf Soldaten ein Armeezelt über dem Rätselobjekt und verankerten es mit Haken und Seilen. Nach einer Viertelstunde war der Einsatz beendet. Zurück blieben zwei bis auf die Zähne bewaffnete Soldaten mit der Aufgabe, das Zelt rund um die Uhr zu bewachen.

Mit hängenden Köpfen zog sich das Medienvolk vom Eggishorn zurück. Man wartete auf der Bettmeralp und im Tal unten in Fiesch auf neue Informationen. Nur einer verharrte oben und wich vom Eggishorngipfel erst, als es höchste Zeit war, die letzte Talfahrt der Kabinenbahn zu erreichen. Er konnte den Zweifel über die Existenz der gigantischen Entdeckung nicht auf sich sitzen lassen, so wie er vom zweiten Assistenten des Beauftragten des stellvertretenden Kantonsgeologen am Morgen formuliert worden war – *im Vordergrund stehe der Nachweis des angeblich rätselhaften Objektes.*

Für sein Ausharren wurde der Journalo schließlich mit exklusivem Futter für sein Blatt belohnt. Als Einziger konnte er die folgende Begebenheit fotografisch dingfest machen: Als nach Stunden rund um das Armeezelt keine Aktivitäten mehr zu beobachten waren, näherte sich von der Gletscherstube her eine Gestalt. Durch das Teleobjektiv war sie als Person in schwarzem Umhang zu erkennen, ob männlich oder weiblich, blieb offen. Der Kopf war bedeckt mit einer Mütze oder einem Tuch oder Hut – mit etwas Schwarzem jedenfalls, das aus der Ferne betrachtet aussah wie eine Vermummung. Als die Gestalt noch etwa dreißig Meter vom Zelt entfernt war, traten die zwei Soldaten hervor. Die schwarze Gestalt blieb sofort stehen. Einer der Soldaten ging mit dem Sturmgewehr im Anschlag auf sie zu, der andere folgte mit einigen Metern Abstand. Es kam offenbar nur zu einem ganz kurzen Wortwechsel. Die Person trat schon nach wenigen Augenblicken den Rückzug an, während die zwei Soldaten noch eine Weile vor dem Zelt stehen blieben und mit Feldstechern die Gegend abspähten. Und der Journalo auf dem Eggishorn hatte für eine heiße Story die Bilder im Kasten.

Am gleichen Abend, es war kurz nach zehn Uhr, wurde via Fax und E-Mail eine offizielle Pressemitteilung verbreitet:

Rätselhafte Naturerscheinung im Wallis. Wissenschaft zeigt großes Interesse an kleinem Objekt, lautete die Schlagzeile, und darunter stand folgender Text: *Aufgrund von Hinweisen aus der Öffentlichkeit sind Wissenschaftler aus der Schweiz auf ein Objekt in den Walliser Alpen beim Märjelensee (Bild oben) gestoßen, über dessen Herkunft und Beschaffenheit sie vorerst keine gesicherten Angaben machen können. Es handelt sich um ein steinartiges eiförmiges Gebilde, nicht größer als ein Dohlenei, mit außergewöhnlichen Eigenschaften (Bild rechts). Das auffälligste Merkmal ist sein Gewicht: Das Objekt liegt auf einer riesigen Felsformation, von der, ähnlich wie bei einem Eisberg im Wasser, vermutlich nur der kleinste Teil aus der Erde ragt (Bild unten). Diese Unterlage wird erst noch zu untersuchen sein. Das Objekt selbst ist so schwer, dass es ersten Erkenntnissen zufolge mit konventionellem Gerät weder gehoben noch verschoben werden kann. Die Beschaffenheit ist offenbar so hart, dass bislang keinerlei Materialproben entnommen werden konnten. Die Oberflächenstruktur weist keine Unregelmäßigkeiten auf, sie ist vergleichbar mit dem perfekten Cabochon-Schliff eines Edelsteins. Erste Messungen seitens der Wissenschaftler sind bislang ergebnislos geblieben – selbst ein Versuch, mit Chemikalien (Säure) eine Veränderung oder Reaktion des Objektes zu bewirken, hat zu nichts geführt. Aus Gründen der Sicherheit und im Interesse der wissenschaftlichen Forschung bleibt das Objekt vorläufig für die Öffentlichkeit unzugänglich. Armeesoldaten bewachen den Fundort bis auf Weiteres rund um die Uhr (kleines Bild unten). Für die Bevölkerung bestehe keine Gefahr, so die einhellige Meinung der Experten.*

Unterzeichnet war das Bulletin mit *Wissenschaftliches Expertenteam Märjela, i. A. Zweiter Assistent des Beauftragten des stellvertretenden Kantonsgeologen*. Immerhin hatte der wenigstens einen Namen: Gutensohn.

Der große Medienprotest blieb zunächst aus, aber man war über die dürftige Information durchaus verärgert, vor allem darüber, dass keinerlei Informationsquellen genannt wurden. Eigentlich hatte man sich die Suppe ja selbst eingebrockt: Man war zu schnell einer kolportierten Geschichte des Boulevardblattes auf den Leim gegangen. Viele Zeitungen, Radio- und Fernsehanstalten gingen deshalb gar nicht auf das Ereignis ein, andere begnügten sich mit einer Randnotiz oder mit dem Abdruck dessen, was sie auf dem Fax oder Bildschirm geliefert bekommen hatten. Nur das Boulevardblatt setzte seine Muskelprotzengeschichte linientreu fort.

Das Vogelei – ein Hexenwerk! So titelte das Blatt auf der Frontseite der Freitagsausgabe. Groß aufgemacht war aber nicht das Vogelei, sondern die schwarze Gestalt, die von den Soldaten mit Sturmgewehr im Anschlag abgefangen und zur Umkehr gezwungen worden war. Das Blatt vermutete hinter der Gestalt eine weitreichende Verschwörung. Dass sich sogar die Armee mit einem ›Super Puma‹ und Soldaten in Strahlenschutzanzügen vor Ort begeben und ein Zelt habe aufschlagen lassen, das jeden Einblick verwehre, sei ein untrügliches Zeichen dafür, dass man der Sache nicht traue. Wachsamkeit und vor allem mediale Hartnäckigkeit seien jetzt gefragt. Die Öffentlichkeit habe das Recht, lückenlos über die Wahrheit informiert zu werden, man dulde keine Geheimniskrämerei ... und noch einige Zeitungsspalten füllende Zeilen und Bilder dazu.

Professor Justy Beachold stand kurz vor der Abreise. Seine Assistenten Darkwood und Blumlein sollten aber unbedingt noch bleiben, die Entwicklung aufmerksam verfolgen und sich unaufdringlich weitere Informationen beschaffen. Sich jetzt diskret aus dem Staub zu machen, rechtfertigte sich Beachold gegenüber seinen Adlaten, sei für ihn die einzige Option. Er dürfe unter keinen Umständen riskieren, wegen der Boulevardgeschichte eines helvetischen Blattes in Wissenschaftskreisen rund um die Welt in die Schlagzeilen zu geraten und sich lächerlich zu machen.

»Und dieser Pfaff soll uns gestohlen bleiben, auch wenn er Josef heißt und Ihr Bruder ist, werter Justy«, sagte Abraham auf Deutsch, ziemlich unfreundlich, obwohl er eigentlich ganz gern noch dort blieb. Immerhin würde er ohne seinen Boss ab sofort arbeiten können, wie es ihm beliebte.

Beachold bedauerte die missglückte Reise und den Zwischenfall mit diesem kleinkarierten Polizeimann, war aber noch nicht fern jeglicher Hoffnung: »Kopf hoch, Jungs, unsere Geschichte hat erst begonnen.«

Albin und Pirmin saßen am Abend mit dem Primus zusammen am Tisch und diskutierten.

»Nicht ausgeschlossen, dass diese schwarze Erscheinung da auf dem Bild Onkel Liebgott ist«, mutmaßte Pirmin.

»Das glaube ich nicht. Lasst euch nicht von diesem Zeitungsgeschwafel in die Irre führen«, verteidigte der Primus seinen Bruder.

Das Wandtelefon läutete. Albrecht stand auf und nahm den Hörer ab. Sein Gegenüber konnte er nicht einmal begrüßen. Es war ein brüllender Pater:

»Dieser Luderei muss ein Ende gemacht werden, und zwar sofort! Es geht nicht an, dass unser Aletschgebiet und mein heiliges Revier zur Beute des Teufels werden. Was uns der Schöpfer mit der Alpenwelt geschenkt hat, dürfen wir nicht den bösen Machenschaften fremder Fötzel in die Hände geben. Seid wachsam, Albrecht, seid wachsam während meiner Abwesenheit.«

»Abwesenheit?«

»Du hörst richtig, ich werde abwesend sein, aber ich lasse euch nicht im Stich.«

»So. Schön. Und wo wirst du während deiner Abwesenheit anwesend sein?«

»Irgendwo.«

»Soso. Und wer schickt dich dorthin?«

»Ich folge dem Ruf des heiligen Bernhard.«

»Was hat er dir denn zugerufen?«

»In der Bernhard-Kapelle habe ich für unsere Sache gebetet.«

»Unsere Sache … interessant.«

»Unsere Heimat, die Berge, der Gletscher, der Märjelensee,

die Alp, die Täler und ihre tiefgläubigen Bewohner mögen wieder zu Ruhe und Frieden kommen. Nach allem, was geschehen ist, habe ich den heiligen Bernhard angefleht. Und seine Stimme sagte zu mir: ›Kehre in dich, suche und finde die biblische Botschaft, denke nicht: *Diese Erkenntnis ist mir zu wunderbar, zu hoch, als dass ich sie fassen könnte.* Kehre in dich, lautet die Weisung, und trete mit der Erkenntnis aus dir heraus.‹ Es wird der Tag kommen und ihr werdet verstehen und dankbar sein. Alles wird gut, Bruder Albrecht. Behüte uns Gott der Allmächtige.« Also sprach Pater Josef. Und legte auf.

Albrecht setzte sich zurück an den Tisch und erzählte seinen Söhnen, was er soeben gehört hatte. Ihre Augen schweiften durch den Raum, suchten Halt und fanden ihn im Enzian.

12

Der Bahnhof wurde ihm zum Stammhof: Jeden Abend versorgte sich Hosang am Kiosk mit Lesestoff – News aus dem Wallis. Er wollte, er durfte nichts verpassen.

Am klebrigen Stehtisch beim Imbissstand trank er sein Bier. Die *Hexengeschichte* im Boulevardblatt fand er an den Haaren herbeigezogen, nicht einmal witzig. Und doch war das Bild der schwarzen Gestalt für ihn nicht ohne Bedeutung: War das Phantom des Lächelns etwa zurück zum Aletschgletscher gereist und hatte sich dem Armeezelt angenähert? Wenn ja, wie hat es die Soldaten ›bezirzt‹? Wusste die Armee jetzt, dass eine *Irina Danae Soldanella Ambrosia Marna von Märjela … unterwegs …* in der Gegend herumpilgerte? Hat sie den Wachmännern wichtige Informationen zugespielt? Das war Anreiz genug, in dieser Bahnhofshalle Ausschau nach ihr zu halten, vielleicht war sie ja schon wieder zurück oder kam gerade an? Würde er sie treffen, dachte er, hätte er jetzt mit dem Bild dieser Phantomgestalt in der Zeitung einen eleganten Vorwand, sie endlich auf den Märjelensee anzusprechen, ohne das Aletsch-Ei auch nur mit einem Wort erwähnen zu müssen. Das Rätsel ist das Rätsel ist das Rätsel – der dadaistische Wink stimmte ihn hoffnungsvoll.

Seit einer Woche, seit der Begegnung im Schlachtplatten-Restaurant, hatte er sie nicht mehr gesehen. Das brachte seine Überzeugung nicht ins Wanken, ihr eines Tages wieder zu begegnen, nicht irgendwo, sondern hier. Zu warten, tagelang, wochenlang, monatelang, hätte ihm nichts ausgemacht.

Ich kann warten. Ich warte gern und warte am liebsten, wenn ich nicht weiß, worauf ich warte.

Eine Frage jedoch surrte wie ein lästiges Insekt um seinen Schädel: Ist sie nun eine Nonne? Seit der ›Zivilbegegnung‹ mit der Geistlichen musste er noch mehr aufpassen. Er wusste, dass er die Laptopnonne in Zivil nur dann erkennen würde, wenn er jede Frau bewusst anschaute und wahrnahm, jedes Frauengesicht – was im Bahnhof zur Abendzeit ein Ding der Unmöglichkeit war.

Doch schon an diesem Samstag sollte sein Warten belohnt werden. Er schaute zwar in die falsche Richtung, als sie vor ihm auftauchte, mit Soutane, mit Schleier, mit Laptop und … ihrem entwaffnenden Lächeln. Hosang wusste sogleich, dass sie ihn zuerst gesehen hatte. Sie schlich sich nicht davon, sondern suchte ihn und nicht er sie.

Sie nahm seine Einladung an, mit ihm ein Bier zu trinken.

»Aber nicht hier«, sagte sie bestimmt und schlug ein Lokal hinter dem Bahnhof vor.

Es war eine auch bei Tageslicht düstere Spelunke, die Hosang nicht kannte und in die er von sich aus wohl nie gegangen wäre. Aber das war in diesem Augenblick bedeutungslos. Alles würde jetzt einen Sinn haben, und sollte es sich als sinnlos erweisen, wäre das eben der Sinn. – Kein Fischer, der ohne Fang nach Hause kehrt, hat seine Rute sinnlos ausgelegt, war seine philosophische Überlegung.

In der Spelunke fragte er sich, warum sie ihn gerade hierhin geführt hatte. Gab es ein bestimmtes Motiv, mit ihm in einer solchen Kaschemme Bier zu trinken? Vielleicht wollte sie ihn auch vor den Kopf stoßen – es wäre ja nicht das erste Mal, dachte er.

Die Eingangstür aus Glas öffnete sich nach innen gegen eine Heizwand hin. Davor lag am Boden ein unförmiger Stoffsack, der als Puffer für die Tür diente. Im Lokal roch es nach Rauch, verkochtem Kantinenessen und ranziger Frittüre.

Am Tisch von Hosang und der Laptopnonne nahmen also zwei Personen mit sieben Namen Platz: Hans Heinrich, Irina Danae Soldanella Ambrosia Marna, sie vor einer Stange Grenadine, er vor einer Stange hell. Hosang wollte vermeiden, mit Fragen durchlöchert zu werden, das hatte er sich fest vorgenommen. Darum ging er nach dem ersten Schluck in die Offensive und fragte sehr direkt: »Warum haben Sie eigentlich diesen Beruf gewählt?«

»Beruf ist übertrieben, eher Berufung. Ich versuche, mich von der Welt loszusagen, um die Welt zu finden, *meine* Welt«, begann sie, »aber nicht in der Abgeschiedenheit und Askese, nicht in der Abkehr von der Zivilisation, nicht um ein in mich gekehrtes kontemplatives Leben in Demut und Armut zu führen. *Ora et labora* ist nicht mein Lebensinhalt.«

Hosang brannte auf mehr Lebensinhalt. Sein Prinzip, sich möglichst nicht auf Gespräche mit anderen einzulassen, blendete er großzügig aus, und das Bier löste ihm die Zunge. Seine Fragen waren für seine Verhältnisse geradezu keck: »Sind Sie nicht auf den falschen Dampfer geraten? Was Sie suchen, ist doch das pure Gegenteil von dem, was die katholische Geistlichkeit will – oder liege ich da völlig falsch?«

Sie lachte. »Sie liegen völlig richtig. Die Kirche, nicht nur die katholische, möchte am liebsten lauter weiße Schäfchen um sich scharen, respektive hinter ihren Leithammel. Sie braucht Unterwürfige, die gedankenlos den Kniefall machen. Die Kirchenfürsten möchten, dass man täglich die Bibel vor Augen hat und die unsäglich rückständigen Lehrschriften studiert. Gute Nacht! Ich gehöre nicht zur Sorte, die sich von Enzykliken einnebeln lässt wie vom Rauch in diesem Lokal.«

Hosang konnte es sich nicht verkneifen, sie in salopper Manier zu unterbrechen: »Dann sind Sie gewissermaßen eine Emanzennonne?«

»Sagen wir, eine unkonventionelle, aber im Grunde genommen gar keine Nonne«, entgegnete sie sichtlich angetan.

Hosangs Augen wurden immer größer.

»Im weltlichen Jargon ausgedrückt ist es wie im Militär«, fügte Irina hinzu, der Hosangs Erklärungsbedarf nicht entgangen war. »Man beginnt ganz unten, so verlangt es der heilige Benedikt seit anderthalb Jahrtausenden. Mit dem Eintritt in den Orden beginnt heutzutage eine Postulatszeit, die bis zu einem Jahr dauern kann. Danach folgt das Noviziat. Die Novizin wird eingekleidet und beginnt mit der Vorbereitung auf die endgültige Bindung an Gott. Die zeitliche Profess dauert dann drei bis sechs Jahre und endet mit dem monastischen Profess. Mit ihm antworten wir auf den Ruf Gottes, indem wir unser ganzes Leben Gott weihen – sofern wir es so weit bringen.«

»Bringen wollen«, meinte Hosang.

»Das haben Sie gesagt.«

»Gefragt. Und? Wollen Sie? Oder anders, wo stehen Sie heute?«

»Immer noch in der Rekrutinnenschule. Ich schere mich aber nicht sonderlich um die Gehorsamkeit. Den Rekrutenschulendrill haben Sie doch sicher noch in lebendiger Erinnerung, nicht?«

Hosang verneinte: »Ich wollte nie ins Militär und konnte mich auch raushalten. Bei der Musterung habe ich gesagt, dass ich unter einer psycho-chronischen Allergie in Form von Nahrungsverweigerung leide: Sobald ich Lebensmittel aus Blechgeschirr esse, werde mir speiübel. Es funktionierte und ich wurde vom Militärdienst suspendiert.«

Die Nonne lächelte verschmitzt: »Da haben Sie aber großartig gelogen.«

»Ich erinnere mich noch gut: der Offizier mit den zwei Stempeln auf seinem schäbigen Pültchen in der nach Schweiß und Bodenwichse miefenden Turnhalle klatschte Stempel Nummer zwei, ›DIENSTUNTAUGLICH‹, lustvoll ins mausgraue Dienstbüchlein. Es scheint ihm Spaß gemacht zu haben. Noch mehr Spaß machte es mir: Stempel Nummer zwei war die beste Tat eines Militärs, die ich erlebt habe. Ich spielte natürlich den bitter Enttäuschten, und er hatte eine Saufreude, jedenfalls schleuderte er ein genüsslich stählernes Grinsen vom hohen Ross herab. Er muss sich wie ein römischer Kaiser vorgekommen sein – Daumen nach unten.«

Dann spielte Hosang den Ball zurück: »Wenn wir schon beim weltlichen Jargon sind: Wie stellen *Sie* sich Ihre ›Militärkarriere‹ vor?«

Sie lachte: »In der Rekrutenschule fühle ich mich seit vielen Jahren rundum zufrieden. Ich will gar nicht weiterkommen. Lieber bin ich eine gläubige Querdenkerin, lieber ecke ich an, als mich zu unterwerfen. Ich fahre ganz gut damit, sonst wäre ich nicht überall herzlich willkommen. Geistliche Schwestern und Brüder gefallen sich in der Rolle, ein Küken in ihrem Schoß zu hätscheln und aufzupäppeln. Sie sind auch nicht böse, wenn das Küken dann flügge wird und ausreißt. Sie sind sogar dankbar, vor allem, wenn sie eine Novizin wie mich wieder vom Hals haben.«

Hosangs Faszination stieg mit jedem Satz, den sie von sich gab. Er wollte den Ofen unter keinen Umständen ausgehen lassen und warf gleich das nächste Scheit in ihr heißes Mundwerk. »Wie schaffen Sie das, ich meine, Sie können doch nicht immer das flügge gewordene Küken spielen, um am nächsten Ort, und sei es nur um die Ecke, wieder als Frischgeschlüpftes an der Tür zu klingeln?«

»Ich pilgere von Ort zu Ort und klopfe an die Pforten von Schwestern und Brüdern. Mein Zuhause ist dort, wo ich bin, und ich sage Ihnen, die Gastfreundschaft in den Häusern ist enorm.«

»Und wo genießen Sie zurzeit die enorme Gastfreundschaft?«

»Im Moment in dieser Raucherhöhle. Dieser Tisch, dieses Bier und Sie als Gegenüber sind zu dieser Stunde mein temporäres Zuhause.«

»Danke, das freut mich. Nur: wie bewerkstelligen Sie das ganz praktisch? Woher nehmen Sie das nötige Kleingeld? Verstehen Sie mich nicht falsch, das Bier zahle ich liebend gern und auch ein zweites, wenn Sie wollen. Aber irgendwie müssen doch auch Sie ein Einkommen generieren, um ein Auskommen zu bestreiten. Selbst wenn Sie noch so bescheiden leben und sich, pardon, mittellos von Pforte zu Pforte durchpilgern, ohne Almosen geht doch auch das nicht. Und wie eine Bettlerin sehen Sie nicht gerade aus.«

»In dieser kapitalistisch verseuchten Welt ist das nicht ganz leicht zu verstehen, muss ich zugeben. Aber ich kann auf vieles verzichten. Reichtum heißt nicht Besitztum. Ein Heuboden ist wahrlich nur in den romantischen Vorstellungen der Heimatfilme ein Himmelbett. Die Wahrheit sieht anders aus: Selig schläft im Heu nur, wer sich vor Mäusen, Ratten und Menschen nicht fürchtet. Oder unsäglich verliebt ist. Aber das ist eine andere Geschichte. Außerdem verdiene ich hin und wieder mit Gelegenheitsarbeit etwas dazu und stecke das Verdiente nicht kopflos in Opferstöcke. Manchmal lasse ich auch die Augen funkeln, damit der Groschen rollt, da hat es die Novizin vielleicht ein wenig einfacher als der Rekrut auf seinem Weg zum Mönch.«

Ein knappes »Da haben Sie sicherlich recht« war alles, was Hosang darauf zu antworten wusste. Schon beim Wort *Gelegenheitsarbeit* war er kurz erschrocken und hätte sich eine Ergänzung gewünscht, *seriös* zum Beispiel, und auch bei *Augen funkeln* wurde ihm leicht unwohl. Das Phantom des Lächelns hatte ihn voll im Griff, und er war ganz froh, dass sie von sich aus das Thema wechselte und ihn fragte, ob er eigentlich immer im Bahnhof sei und weshalb.

»Immer ist übertrieben, aber oft, und seit einigen Tagen sogar jeden Tag. Im Bahnhof pulsiert die Stadt, hier bleibt man nicht, hier kommt und geht man, hier findet der Menschenumschlag statt wie beim Bäcker der Brotumschlag. Hier kann man die Augen und Ohren öffnen oder schließen und erlebt immer etwas, ohne dass man selbst einen Beitrag leisten muss. Man kann auch einfach nur warten, vor allem, wenn man nicht weiß, was das Warten soll. Dann ist es besonders reizvoll. Beim Warten hat man immer drei Möglichkeiten: Entweder trifft etwas Erwartetes oder Unerwartetes ein, und wenn man auf nichts wartet und auch nichts eintrifft, kann man das Warten endlos verlängern. Dann hört das Warten nicht auf. Warten kann sogar zur Sucht werden – zur Sehnsucht. Aber ich hasse es, über das Warten zu philosophieren. Fragen Sie mich etwas anderes, wenn es unbedingt sein muss.«

»Sie haben das Warten angesprochen, nicht ich«, berichtigte sie ihn.

»Ich verheimliche Ihnen ja nicht, dass ich nicht auf nichts und niemanden gewartet habe, nein, ich habe auf Sie gewartet, auf Novizin Irina Danae Soldanella Ambrosia Marna von Märjela – unterwegs. Und was unterwegs heißt, haben Sie mir freundlicherweise soeben erklärt. Danke.«

»Und? Welcher Name gefällt Ihnen am besten?«

Hosang musste nicht lange überlegen: »Soldanella, wenn es Ihnen nicht unangenehm ist. Der Name erinnert mich an meine Kindheit, an Sommerferien auf der Riederalp. Dort haben wir ein Chalet gemietet, das Soldanella hieß. Das hat mir schon damals gefallen. Das Chalet steht heute noch, ganz in der Nähe der Kapelle Sankt Bernhard. Und apropos Riederalp: von Märjela, ich meine den Namen, woher stammt der? Das müssten Sie doch wissen?«

Sie wusste es nicht und sagte es auch mit einem melancholischen Unterton: »Ich kenne meine Eltern nicht, ich weiß nicht, wo meine Wurzeln sind.«

Hosang spürte, dass er an dieser Stelle besser nicht tiefer bohren sollte. »Noch ein Panaché?«, fragte er stattdessen.

»Noch ein Grenadine«, korrigierte sie.

»Mein Spatzenhirn«, schalt Hosang sich selbst und gab die Bestellung auf. Vorsichtig tastete er sich weiter vor: »Sind Sie zum ersten Mal hier?«

»Sie meinen, dass man eine Novizin nicht in einem so schmuddligen Lokal erwartet?«

»Das habe ich nicht gemeint.« Das war gelogen.

»Wenn man als Ordensfrau in der Kirche gesehen wird oder in einem Klostergarten oder in Assisi, Lourdes oder Fatima, ist das normal. Und wenn man in Ordenstracht daherkommt, wird man von zivilen Passanten schon als halbe Heilige eingestuft und mit einem doofen Lächeln versehen, halb ehrfürchtig, halb mitleidig. Viele Geistliche sonnen sich in diesem Status und grenzen sich bis zur Unantastbarkeit ab. Aber Sie wissen ja, was Kleider machen.«

Der Kellner brachte das Grenadine und die Stange hell.

»Grazie, Sebastiano«, sagte Irina.

»Prego, Irina«, antwortete der Kellner und Hosang wusste, dass sie hier nicht zum ersten Mal Gast war. Aber warum war das erste Bier ohne persönliche Begrüßung serviert worden? Alles Absicht, von langer Hand geplant, vorbereitet und geübt, halluzinierte Hosang und verlor sich in Verschwörungstheorien. Auch Irina hielt sich schweigend mit beiden Händen am Bierglas fest. Der Ofen war aus. Nach einer Weile drehte Hosang sich um und rief zur Theke: »Pagare.«

»Cameriere, il conto per piacere«, belehrte ihn Soldanella.

Hosang duckte den Kopf wie ein gescholtener Dackel. »Sie sprechen auch Italienisch?«

»Auch Griechisch und Hebräisch.«

»Oh! Wo haben Sie das denn gelernt?«

»Im Kopf.«

»Dann sprechen Sie sicher auch Latein.«

»So ist es.«

»Cras-cras.«

»Und wo haben Sie Ihr Latein her?«, fragte Soldanella zweideutig.

»Von einem Bergführer auf der Riederalp«, schmunzelte Hosang und sprach sie dann direkt an: »Haben Sie vom Leichenfund am Märjelensee erfahren?«

»Ja. Traurig. Vreni war eine begnadete Sagenerzählerin.«

»Die Hüttenwartin in der Gletscherstube.«

»Ich habe sie gut gekannt.«

Hosang dachte: Ich leider nicht gut genug ... und der Ofen ist noch lange nicht aus. Dann zahlte er, und sie gingen auseinander, ohne sich die Hand zu reichen. Sie erkundigte sich auch wieder nicht nach seinem Namen. Das störte ihn nicht, aber so, wie er sie einschätzte, stand der Name Hans Heinrich Hosang ohnehin schon in ihrem Laptop.

Ein ungutes Gefühl beschlich ihn. Auf die Begegnung der schwarzen Gestalt mit den Soldaten beim Armeezelt hatte er sie nicht angesprochen. Hasenfuß. Doch ein Zusammenhang zwischen ihr und dem Aletsch-Ei schien ihm immer wahrscheinlicher. Vor allem, weil sie mit keinem Wort mehr auf ihre ersten flüchtigen Begegnungen am Märjelensee und auf der Fiescheralp eingegangen war. Und als er an ihr unterkühltes *Ja, traurig* dachte, ereilte ihn ein Schüttelfrost. Zu Hause maß er das Fieber: 36,4 Grad. Kein Anlass, seinen Denkapparat schon pausieren zu lassen. *Vreni, Hüttenwartin, begnadete Sagenerzählerin, Gratzug im Vollmondschein* ... und Soldanella hat sie *gut gekannt* ...

Dann hörte er die Stimme von Albrecht Berchtolt: *Die En-*

gelsgeiß, Gogwärgini, Boozen, Rollibock … Und das Aletsch-Ei?

Morgen war Sonntag. Hosang konsultierte den Online-Fahrplan. Um zwanzig nach fünf fuhr der erste Zug durch den Lötschberg.

13

›Irgendwo‹ werde Pater Josef Berchtolt in seiner Abwesenheit anwesend sein, hatte er verkündet. ›Irgendwo‹ war bei sich zu Hause. »Denn in mich kehren kann ich nur in meinem Refugium«, war ihm im Selbstgespräch aufgegangen.

Nachdem er sich mit Nahrung für eine komplette Novene eingedeckt hatte, verriegelte Josef die Tür zu seiner Wohnung, schloss alle Fensterläden, zog das Telefonkabel aus der Steckdose, verkroch sich in sein Arbeitszimmer und war buchstäblich weg vom Fenster. Die neuntägige Gebetszeit in seiner Klause begann er am Sonntagmorgen mit einer bescheidenen Messe. Er war Priester, Messdiener und Messgänger in Personalunion und kam bald zum »Credo in deum patrem et in Jesum Christum, philium eus unicum, credo in spiritum sanctum. Amen.« Dann kehrte er in sich.

Im Armeezelt am Märjelensee, hinter den Sandstein- und Glasfassaden der Universitäten und in wissenschaftlichen Instituten herrschte auch übers Wochenende eine ungewohnte Hektik. So einfach war des Rätsels Lösung offenbar nicht. Der Luftraum über der Märjelenalp war für Privatflugzeuge immer noch gesperrt, und nur mit Sondererlaubnis flogen hin und wieder Armeehelikopter auf die Alp zum kleinen Zelt, das zunehmend den Charakter einer Festung erhielt. Es war mittlerweile vollkommen von meterhohem Stacheldraht umzäunt, und allerlei technisches Gerät wurde fortwährend ins Zeltinnere getragen. An die Öffentlichkeit drang kaum etwas Nennenswertes, denn die Gelehrten schienen ebenfalls ein Schweigegelübde abgelegt zu haben. Es fiel ihnen schwer einzugestehen, dass sie vor einem wirklich unerklärbaren Naturphänomen standen, und so gab es keinerlei Interviews. Ob und wie weit auch die Politik bereits im Boot der Geheimniskrämerei mitruderte, wusste niemand. Immerhin hatten die Experten schnell herausgefunden, dass es nach unserem Begriffsverständnis definitiv kein Vogelei war und definitiv kein Stein. Doch selbst bei diesem empirisch belegbaren Resultat ließen sie einen Restzweifel offen und erklärten ihn damit, erstmals ein solches Objekt vor sich zu haben – nicht vor sich natürlich, sondern unverrückbar am Märjelensee. Sie schlossen nicht aus, dass es ähnliche Objekte auch andernorts, irgendwo auf der Welt geben könne, doch sie zu finden wäre reiner Zufall, gezielt zu suchen aussichtslos. Auch sagten sie, für die Beschaffenheit des Objektes gebe es bisher keine Bezeichnung. »Das Ding braucht einen Namen, damit wir in Fachkreisen weltweit wissen, worüber wir reden«, sagte ein Sprecher. Deshalb war eine Nomenklaturkommission beauftragt worden, einen geeigneten Begriff zu kreieren. In diesem Gremium befand sich auch John Darkwood, der in seinem Hotelzimmer in Fiesch immer noch über die Ursachen der Panne an seinen Messgeräten nachfieberte. Im Tal unten funktionierten sie nämlich nach wie vor tadellos.

Die Kommission nahm die anspruchsvolle Aufgabe der Namensfindung sofort in Angriff und konnte bereits nach einer viertelstündigen Telefonkonferenz wieder aufgelöst werden. Sie präsentierte in einem knappen Kommuniqué ihre bestechende Lösung, wenn auch eine ausdrücklich provisorische. Der Name definierte exakt den Ort, an dem das Objekt sich befand, sowie die äußere Form des Objektes. ›Marjelen-Ei‹ war das Ergebnis. Es sollte fortan in der wissenschaftlichen Kommunikation und auch von den Medien konsequent verwendet werden. Auf den Umlaut ä verzichtete man aus Rücksicht auf die internationalen Wissenschaftskollegen, insbesondere aus den englischsprachigen Ländern. Es hieß, man werde so rasch als möglich eine Linguistikkommission einsetzen mit dem Ziel, eine offizielle lateinische Begriffsbezeichnung zu finden. Dazu sei allerdings ein wissenschaftlicher Kongress mit hochkarätigen Vertretern unterschiedlichster Disziplinen aus aller Welt notwendig, denn so, wie es im Augenblick aussehe, stoße hier das Latein an gewisse Grenzen. Konkret gehe es darum, das Marjelen-Ei im Gesamtgefüge der naturwissenschaftlichen Nomenklatur korrekt unterzubringen. Wie schwierig ein solches Unterfangen sei, habe das Beispiel ›Pluto‹ gezeigt. Noch heute stritten sich die Astronomen, ob Pluto nun, wie bisher definiert und akzeptiert, tatsächlich ein Planet sei oder nicht. »Beim Marjelen-Ei ist der Sachverhalt wesentlich komplexer. Wir wissen noch nichts über seine Materie und nichts über seine Herkunft«, äußerte sich der Sprecher.

Das Schweigen der Bergler schien zu halten wie ein Bollwerk. Die medialen Maulwürfe hatten sich noch nicht bis zu den Berchtolts und ihrer Entourage durchgewühlt. Und Pater Josef, der Vrenis Leichnam gefunden hatte, war ›irgendwo‹, und niemand wusste, wo das war.

»Wir lassen uns die ä-Pünktchen nicht nehmen. Wenn schon überhaupt, dann Märjelen-Ei, nicht wahr?«, verteidigte Albin Berchtolt den Fundort.

In der Familie waren sich alle bewusst, dass sie bei der Redaktion des Blattes nicht vorstellig werden durften, obwohl sie gerne endlich erfahren hätten, wer denn diese angeblichen Entdecker gewesen waren, deren Namen die Zeitung noch immer nicht herausrücken wollte. Aber die Berchtolts durften ihr Schweigen nicht brechen, das war Ehrensache. Ihr Schweigen bewahrte sie jedoch gleichzeitig auch vor der Gefahr, zur leichten Medienbeute zu werden.

Das Schlimmste für die Berchtolts war, dass sie es nicht mehr wagten, auch nur irgendjemandem zu trauen. Jede

Wahrheit war nur noch eine halbe Wahrheit. Und als solche galt auch Josefs Bemerkung nach dem Telefongespräch mit Bruder Justy, dass Amerika *immer einen Schritt voraus* sei.

»Misstrauen ist der Nährboden, auf dem die Zweifel wachsen«, sagte Albrecht auf dem Boden der alpinen Realität stehend. Und wiederholte sich, als hätte er es schon immer gewusst: »Die Erde gibt ihre Geheimnisse nicht preis.«

Ein Sherlock namens Hans Heinrich Hosang entstieg dem ersten Zug, der um halb neun in Brig einfuhr. Der Stockalperpalast aus der Barockzeit öffnete sein Museum eine Stunde später. Gelegenheit, im Bahnhofbuffet zu frühstücken. Nachdem er sich vergewissert hatte, dass es nonnenfrei war, trat Hosang ein, bestellte eine Portion Schwarztee und biss in ein Schinkensandwich. Als er sich umschaute, öffneten sich auf einmal unentdeckte Gedankengänge in seinem Schädel. Sie erschienen ihm wie ein unterirdisches Stollensystem, in das er noch nie vorgedrungen war. Was verbirgt mir mein eigener Kopf, fragte er sich, und was enthüllt er mir? Bin ich überhaupt der Komponist meines eigenen Denkens oder bloß Interpret in einer ganz hinteren Reihe des kosmischen Orchesters? Zupfe ich vorprogrammiert den immergleichen Ton an einer völlig bedeutungslosen Instrumentensaite im Universalkonzert? Und schon steckte er wieder tief im Sumpf.

Menschliches Ermessen, was war das und wer definierte es, hieß die nächste Frage. Nach menschlichem Ermessen passte das Aletsch-Ei nicht im Entferntesten in unser Weltbild. Aber wer wusste denn, wo menschliches Ermessen begann und wo es aufhörte? Musste etwas unermesslich sein, nur weil wir es mit unserer fortgeschritten primitiven Intelligenz noch nicht ermessen konnten?

Um halb zehn trat er in den Stockalperpalast und war einer der ersten Besucher. Die im dortigen Museum untergebrachte Sammlung gab einen historischen Einblick in die Oberwalliser Volkskunde, und diese war der Grund für seinen Sonntagsausflug nach Brig. Er wollte erfahren und verstehen lernen, wie dieses Bergvölklein wirklich tickte. Würde sich sein Bild über das Wallis, seine Bewohner – einheimische und fremde –, seine Kultur als völlig falsch erweisen? Doch auch das Gegenteil konnte der Fall sein: vielleicht würden ihm Belege aus grauer Urzeit Rückschlüsse auf das heutige Leben in dieser Bergregion liefern und ihn in seiner Denkweise bestätigen. Handfeste Beweise erwartete er freilich nicht, aber wenigstens ein Aha-Erlebnis …?

Zum Ende des 16. Jahrhunderts, erfuhr Hosang aus einer gut dokumentierten Chronik, raffte der schwarze Tod das halbe Wallis dahin. Die Pest wütete erbarmungslos und fraß sich durch die Täler. Sofort stellte Hans Heinrich Sherlock einen möglichen Zusammenhang zum Aletsch-Ei her. Zwar lagen mehr als 300 Jahre dazwischen, und der Gletscher bedeckte das Ei damals meterdick. Aber könnte nicht das Ei die nie schlüssig lokalisierte Ursache der tödlichen Epidemie gewesen sein? Dann wäre das Ei auch heute noch eine drohende Pestgefahr, jagte er sich dieses offensichtliche Hirngespinst aus dem Kopf, und die ersten Pestkranken müssten schon längst tot sein, ich inklusive. Die Natur verbirgt uns viele Energiequellen, aber irgendwann ist jede auch einmal erschöpft – für immer? Vielleicht ruhen sie auch nur für ein paar Jahrhunderte oder Jahrtausende, um irgendwann wieder neue Energien freizugeben, vielleicht in andere Formen mutierte Energien – Natura naturans? Er dachte dabei an Vulkane, die längst als erloschen galten und urplötzlich wieder zu rumoren begannen.

Das Museum brachte Hosang auch die sagenumwobene Märjela näher, der Vreni durch ihre Geschichten zu neuem Leben verholfen hatte. Der Rollibock. Von dem hatte doch Albrecht Berchtolt schon auf ihrem gemeinsamen Gang zum Märjelensee gesprochen. Die Legende besagte, dass er im Aletschgletscher hauste. Wenn verwegene Zeitgenossen es wagten, ihn zu verspotten, trat der eisgepanzerte Urgeist mit gewaltigen Hörnern aus dem Gletscher und schlug urkräftig und gnadenlos um sich. Wiederholt hatte er die Wassermassen des Märjelensees wutentbrannt als Flutwelle ins Rhonetal geschüttet, Tod und Verwüstung gebracht. Erst als die Walliser zwischen 1889 und 1894 einen künstlichen Abfluss erbauten, ließ er davon ab.

Das ist doch gar nicht so lange her. Was mag den Rollibock damals erzürnt haben, fragte sich Hosang und las weiter, dass Mädchen und Frauen in der Märjela über die metaphysische Kraft verfügten, sich in Tiere oder sogar leblose Dinge zu verwandeln. Hatte Vreni so eine Kraft gehabt – Verwandlungskraft? So gesehen, war ihm auch die Göttliche in der Arvenstube der Berchtolts schon bei der ersten Begegnung suspekt vorgekommen. Dass ein totes Tier so lebendig wirken konnte, als wäre es irgendwie beseelt ...

Aus einem anderen Schriftstück erfuhr Hosang von einem Jäger am See, der den Murmeltieren auflauerte. Stundenlang habe er am gleichen Fleck gesessen – beim Aletsch-Ei? –, bis ihn ein Gesang betörte, düster wie eine Totenklage. Der Jäger stand auf und brachte ungewollt einen Stein unter seinen Füßen ins Rollen. Der Stein rollte und rollte und versank schließlich im See. *Ein Schrei, dann war es still, und der Abendwind kräuselte die Flut.* So stand es schwarz auf weiß.

Den ganzen Nachmittag arbeitete er sich Schriftstück für Schriftstück durch die Oberwalliser Volkskunde und war zutiefst beeindruckt.

›F. Inderbizin‹, so das Namensschildchen auf dem Revers des Museumswärters, hatte noch einiges in seinem Kopf, das in der Sammlung nicht dokumentiert war. Inderbizin gab bereitwillig Auskunft, wenn Museumsbesucher etwas Bestimmtes suchten oder wissen wollten. So wie Hosang, der sich nach Vreni erkundigte.

»Vreni Abegglen-Abegglen«, sagte Inderbizin, »Sie kennen also den Fall.«

»Nein, ich habe nur gehört, dass sie am Märjelensee ums Leben gekommen ist. Aber warum und wie …«

»Das wissen wir auch nicht. Wir kannten sie als ›fleischgewordene Sage‹, aber verstehen Sie mich nicht falsch.«

Inderbizin wusste über Vreni nur Gutes zu berichten: dass sie ein ›Sagenlexikon‹ war und ihre Gäste leidenschaftlich mit der Märjela vertraut machte. »Das hat sich seit Jahren herumgesprochen und viele Leute angezogen, aus allen Landesteilen. Beim jährlichen Gratzug platzte bei ihr die Bude aus den Nähten. Sie wissen doch, was der Gratzug ist?«

»Das hat sie mir selbst noch erzählt.«

Inderbizin stutzte. »Sie sind aber nicht etwa in den Fall verwickelt, oder?«

Hosang lachte. »Nein. Aber die schaurigen Sagen und mysteriösen Ereignisse in der Märjela haben auch meine Neugier geweckt.«

Erst als er das gesagt hatte, realisierte er, dass nun das Aletsch-Ei zur Sprache kommen würde. Doch Inderbizin wusste nicht, dass der Entdecker vor ihm stand, und winkte verharmlosend ab:

»Ach wissen Sie, es gibt so Strömungen. Einmal hat die Sagenwelt Hochkonjunktur und dann gerät sie wieder in Vergessenheit. Das ist mit allem so. Aber wir werden sicher bald mehr hören.«

Mehr von was? Von wem? Wann? Wo? Hosang bohrte nicht weiter. Die Antwort fiel ihm beim Museumsausgang zu: Dort hing an einem Anschlagbrett ein billiges, mit Tintendrucker kopiertes Blatt, mausgrau, halb verschmiert. Es lud zu einem *Informationsabend Marjelen-Ei* ein. Nächsten Freitagabend. In Fiesch. Hosang notierte sich Ort und Zeit.

Auf der Heimreise durch den finsteren Lötschbergtunnel fragte er sich, ob an diesem Freitagabend die Musiker des kosmischen Orchesters ihren Auftritt geben würden. Vielleicht befand er sich darin als bedeutungsloser Saitenzupfer ungewollt auf dem Weg zum ersten Geiger. Angst beschlich ihn.

14

Nahrung für neue Geschichten gab es zwei Tage später. Ein Walliser Kleinbauer namens Pius Abdeneggen, hauptberuflich Polizeikorporal, war auf eine simple Idee gekommen: Er reagierte nämlich unverzüglich auf das von der Nomenklaturkommission kreierte Marjelen-Ei: Fortan bot er seine frischen Wachteleier aus biologischer Zucht als ›Märjelen-Eier‹ an – aus Rücksicht auf die einheimische Kundschaft verzichtete auch er nicht auf den Umlaut. Er erhoffte sich einen Wachteleierboom.

»Wenn der Tausendsassa Pius damit nur nicht den Anfang einer Märjelen-Ei-Industrie gemacht hat«, meinte Albin, und Pirmin begann umgehend zu blödeln.

»Märjelen-Ei-Bier aus dem Gletscherwasser der ›Massa‹«, schlug er vor.

»Märjelen-Ei-Alpkäse, Märjelen-Ei-Bienenhonig, nicht wahr?«

»Märjelen-Ei-Socken und Märjelen-Ei-Wanderschuhe, oder?«

»Märjelen-Ei-Rasierschaum, Nüsslisalat Märjelen-Ei, Märjelen-Ei-Schoggitaler.«

Und so ging es weiter, bis auch Cyril, der zeichnend bei ihnen saß, das Spielchen verstanden hatte.

»Märjelen-Ei-Spaghetti«, wollte er.

»Märjelen-Ei-Enzian, nicht zu vergessen, nicht wahr?«

»Und das nächste Hotel wird Märjelen-Ei heißen, und dort wird es ein Märjelen-Ei-Frühstücksbuffet geben und einen Märjelen-Ei-Teller mit Märjelen-Ei-Wurst, Märjelen-Ei-Gurken und Märjelen-Ei-Eiern von Abdeneggen.«

Sie kicherten zu dritt.

Vom Lachen ihrer Männer angezogen, gesellte sich jetzt auch die gute Fee Heidy zur heiteren Runde: »Und ich backe euch als Nächstes einen Märjelen-Ei-Kuchen.«

»Jaaa«, rief Cyril begeistert, »und was ist da drin?«

Heidy wusste es: »Nichts, weil niemand weiß, was das Märjelen-Ei ist, und ohne Zutaten kann man keinen Kuchen backen.«

Die Gesichter wurden lang und Albin ernst: »Nicht wahr, zuallererst werden wir allen den Märjelen-Ei-Marsch blasen.«

Im Aletschgebiet kehrte ein fast normaler Alltag zurück – unnormal war er im Grunde genommen gar nie gewesen. Hosangs Entdeckung hatte trotz einiger Hammerschläge aus den Medienschmieden im vernünftigen Volkshirn keinen größeren Schaden angerichtet.

Von ihren Selbstzweifeln rasch befreit, führten die Berchtolt-Zwillinge ihre Gäste wieder trittsicher über Gletscher, Firn und auf die Alpengipfel.

Das Zelt mit dem Marjelen-Ei darunter sah auch nicht mehr bedrohlich aus, denn es waren alle militärischen Spuren beseitigt worden. Anstelle des Stacheldrahtes wurde eine diskrete Überwachungskamera installiert, die rund um die Uhr Bilder in eine Zentrale mit unbekanntem Domizil übermittelte. Nicht einmal an eine alpine oder polare Forschungsstation erinnerte das Zelt, eher an das Biwak vor einer Strahlergruft, denn Bergkristalle, nach denen professionelle Mineraliensucher in mühsamer und oft gefährlicher Abenteurerarbeit ›strahlten‹, waren hier nicht selten, und solche Gruften heilig: keiner außer den Entdeckern durfte die einmal gefundenen Mineralienschätze darin ausbeuten.

Die Einheimischen sprachen wieder über *ihre* Dinge – Munggen, Gämsen, Steinböcke, Adler, Alpendohlen, Alpenrosen und Arnika, Heilkräuter, Berge und Gletscher, über die Alpwirtschaft im Sommer und mancherlei Brauchtum. Manchmal auch über Vreni.

Sogar die ›Märjelen-Eier‹ des Walliser Polizeikorporals und Kleinbauers Abdeneggen aus biologischer Wachtelzucht verschwanden so schnell, wie sie gekommen waren. Aus Frust und in einem Vollrausch bei Vollmond schlachtete Pius die unschuldigen Viecher und warf sie nahe Fieschertal in die ›Wysswasser‹. Nach dieser Tat wurde er von seinem Polizeidienst suspendiert. Charakterschwäche, so die Begründung.

Abdeneggen war sogar einsichtig. Aber nur sich selbst gegenüber.

Ich habe im Suff Mist gebaut, war die Schelte, die er sich verpasste. Und wenn ich jetzt nicht mehr als Polizeikorporal in Uniform nach dem Rechten schauen darf, dann leiste ich eben im Hintergrund seriöse Arbeit.

Abdeneggen ernannte sich über Nacht zum Privatdetektiv.

Den Vollwaisen Xavi Abegglen bewunderten alle. Viele Freiwillige halfen ihm in der Gletscherstube, die wieder in Betrieb war, denn die Spurensicherung hatte nichts Außergewöhnliches ergeben. Es hing nun das Bild der verstorbenen Vreni an einer Wand, zur Erinnerung an die ›fleischgewesene Sage‹.

Die Wissenschaftler Darkwood und Blumlein besuchten Xavi regelmäßig. Sie mussten schließlich im Auftrag des Professors die Entwicklung aufmerksam verfolgen und sich unaufdringlich weitere Informationen beschaffen. So kamen sie auch ins Gespräch mit Pius Abdeneggen, der sich nach dem vorläufigen Rauswurf in den Kreis der Freiwilligen einreihte und sich als Helfer am Hüttenbetrieb beteiligte. Die Amis fanden ihn nicht mehr ganz so meschugge wie am Anfang, eher ein bisschen sonderbar, wie Bergler eben sind. Gerne hätten sie sich durch ihn und seine Beziehungen zu den Bergleuten näher an das Marjelen-Ei herangerobbt. Aber Abdeneggen blieb in Eierfragen stumm wie ein Fels … er hatte die Yankees ja selbst im Visier.

Nur Albrecht Berchtolt blieb unruhig. Während stiller Abendstunden in der Arvenstube suchte er durch die Göttliche auf dem Buffet die Nähe seiner Johanna. »Hat der ›Rollibock‹ die Hand im Spiel?«, fragte er sie. Johanna im Jenseits blieb fern. Dennoch fühlte sich Albrecht mit ihr verbunden wie lange nicht mehr.

Der *Informationsabend Marjelen-Ei* war eine Idee von Gutensohn.

»Es wäre unseren Leuten gegenüber klug, den Kontakt zu ihnen zu pflegen«, argumentierte er. Die Zustimmung seiner Vorgesetzten war so groß, dass man ihn sogleich mit der Durchführung des Abends betraute. Für besonders heikle Fragen aus dem Publikum wurde ihm ein Jungakademiker der Physik zur Seite gestellt.

Das Interesse an der Veranstaltung war überwältigend klein. An diesem Freitag kamen nur wenige: Albrecht in Begleitung von Pirmin Berchtolt, Maria und der Helikopterarzt Zeni, der suspendierte Abdeneggen, ein paar Vertreter der Tourismusbüros und der benachbarten Gemeinden, einige Lehrer und Naturfreunde sowie eine Handvoll Lokalkorrespondenten. Auch Darkwood saß als Beobachter widerwillig und gelangweilt im Publikum. Blumlein kam nicht ins Tal, er kümmerte sich lieber um den lieben Xavi in der Gletscherstube. Dafür reiste Hans Heinrich Hosang an. Als Sherlock schlich er sich in letzter Minute unerkannt in den Hotelsaal.

Gutensohn eröffnete den Abend mit einem Überraschungscoup: Er streckte demonstrativ ein weißes Blatt Briefpapier in die Höhe und ließ es zu Boden fallen. Augenblicklich wurde es still. Gutensohn bückte sich, hob das Papier auf, sagte nichts, streckte es ein zweites Mal hoch, um es erneut fallen zu lassen. Dann wiederholte er das Ganze ein drittes Mal und begann mit seinem Vortrag.

»Was Sie soeben gesehen haben, meine sehr verehrten Damen und Herren, ist das ›Rätsel der Blätter‹. Ich heiße Sie herzlich willkommen und danke für Ihr reges Interesse an dem rätselhaften Marjelen-Ei.

Es ist Ihnen sicher nicht entgangen, dass ich ein ganz gewöhnliches Blatt Papier dreimal vor Ihren Augen habe zu Boden schweben lassen. Und sicher ist Ihnen dabei nichts Besonderes aufgefallen.«

Kurzer Blick in die Runde.

»Das Blatt Papier ist dreimal unterschiedlich zu Boden gefallen. Ich könnte es nun den ganzen Abend lang zu Boden fallen lassen, hundertmal, tausendmal, das Blatt würde hundertmal, tausendmal verschieden zu Boden schweben, und ich hätte nach dem tausendsten Mal vom Aufheben Rückenschmerzen.«

Niemand lachte.

»Das Rätsel um den Fall der Blätter ist viel älter als das Rätsel um das Marjelen-Ei. Seit über hundertfünfzig Jahren versuchen Forscher herauszufinden, wie ein Blatt Papier zu Boden fällt und wo es landet. Und wie dasselbe mit jedem einzelnen der Myriaden von Blättern geschieht, die im Herbst Jahr für Jahr von den Bäumen fallen. Das Schweben und Schlenkern und Trudeln im freien Fall lässt sich mathematisch nicht berechnen. Alle bisher unternommenen Experimente haben zu keinem Ergebnis geführt – es sei denn, man betrachtet das Fehlen eines Ergebnisses bereits als Ergebnis.

Das einfache Beispiel, meine Damen und Herren, veranschaulicht, wie schwierig sich gewisse Naturphänomene erklären lassen. Wundern Sie sich also nicht, dass wir erst ganz am Anfang sind, das Marjelen-Ei zu erforschen und zu verstehen. Vergessen Sie auch nicht, dass fast täglich irgendwo auf der Welt Entdeckungen gemacht werden, die Fragen aufwerfen und die Wissenschaftler beschäftigen – wissenschaftliche Pendenzen sozusagen mit mehr oder weniger dringlichem Charakter.«

Sherlock, ganz im Hintergrund am Boden kauernd, merkte bald, dass er hier kaum Neues über das Aletsch-Ei erfahren würde. Immerhin konnte Gutensohn in seinem Referat ein paar Nahaufnahmen auf eine geräucherte Wand im Saal projizieren, was die natürliche Farbe des Objektes verfälschte – das Marjelen-Ei schien an Gelbsucht erkrankt zu sein. Nach einer sehr langen Dreiviertelstunde kam er schließlich zu einem ernüchternden Fazit: »Das Schwierigste ist schlicht und einfach die Unverrückbarkeit des Objekts. Wir können das Ei nicht in ein Labor bringen, wir müssten ein Labor vor Ort errichten. Das geschieht nicht von heute auf morgen, das kann Monate oder Jahre dauern. Denken Sie nur an unsere langwierigen Bewilligungsverfahren.«

Das Publikum nahm es zur Kenntnis. Davon, dass die Köpfe der Forscher an den Instituten hyperventilierten, erfuhr man nichts – weil Gutensohn davon selbst so gut wie nichts wusste.

Die wirklich neue Information hatte er sich für den Schluss aufgespart.

»Ich darf Sie jetzt noch über eine Sache informieren, die erst seit heute öffentlich ist: Das rätselhafte Marjelen-Ei hat mit dem am selben Ort gefundenen Leichnam nichts zu tun. Die toxikologischen Analysen haben nämlich ergeben, dass die Frau an einer Überdosis *Aconitum napellus*, zu Deutsch ›Blauer Eisenhut‹, gestorben ist. Mehr kann ich Ihnen dazu leider auch nicht sagen.«

Die anschließende Fragerunde nutzte als Erster John Darkwood, der sich als Hans Finsterwald vorstellte. Ob denn die wissenschaftliche ›Pendenz Marjelen-Ei‹ nicht durch einen zeitlichen Rahmen abgesteckt werden könne, im Klartext: »Bis wann dürfen wir mit ersten konkreten Ergebnissen rechnen?«

Pius Abdeneggen notierte *Hans Finsterwald* in sein Notizbüchlein.

Da erhob sich der zur rechten Seite sitzende Jungakademiker, wahrscheinlich ein südländischer Secondo. Er knöpfte sein Veston zu, rückte den Krawattenknopf zurecht, wandte sich dem Fragesteller zu und sagte: »Häberli ist mein Name. Die besten Fragen sind meistens auch die schwierigsten. Der von Ihnen erfragte zeitliche Rahmen lässt sich in der Tat abstecken, zwar nicht sehr eng, aber in der Vergangenheit mit größter Wahrscheinlichkeit begrenzt durch den Urknall und in der Zukunft plus minus begrenzt durch die zeitliche Nähe zum kollabierenden Sonnensystem in rund vier Milliarden Jahren. Das ist Ihnen vielleicht zu vage. Ich verstehe das sehr gut, aber für uns Naturwissenschaftler liegt zeitlich nichts näher beieinander als Augenblick und Ewigkeit.«

»Als Naturwissenschaftler kann ich Ihrer These zwar nicht grundsätzlich widersprechen, stellt doch der Urknall die Kausalität schlechthin dar. Dennoch scheint mir Ihr Zusammenrücken von Augenblick und Ewigkeit auch gar etwas rudimentär«, konterte Finsterwald.

»Unser Leben, ja der gesamte Kosmos beruht auf dem Konjunktiv. Das zeigt deutlich, wo wir heute stehen: wir wissen nicht wo. Wir können gespannt sein, was die hochkomplexen Teilchenbeschleuniger noch alles zutage fördern werden und was im Dunkeln bleibt. Vielleicht wird uns dann ein Licht aufgehen, vielleicht eines, das vom Dunkel gleich wieder verschluckt wird«, entgegnete Häberli.

War das nun ironisch, zynisch, herablassend oder einfach nur dumm?

Gutensohn suchte angestrengt nach weiteren Fragestellern. Er fand ihn in einem Lehrer.

»Irgendwo zwischen Urknall und Kollaps liegt das Marjelen-Ei, Herr Häberli, aber wir leben jetzt. Als Lehrer der Geisteswissenschaften kann ich Ihnen versichern, dass Sie mit Ihrer Annahme voll ins Schwarze treffen. Ich will Sie und alle Anwesenden aber darauf aufmerksam machen, dass niemand weiß, wo sich das Schwarze befindet. Will heißen: Vermuten Sie das Schwarze nie in der Mitte einer runden Zielscheibe, denn dorthin zielen alle, und alle schießen in der Mehrheit aller Fälle daneben. Vielleicht stecken wir aber allesamt selbst im Schwarzen. Dann können wir zielen, wohin und solange wir wollen. Die Frage ist doch: Wo ist das Schwarze und worin besteht es? Wir wissen es nicht. Darum seien Sie vorsichtig und ballern Sie nicht wild in Ihrem Kopf herum, Sie könnten wahnsinnig werden.«

Jetzt hatte er genug – oder es war ihm zu blöd. Albrecht Berchtolt meldete sich zu Wort, obwohl er sich überwinden musste, vor so gescheiten Häuptern etwas zu sagen. Doch der Einstieg gelang ihm ausgezeichnet: »Als Verbündeter der Gletschergeister und Gletscherseelen«, wie er sich mit listig leuchtenden Äuglein bezeichnete, »kann ich den gelehrten Herren natürlich nicht das Gletscherwasser reichen. Ich muss mich mit meinem Walliser Dickschädel begnügen. Dieser Dickschädel hat in den Bergen schon vieles abbekommen. Unfreiwillig. Aber es geht ihm gut.«

Zustimmendes Raunen. Berchtolt kam in Fahrt:

»Geschätzte Anwesende, auch unsere Berge haben und hüten ihre Geheimnisse. Sie sind alles andere als eine erstarrte Schöpfung aus Stein und Eis. Sie beglücken uns mit mannigfaltiger Schönheit und unermesslichen Schätzen. Sie sind verlässliche Freunde, sie schenken uns Kraft. Und sie beschützen uns. Nur wenn wir sie missbrauchen und plündern, nur wenn wir mit sogenannter Intelligenz und Hinterlist die Macht über sie ergreifen wollen, antworten sie auf ihre Weise. Greift darum nicht aus Habgier mit zerstörerischer Hand nach der Bergwelt. Respektiert ihre Eigenheit und Eigenwilligkeit, macht sie nicht zum Zankapfel zwischen Wissenschaft und Glauben. Die Berge genügen sich selbst. Wir müssen sie nicht besitzen, wir müssen sie nicht restlos verstehen, und wir müssen sie auch nicht vergöttern. Wir müssen sie nur in Ruhe lassen. Und denkt immer daran: Die Erde wird ihre Geheimnisse nicht preisgeben. Ich habe geschlossen.«

Die Mehrheit der Anwesenden nickte, die einen betroffen, die anderen bejahend, einige klatschten Beifall. Hosang huschte unbemerkt aus dem Saal.

Auf der Heimreise zu später Stunde sah Sherlock Gutensohns Worte über Vrenis Tod in einem ganz anderen Licht: Dass dieser Tod mit dem Aletsch-Ei nichts zu tun haben sollte, nur weil sie an einer Überdosis ›Blauer Eisenhut‹ gestorben war, schien ihm eine voreilige Schlussfolgerung zu sein. Das Aletsch-Ei und die fleischgewordene Sage konnten sehr wohl sehr eng miteinander verknüpft sein. Und noch etwas beschäftigte ihn: das *Rätsel der Blätter*. Diesen Auftakt von Gutensohn fand er originell. Er erinnerte ihn an den Brief von Pater Josef Berchtolt. Das war doch auch so ein Blatt Papier. Er hatte es bei sich und faltete es auf. Das Bibel-Patchwork mit dem Spruch: *Ein jeder hüte sich vor seinem Nächsten, und keiner traue seinem Bruder. Denn jeder Bruder übt Hinterlist, und jeder Nachbar geht als Verleumder umher.*

Es war nicht Hosangs Wille, der ihn dazu verführte, am Papier des Paters zu riechen. Umso übler empfand er im Geruch einen Komplott, einen Zweck, der alle Mittel heiligen sollte.

In seiner Meinung über Albrecht Berchtolt sah sich Hosang rückblickend einmal mehr bestätigt. Die Berge waren ihm einverleibt. Und selbst der Schwafellehrer war in Hosangs Augen nicht ganz ohne: *Das Schwarze* war vielleicht ja das Emmentalerloch, in dem sie alle steckten.

Wieder daheim, zupfte er eine Postkarte aus dem Briefkastenschlitz, die ihn stutzig machte: Das Farbmotiv zeigte ›Danae‹, das Gemälde von Klimt. Er drehte die Karte um:

Der Wind weht, wo er will, und du hörst sein Sausen; aber du weißt nicht, woher er kommt noch wohin er fährt.
Danae Soldanella

Hosang schüttelte den Kopf. Der Text kam ihm bekannt vor, er konnte ihn aber nicht einordnen. Woher sie wohl seinen Namen kannte und seine Adresse? Geahnt hatte er es ja, dass sie über mehr Informationen verfügte, als sie glauben machte. Sonst hätte sie in ihren Gesprächen mehr über ihn wissen wollen. Der Sherlock in ihm wurde von selbst aktiv: Gekauft hatte sie die Karte im Kunsthaus, das stand in einer klein gedruckten Quellenangabe. Der Poststempel ›Riederalp‹ verriet ihm die Aufgabestelle. Er drehte die Postkarte immer wieder um, Bildseite, Textseite, Bildseite, Danae, Textseite, Danae Soldanella, Kunsthaus, Riederalp ... Dann legte er sie behutsam wie ein Juwel auf seinen Schreibtisch. Genauso behutsam hätte er am Märjelensee das taube Dohlenei in sein rot-weiß kariertes Taschentuch betten und als Souvenir nach Hause tragen wollen.

Was hatte das nun wieder zu bedeuten? Hosang sollte es schnell erfahren: eine schlaflose Nacht.

Unter dem Kandelaber vor seinem Schlafzimmer leuchtete ein rötlicher Lichtkegel. In ihm tanzte ein quirliger Mückenschwarm bis zur Morgendämmerung.

15

Nur Stunden, nachdem Pater Josef Berchtolt seine Novene beendet und die Fensterläden hochgezogen hatte, erhielt er Besuch. Vor der Tür stand die Novizin Irina in Ordenstracht, ohne Laptop.

Pater Josef strahlte. »Wir kennen uns doch. Seien Sie willkommen, treten Sie ein, mein Engel, Schwester äääh …«

Sie unterbrach ihn schnippisch. »Ich habe keine Flügel und trinke auch kein Red Bull.«

Das verstand er nicht und salbte weiter. »Unsere Wege haben sich schon einmal gekreuzt. Wissen Sie, Schwester, mit achtzig Lenzen ist man kein blühender Baum von Jugendlichkeit mehr, aber doch nicht ganz verwelkt, durch wenige Zweige sickert immerhin noch Saft. Mein Langzeitgedächtnis funktioniert prima, nur beim Gestern und Vorgestern hapert es manchmal. Da kann es vorkommen, dass ich am Abend nicht mehr weiß, ob ich am Morgen und am Mittag gebetet habe. Dann bete ich am Abend auch gleich das Morgen- und Mittagsgebet. Ach Schwester, unter uns gesagt ist es doch mit dem Beten wie mit der Buchhaltung: Es geht um Soll und Haben, und vor der Himmelspforte sollten wir im Minimum eine schwarze Null vorweis…«

»Ich heiße Danae«, klemmte Irina das Geschwätz ab.

»Danae! Was für ein Zauber und was für ein Duft. Kennen Sie die Rose, die nach Danae benannt ist? Wissen Sie, wo dieser göttliche Name in der Geschichte seinen Platz hat?«

»Jaja«, versuchte sie ihn zu bremsen.

Ungebremst fuhr er euphorisch fort: »Danae ist die Lichtgestalt, ein lenkender Stern von Gott gesandt, und genießt auch in der Kunst große Verehrung. Kommen Sie, folgen Sie mir, Schwester Danae. Ich führe Sie in meine Klause.«

Die Klause war ein winziges Arbeitszimmer voller Bücher, Schriften, Reproduktionen, vollgestopfter Ordner, Mappen, Schachteln, Briefumschlägen, Zeitungen, Magazinen, Kartonrollen, Papier, Papier, Papier, so unweit man sehen konnte. Auch auf dem Boden stapelten sich Dokumente meterhoch. Immerhin war noch ein Pult auszumachen, ebenfalls mit Papiertürmen überbaut. Einzig in der Mitte hielt sich eine kleine Arbeitsfläche frei, auf der die Schreibmaschine stand – das alte Modell, auf dem Josef seinen Brief an Hosang gehackt hatte. Ein Fenster gab es auch, nur wurde das Tageslicht von im Fensterrahmen aufeinandergestapelten Archivschachteln fast vollständig verschluckt. Von der Decke herab hing ein schwarzes Kabel, an dessen Ende in einer schwarzen Fassung eine Glühbirne funzelte. Staub lag überall und flog bei jedem Husten und Niesen auf, um sich wieder sanft über das Papiergebirge zu legen.

In diesem Ambiente empfing der Pater alle seine Besucher und hielt für diese Anlässe zwei uralte Holzstühle frei, die diese Bezeichnung zwar nicht mehr verdienten, aber bis zum heutigen Tag ihren Zweck ohne Zwischenfall erfüllt hatten. Er selbst hockte auf einem entsorgungsreifen Bürostuhl.

Kaum hatte Danae mit der gebotenen Vorsicht auf der Sitzgelegenheit Platz genommen, fuhr der Pater predigend fort:

»Danae erinnert mich an Gustav Klimt. Ich weiß nicht, ob Sie seine grandiose Kunst kennen. Eines seiner großartigsten Meisterwerke widmete er der Danae, die von Zeus in Gestalt eines Goldregens geliebt wurde. Ich glaube zwar nicht, dass Zeus ein Freund von Gott war, ja, ich sage bewusst, *war*, denn Zeus *war* und Gott *ist*. Aber Gott hatte gewiss nichts dagegen, Danae als Epiphanie zu gewähren, und gegen Klimts Leinwandphantasie hegte er offenbar auch keine Abneigung.«

»Woher nehmen Sie das?«, begann sich Danae zu interessieren.

»Die Hand von Klimt war geführt von der Hand Gottes. Wie sonst hätte der Künstler so viele, so bildschöne Frauengeschöpfe zeichnen und malen können, nackt, wie sie der Herr erschaffen hatte? Aber hinter der Meisterschaft steckte mehr: Er zeichnete und malte die Frauen nicht nur, er liebte die Schönen auch inbrünstig. Wie viele von ihnen den Samen seiner Manneskraft empfangen haben, bleibt Gottes Geheimnis. Sicher wissen Sie, dass Klimt vierzehn uneheliche Kinder gezeugt hat und dass einige Mütter nach seinem Tod Erbansprüche stellten. *Die liebliche Hindin, die anmutige Gämse, – möge dich ihr Busen allzeit ergötzen, mögest du dich an ihrer Liebe stets berauschen!* Das wird sich Klimt gesagt und das Bibelwort nicht bloß an der Staffelei in die Tat umgesetzt haben – sofern er ein Bibelkundiger war. Sein Blut fließt heute noch in den Adern vieler Nachkommen, aber ich glaube, keiner von ihnen ist mit Stift und Pinsel so virtuos umgegangen wie er. Aber deswegen sind Sie gewiss nicht zu mir gekommen, Schwester …«

»Novizin … wenn überhaupt«, bemerkte sie. Da machte sich das Telefon unter einem Papierstapel bemerkbar.

»Entschuldigen Sie die Unterbrechung«, bedauerte er, »ständig wollen alle etwas von mir«. Als er den Hörer endlich aus einer Staubwolke hervorgezogen hatte und abheben wollte, war die Leitung bereits wieder unterbrochen. »Sehen Sie, immer diese Hektik. Es kann nicht schnell genug gehen. Aber dem Ruf muss ich wohl folgen. Als Seelsorger muss ich es dem Notfallarzt gleichtun. Verzeihung.«

Josef stand auf und gab ihr ungeduldig zu verstehen, dass er in missionarischer Eile weg musste. Sie war so schnell wieder an der frischen Luft, wie sie in die stickige dieser Klause gekommen war.

Draußen schaute sie sich noch einmal um und wunderte sich über seine Kunstkenntnisse, die im Fall Klimt ja weltlicher nicht sein konnten. Das weckte in ihr eine seltsame Neugier, und sie wusste auch schon, was sie als Nächstes tun würde.

Bei seinem Feierabendbier in der anonymen Gemeinschaft der Bahnhofshalle fühlte er sich wieder einmal geborgen. In seiner Lieblingsrolle als Beobachter, als Zeuge und Konsument von Geschehen und Nichtgeschehen blühte Hosang auf.

Aus einer Pendlerzeitung erfuhr er doch tatsächlich Ergänzendes zu Vrenis Todesursache: *Blauer Eisenhut (Aconitum napellus) ist eine hochgiftige Pflanze. Sie wurde bereits in der Antike als Mordgift eingesetzt. In der Homöopathie findet Blauer Eisenhut bei Erkältungskrankheiten, Fieber, Angina Pectoris und Neuralgien, aber auch zur Beruhigung bei Angst und Schock Anwendung. Wie die tödliche Substanz in den Körper der Toten gelingen konnte, steht noch nicht fest und ist nun Gegenstand intensiver Ermittlungen. Suizid wird nach wie vor nicht ausgeschlossen.* Aber auch Mord nicht, hielt er dagegen, doch bevor er weiter darüber nachdenken konnte, wurde er einmal mehr von einem Lächeln in den Bann gezogen.

Ohne Soutane, dafür mit Laptop, tauchte sie aus der Menge auf und stand vor ihm. Als wäre es abgesprochen, gingen sie wieder in die Spelunke hinter dem Bahnhof.

Hosang konnte nichts für die Gefühle, die ihn in Besitz nahmen: Die Soldanella, eingehüllt in ihre schwarze Soutane und mit dem Schleier auf dem Hinterkopf, war einfach viel interessanter, viel geheimnisvoller und erotischer als die neben ihm gehende Soldanella in modischer Dutzendkleidung. Gewöhnliche Allerweltskleidung machte sie in seinen Augen auch zur gewöhnlichen Frau. Er erinnerte sich an das Kreuz auf der Brust – *so wie viele Männer, vor allem Italiener, goldene Kreuze an kitschigen goldenen Ketten um den Hals auf ihrer schwarz behaarten Brust tragen,* hatte sie im Gartenrestaurant neben dem Kloster gesagt – auch in Zivil.

»Ciao Irina, ciao ragazzi«, empfing sie Sebastiano, der Kellner, als gehörten sie seit eh und je zusammen.

Irina lächelte. Ganz als hätten sie bereits ein gemeinsames Ritual, bestellten sie ein Grenadine und er eine Stange hell.

Für die Postkarte hatte sich Hosang schon im Bahnhof bedankt, aber Hosang musste noch mehr aus dieser Karte heraus sherlocken.

»Sie waren also wieder auf der Riederalp, diesmal als Danae. Aber gekauft haben Sie die Karte mit dem Klimt-Motiv im Kunsthaus.«

»Alles richtig«, bestätigte sie, »und alles hat mit St. Petersburg zu tun.«

Das hatte Hosang nicht erwartet, entsprechend baff schaute er sie an.

»Meine Urgroßmutter hieß Irina«, fuhr sie fort. »Über ihren geschiedenen Mann habe ich herausgefunden, dass er unter der Arbeitermenge gewesen sein muss, die am Petersburger Blutsonntag vom zweiundzwanzigsten Januar 1905 friedlich für bürgerliche Freiheiten demonstriert hatte. Die Demonstranten wurden von den Truppen grundlos zusammengeschossen, und man sagt, er sei unter den rund tausend Opfern gewesen. Die blutjunge Urgroßmutter Irina lebte damals schon längst in Wien. Sie war armengenössig und soll sich im Atelier des Malers Gustav Klimt im noblen dreizehnten Wiener Bezirk Hietzing als Modell verdingt haben. Von daher also mein zweiter Name, Danae.«

Hier unterbrach sie, aber nur um zu sehen, wie er darauf reagierte.

»Das Bild auf der Postkarte. Auch andere Maler haben Danae thematisiert, Tizian, Rodin und Rembrandt …«

»Eben, für ›Danae‹ könnte meine Urgroßmutter Modell gestanden haben und außerdem auch für ›Die Hoffnung‹ und andere Tableaus. Wenn es so gewesen ist, wie ich mir zusammenreime, könnte im Bauch der Frau ›Die Hoffnung‹ meine Großmutter gewesen sein, vielleicht sogar durch Klimt gezeugt. Ich schließe nicht aus, dass ich eine Urenkelin des Malers bin. Einiges spricht jedenfalls dafür: ›Danae‹ und ›Die Hoffnung‹ zeigen rothaarige Frauen, und auch ich bin rothaarig.«

Stimmt, realisierte Hosang erst jetzt und wunderte sich, dass er es nicht schon früher bemerkt hatte. Aber sie war nicht so kupferrot, wie Klimt die Rothaarigen gemalt hatte. »Eigenartig«, stammelte er.

»Das ganze Leben ist eigenartig, und wie sehr wir ihm auch nachspüren, so verstehen wir seinen Sinn doch immer noch nicht ganz. Wenn wir mit dem Nachspüren aber aufhören, so haben wir die Lust zu leben verloren und sehen keinen Sinn mehr. Vielleicht ist ja das der Sinn des Lebens: suchen.«

»Dann waren Sie gewiss auch schon in der Klimt-Stadt auf familiären Fährten?«

»In Wien, ja, aber nicht nur deshalb.« Sie lachte plötzlich unvermittelt und vergnügt wie ein kleines Mädchen.

»Sie lachen?«

»Wenn ich daran denke, warum ich damals nach Wien fuhr, muss ich einfach lachen. Ich hatte vom Wiener Schnitzel bei Figlmüller's gehört.«

Jetzt lachte auch Hosang: »Das habe ich auch schon einmal gegessen. In den Achtzigerjahren, für hundertfünfundzwanzig Schilling.«

»Darauf hätte ich jetzt Lust«, sagte sie.

Aha, dachte Hosang, dann gibt es das auch in dieser Spelunke, und jetzt weiß ich, weshalb sie hier ein- und ausgeht – ein Puzzleteilchen im ganzen Gefüge. Er stand auf und wollte Sebastiano zurufen, doch sie winkte ab.

»Machen Sie sich keine Mühe. Groß wie eine Langspielplatte, das gibt es nur bei Figlmüller. Hier kommt das Wiener Schnitzel im CD-Format auf den Tisch, die Panade ist schwammig wie ein Savarin und sentimental wie Mahlers dritte Sinfonie.«

Hosang bemerkte, dass sie vor einem leeren Glas saß. »Noch ein Panaché?«, fragte er.

»Noch ein Grenadine«, korrigierte sie.

»Ach ja richtig, Verzeihung«, sagte Hosang.

Sie verdrehte die Augen, und er bestellte ein Grenadine und eine Stange dunkel.

»Subito«, quittierte Sebastiano.

»Eine Stange hell«, korrigierte sie.

»Eine Stange dunkel«, beharrte er und triumphierte mit innerlicher Schadenfreude.

Als wieder zwei volle Gläser vor ihnen standen, fragte Hosang Soldanella unverblümt: »Und was hat Klimt nun mit *von Märjela* zu tun?«

Ihr ganzes Gesicht verwandelte sich schlagartig. Ging vorhin von ihren Augen etwas Kühles, Analytisches aus, wurden sie nun warmherzig mild. Sie holte tief Atem. »Wenn ich das wüsste. *Von Märjela*. Ich weiß nicht einmal, ob das ein Familienname ist. Ich würde es gern erfahren. Deshalb zieht es mich immer wieder ins Wallis. Auch die Herkunft des Namens ist ein Rätsel. *Marjela*, also ohne ä, ist ja auch ein Vorname und Marella ein italienisches Geschlecht. Aber das brachte mich nicht weiter. Und über die *Märjela* im Wallis habe ich in der Sammlung zur Oberwalliser Volkskunde nur herausgefunden, dass es dort vor Jahrhunderten fruchtbare Weiden und Weizenfelder gegeben haben soll, und über ihnen jubilierende Lerchen. Auch von blühenden Kirschbäumen am Märjelensee und von einem kleinen Dorf erzählt die Sage. Und vom Dengelhammer, der das Sensenblatt geschärft haben soll.« Sie hielt inne, und ihr Blick verklärte sich.

Hosangs innerer Sherlock frohlockte. Soldanella war offensichtlich auch im Museum des Briger Stockalperpalasts gewesen. Gut zu wissen. Aber viel lieber wollte er etwas über Pater Josef hören: »Wenn Sie oft auf der Riederalp sind, kennen Sie als katholische Gläubige gewiss auch einen Priester namens Josef Berchtolt.«

»Wie kommen Sie darauf?«

»Ich dachte mir, unter Geistlichen gibt es wahrscheinlich enge Verbindungen. Er hat mir einen Brief geschrieben, über den ich mich gern einmal mit ihm unterhalten würde.«

»Sie kennen ihn also?«

»Eben nicht. Noch nicht.«

»Dann kenne ich ihn in der Tat besser, ich bin ihm zweimal begegnet.«

»Und? Ihr Eindruck?«

»Pater Berchtolt scheint ein Kunstkenner zu sein«, äußerte sie sich knapp und wurde unvermittelt nervös. Sie wollte urplötzlich aufbrechen. Hosangs Sensorium bemerkte das, und er zahlte die vier Stangen umgehend.

Als sie aus der Spelunke traten, erschrak er beim Anblick des unförmigen Stoffpuffers zwischen Eingangstür und Heizwand. Sebastiano hatte es bemerkt und eilte mit einem Lachen herbei, das sein blendendes Vollkunstgebiss in schneeweiß gebleachter Pracht zeigte. Wortlos strich er dem Tier über den Kopf. Es war tatsächlich ein Tier, ein lebendiger Hund, die Ausgeburt einer Abscheulichkeit, ein unförmig plumpes Fleischpaket mit kurzem, vergrautem, zerzaustem Fell und der zertrümmerten Fresse eines mehrfach verprügelten Boxers. ›Piranha‹ heiße er, erklärte Sebastiano, ein ganz lieber Zubeißer. Er habe in seinem Lokal schon manche Rauferei geschlichtet und Polizeieinsätze unnötig gemacht. Auf den Laut ›Piranha‹ hob das Biest kurz seine schlaffen Ohren, die wie missratene Omelette links und rechts an seinem Kopf hingen. Seine Glupschaugen machten nicht den Eindruck, als ob er in Zubeißlaune wäre.

»Ciao ragazzi, grazie e buona notte, auguri«, so verabschiedete Sebastiano die beiden Gäste. Dabei grinste er übers ganze Gesicht und zeigte nochmals sein imposantes Zahnpanorama.

Hosang begleitete Soldanella zum Gleis, wo die S-Bahn bereitstand. Er trug ihren Koffer, den sie aus einem Schließfach im Bahnhof holen musste. Warum hatte sie ihn in einem Schließfach deponiert? Sherlock: Wahrscheinlich, weil sie direkt von der Riederalp gekommen ist. Aber warum ist sie nicht gleich in die S-Bahn umgestiegen? Sherlock: meinetwegen, nicht wegen Sebastiano – hoffentlich. Oder wegen des Aletsch-Eis? Hosang spürte sein Schweigegelübde wieder schwer auf den Schultern lasten. Auf dem Bahnsteig traute er sich schließlich trotzdem einen Schritt in Richtung auf das Rätsel:

»Sagt Ihnen ›Blauer Eisenhut‹ etwas?«

»Ich kenne fast alle Alpenblumen.«

»Er soll giftig sein.«

»Er kann sogar tödlich sein.«

»Sie wissen also Bescheid?«

»Klostererfahrungen.«

»Dann ist meine Annahme kein Hirngespinst, dass hinter Klostermauern auch Giftmischer am Werk sind.«

Sie lachte ihr Phantomlächeln: »In Klosterbetrieben wird vieles gemischt.«

»Und was gemischt wird, findet den Weg auch immer wieder einmal aus den Klöstern in die Weltlichkeit«, bohrte Hosang weiter.

Jetzt lachte sie übertrieben: »Was denken Sie eigentlich? Selbst geschlossene Klöster pflegen ihre Kontakte zur Außenwelt. Bin ich nicht das beste Beispiel dafür?«

Darauf war er nicht gefasst. Aber er glaubte, einen wichtigen Satz gehört zu haben – einen sehr wichtigen.

Ihr Koffer in seiner Hand auf dem Weg zum Waggon ließ seine Kniegelenke butterweich werden: Da drin lagen, sicher ordentlich zusammengefaltet, die schwarze Soutane und der Schleier ... und dann noch die roten Haare. War nicht auch die vom Teufel gerittene Engelsgeiß bei der Entstehung des Aletschgletschers rothaarig? Der haarsträubende Gedanke verfolgte ihn auf dem ganzen Heimweg.

Zu Hause legte er Gustav Mahlers dritte Sinfonie in den CD-Player. Tatsächlich sentimental.

»Wir müssen uns treffen, so schnell wie möglich, wir dürfen keine Zeit verlieren«, bestürmte Josef seinen Bruder am Freitagabend durchs Telefon.

»Wer wir? Und was heißt, so schnell wie möglich?«, fiel ihm Albrecht ins Wort.

»Der ganze Familienrat. Es ist dringend. Sonntagnachmittag, Heidy soll meinetwegen einen Kuchen backen, aber das ist nebensächlich«, befehligte der Pater.

»Du bist also nicht mehr irgendwo anwesend. Und was soll denn so dringend sein?«

»Das kann ich dir am Telefon nicht sagen. Ich will nicht das Opfer einer Abhöraffäre werden, das würde mir mein Chef nicht vergeben. Was ich euch zu offenbaren habe, sollt ihr alle zur gleichen Stunde aus meinem Munde vernehmen.«

Kurzes Schweigen. Albrecht reagierte nicht. Der Pater fuhr fort, nun spürbar gemäßigter:

»Ich weiß, werter Bruder, in den letzten Wochen seit deinem Kollaps war ich kein Lamm. Dein Zusammenbruch und das Ei und der Mord haben mich ordentlich durcheinandergewirbelt. Ich war offenbar nicht von der glücklichsten Hand geführt. Jedenfalls glaubte ich das, und es tut mir leid. Ich bedaure auch aufrichtig, dass ich die Amerikaner wahrscheinlich enttäuscht habe, allen voran unseren geschätzten Bruder Justus. Ich kann nur hoffen und dafür beten, dass sie mir verzeihen. Das Schlimmste ist für euch wohl, dass ich mich aus dem Staub gemacht habe, um in mich zu kehren. Das verstehe ich gut. Aber es war richtig, dem Aufruf des heiligen Bernhard zu folgen. Ich habe erfahren, dass die unglückliche Hand, wie ich sie vorhin genannt habe, die Hand des Allmächtigen gewesen ist. Die unglückliche Hand war die glücklichste, die mir meinen Weg gewiesen hat und weisen wird.«

Albrecht hörte sich das pathetische Gefasel geduldig an. Er fürchtete, dass es am Sonntag in der Arvenstube seinen Fortgang nehmen würde, und fragte dann erstaunlich ruhig: »Woher weißt du denn, dass es Mord war?«

»Das ist doch völlig klar. Die fleischgewordene Sage Vreni Abegglen-Abegglen wird sich wohl kaum zum Spaß vergiftet haben.«

»Aber vielleicht aus bitterer Sorge, von der wir alle nichts wussten.«

»Lass uns das am Sonntag besprechen«, gab Josef zur Antwort und hängte auf.

Begeistert war niemand, vor allem die Zwillingsbrüder nicht, als sie am anderen Morgen früh vom Primus das Aufgebot erhielten. Aber sie konnten nicht einmal eine geplante Bergtour als Abwesenheitsgrund ins Feld führen, denn beide hatten ein freies Wochenende. Maria war es als Helikopterpilotin gewohnt, auf Abruf bereit zu sein. Und Heidy, die gute Fee, wusste ebenfalls, was zu tun war.

Albrecht war bange: »Zuerst hat sich Josef ohne Ortsangabe in die Abwesenheit verabschiedet, schon das war mir fremd, und neun Tage später sollen wir in null Komma nichts seinem Marschbefehl folgen …«

16

Während John Darkwood im Hotel vorwiegend passive Forschungsarbeit betrieb, die manch anderer Ferien genannt hätte, bemühte sich Abraham Blumlein um das Marjelen-Ei, an das er noch immer nicht herangekommen war. Schon in den vergangenen Tagen hatte er vorsichtig den Zugang zu den Universitäten und Forschungsinstituten in der Schweiz gesucht. Als Strahlenforscher und Urknalllauscher wurde er überall freundlich begrüßt und ebenso freundlich abgewimmelt. Sein Name war den Instituten bereits von der Armee zugespielt worden. Es machte ihn wütend, aber es war auch ein Alarmzeichen, das ihn ermutigte. Mit Finsterwald sprach er kaum darüber und auch nicht mit seinem Boss Beachold, der aus Angst um sein Renommee das Weite gesucht hatte.

Blumlein wurde zum Bergwanderer und erkundete die Umgebung rund um den Märjelensee mit Besessenheit. Er musste aber schon bald einsehen, dass es purer Zufall wäre, sollte er auch nur irgendein Zeichen finden, das ihn auf eine Spur bringen könnte. Nach dem Zufall zu suchen war aussichtslos, das wusste er als Forscher nur allzu gut. Es musste also eine andere Strategie her.

Am Sonntag tauchte er zur Mittagszeit in der Gletscherstube auf. Die Tagestouristen saßen an den langen Holztischen vor der Hütte, manche unter Sonnenschirmen. Blumlein bevorzugte die schattige Gaststube und ließ sich von Xavi Abegglen einen Hackbraten mit Pommes und Ketchup auftischen.

Der Wissenschaftler war beeindruckt und sogar in seinen Gefühlen berührt: Dieser kleine Fleck in der Bergwelt hatte es ihm angetan, ihm, der sich sonst nur in den Abstraktheiten der Strahlenwelt tummelte und in die Weiten des Kosmos lauschte. Hier in dieser Berghütte schrumpfte auf einmal alles zu einem Kleinuniversum zusammen, überschaubar, greifbar und begreifbar: Mit bescheidenen Mitteln wurde unspektakuläre Tagesarbeit verrichtet. Gäste zufriedenzustellen war das einzige Ziel, das es zu erreichen galt. Und ein bescheidener Verdienst schaute dabei auch heraus. – Wenn das mit dem Marjelen-Ei so einfach wäre, sinnierte Blumlein, dann wäre des Rätsels Lösung sicherlich genauso unspektakulär.

In einer Verschnaufpause des jungen Hüttenwarts rief Blumlein den vollbärtigen Xavi zu sich an den Tisch. Er wolle ihn nicht lange aufhalten, aber er habe ein kleines Geschenk für ihn.

Xavis Gesicht leuchtete, als er sich plötzlich mit einer echten Baseballmütze des Major-League-Baseballteams ›Anaheim Angels‹ auf dem Kopf sah. Er komme aus Amerika und sei ein Anaheim-Fan, sagte Blumlein. Diese Mütze würde in der Schweiz wohl kaum ein Zweiter tragen, versicherte er Xavi.

Der Junge bedankte sich herzlich und spendierte dem Amerikaner spontan einen Hüttenkaffee. Dann machte er sich wieder an die Arbeit und präsentierte draußen allen Gästen seine ›Trophäe‹. Von Baseball hatte Xavi keine Ahnung und von den Anaheim-Angels noch nie gehört. Hauptsache, die Mütze kam aus Amerika und gehörte nun ihm.

Einen Modus Operandi brauchte Josef Berchtolt sich nicht auszuhecken – strotzte der Seniorpater vor Selbstbewusstsein. Keine Spur von Müdigkeit. Päpste, so hieß es, schufteten täglich bis zu achtzehn Stunden in ihren Gemächern. Erstaunlich, was dabei manchmal herauskam.

Beschwingt – so beschwingt, wie ein Achtzigjähriger noch kann – wallte der leicht bucklige Josef am Sonntagnachmittag mit schwarzem Talar und ›Tellermine‹ in die Arvenstube. Die

Wichtigkeit der familiären Zusammenkunft – und seiner göttlichen Mission – wollte er auch äußerlich zur Geltung bringen und setzte daher noch einen zusätzlichen Akzent durch eine umgehängte goldgelbe Brokatstola, an deren Enden Zotteln hingen wie Teppichfransen. Diese Novität beim Outfit des Paters wurde von der Familie mit großen Augen zur Kenntnis genommen, aber mit keinem Wort kommentiert. ›Erworben‹ hatte er die Stola während seiner Novene, er hatte sie unter einem Bücherberg in seiner Klause gefunden.

Kaffeekanne und Heidys Haselnusskuchen standen auf dem Tisch bereit, der Enzian etwas abseits auf der Buffetablage neben der Göttlichen. Die ausgestopfte Alpendohle markierte als stumme Zeugin unvermindert ihre Allgegenwart.

In seiner Rolle als Primus honoris des Familienrates bemühte sich Onkel Liebgott, nicht allzu päpstlich aufzutreten. Er hatte sich fest vorgenommen, mit versöhnlicher Milde zu vermitteln – familiär. Das hätte ihm als Seelsorger eigentlich gelingen müssen. Aber die seelsorgerische Ader tröpfelte wie Suonen, die Bewässerungskanäle im Wallis, bei anhaltender Trockenheit. Im Grunde genommen war Josef ein Rebell – von seiner Unfehlbarkeit wohl mehr überzeugt als der, dem Unfehlbarkeit per Dekret zustand.

Man setzte sich rund um den Tisch, Cyril kroch darunter – am liebsten zeichnete er am Boden.

Als Prolog für seine ›Predigt‹ zog Josef ein biblisches Register – für das Matthäus-Evangelium hegte er eine besondere Vorliebe. »*Das Himmelreich ist gleich einem verborgenen Schatz im Acker, den ein Mensch fand und verbarg. Und vor Freude darüber geht er hin und verkauft alles, was er hat, und kauft jenen Acker.* Ich glaube doch sehr, dass ihr versteht, was damit gemeint ist.«

Pirmin unterbrach ihn barsch: »Ich weiß nur, dass damit Narren gemeint sind, oder?«

Die Augen des Paters funkelten schon leicht gereizt, doch die Libelle reagierte blitzschnell. »Onkel Liebgott, sag doch einfach: Die Sache ist mir so wichtig, dass ich alles für sie gebe.«

Genau das wollte er sagen. Maria hatte die Botschaft verstanden.

Josef erzählte nun von seiner Klausurzeit, ohne einen Ort zu nennen, und von der Begegnung mit einer reizenden Novizin, einer wundervollen Gläubigen. In Hunderte von Schriften und Bücher habe er sich vertieft und sich dem Gebet hingegeben. Aber er bedauerte auch den Verlust seines silbernen Flachmanns. »Meinen treuen Begleiter, den silbernen Talisman aus meinen Russlandjahren, habe ich nicht mehr.« Er legte als Beleg dafür ein billiges Ersatzmodell auf den Tisch.

Die Familienmitglieder dachten, das könne doch nun nicht der Grund sein, an einem heiligen Sonntag den Familienrat in die Arvenstube zu beordern.

»Hast du ihn verloren?«, wollte Heidy wissen.

»Ich habe die ungute Ahnung, er könnte mir gestohlen worden sein«, mutmaßte Josef, »aber es ist nicht eines Gottesdieners würdig, jemanden beim Namen zu nennen. Ist es ein Reuiger, so wird er mir den wertvollen Flachmann eines Tages zurückbringen und um Vergebung bitten.«

Dann berichtete er pfarrherrlich über die unbeschreiblich meditative Stille, die er erlebt hatte. Alles sei ihm überirdisch vorgekommen, schwerelos himmlisch. »Hätte ich nicht meinen eigenen Herzschlag gehört, wäre ich nicht unter den Lebendigen gewesen. Aber weil ich ihn hörte, war ich lebendig. Bei vollem Bewusstsein und gänzlicher Nüchternheit ist es zu einer Unio Mystica gekommen, die ich nicht in Worte zu kleiden vermag. Ein Licht hat mich geblendet, gleißend war es, so gleißend, dass mir die Augen schmerzten. Einen Augenblick lang glaubte ich, alles Licht der Erde durchfließe das dunkelste Dunkel, um dann als reinste, von allen Sünden befreite Erleuchtung aufzusteigen. Und ich habe eine Stimme vernommen aus der Ewigkeit, lautlos, aber unüberhörbar: *Ein Gnadenort ist es, an den dich der heilige Bernhard bestellt: an den Märjelensee. Gehe mit der Erkenntnis dorthin und erkläre ihn im Namen des Herrn zum Gnadenort. Errichte an seinem Ufer in meinem Auftrag eine Muttergotteskapelle, damit alle Gläubigen, die zu dieser Stelle pilgern, im Gebet meine frohe Botschaft empfangen.* So hat die Stimme zu mir gesprochen, und es war nicht die Stimme eines Menschen. Und auch nicht die einer Gletscherseele oder einer dieser unheilvollen Sagengestalten.«

Stille.

Die Blicke klammerten sich an der Tischplatte, der Kaffeekanne, den Tassen und am Haselnusskuchen fest, der noch unberührt dastand. Augenkontakte kamen keine mehr zustande. ›Schizophrene hören oft Stimmen‹, hätte niemand zu sagen gewagt, auch wenn es allen durch den Kopf ging. Es dauerte eine halbe Ewigkeit, vielleicht ein halbe Minute, bis Albin die Stille durchbrach.

»Die Märjela wird jetzt aber nicht zur Bauzone erklärt«, forderte er mehr, als dass er fragte.

Der Pater hatte mit einer Antwort dieser Art gerechnet, war aber dennoch von ihrer Schärfe überrascht. Er ließ einige Sekunden verstreichen, um einen sanftmütigen Ton zu finden. »Dass ich nicht gleich auf Begeisterung stoßen würde, damit habe ich rechnen müssen«, fuhr er fort. »Das ist verständlich, ich kann euch deswegen nicht gram sein. Aber wer mit einem solchen göttlichen Auftrag betraut worden ist wie ich, muss sich dessen gewahr sein, dass er einen steinigen Weg betritt, gegen Hindernisse ankämpft, die nur mit Standhaftigkeit und dem festen Glauben an den Beistand des Allmächtigen zu überwinden sind.«

Die Gesichter am Tisch verfinsterten sich wie die Sonne, wenn der Mond sich vor sie schiebt. Albin hielt es fast nicht mehr aus, und weil ihm nichts Besseres in den Sinn kam, wiederholte er sich. Er tat es, damit einfach etwas gesagt war.

»Nicht wahr, am Märjelensee wird kein Tempel gebaut.«

Josef ging nicht darauf ein. Vielmehr versuchte er, eine andere Saite aufzuziehen. Sein Vokabular passte er dem Niveau des kleinen Cyril an, der kauerte ja zeichnend unter dem Tisch und hatte auch Ohren. »Der Herrgott verteilt keine Geschenke wie der Samichlaus, damit die verängstigten Kinderlein hinter dem Ofen hervorkriechen und wieder strahlen und lachen können. Was uns – was mir – der Herrgott in die Hände gelegt hat, ist kein Geschenk. Es ist seine Bestimmung, von ihr sind wir gelenkt.«

Dicker hätte die Luft nicht sein können. Heidy schenkte sicherheitshalber Kaffee nach. Ihr Kuchen wurde wie oft zuvor zum Brückenbauer und erwies sich in diesem Augenblick als Geschenk. Albins Augen wanderten vom Kuchen zum Enzian, der immer noch auf dem Buffet neben der Göttlichen stand.

Schließlich nahm Albrecht beherzt Anlauf, den Mond vor der Sonne zu verdrängen. »Hat nicht Pirmin kurz nach Hosangs Entdeckung befürchtet, die ganze Aletschregion könnte zu einem Disneyland verkommen? Das war vielleicht überspitzt formuliert, aber im Kern nicht falsch, wenn ich daran denke, dass eine Kapelle dort das Ziel ganzer Pilgerströme werden könnte.«

Pirmin fügte die scharfe Bemerkung hinzu: »Ob Disneyland oder Gnadenort macht keinen Unterschied.«

Wieder nahm sich Josef Zeit. »Das Rätsel bleibt Gottes Geheimnis, das hat er uns mit Vrenis Tod bedeutet. Schützt und heiligt das Geheimnis. Nein, meine Lieben, ein Vergnügungspark und eine Stätte der Besinnung für uns Gläubige sind sehr wohl zwei sehr verschiedene Dinge. Die Verlustiererei zur Zerstreuung und aus Langeweile bis hin zur geistigen Verblödung lehne ich genauso ab wie ihr und wie die Kirche. Gnadenorte wie der Märjelensee müssen Oasen der stillen Einkehr sein. Die Kirche fördert den schwachsinnigen Vergnügungswahn in keiner Weise, aber sie wacht mit Strenge über das Geheiligte«, zielte er mit einem strafenden Blick auf Pirmin.

»Warum liegen dann im Depot des Vatikans auch Aktien des Disney-Konzerns?«, wollte Primus Albrecht wissen.

»Ist das wahr?«, fragte Heidy konsterniert.

»Das wundert mich nicht«, spöttelte Maria.

»Der Vatikan, der hat seine Finger doch noch in ganz anderen Geschäften, oder nicht?«, schob Pirmin hinterher.

»Das Wenige, das in die Öffentlichkeit dringt, belässt im Trüben, was hinter den heiligen Mauern so alles vor sich geht«, doppelte Albin nach.

Davon wollte der Pater nichts wissen und zeigte sich mit kugelnden Augen empört darüber, dass sein Bruder Albrecht so etwas zur Sprache bringen konnte. »Der Familienrat an diesem Tisch ist sicher nicht befugt, die Aktivitäten des Heiligen Stuhls infrage zu stellen und über ihn zu richten.«

»Aber über gewisse Dinge laut nachzudenken ist auch an diesem Tisch immer noch erlaubt, nicht wahr?«

»Ich brauche jetzt dringend einen Enzian.« Pirmin erhob sich und holte den Schnaps.

Ein schöner Sonntag. Josef sah, dass er auf Granit biss, und schlug eine härtere Gangart ein. Mit einem dramatischen Ruck griff er unter den schwarzen Talar und zog ein Papier hervor wie einen Colt, aus dessen Lauf bereits vor dem Abdrücken Rauch quillt. In der Hand hielt er den Durchschlag des Briefes an Hosang. Er faltete das Papier im Zeitlupentempo auf, als sei es eine apostolische Schrift, und las ohne

Brille vor – langsam, eindringlich und bühnenreif einstudiert, um mit seiner Stentorstimme dem Inhalt alles erdenkliche Gewicht zu verleihen.

»Das ist hoffentlich kein Elaborat von dir«, entfuhr es Albin, nachdem der Pater geendet hatte.

»Worte aus der Schrift, ausgewählt von mir und an einen gewissen Hans Heinrich Hosang gerichtet.«

»Oh mein Gott, wie ist das wohl bei ihm angekommen? Hat Hosang schon darauf reagiert?«, erkundigte sich Maria.

»Noch nicht, aber es wird sich ergeben.«

Heidy griff nach dem Brief und las ihn ein zweites Mal. Dann urteilte sie ungewohnt frech: »Mich würde ein solches Gebibel von einem Priester verärgern.«

Im Familienrat, einer christlich gläubigen Gemeinschaft, tat sich ein abgrundtiefer Graben auf. Pater Josef begab sich auf einen einsamen Pfad. Er sah sich allein und ohne Rückhalt seiner Familie. Keine Seilschaft, keine Sicherung, kein gegenseitiges Nehmen und Geben, kein Teilen. Den Rückhalt würde er sich anderswo beschaffen müssen.

»Kein schöner Bibelauszug«, kommentierte Albrecht Josefs Brief, »aus welchem Kapitel stammt er denn?«

»Aus vielen Kapiteln«, gab der Pater zurück.

»Eine hübsche Collage also«, spottete Pirmin.

»Nicht polemisch werden, bitte«, versuchte Heidy zu schlichten.

Cyril hatte vom Disput genug und schlich wie eine Katze unter dem Tisch hervor, auf und davon.

Pater Josef musste sich zusammenreißen, um verbal nicht zu entgleisen. Energisch riss er den Brief wieder an sich. »Ihr kennt das Bibelwort nicht: *Siehe, da hat einer Böses im Sinn; er brütet Unheil aus, wird aber Trug gebären!*«

»Wer sollte denn Böses im Sinn haben, Onkel Liebgott?«, versuchte Heidy mütterlich zu beschwichtigen.

»Das Böse ist unter uns. Und ich habe einen Adressaten gefunden.«

Bevor er die Arvenstube mit wenig geistlicher Würde verließ, holte er zu einer scharfen Maßregelung aus. Als Primus honoris und Gottbeauftragter sah er sich dazu befugt und genötigt – auf die Bibel konnte man sich schließlich immer berufen. *»Nehmt doch Verstand an, ihr Unvernünftigen unter dem Volk, ihr Toren, wann wollt ihr klug werden? Der das Ohr gepflanzt hat, sollte der nicht hören? Der das Auge gebildet hat, sollte der nicht sehen?«* Dann stampfte er, mit der einen Hand die ›Tellermine‹ fest auf den Kopf drückend, schnurstracks weg. Die Tür schloss er weder energisch noch sanft, er ließ sie offen stehen.

»Jetzt hängt der Haussegen endgültig schief«, seufzte Albrecht und griff ebenfalls nach dem Enzian.

»Es ist nicht das erste Mal, nicht wahr, dass der Glaube spaltet statt einigt.«

Kuchen und Enzian taten gut, vor allem Maria lechzte über ihr Maß nach Süßem, worüber sich Heidy wunderte: »Bist du guter Hoffnung?«, fragte sie burschikos.

»Schön wär's«, versetzte Maria nicht weniger spitz.

Da kam Cyril mit seiner fertigen Zeichnung zurück in die Stube: bedrohliche Berge, grauer Himmel und ein kleiner blauer See, aus dem ein Feuer loderte.

17

Ein Team von amerikanischen Forschern ist gerade dabei, ein neues Thesenpapier zu entwickeln, das alle bisherigen Gesetzmäßigkeiten, unter anderen das der Gravitation teilweise, vielleicht sogar vollkommen auf den Kopf stellen könnte.

Hosangs Augen bei der Lektüre der deutschen Wochenzeitung wurden immer größer. Die wissenschaftliche Arbeit sei eine ›Außerhalb-Von-Allem-Theorie‹. Ihr liege eine Idee zugrunde, die an der herkömmlichen Definition von Masse, Energie und Zeit gewichtige Mängel vermuten lasse. Das Forscherteam sei auf dem Weg, der seit Langem fieberhaft gesuchten und immer noch nicht gefundenen ›Einheitsformel‹ die ›Formel für den Rest‹ entgegenzustellen. Sollten sich die Thesen bewahrheiten, stünden völlig andere Grundlagen und Betrachtungsweisen zum Verständnis des gesamten Kosmos zur Diskussion. *Die Zahl der möglichen Zustände ist größer als die Zahl der Atome in unserem Universum*, stand wörtlich geschrieben. *Nur wenn wir dazu bereit sind, die Struktur für andere Naturgesetze als die bisher bekannten nicht ausschließlich in den Tiefen des Kosmos zu ergründen, sondern auch unsere nächste Umgebung grundlegend anders denkend wahrzunehmen, werden wir möglicherweise endgültige Antworten auf die Mehrzahl aller Fragen finden. Dem ist heute noch nicht so – auf die meisten Antworten entfällt eine Vielzahl an Fragen.*

Das Forschungsteam rund um Professor Justy Beachold, nahm Hosang zur Kenntnis, veranschaulichte seine neue und noch nicht abgeschlossene Arbeit anhand des altbekannten *Schmetterlingseffekts*. Dieser bezeichnet ein Ursache-Wirkungs-Prinzip und wurde vom Meteorologen Edward N. Lorenz 1963 folgendermaßen umschrieben: *Kann der Flügelschlag eines Schmetterlings in Brasilien einen Tornado in Texas auslösen?* Lorenz bejahte diese Frage und illustrierte den Umstand, dass unter gewissen Voraussetzungen minimale Ursachen im Mikrobereich unvorhersehbare gigantische Auswirkungen nach sich ziehen können.

Das Beispiel aus der Meteorologie sei aber auch auf geologische Ereignisse anwendbar, führte Justy Beachold aus und kam auf das Marjelen-Ei zu sprechen. *Stellen Sie sich folgendes Ereignis vor: Eine Alpendohle an der Westflanke des Strahlhorns entleert ihren Darm im Flug und trifft einen Kletterer direkt im Gesicht. Der Kletterer erschrickt und rutscht aus. Zum Glück ist er durch das Seil seines Bergführers gesichert, es passiert ihm vorerst nichts. Der Ausrutscher indessen löst einen Steinschlag aus, der zu einer verheerenden Kettenreaktion führt: Die in die Tiefe kollernden Steine reißen immer größere Felsbrocken mit sich. Die Steinlawine wird von einem Couloir, einer Felsrinne, aufgefangen. Der Druck auf die äußere Couloirwand nimmt so lange zu, bis sie gegen außen hin kippt und abstürzt. Der Sturz erzeugt ein Gewicht, das groß genug ist, um das rätselhafte, bisher für unverrückbar gehaltene Marjelen-Ei aus seiner starren Lage zu bringen. Die in Bewegung geratene Masse mitsamt dem Marjelen-Ei donnert nun auf den Aletschgletscher. Die geologische Instabilität breitet sich wellenartig aus. Sie erfasst die umliegenden Berge und erdbebenartig weite Teile des Alpenraumes ... Die tektonische Apokalypse nimmt einen nicht zu stoppenden Lauf ...*

Das ist lediglich eine Variante der Vorstellung von den physikalischen Kräften, die auf dem heutigen Wissensstand beruht. Unser Team aber denkt einen Schritt weiter – über die Physik hinaus.

Er selbst habe das Marjelen-Ei zwar noch nicht gesehen, aber es passe in die neue Denkweise seiner Forschungsgruppe, weil es in unübersehbarem Widerspruch zu allem bisher Bekannten stehe. Zwei seiner Assistenten seien in die Schweiz gereist und würden im schwierigen und gefährlichen Gebirge Daten nach völlig neuen Mustern und Kriterien sammeln. Allein die simple Tatsache, dass das Marjelen-Ei, nicht größer als das Ei einer Alpendohle, zu ›schwer‹ sei für jedes Anheben oder Verschieben mit noch so starkem mechanischem Gerät, bringe sämtliche geophysikalischen Gültigkeiten ins Wanken: *Die Frage nach dem spezifischen Gewicht von Materie muss neu gestellt werden, ebenso die Frage nach ihrer Beschaffenheit. Die Thesen, an denen wir arbeiten, werden eine ›materielle Sinnestheorie‹ vorschlagen – Sinn als Materie – Geist als ihr Werkzeug. Sie werden staunen*, deklamierte Justy Beachold am Ende des Berichts.

Da Hosang nicht umhinkonnte, wissen zu wollen, was die Reaktion auf Beacholds gewagte These sein würde, kaufte er sich über die folgenden Tage alles, was er an Printmedien nur in die Hände bekommen konnte. Was er las, hinterließ bei ihm einen zwiespältigen Eindruck. Die Wissenschaftler, vor allem in der Schweiz, zeigten sich unbeeindruckt und überhäuften Beachold mit Häme, die nach Gülle stank. Alles Bluff, hieß es, das sei doch nichts anderes als ein Manöver nach typisch amerikanischem Muster: Sobald etwas vom Üblichen abweicht, wird mit Ellenbogen und faulen Tricks um die Besetzung eines Feldes und dann um die Vorherrschaft auf diesem Feld gerungen … Kommt hinzu, kommentierte eine Schweizer Zeitung, … *dass die Amerikaner zu allem Elend, mit dem sie seit Kolumbus die Welt übersäen, nobelpreisgeil sind. Am verwerflichsten ist aber der widerliche Umstand, dass hier Forscher eines anerkannten Instituts in der Presse auf eine Arbeit hinweisen, die noch derart in den Kinderschuhen steckt, dass es einer Anmaßung gleichkommt, derartige Annahmen als die Wissenschaft der Zukunft zu verkünden.*

Pressefreiheit, sagte sich Hosang. Ihm kamen Beacholds Worte zwar auch eine Spur zu effekthascherisch daher, aber was, wenn er recht hatte? Hosang selbst war ja schon zu der Erkenntnis gekommen, dass das Aletsch-Ei mit der üblichen Logik nicht zu fassen war. Warum also rümpfte er die Nase über ein Forscherteam, das öffentlich kundtat, endlich einmal die vertrauten Wege zu verlassen und um die Ecke denken zu wollen? Die sich nicht wie andere Wissenschaftler zurücklehnten und sagten, die grundsätzlichen Forschungsfragen seien geklärt, und alles, was jetzt noch an Wissen kommen würde, könnte höchstens Zusätzliches, aber nichts Grundsätzliches mehr sein? Hosang war verwirrt, und das mochte er gar nicht.

Die Wissenschaft bekämpft sich selbst gnadenlos, dachte Hosang. Jeder gegen jeden. Der einzelne Exponent hat gar keine andere Wahl, er muss um Anerkennung buhlen und den Gegenspieler austricksen. Vorab zählt das persönliche Ansehen. Die Pfauen müssen mit Imponiergehabe das Rad schlagen und neu erfinden, sonst schaut ihnen keine Henne zu, und sie werden vom Thron gestoßen.

Die Tragweite der Entdeckung am Märjelensee konnte weder Hosang noch sonst wer objektiv einschätzen. Keiner wollte sich die Finger an diesem alpenglühenden Eisen verbrennen, das Risiko einer Blamage war zu hoch. Dass Beachold den Schmetterlingseffekt aus der Schublade geholt hatte, war populärer Anschauungsunterricht und strategisch gar nicht so ungeschickt.

Richtig ernst genommen wurde das ungeklärte Naturphänomen hinter verschlossenen und schwer überwachten Türen mit einem beispiellosen Aufgebot. ›Thinktanks‹ wurden angekurbelt, alle zur Verfügung stehenden Quellen angezapft, in Bewegung gesetzt, was irgendwie zu bewegen war – natürlich streng innerhalb der exakten Wissenschaften. Doch genau innerhalb dieser Grenzen fehlte es schlicht an neuen Fakten und damit auch Erkenntnissen. In Stein Gemeißeltes bröckelte, Theorien und Formeln wurden brüchig. Also stocherten die Forscher nach dem Prinzip ›Versuch und Irrtum‹ im Heuhaufen. Alles natürlich streng geheim, was es fast schon wie Methode aussehen ließ.

Auf der politischen Bühne der Schweiz blieb der Vorhang komplett verschlossen. In Bundesbern hatte man viel Wichtigeres zu bewältigen, zum Beispiel tat man sich immer noch furchtbar schwer mit der neuen deutschen Rechtschreibung.

Hosang verwünschte das Aletsch-Ei immer mehr. Und mit ihm die Laptopnonne. Sie hatte alles ins Rollen gebracht: Hätte sie an jenem Tag nicht an jener Stelle am Märjelensee gesessen … hätte sie ihn nicht zum Vorbeimarschieren gezwungen … wäre er von der Gletscherstube aus nicht von purer Neugier getrieben nochmals zurückgekehrt … Wer wusste es schon, vielleicht war er tatsächlich nur eine Marionette, die an den Fäden der drahtziehenden Laptopnonne baumelte. Ihre Art, urplötzlich vor ihm aufzutauchen, wo auch immer er sich befand, mutete in ihrer Unwirklichkeit an wie die Sagenwelt der Gletscherseelen. Und warum nur schien es ihm überhaupt nicht aus der Luft gegriffen, dass sie auch mit Vrenis Tod etwas zu tun haben könnte?

Sein Bild vom fünfnamigen Unterwegswesen wurde zunehmend wässriger wie ein blasses Aquarell von einem Sonntagsmaler – und gleichzeitig immer bedrohlicher. Plötzlich fühlte er sich eingeengt, gereizt und aufgeputscht wie der Stier in den Sekunden, bevor er die Arena betritt, die Torera erblickt, zum ersten Mal losstürmt und nicht weiß, wann es das letzte Mal sein wird – wann sie ihn mit einem einzigen Stich niederstrecken wird.

Ein Kloster, fuhr ihm durch den Kopf. Ein Bunker im Nichtkriegszustand. Ein Reduit für Untertänige, Unweltliche – und Giftmischer, die auch zur Außenwelt ihre Kontakte pflegten. Wäre es seinen Soldanella-Studien nicht zuträglich, wenn er sich für einige Tage in ein solches Reduit zurückziehen würde? Als Suchender und Phantast. Zu erfahren, was es wirklich mit dem Klosterleben auf sich hat, würde einiges erhellen, erhoffte er sich.

Klöster, die Zellen touristisch vermarkteten, gab es genug. Eine Zelle, darin ein Bett, ein Stuhl, ein Waschbecken. Außerhalb der Zelle jede Menge Kerzenlicht und gemeinsame Einkehrzeiten, bei denen biblische Texte im Mittelpunkt standen. Schweigezeiten für die Meditation, Ruhe und dann wieder wortreiche Gespräche über Gesellschaft, Religionen und Kulturen, über das Menschsein. Den Austausch von Ansichten, spiritueller, transzendentaler und anderer Erfahrungen – das alles konnte Hosang sich auf einmal vorstellen. Automatisch nahm er ein ganz bestimmtes Kloster ins Visier. Es befand sich nur einen Steinwurf von der Schlachtplatte entfernt – für alle Fälle. Er sah die Klosterpforte, das Nonnenlächeln, das Klosterlächeln, von dem er vielleicht selbst etwas abbekommen und mit dessen Hilfe er sich dem Phantom des Lächelns ein Stück weit annähern würde. Dann sah er wieder die Visitenkarte mit den fünf Mädchennamen und dem unheimlich gewordenen *von Märjela*. Märjela, der See, die Alp, der Gletscher, die Dohlen, das Aletsch-Ei, die Flora, die Gletscherstube, Vreni, der Tunnel, die Bergler – und mitten in dieser hehren Alpenwelt die Laptopnonne …

»Himmeldonnerwetter, mein Kloster sind doch die Berge!«

Der Ausruf ging im Bahnhofpegel unter. Aber er löschte Hosangs klösterlichen Anflug in einem Wisch aus. Kein Laptop fragte ihn: ›Wollen Sie diese Option wirklich dauerhaft löschen?‹ Stattdessen löschte eine zweite Stange hell alle Restzweifel: Die Riederalp war sein Reduit. Dorthin gehörte er. Den Berchtolts wieder in die Augen schauen, dem Pfaff die Kappe waschen, den Polizeitrottel zerpflücken. Von so unzähmbarer Heftigkeit war Hosangs Wille, dieses merkwürdige Oberwalliser Biotop endlich zu knacken, dass er die Stange hell halbvoll stehen ließ, nach Hause eilte, zum Telefon griff und das Bergführerbüro anrief.

Heidy Berchtolt meldete sich. Ihre Stimme klang erstaunlich höflich, als sie einen Hans Heinrich Hosang hörte, der sich erkundigte, ob es wohl möglich wäre, mit Albin oder Pirmin Berchtolt von der Gletscherstube aus das Strahlhorn zu erklettern. Er nannte auch schon ein Datum im August, wenn möglich nicht gerade in der Gratzug-Nacht – das wäre vielleicht doch zu viel auf einmal.

Albin oder Pirmin stand offenbar gerade neben Heidy und nickte zustimmend: Selbstverständlich sei dies möglich, sie würden sich freuen, ihn wiederzusehen – Heidy klang wie ein Engel. Auch der Termin passe und die Zeit für die Klettertour sei geradezu ideal, vorausgesetzt, das Wetter spiele mit. Hosang verlor sich in einem Wald aus Höflichkeiten:

»Das ist sehr lieb von Ihnen, Sie wissen gar nicht, wie sehr ich mich freue, riesig freue ich mich, vielen herzlichen Dank, und sagen sie allen einen ganz lieben Gruß aus dem hundstäglichen Unterland.«

Als er den Hörer überglücklich aufgelegt hatte, war das Aletsch-Ei mit keinem Wort gefallen. Er fühlte sich auf einen Schlag wieder mausbeinallein.

Die Zeitungsberichte über das Marjelen-Ei waren auch Pater Josef Berchtolt nicht entgangen. Er deutete sie auf seine Weise.

Die Rhetorik verrät mir, dass die eifrigen Wissenschaftler wie der Esel am Berg stehen. Hinter dem Marjelen-Ei steckt ein Wunder, sagte er sich, und die ganze Welt jagt ihm hinterher. Die Gelehrten werden sich beeilen, meinen Gnadenort Märjela in Beschlag zu nehmen, und ihn gnadenlos zur Befriedigung ihrer Begierden ausplündern. Das zu verhindern hat mich der Herrgott beauftragt. Auch ich tue gut daran, mich zu sputen.

Nach der Abfuhr im versammelten Familienrat suchte er das bilaterale Gespräch. Als Erstes nahm Josef den Kontakt zu seinem Bruder Justus auf und überrumpelte ihn am Telefon mit einer provokanten Frage, wie man sie von einem Priester eher nicht erwarten würde. Ob man unter die ganze Geschichte nicht besser einen dicken Strich ziehen sollte, wollte Josef wissen: »Jagen wir das Ei doch einfach in die Luft«, schlug er über den Großen Teich hinweg vor.

Beachold ließ sich nicht provozieren: »Davon würde ich abraten, mein lieber Josef. Ist das Ei denn nicht auch ein Werk des Lieben Gottes im Himmel? Kann man seine Schöpfung einfach in die Luft jagen, nur weil sie uns ein Rätsel aufgibt?«

Das gefiel Josef, seine Äuglein glänzten. Sogar im fernen Amerika verstand ihn einer und hatte Respekt vor dem Schöpfer, obwohl er als Wissenschaftler an einem neuen Thesenpapier arbeitete und alles auf den Kopf stellen wollte. Das Papier würde nichts anderes zutage fördern als die alte Einsicht, dass am Ende alles ein Werk des Herrn war.

Die Äuglein verloren ihren Glanz dann aber sehr rasch, als Justy seinen umtriebigen Bruder deutlich in die Schranken wies: »Weißt du, Josef, das Gottgegebene einfach hinnehmen, zu allem Ja und Amen sagen, wäre auch dem Lieben Gott zu bequem. Auch wenn du es vielleicht nicht gern hörst, aber das, was wir als Gottes Antworten preisen, sind unsere eigenen Antworten auf Fragen, die wir zu beantworten gar nicht imstande sind, vor allem dann, wenn es uns an Erkenntnissen fehlt, wenn wir Zusammenhänge nicht verstehen – noch nicht verstehen. Nein, Josef, in die Luft jagen kommt nicht infrage. Wenn du meinen Bericht gelesen und den Schmetterlingseffekt verstanden hast, dann weißt du um das Horrorszenario, das Tatsache werden könnte, falls das Marjelen-Ei in Bewegung geraten sollte. Ich sage ausdrücklich könnte. Es wäre vergleichbar mit einem mächtigen Meteoriten, der die Erde trifft – mit unabsehbaren Folgen für alles Leben auf diesem Planeten. Genau da liegt aber der verheerend kleine Unterschied: Vom mächtigen Meteoriten wissen wir aus der Vergangenheit ziemlich genau, was er anrichtet, aber vom Winzling Marjelen-Ei wissen wir noch fast nichts.«

Stille in der Leitung.

»Bist du noch dran, Josef?«

»Äääh, jaja, natürlich, interessant.«

»Also dann, Josef, lass um des Himmels willen die Hände weg, verbanne solch teuflisches Gedankengut aus deinem Kopf. Als Geistlicher deines Kalibers wirst du Mittel und Wege finden, dies zu tun.«

Das teuflische Gedankengut in Verbindung mit *Geistlicher deines Kalibers* klang in den Ohren von Josef wie eine Bestätigung. Der Moment war gekommen, um Justus vom Gnadenort zu berichten, von seinem ›Kapellenauftrag‹ am Märjelensee. »Mit meiner Provokation, Bruder Justus, mit meinem In-Die-Luft-Jagen, wollte ich von deiner Seite eigentlich nur hören, wie es um die Bedeutung steht, die dem mysteriösen Ei in euren universitären Kreisen beigemessen wird.«

Professor Justy Beachold konnte der Kapellenidee seines Bruders nicht viel Positives abgewinnen, im Gegenteil, er befürchtete, an diesem *Gnadenort* könnten Wissenschaft und

Kirche wieder einmal einen unfreundlichen Streit anzetteln. »Lass uns Zeit, Josef, wir stehen doch noch ganz am Anfang unseres Wissens. Stückweise werden wir über das Rätsel mehr erfahren. Wir werden nach und nach ein Verständnis entwickeln und gewissermaßen eine Beziehung zum Rätsel aufbauen, die auf Fakten, auf Vollkommenheit beruht und nicht auf irgendwelchen Hirngespinsten oder Märchen.«

»Und was heißt das für den Gnadenort?«, forderte Josef seinen Bruder zu Rede und Antwort auf.

»*Du* nennst ihn Gnadenort. Niemand kann dir ...«

Der Pater griff energisch ein: »*Gott* hat ihn zum Gnadenort auserwählt und mich beauftragt, dort eine Muttergotteskapelle errichten zu lassen.«

Die Antwort des Wissenschaftlers: »Wenn das so ist, beglückwünsche ich dich zu deinem direkten Draht in den Himmel. Ich will dir den Gnadenort und deinen Auftrag, wie du ihn nennst, gewiss nicht übel nehmen. Ich kann ...«

Wieder schnitt ihm Josef das Wort ab: »Ich brauche keine Streicheleinheiten und auch keine Ratschläge. Mich interessiert nur deine ehrliche Meinung, nicht mehr und nicht weniger.«

Nicht mehr und nicht weniger bekam er: »Entfache kein Feuer, das zum Flächenbrand werden könnte, Bruder Josef. Vergiss deinen infernalischen Kapellenfurz und vor all ...«, pip-pip-pip-pip, der Pater hatte den Hörer seines vorsintflutlichen Tischtelefons wütend auf die Gabel geknallt. Staub quoll auf. Auch die Hoffnung, die er in Justy gesetzt hatte, zerbröselte zu Staub. War das Blut aller Berchtolts verseuchtes Teufelsblut? Nur die Bibel konnte den aufgebrachten Josef besänftigen.

Wir erkennen stückweise und wir weissagen stückweise; wenn aber einmal das Vollkommene da ist, dann wird das Stückwerk abgetan.

Justus rennt blindlings auf die Hölle zu, schöpfte Josef neue Kraft aus der Schrift – und dem billigen Ersatzflachmann. Er stellte sich bereits die feierliche Prozession am Märjelensee vor, die Einweihungsmesse, er zuvorderst, oder vielleicht nicht ganz zuvorderst, aber doch unter den Gefeierten. Irgendeinen Orden, ein Verdienstkreuzchen oder eine biblisch beschriftete Pergamentrolle mit Vatikansiegel würde es bestimmt für seine Verdienste geben, vielleicht sogar einen Logenplatz für die letzte Ruhe – warum nicht gleich in der Kapelle selbst?

Keine Viertelstunde nach dem Pip-Pip-Pip über den Atlantik riss Pater Josef Berchtolt den Hörer erneut vom Apparat. In diesen Zeiten göttlicher Prüfung brauchte er alle seine Kräfte, doch die Stärkung aus seinem Ersatzflachmann wollte einfach nicht so tröstend munden wie aus seinem gestohlenen silbernen. Jetzt war Toni Kalberer gefragt.

»Mal sehen, wie es am anderen Ende tönt«, brummelte er vor sich hin. Es tönte folgendermaßen:

»Toni Kalberer ist derzeit nicht zu erreichen. Hinterlassen Sie bitte nach dem Signalton eine Nachricht unter Angabe Ihres Namens und Ihrer Telefonnummer. Sie werden dann so rasch als möglich kontaktiert.« Pip.

»Herrgottsack«, fluchte Josef, knallte den Hörer auf die Gabel und hustete sich durch eine dicke Staubwolke. Ein Papierstapel wälzte sich wie eine Schlammlawine dem Boden zu.

Es gibt im Augenblick Dringenderes als meinen silbernen Flachmann, dachte Josef nach drei Runden Rosenkranz für sein ›Herrgottsack‹. Die Schelte erteilte er sich selbst und nahm sich vor, Xavi Abegglen für die Kapelle zu begeistern. Höchste Zeit, mein Versprechen einzulösen. Xavi hat noch das ganze Leben vor sich und wird unter meiner Kuratel bestimmt bald ein verlässlicher Gläubiger in meinem Revier, motivierte sich Josef und weibelte los.

Von der Fiescheralp aus wurde er mit einem Kleinsttransporter durch den Tällitunnel zur Gletscherstube verfrachtet. Vor der Hütte saßen einige Berggänger an den Holztischen, die er ebenso wenig beachtete wie sie ihn. Gerade als er die drei Stufen zur Eingangstür erklommen hatte, kam ihm Xavi mit seiner Baseballmütze entgegen. Der Pater stutzte einen Augenblick und freute sich dann gequält über das Wiedersehen.

In der Gaststube saß ein Mann, der sich wirklich um den jungen Xavier Abegglen kümmerte – der Amerikaner Blumlein war dem Walliser Berchtolt einen Schritt voraus.

Blumlein zeigte wenig Begeisterung, als Josef an seinen Tisch trat und den Bekümmerten mimte:

»Wie schön, Sie hier zu sehen, äääh ... Mister ...«

»Abraham Blumlein.«

»Natürlich. Entschuldigen Sie. Mein Kurzzeitgedächtnis.«

Die Begegnung wurde umgehend frostig, als sich der Pater über Xavis Baseballmütze mokierte: »Gott sei Dank bin ich wieder hier und kann dem Jungen unter die Arme greifen. Er gefällt mir gar nicht mit diesem neumodischen Käppi, das passt nicht auf die Alp. Vreni Abegglen-Abegglen selig hätte keine Freude daran gehabt.«

In diesem Moment kam Baseballmützen-Xavi von draußen herein, um bestellte Getränke für seine Gäste herzurichten. Josef wechselte das Thema schlagartig:

»Heute Morgen habe ich übrigens mit Ihrem Professor gesprochen, mit meinem Bruder Justus. Ich bin etwas ins Fettnäpfchen getreten. Drüben war Nacht und ich riss ihn aus dem Schlaf. Dabei wollte ich ihn doch nur zu seinem großartigen Artikel beglückwünschen. Sie haben ihn doch sicher auch gelesen.«

»Ich bin sogar daran beteiligt«, gab Blumlein leicht pikiert zurück.

»Phantastisch. Und Sie sind näher dran als alle anderen,

ich meine, näher am Rätsel und sicher auch ganz nahe an seiner Lösung.«

Das klang in den Ohren des Strahlenforschers und Urknalllauschers wie blanker Hohn. Aber reagieren wollte er nicht. Die Gesprächsführung überließ er generös dem Geistlichen, der die Konversation aber schon für beendet hielt, sich vom Tisch erhob und bucklig davonschlich.

Verärgert machte sich der Gottbeauftragte unverzüglich auf den Heimweg und hielt sich im Kleinsttransporter mehrmals am billigen Flachmann fest. Der einzige Lichtstrahl an diesem strahlenden Julitag schimmerte ihm dann aus dem Briefkastenschlitz entgegen. Er entnahm dem Kasten ein kleines Kärtchen. Darauf stand

Irina Danae Soldanella Ambrosia Marna
von Märjela
... unterwegs ...

Für Abraham Blumlein verlief der Tag nach Plan. Nachdem er am Sonntag Xavi die Baseballmütze aufgesetzt hatte, waren sie Freunde. Er bot ihm jetzt sogar finanzielle Unterstützung an, sollte dies einmal notwendig werden, und lud ihn zu einer Amerikareise ein, nach L. A. zu einem Baseballspiel der ›Anaheim Angels‹. Xaviers Oberwalliser Verschlossenheit löste sich immer mehr. Er vertraute sich dem gutmütigen Amerikaner an, erzählte ihm vom garstigen, oft entbehrungsreichen Leben in den Bergen, von seinem Vater, der am Aletschhorn zu Tode gekommen war, und vor allem von der Mutter, die jetzt keine Sagen mehr erzählte.

»Sie ist oft zum Märjelensee gegangen, manchmal mitten in der Nacht, und kehrte erst in der Morgendämmerung zurück. Sie brauchte den Kontakt zu den Bergseelen, um ihnen ihr Leid zu klagen.«

18

Seine Klettertour auf das Strahlhorn bereitete Hosang minuziös vor. Das tat er immer, wenn er in die Berge ging, es war ein Ritual. Zu Hause studierte er schon Wochen im Voraus die Routenbeschreibungen und die detaillierten Landkarten. Er versuchte, sich den Berg und besonders schwierige Kletterpassagen einzuprägen. Seine Ausrüstung überprüfte er sorgfältig und achtete beim Packen auf jedes Gramm, denn jedes musste er den Berg hinauf- und wieder hinunterbuckeln. Diesmal allerdings war die Rucksacklast etwas weniger bedeutend, weil man vom Ausgangspunkt Gletscherstube wieder zur selben Hütte zurückkehrte und deshalb für die Gipfelkletterei nur das Nötigste mitzunehmen brauchte.

Das Hotelzimmer hatte er gleich nach dem Telefongespräch mit Heidy Berchtolt gebucht, gleiches Hotel, gleiches Zimmer.

Gleiches Zimmer? Die Hotelgerantin musste ihn enttäuschen, aber sie hatte ein gleiches gleich nebenan, das noch frei war. Kein Problem, sülzte er überfreundlich, damit sei er glücklich, er könne es kaum erwarten, wieder an diesen wunderbaren Ort zurückkehren zu dürfen …

Wie immer, auch das gehörte zum Ritual, ging er am Tag vor der Abreise zum Bahnhof, löste das Bahnbillett und gab das schwere Gepäck auf. Als alles erledigt war, schlenderte er zufrieden auf seinen Bierstehtisch im Bahnhof zu. Er war blank geputzt – ein gutes Omen für eine gute Tour.

Kaum hatte er seine Stange hell mit luftiger Schaumkrone und munter aufsteigenden Kohlensäurebläschen vor sich, sah er … sah er richtig? Richtig: Er sah Soldanella mit Soutane, mit Schleier, mit Koffer und Laptoptasche vorbeistürmen. Sie bewegte sich trotz Ballast behände zwischen den Leuten hindurch und verschwand auf dem Bahnsteig zum Gleis 14. Hosang ließ seine Stange hell stehen und rannte ihr nach. Gerade als sie die Stufen zum vordersten Zweitklasswagen hochsteigen wollte, hörte sie von hinten eine Stimme »Soldanella« rufen. Sie hielt inne, stellte den Koffer auf den Bahnsteig, drehte sich um und sah Hosang.

»Gute Reise«, sagte er zu ihr, als wäre es ein Adieu für immer. Dann packte er den Koffer und hievte ihn die Stufen hoch in den Bahnwagen. Sie stieg ein und er wieder aus.

»Danke«, sagte das Phantom des Lächelns.

Bevor die automatisch schließende Tür Hosang von Soldanella trennte, konnte er sie gerade noch fragen, woher sie denn eigentlich seinen Namen kannte. »Ich meine wegen der Postkarte«, rief er.

»Wir waren Zimmernachbarn im Hotel.«

Hosang blieb wie versteinert stehen, sah dem Zug nach, sah, wie er langsam beschleunigte, sah, wie Papierfetzen, Plastiktüten und allerhand Abfall seitlich in die Luft geschleudert und Staub aufgewirbelt wurden, spürte bei den letzten vorbeirollenden Wagen den aufwirbelnden Fahrtwind, der sein Haar zerzauste. Die Distanz zwischen ihm und ihr wurde immer größer, und er wusste nicht, ob er sich darüber freuen sollte. Sein Blick klammerte sich ans Schlusslicht. Erst als er es aus den Augen verloren hatte, löste sich seine Spannung, dafür breitete sich augenblicklich Wehmut in ihm aus, keine wirkliche, sondern eine schrecklich kitschige Wehmut: Da stand er und erinnerte sich an ›Zwei kleine Italiener‹, den Herzensbrecher von Conny Froboess aus den Sechzigerjahren, der die Geschichte von zwei Gastarbeitern erzählt, die jeden Abend zum Bahnhof gehen und sehnsüchtig dem Zug nach Napoli hinterherschauen, in dem sie so gern sitzen und in ihre Heimat fahren würden, zu ihren Mädchen, zu Tina und Marina.

Zimmernachbarn im Hotel, dröhnte es in seinem Kopf. Zimmernachbarn konnten sie nur im Hotel auf der Riederalp gewesen sein.

Dann hat sie also meine verbalen Eruptionen im Zimmer gehört.

›Nonnen sind ein Einheitsbrei. Alles Wandelwesen in schwarzen, hängenden Stoffsäcken. Sie verhüllen jeden Ansatz von Weiblichkeit. Und dann dieser weiße Kollar, dieser Halskragen, wie ein zu tief geratener prämortaler Heiligenschein …‹ So hatte er getobt, dass die Wände zitterten, und wenn sie seine Zimmernachbarin gewesen war, dann musste sie alles mitbekommen und am anderen Morgen die Gerantin gefragt haben, was denn das nebenan für ein seltsamer Vogel sei. Und morgen würde er dorthin zurückkehren: Riederalp, gleiches Hotel. Und Soldanella? Womöglich nebenan? Etwas deutete zumindest darauf hin: Gleis 14 – von dort aus reiste man ins Wallis.

Nichts würde wie beim letzten Mal werden, das war ihm klar und beängstigte ihn auch. Nichts war zweimal gleich. Die Welt in ihren komplexen Strukturen war ein geordnetes Chaos und zudem eines, das sich selbst in jeder Sekunde in allen Bereichen und auf allen Ebenen neu erfand, und das immer anders. Für einen Gang in die Spelunke hinter dem Bahnhof gab es nur einen Grund: das Wiener Schnitzel. Beim Eingang schielte er steif und mit angehaltenem Atem nach dem Zubeißer. ›Piranha‹ kullerte kurz die Glupschaugen in die Höhe, um sie gleich wieder in Schlafwachstellung zu versenken.

Hosang setzte sich an den ›Soldanella-Tisch‹, ein anderer wäre nicht infrage gekommen – Prinziptreue. Erst jetzt bemerkte er, dass diese wirklich nicht einladende Kaschemme bereits zu seinen bevorzugten Lokalen avanciert war. Ungewollt?

Wiener Schnitzel, Pommes frites. Es stand tatsächlich prominent auf der Speisekarte. Er bestellte und erwartete eine CD, schwammig paniert wie ein Savarin. Die Erwartung ging in Erfüllung.

Albrecht Berchtolt und sein Bruder Josef saßen am Sonntagnachmittag allein in der kleinen Kapelle St. Bernhard auf der Riederalp. Der Pater hatte um dieses Treffen mit Albrecht unter vier Augen – und unter den Augen Gottes – gebeten. Er habe etwas sehr Wichtiges mit ihm zu besprechen, meinte Josef.

Albrecht brauchte keine hellseherischen Fähigkeiten, er wusste, was das sehr Wichtige sein würde. Trotzdem kam ihm diese Zusammenkunft nicht ungelegen: »Auch ich habe mit dir etwas sehr Wichtiges zu besprechen«, bekundete er.

Im kleinen Gotteshaus nebeneinandersitzend, jeder auf seinem Holzstuhl, richteten beide den Blick auf das schwere Holzkreuz hinter dem bescheidenen Altar. So verharrten sie eine Viertelstunde, eine halbe Stunde. Jeder spürte die Last des anderen, jeder wollte seine Gedanken ordnen und sich die Worte zurechtlegen, die einen brüderlichen Austausch in Würde und Anstand erlauben sollten. Beide waren Bergler, beide Walliser, beide Dickschädel. Jeder wusste auch um die Offenheit des anderen, eine Offenheit, die oft impulsiv und ruppig war, in letzter Zeit sogar ziemlich ruppig. Welches Gewässer schwappte nicht hin und wieder nach einem Donnerwetter über die Ufer, um sich nachher besänftigt ins Bachbett zurückzuziehen. Brüder waren sie, und Brüder würden sie bis ans Lebensende bleiben.

Das Schweigen bekam mit zunehmender Dauer zwei Gesichter: Miteinander schweigen als Balsam, gegeneinander schweigen als Gift.

»Albrecht«, durchbrach der Pater als Erster die Kapellenstille mit verhaltener Stimme, »du musst mir helfen. In Not bin ich nicht, aber ich stehe vor einer großen Bewährung. Vielleicht ist es die schwerste Prüfung, die ich vor meinem Herrgott abzulegen habe. Ja, vor meinem Herrgott, der auch dein Herrgott ist. Und dieser Herrgott, dieser Einzige, hat den Märjelensee zu einem Gnadenort auserwählt und mich beauftragt, dort eine Muttergotteskapelle zu errichten.«

»Das hast du uns im Familienrat bereits ausführlich erzählt«, erwiderte Albrecht.

»Ich weiß. Und *du* weißt, wie abschlägig der Familienrat darauf reagiert und mir jede Unterstützung verweigert hat. Du weißt auch, dass ich ganz allein niemals in der Lage bin, diesem göttlichen Auftrag gerecht zu werden. Ich bin ja auch nicht mehr der Jüngste unter den Jüngern.«

Albrecht wartete einen Augenblick, bevor er antwortete. »Wenn das so ist«, gab er dann zu bedenken, »warum hast du denn den göttlichen Auftrag, wie du ihn nennst, angenommen? Könnte die Bewährungsprobe nicht gerade darin bestanden haben, dem Herrgott zu widersprechen?«

»Widersprechen? Dem Allmächtigen? Nein, das kann kein wirklich Gläubiger.«

»Ich kann mir einfach nicht vorstellen, dass sich der Allmächtige von dir abkehrt, wenn du Nein sagst. Zu allem Ja und Amen sagen, ist nicht das, was Er von uns erwartet.«

Josef hörte den besonnenen Worten seines Bruders aufmerksam zu. Jetzt nur kein Geschirr zerschlagen, dachte der Pater, und zerschlug es schon Sekunden später: »Wer seinem Chef widerspricht, riskiert seinen Job, da kommt es nicht drauf an, ob der Chef im Himmel ist oder auf der Erde – *mein* Chef ist sowieso überall.«

Der Dickschädel war durchgebrannt.

Albrecht ließ ein paar quälende Momente verstreichen, bevor auch er einen Gang höher schaltete – oder tiefer – und seine Wortwahl der des Bruders anpasste.

»Auch ich bin ein gläubiger Christ, Josef, auch ich glaube an eine Kraft, die über allem steht, und gerade darum sehe ich ›deinen Chef‹ – erlaube mir bitte die Bemerkung – nicht als Immobilienheini, der irgendjemand weitab jeder Bauzone den Auftrag zur Errichtung einer Muttergotteskapelle erteilt. Du bildest dir etwas ein, das will ich dir nicht verübeln. Aber helfen kann ich dir nicht.«

Es wurde wieder still in der Kapelle. Beide verharrten minutenlang auf ihren Holzstühlen, schwiegen konzentriert gegeneinander an, als würden sie auf den Startschuss zum Seilziehen warten. Gift. Das Seil war gerissen.

Auf einmal drangen von draußen die klagenden Cras-Cras-Rufe der Alpendohlen in die Kapelle. Albrecht und Josef hätten das Klagen am liebsten umgehend laut gedeutet, aber sie taten es nicht. Jeder wusste, dass *seine* Deutung nicht die des anderen war. Stattdessen nahm Josef die Äußerung seines Bruders anlässlich ihrer Verabredung auf: »Und was ist das sehr Wichtige, das du mir zu sagen hast?«, fragte er mit einer Stimme, die deutlich machte, dass es zwar sehr wichtig sein mochte, aber niemals so wichtig wie sein göttlicher Auftrag.

Albrecht holte tief Luft. »Maria.« Weiter kam er vorerst nicht.

Der Pater spürte die Besorgnis seines Bruders, auch ohne ihn anzuschauen. Seit dem Verlust seiner Frau Johanna bei der Geburt der Zwillinge Albin und Pirmin war Albrechts Beklemmung nie mehr so stark gewesen. Albrecht war froh um die Alpendohlen, die um die Kapelle herum ungewohnt heftig klagten und zumindest die Stille durchbrachen. Josef blieb seelsorgerisch ruhig, tippelte aber mit den Füßen – *largo* –, als er fragte: »Ist ihr etwas zugestoßen?«

»Das kann man so sagen«, gab Albrecht ohne Gefühlsregung zu, »sie ist schwanger.«

Das Tippeln verstummte. »Wie hat sie das bloß gemacht?«, rutschte es Josef über die Lippen. Er bemerkte seinen Fauxpas sogleich und fragte vorsichtig hinterher, wer denn der glückliche Vater sei. Das Tippeln setzte erwartungsvoll wieder ein – *allegretto*.

Albrecht sammelte sich: »Zeni. Und von Glück kann nicht die Rede sein. Er bestreitet die Vaterschaft.«

Josef brach das Tippeln augenblicklich ab: »Wer der Vater ist, kann man mit den heutigen Methoden spielend leicht herausfinden. Quod erat demonstrandum, wird es heißen. Hauptsache, das Kind ist in guten Händen.« Er faltete die Hände zum Gebet.

Albrecht hätte sie am liebsten auch gefaltet, aber er kam nicht so weit. »Maria will das Kind abtreiben.«

Josef senkte sein Haupt und bibelte halblaut, aber unüberhörbar: *»Sehet von diesen Menschen ab und lasset sie! Denn ist dieses Vorhaben oder dieses Werk von Menschen, so wird es zunichte werden; ist es aber von Gott, so vermöget ihr es nicht zu vernichten.«*

Happig, ein Hieb in die Magengrube, dachte Albrecht, der darauf nicht reagieren konnte. Er wusste ja nicht einmal, ob der Spruch nun ihm selbst in seiner Verweigerungshaltung galt oder Zeni, dem nicht geständigen Kinderzeuger. Dicht an dicht nebeneinander waren sie noch nie so weit voneinander entfernt gewesen, empfand Albrecht. Verband sie bis anhin brüderliche Zusammengehörigkeit, wurde sie nun zum schmerzhaften Auseinanderbrechen, wie wenn gewaltige Gletschermassen barsten und todbringende Spalten aufklafften. Daran änderte auch ein letztes Aufbäumen des Paters nichts. Die frisch aufgerissene Gletscherspalte wurde zum abgrundtiefen Schlund.

»Bruder Albrecht«, schwächelte Josef nach Gnade flehend: »Du und ich, wir beide werden hart geprüft. Wir sind beide allein, wenn wir uns nicht zusammentun. Du kannst *mir* beistehen und ich kann *dir* beistehen. Ich kann *dir* helfen und du kannst *mir* helfen. Und du weißt so gut wie ich, wer diese Welt regiert.«

»Die Natur, wie wir beide wissen«, gab Albrecht scharf zurück.

»Nein, der Herrgott. Die Natur führt nur aus, was der Herrgott von ihr verlangt. Und das tue ich genauso. Ohne Wenn und Aber.«

Albrecht brachte keine Silbe mehr über die Lippen. Niedergeschlagen erhob er sich und schlurfte wie ein Greis aus der Kapelle.

Die Dohlen waren verschwunden. Albrecht wäre nicht erstaunt gewesen, wenn er sie allesamt tot am Boden um die Kapelle herum vorgefunden hätte – alles Göttliche, wie damals die Göttliche vor dem Geburtshaus von Albin und Pirmin, an jenem schicksalhaft klirrenden Wintermorgen. Dann schleppte er sich gebrochen nach Hause. Er wollte durch die Nähe der Göttlichen nur noch mit Johanna verbunden sein.

Auch Josef trat wenig später aus der Kapelle, auch er nicht gerade frohgemut. Aber mehr denn je entschlossen, den ›Regierungsauftrag‹ zu erfüllen. Dazu brauchte er Unterstützung aus seinem Revier.

Er läutete an der Haustür des suspendierten Polizeikorporals Pius Abdeneggen. Der war zu Hause und hörte sich in seiner biederen Polizistenstube – Kaktustöpfe auf dem Fensterbrett über dem Heizkörper, auf dem Nierentischchen ein paar Zinnsoldaten – den beinahe unterwürfig bittenden Pater an.

»Werter Abdeneggen, man hat Sie zu Unrecht suspendiert«, begann der Pater seine Schmeichelpredigt. »Das

Schlachten von ein paar Wachteln, nur wegen einem kurzfristigen Promilleüberschuss im Oberstübchen, ist kein Grund für eine Entlassung. Ich will Sie in mein Gebet einschließen und bei den Verantwortlichen beantragen, dass Sie wieder in den Polizeidienst aufgenommen werden. Sie sind in den Dörfern meines Reviers ein wichtiger Mann.«

Von Polizeitrottel war keine Rede mehr.

»Danke, dass Sie sich für mich einsetzen wollen. Sie haben schon recht, gelegentlich brennt der Süffel mit mir durch. Ansonsten bin ich sündenfrei und ein braver Katholik.«

»Daran besteht kein Zweifel, auch wenn ich Sie noch nie in der Kirche gesehen habe.«

»Dafür jeden Sonntag als Ordnungshüter *vor* der Kirche und dann beim Apéro der Männer im Dorf. Aber deswegen sind Sie sicher nicht zu mir gekommen.«

»Das stimmt. Tatsächlich könnten Sie für mich etwas Gutes tun, es muss selbstverständlich unter uns bleiben.«

»Ein Privatdetektiv ist ein Ehrenmann«, versicherte Abdeneggen.

»Der Kalberer, wissen Sie, der mit seiner protzigen Limousine, hat mir meinen antiken silbernen Flachmann geklaut. Ganz sicher bin ich zwar noch nicht, aber ich wäre Ihnen dankbar, wenn Sie da mal diskret recherchieren könnten.«

»Schwierig, aber informell observieren kann ich ihn natürlich. Ich kenne den Spaßvogel von Kindesbeinen an. Seine Jugendsünden sind Ihnen sicher bekannt.«

»Eben deshalb«, bedankte sich der Pater und erzählte Abdeneggen von seinem Regierungsauftrag.

Pius' Augen wurden immer größer und die des Paters immer leuchtender.

Beim Verabschieden vor der Haustür neigte Josef seinen Kopf ganz nahe an das linke Ohr von Abdeneggen und flüsterte: »Apropos observieren. Auch diese zwei amerikanischen

Wissenschaftler sind mir nicht ganz geheuer. Vor allem Blumlein, der hat sich in der Gletscherstube beim Xavi ziemlich eingeschleimt. Sie verstehen, was ich meine?«

»Kapiert. Die Namen stehen in meinem Notizbüchlein. Vreni übrigens auch. Sie wissen ja, der Todesfall ist immer noch eine polizeiliche Pendenz.«

»Allerdings«, nickte Josef, »auch Vreni hat ihren Platz in meinem Gebet.«

Der Pater klopfte seinem angeheuerten Geheimdienstler brüderlich auf die Schultern und schritt von dannen.

19

Hans Heinrich Hosang reiste am Montag bei Sonnenschein auf die Riederalp. Der Begegnung mit den Berchtolts schaute er zwar mit gemischten Gefühlen entgegen, aber sie musste sein. Nach dem unerwartet herzlichen Telefongespräch mit Heidy Berchtolt hatte er nichts zu befürchten, er war sich ziemlich sicher, dass ihn die urigen Bergler nicht für den wortbrüchigen Verräter hielten, der alles an die Öffentlichkeit gebracht hatte. Deshalb wollte er das ›Unverdaute‹ in seinem Innern nicht länger vor sich herschieben. Über die fleischgewordene Sage Vreni wusste er zwar schon einiges, aber die Berchtolts sicher noch viel mehr. Warum musste sie sterben? Das konnte ihm nicht egal sein, auch wenn er ein unumstößliches Alibi hatte.

Nichts mitbekommen hatte er hingegen von einer Protestaktion der besonderen Art, die sich während seiner Bahnfahrt ereignete. Wegen Forschungsarbeiten am Marjelen-Ei war der Luftraum über der Märjela auf bundesbehördliche Anordnung hin erneut für jeden Privatflugverkehr gesperrt worden. Von zuständiger Seite hieß es, der Wildhüter in der Region habe in letzter Zeit vermehrt tote Alpendohlen in der Nähe des rätselhaften Objektes geborgen. Diesem Phänomen wolle man mit besonderer Aufmerksamkeit, aber auch Vorsicht nachgehen.

Den Journalisten platzte der Kragen. Sie waren stinksauer, weil sie seit der Entdeckung des Marjelen-Eis mit nichts als halbherzigen Bulletins abgefertigt und auf später vertröstet worden waren. Ihre Vermutung, hinter dem unerklärlichen Ei verberge sich tatsächlich etwas sehr Großes, erhärtete sich mit jeder neuen, inhaltslosen Pressemitteilung. Das Fass zum Überlaufen brachte dann der Zeitungsartikel, in dem Justy Beachold sein neues Thesenpapier angekündigt und in diesem Zusammenhang vom Marjelen-Ei geschrieben hatte. Vor allem die Formulierung, das Objekt stehe *in unübersehbarem Widerspruch zu allem bisher Bekannten*, konnte man doch nicht einfach als Nebensächlichkeit abtun. Das ging alle etwas an.

Als nun der Luftraum in der Märjela wegen ein paar toter Dohlen schon wieder gesperrt wurde, beschloss eine Gruppe von Wissenschaftsjournalisten, sich in einer Blitzaktion landesweit Gehör zu verschaffen: Am Montagmittag, kurz vor zwölf, drangen sie mit vier Helikoptern aus allen Himmelsrichtungen ins gesperrte Gebiet ein und landeten auf der Märjelenalp. Die Geheimniskrämerei der Wissenschaft – und offenbar auch der gut unterrichteten Politik – rund um das Marjelen-Ei durfte nicht länger tatenlos hingenommen werden.

Das Luftamt hatten die ›Helikopterinvasoren‹ exakt fünfzehn Minuten vor ihrem friedlichen Protest informiert. Per Fax und Mail wurden das Ziel der Aktion genannt, die Namen der Piloten und beteiligten Medienvertreter sowie die Immatrikulationszeichen der Helikopter. Ausdrücklich betont wurde auch, dass keinerlei Waffen, Sprengkörper oder sonstige verbotene Gegenstände mitgeführt wurden. Der Gletscherstuben-Hüttenwart erfuhr telefonisch vom ungewöhnlichen Besuch aus der Luft. Xavi war ganz aus dem Häuschen und bereitete sich fachgerecht auf den Ansturm vor: Er schmierte zusammen mit Blumlein belegte Brote.

Trotz Überwachung des gesperrten Luftraumes war die schweizerische Luftwaffe völlig überfordert. Wohl stiegen von Sitten aus drei Armeekampfjets vom Typ Hornet F/A-18 in die Luft, um die Eindringlinge abzufangen, aber die Reaktionszeit war viel zu knapp. Der in höchster Eile notangerufene zuständige Departementschef, der in den Ferien auf Korsika weilte, konnte unmöglich den Abschuss von vier mit namentlich bekannten Medienschaffenden besetzten Hubschraubern anordnen. Der Notruf erreichte ihn, als er gerade vor einer Pizza saß und noch mit vollem Mund knallharte Sanktionen ankündigte, falls die Helikopter den Luftraum tatsächlich verletzen sollten, was inzwischen bereits geschehen war. Der Waffeneinsatz zur Luftraumsicherung war klar geregelt: Die ranghöchsten Militärs waren nicht befugt, das Leben friedlich Demonstrierender zu gefährden. Und in diesem Fall war die Lufthoheit nicht durch die fremden Eindringlinge bedroht. Deshalb lag die Befehlskompetenz allein beim zuständigen Departementsvorsteher.

Immerhin bemühten sich die Berufspiloten in ihren Fluggeräten, wie aufgebrachte Hornissen über dem ganzen Aletschgebiet herumzusausen, den Helikoptern Zeichen und Funksprüche zu geben, mit spektakulären Scheinangriffen, Leuchtraketen und Imponiergehabe zu drohen und die Medienbande einzuschüchtern. Das fliegerische Können der Kampfhähne und der Saukrach ihrer Maschinen waren allemal imposant. Die Punktlandung der vier Helikopter auf der Märjelenalp ebenso – Punkt fünf vor zwölf.

Aus den Helikoptern stiegen Fotografen und Journalisten mit Kameras, klopften sich gegenseitig für die gelungene Aktion auf die Schultern und machten sich vor der Gletscherstube freudig über die belegten Brote her.

Die Nachricht über diese nicht alltägliche Demonstration verbreitete sich in Windeseile. In den kommenden Wochen, ja Monaten, so viel stand fest, würde die Schlappe der Luftwaffe im Zentrum der schweizerischen Politik und des öffentlichen Interesses stehen – viel prominenter als das Marjelen-Ei. Den Wissenschaftlern konnte das nur recht sein.

Um drei Uhr nachmittags hob der letzte Helikopter ab, vorbei war der Spuk. Nur die ›Hornissen‹ sausten noch bis zum Abend hin mit gehörigem Krach in der Gegend herum und verpesteten die Luft.

Hosang bezog sein Hotelzimmer auf der Riederalp – das Zimmer nebenan. Es war tatsächlich ein identisches Zimmer, gleiches Mobiliar, gleiche Aussicht, nur die Nummer an der Zimmertür war eine andere. Als er seine Sachen auspackte und den Kleiderschrank öffnete, stockte ihm das Herz. An der Kleiderstange baumelte keine Leiche, dafür der ›Holliger Langenthal‹, der Kleiderbügel, den er damals aus dem Fenster im Zimmer nebenan in die Nacht hinausgewuchtet hatte. Also doch ein Bumerang, dachte Hosang, und in seinem Kopf begann es schon wieder zu beben. Wie kam der ›Holliger Langenthal‹ in diesen Kleiderschrank? Kalkül? Oder ein bewusst gesendetes Signal? Oder hing etwa in jedem Zimmer ein ›Holliger Langenthal‹? Wohl kaum.

Um sich abzulenken, schaltete er seinen kleinen Taschentransistor mit CD-Player an und erfuhr von der ›Luftraumschlacht‹ in der Märjela. Beim Abendessen im Speisesaal (Tagessuppe oder Saisonsalat, und so weiter) kam ihm wieder der *Schmetterlingseffekt* in den Sinn: Wäre er, Hosang, an jenem Mittwoch im Juni nicht aufs Bergführerbüro gegangen, um von seiner seltsamen Entdeckung zu berichten, hätte dieser ganze Tumult nicht stattgefunden, und der Helikopteraufstand war ja wohl erst der Anfang einer neuen Entwicklung im Fall Aletsch-Ei.

Die Strahlhorntour war auf den Donnerstag anberaumt, das hieß, er musste am Mittwochabend in der Gletscherstube am Fuß des Berges eintreffen, wo er seinen Führer, Pirmin Berchtolt, treffen würde. Es bestand für ihn kein zwingender Anlass, sich vorher im Bergführerbüro zu zeigen. Das hätte als

Schnüffelei taxiert werden können, und ob die Tour nach dem jüngsten Journalistenüberfall und den angeblichen Forschungsarbeiten überhaupt möglich war, würde er schon rechtzeitig erfahren.

Als er sich den Zimmerschlüssel vom Brett hinter der Theke geben ließ, trat ein Mann neben ihn und stellte sich äußerst höflich vor:

»Pius Abdeneggen, wir kennen uns nicht, aber ich habe Sie schon einmal gesehen und zweimal angerufen.«

Hosang schaltete umgehend: »Jaja, natürlich, ich bin Ihnen noch ein Alibi schuldig.«

»Das ist nicht mehr nötig, aber ich schulde Ihnen einen Drink.«

Hosang fand den Trottel plötzlich sympathisch, seine biedere Erscheinung, sein tollpatschiges Gebaren, sein Dialekt – ein Dorfpolizist, wie er im Buche stand. Hosangs Alibi brauchte so einer nicht. Und er trug auch keine Uniform.

An der Bar tranken sie ein Glas Weißwein und knabberten Salznüsschen.

»Über das Märjelen-Ei müssen Sie mir nichts erzählen, ich weiß alles«, trumpfte Abdeneggen auf. »Ich weiß inzwischen sogar, wer sonst noch alles weiß und schweigen muss. Nur keine Sorge, ich schweige auch.«

Hosang schwieg.

»Ich ermittle im Fall Vreni Abegglen-Abegglen«, nahm Abdeneggen das Gespräch wieder auf.

»Sie soll an einer tödlichen Dosis Gift gestorben sein, nicht?«, wollte Hosang bestätigt bekommen.

»Das ist richtig. ›Blauer Eisenhut‹.«

»Sie sind also mit den polizeilichen Ermittlungen betraut worden und fahnden.«

»Nur indirekt«, wich Abdeneggen aus.

»Und direkt?«

»Ich bin nicht mehr bei der Polizei. Die wurstelt im Fall Vreni auf ihre Weise weiter. Und ich nehme die Sache als Privatdetektiv an die Hand.«

»Gratuliere«, nickte Hosang. Donnerwetter, da tanzt ein Klischeedorfpolizist aus der Reihe und wurstelt auf eigene Faust, dachte er und kehrte den Spieß um, schließlich wollte auch er weiterkommen. »Was wissen Sie denn im Fall Vreni sonst noch?«

»Hier reden alle von Selbstmord.«

»Und daran zweifeln Sie.«

»Ehrlich gesagt, ja«, gab sich Abdeneggen überzeugt.

»Also fahnden Sie nach einem Mörder.«

»Nach möglichen Kandidaten, ja.«

»Und ein solcher bin ich«, sherlockte Hosang nun, »und Sie wollen von mir ganz ausdrücklich kein Alibi und laden mich sogar zu einem Drink ein.«

Pius stutzte: »Sie argumentieren selbst wie ein Detektiv. Sind Sie einer?«

Hosang schmunzelte. »Ich bin ein Bürogummi, wenn Sie das verstehen.«

»Oh, dann haben Sie den Drink redlich verdient.«

»Danke.«

»Bleiben Sie lange hier?«, erkundigte sich der Detektiv.

»Am Donnerstag wartet das Strahlhorn auf mich.«

»Potz Blitz. Dann sehen wir uns gewiss wieder.«

Abdeneggen zahlte und verabschiedete sich mit einem ungelenken Bückling.

Im Zimmer oben kam Hosang ins Grübeln.

»Ein Polizeitrottel ist er definitiv nicht. Vorsicht.«

20

Entschlossenheit demonstrieren, hieß es in Bundesbern. Der zuständige Departementsvorsteher ließ sich nach Bekanntwerden der Luftwaffenpleite direkt vom Pizzaessen per Privatjet von Korsika nach Bern-Belpmoos fliegen. Legal auf Kosten des Steuerzahlers – es war ein Dienstflug.

Als der hohe Magistrat am Montag kurz vor siebzehn Uhr aus dem Flugzeug stieg, wurde er von einem Journalistenrudel empfangen. Jeder wollte den ›General in Friedenszeiten‹ mit unbequemen Fragen bombardieren. Als geübter Diplomat und Schauspieler in solchen Situationen ergriff er aber gleich selbst das Wort und gab zu Protokoll, er habe keine Neuigkeiten im Gepäck, weil das Gepäck erst später komme.

»Ich kann Ihnen aber dennoch etwas Neues aus erster Hand beziehungsweise aus erstem Mund berichten: Auf Korsika habe ich die beste Pizza der Welt gegessen.« Dann versank er mit einem hämischen Grinsen im Fond der Bundesratslimousine. Ein Polizeitross geleitete sie zum Parlamentsgebäude.

Am späten Montagabend ging auf den Tickern der Redaktionen ein spärliches Kommuniqué ein. Offenbar wollte man signalisieren, wie rasch und unkompliziert im Bundeshaus gehandelt wurde.

Doch selbst dieses Informationsrinnsal verwandelte die Headline des Boulevardblattes in einen Rheinfall bei Hochwasser: *DIE SCHWEIZ IM KRIEG!* Der Verlauf des restlichen Artikels überbot den Titel sogar noch in Sachen Schaumschlägerei, und Hosang legte das Blatt, obwohl er noch nicht zu Ende gelesen hatte, angewidert zur Seite.

Am Dienstagabend saß Hosang wieder an der Hotelbar, trank einen Wodka mit viel Eis und kam endlich ins Gespräch mit der Hotelgerantin, deren Nettigkeit sogar den katastrophalen Lunchbeutel wieder wettmachte. Ihr Mann sei der Küchenchef und meide die Gäste, so gut er könne, erzählte sie fast entschuldigend, und Hosang dachte, dass er das an seiner Stelle auch tun würde.

»Ihr Gepäck sieht ganz nach Hochgebirgstour aus«, urteilte sie aus Erfahrung.

»Das Strahlhorn. Am Donnerstag. Morgen Abend treffe ich mich mit dem Bergführer in der Gletscherstube.«

»Mit Pirmin Berchtolt«, lachte sie.

Hosang fühlte sich ausspioniert. »Woher wissen Sie das?«

Es kam fadengerade: »Dorfklatsch. Wer in diesem Nest wohnt, lebt wie unter einem Dach.«

»Dann haben Sie sicher auch Vreni Abegglen gekannt?«, reagierte er prompt.

»Vreni Abegglen-Abegglen kannten alle. Ihr ist es zu verdanken, dass die reiche Oberwalliser Sagenkultur am Leben geblieben ist. Das ist jetzt vorbei.«

»Schade«, bedauerte Hosang.

»Sehr. Und niemand versteht, warum sie sich das Leben genommen hat.«

»Sie hat Suizid begangen?«, gab er sich verwundert.

»Ja.«

»Gibt es Beweise dafür?«

»Nicht wirklich, aber wenn alle das Gleiche sagen, ist das doch auch schon fast ein Beweis.« Aus der Küche schrillte eine Glocke. Sie musste zurück zu ihren Gästen.

Hosang zog einen Schluss: Die da oben – *die unter einem Dach* – vertraten unisono die These, dass es Selbstmord gewesen war. Nur Abdeneggen zweifelte … Und was hieß überhaupt, *das ist jetzt vorbei*? Trauerte man ihr nun nach oder waren alle heilfroh, dass die Oberwalliser Sagenkultur von Gletscherstube-Touristen nicht mehr in alle Welt verschleppt wurde zum Zwecke allgemeiner Erheiterung?

Kaum hatte er seine Überlegungen in Gang gebracht, legte Soldanella auch schon wieder die Bremse ein: In Ordenstracht mit Schleier und ohne Laptop kam sie in Begleitung eines älteren, schwarz gekleideten Mannes mit überlangem gelbem Tuch um den Hals ins Hotel. Sie nahm an der Bar mit einem kurzen, stechenden Seitenblick Notiz von Hosang und wandte sich gleich wieder ab – kein Gruß, kein Lächeln, kein Handzeichen, kein Zuzwinkern, kein Augenfunkeln, nichts. Sie ließ sich den Zimmerschlüssel geben und marschierte stramm die Treppe hoch, der Mann ihr hinterher. Hosang verstand die Welt nicht mehr. Das war nicht die Soldanella, die er kannte – er kannte sie eben gar nicht. Er hätte sie in diesem Augenblick verfluchen können und tat es innerlich auch – blöde Kuh, dachte er, und dann dieser Alte im Schlepptau.

In Hosang blähte sich eine Soldanellenwut auf, als hätte er Hefe gegessen und sie mit Wodka runtergespült. Als er dann nach dem dritten Wodka die Treppe hochstieg, stieg in ihm auch ihr bedrohliches *im Hotel waren wir Zimmernachbarn* wieder hoch.

Der Wodka war ein wunderbares Schlafmittel, und so konnte Hosang nichts davon mitbekommen, was sich im Zimmer nebenan wirklich abspielte: Der entschlossene Gottesmann mit dem Auftrag des ›Weltregierungs-Chefs‹ schweifte aus, und sie, auf dem Bettrand sitzend mit aufgeklapptem Laptop auf den Knien, tippte seine Lebensgeschichte mit ihren skeletthaft dünnen Fingern auf die Tastatur. Josef freute sich, dass ihm endlich jemand geduldig und ergeben zuhörte und seine Schilderungen mit einem elektronischen Erfassungsgerät aufzeichnete.

Schon als Junge habe er davon geträumt, einmal eine wichtige Rolle in der Kirche zu spielen, die prunkvollen Gewänder der Geistlichen hätten ihn seit jeher begeistert. »Für mich sind die traditionsreichen Rituale und Zeremonien mit Prozessionen, die sakralen Orgelklänge und Chöre, die prunkvollen Kelche, Weihrauch und das Zelebrieren von Eucharistiefeierlichkeiten bis zum heutigen Tag etwas ganz Besonderes geblieben. Pop und Rock gehören so wenig in die Kirche wie die Kirchweih ins Opernhaus.« Dann sinnierte er rückblendend, bei der Erstkommunion seien für ihn Gott und der Papst noch fast dasselbe gewesen, der eine im Himmel, der andere auf Erden. Dieses Verständnis habe erst nach und nach deutlichere und schließlich wegweisende Konturen angenommen. »Der feste Willen, ein Diener der Kirche zu werden, ein ganz kleiner und dann ein immer etwas weniger kleiner, ist mit der Zeit gewachsen. Es hat sich wie ein roter Teppich vor mir ausgerollt und ich sah mich dereinst als hoher Purpurträger über den Teppich schreiten. Nun, ganz so weit ist es noch nicht gekommen.«

Das *noch* entging der Novizin freilich nicht, sie zeichnete es in ihrem Laptop kursiv aus.

Für die Schilderung seiner kirchlichen Karriere begnügte sich der Pater mit ein paar wenigen Sätzen, was insofern nicht verwunderte, als von Karriere kaum Ansätze zu verzeichnen waren. Umso ausführlicher klammerte er sich an seine Zeit als ›erfolgreicher‹ Missionar in Russland, in St. Petersburg, das damals noch Leningrad hieß.

»Über ein Dutzend Gläubige haben Sie zum Katholizismus bekehrt«, unterbrach sie ihn, »ich nehme an, das waren keine fünfzehn.«

»Woher wissen Sie das?«

»Sie haben es mir in der Stretchlimousine gesagt. In Würenlos stand ich im Regen, und Sie nahmen mich mit.«

»Gottes Kind, haben Sie ein gutes Gedächtnis!«, rief der Pater aus.

»Ein gutes Laptop.«

Er ging nicht näher darauf ein, sondern legte ein wehleidiges Timbre in seine altpriesterliche Stimme: »Es war eine düstere Zeit: Meine aufopfernde Missionstätigkeit Anfang der Sechzigerjahre fiel mitten in den Kalten Krieg. Ich erinnere mich gut, vor allem an das Jahr neunzehnhundertdreiundsechzig. Den achtzehnten Mai vergesse ich nie mehr: Ich erwartete auf dem Flughafen Leningrad-Schosseynaya die Ankunft von Irene, die für meine Mission tapfere Arbeit leistete. Sie war im Februar nach Wien gereist und wollte anschließend ihre Verwandten in einer Datscha im sowjetischen Tallin besuchen. Von dort …«

Erneut wurde er unterbrochen: »Irene? Wer war das?«

»Ich sagte doch, dass sie für meine Mission arbeitete. Eine reizende Person. Eigentlich hieß sie Irina, denn sie war Russin, aber sie sprach ein perfektes Hochdeutsch, besser als ich, und sie lachte immer, wenn ich sie Irene nannte. Wo war ich? Ach ja, Tallin. Von dorther sollte sie an diesem achtzehnten Mai zurückkehren. Zuerst hieß es, die Maschine habe Verspätung, dann wurde dichter Nebel als Grund für die ausbleibende Landung angegeben, und schließlich wurde bekannt gegeben, dass das Flugzeug nach einem Triebwerkausfall mangels Treibstoff in der ›Newa‹ notwassern musste. Mir war bange, es blieb mir nur das Gebet. Glücklicherweise konnten alle Passagiere gerettet werden … aber Irene war nicht dabei. Sie ging der Mission verloren.«

»Warum ist sie nach Wien gereist?«, fragte die am Laptop emsig Beschäftigte.

»Sie fühlte sich krank und sah auch so aus«, beteuerte der Pater. »Die Ärzte hier, ich meine in Leningrad, wussten nicht, was los war. Ich dachte, sie wollten uns eine schwere Krankheit verheimlichen. Da riet ich ihr, in gläubiger Mission in den Westen zu reisen, um Hilfe zu bekommen. Wien war naheliegend, und ein Visum bekam sie ohne Schwierigkeiten.« Ein schwermütiges Kopfnicken unterstrich seine Nachdenklichkeit. »Ja, eine liebenswerte Dienerin des Herrn war sie. Ich habe sie nie wiedergesehen, nie mehr etwas von ihr gehört. Ob sie überhaupt noch lebt ...«

»Sie haben keine Nachforschungen angestellt? Sich nicht nach ihr erkundigt?«

»Ich wollte, aber ich konnte nicht: Ich konnte mich der Fügung nicht widersetzen. Es war nie meine Art, Gottes Willen zu hinterfragen und in seinen Angelegenheiten zu schnüffeln.« Wieder schwermütiges Kopfnicken und Versinken in der Vergangenheit. »Überhaupt war dreiundsechzig ein schreckliches Jahr: die Piaf tot, Selbstmord, Kennedy tot, ermordet, Papst Johannes dreiundzwanzig am Ende, gen Himmel gefahren.«

Für die junge Novizin interessierte sich Josef nicht und fuhr in einem fort: »Kraft fand ich im garstigen Russland nur durch das Gebet, einen Sinn nur beim Allmächtigen, und die schmerzliche Wahrheit nur in der Bibel: *Unglück wächst nicht aus dem Staub, und Unheil sprosst nicht aus der Erde; sondern der Mensch ist zum Unglück geboren, wie die Funken aufwärts fliegen.* Diesen Text las ich am Tag darauf, am neunzehnten Mai dreiundsechzig, vor der Erlöserkirche. Sie kennen doch die Geschichte der Erlöserkirche?«

»Ich bin fast sicher, dass ich sie kenne«, versuchte sie vergebens abzukürzen.

»Dann erzähle ich sie Ihnen noch einmal: Nach dem Mordanschlag auf Zar Alexander zwei wurde die Erlöserkirche an jener Stelle erbaut, an der er verblutete. Sie ist in der ganzen Stadt die einzige im altrussischen Stil erbaute Kathedrale. Im Zweiten Weltkrieg wurde die große goldene Kuppel von einer Bombe getroffen, die wie durch ein Wunder nicht explodierte. Und …«

Die Novizin unterbrach ihn. »Während der Sowjetherrschaft diente die Kathedrale als Lagerhaus für Kartoffeln.«

»Woher wissen Sie das?«

»Ich habe Ihnen doch gesagt, dass ich fast sicher bin, die Geschichte zu kennen.«

Josef starrte vor sich hin. In diesem Augenblick war er nicht hier, nicht auf der Riederalp, nicht im Hotelzimmer einer Novizin. Es dauerte eine geraume Zeit, bis er wieder in die reale Welt zurückfand: »Das Einzige, was ich aus Leningrad zurückbrachte, war ein antiker silberner Flachmann. Ich hatte ihn bei einem Antiquitätenhändler erstanden und von einem Graveur mit meinen Initialen veredeln lassen. Jetzt ist mir auch noch dieses Andenken gestohlen worden.«

»Gestohlen?«

Der Pater nickte. »Ich habe einen Verdacht. Aber nicht deshalb bin ich zu dieser späten Stunde auf Ihrem Zimmer.«

Weswegen dann, fragte sie sich wissbegierig, denn seine Geschichte interessierte sie nun brennend, ihre Cancan tanzenden Finger waren richtig aufgewärmt. Und ihm ging es um den Auftrag des Regierungschefs – den Gnadenort und die Kapelle am Märjelensee. Der Pater päpstelte wieder ausschweifend, doch sie war völlig unbeeindruckt, fast etwas enttäuscht.

Josef sah in ihrer Nicht- oder Kaum-Reaktion nur noch einen kleinen Hoffnungsschimmer, nicht heller als der einer Kerze: »Die Kapelle soll Ambrosia geweiht sein«, sagte er fast feierlich und dennoch bestimmt. »Sie wissen doch, was das bedeutet: Ambrosia kommt aus dem Griechischen und heißt unsterblich, Ambrosia ist die Götternahrung, die Unsterblichkeit verleiht. Das passt zur Märjela mit ihrem Rätsel. Und zu Vreni. Auch sie ist unsterblich.«

Das ekelte sie an, sie fühlte sich eingesülzt wie eine gewürfelte Gurke in einer Sulzpastete. »Überlegen Sie sich das gut«, gab sie zu bedenken, »in der Botanik ist Ambrosia eine *invasive Neobiota*, eine zerstörerische Pflanze, die ihre Heimat verlässt, um andernorts Besitz zu ergreifen und dort die Natur in Bedrängnis zu bringen. Ambrosia kann ganze Kulturen schädigen und die Menschen bedrohen. Das kann doch kaum der Sinn Ihres göttlichen Auftrags sein, nach dem, was ich soeben von Ihnen gehört habe.« Danach hatte sie genug. Der Kerzenschimmer war ebenfalls verloschen. »Ich glaube, es ist jetzt ohnehin Zeit, sich zur Ruhe zu legen.«

Der alte Josef folgte der Anweisung brav wie ein Bub, der ins Bett muss. Doch kaum hatte er die Tür hinter sich geschlossen, tat er sie noch einmal einen Spaltbreit auf und kokettierte ins Zimmer: »*Vor allem aber habet gegeneinander nachhaltige Liebe; denn die Liebe deckt eine Menge von Sünden.* Machen Sie sich Ihren eigenen Reim darauf.«

Ihr Laptop war um einige Kilobytes schwerer. Aber sie ärgerte sich auch: »Ich hätte die Visitenkarte mit all meinen Mädchennamen nicht in seinen Briefkasten stecken dürfen.«

Sie lag noch einige Zeit wach im Bett – nur durch eine Zimmerwand vom schlafenden Hosang getrennt –, in seinem Bett. Natürlich ohne ihn.

21

Auf den Granitsteinplatten vor der Gletscherstube standen über ein Dutzend Bergschuhpaare zum Auslüften. Hosang traf am Mittwochabend um zehn vor sechs in der Hütte ein. Zuvor hatte er noch einen Augenschein vom kleinen Zelt genommen, in dem das Aletsch-Ei ›ausgebrütet‹ wurde. Er zweifelte immer mehr daran, der wirkliche Entdecker zu sein. Und die gewonnenen, buchstäblich sagenhaften Eindrücke aus der Sammlung über die Oberwalliser Volkskunde lösten ein heftiges Herzklopfen aus: Keine Sage ist aus der Luft gegriffen, keine aus dem Nichts entstanden. Schlägt das Ei eine Brücke zum Übersinnlichen? Genau dieser Frage gehen die Forscher wahrscheinlich nach, und wahrscheinlich fehlt ihnen jetzt ein ganz wichtiges Element: Vreni.

Hosang übersah das Bild von Vreni Abegglen-Abegglen an einer Wand in der Gletscherstube nicht. Er erkannte sie sofort und erinnerte sich an jenen Tag, als er von der Laptopnonne am Bergsee zur Gletscherstube ›vertrieben‹ worden war. Er erinnerte sich, wie der Pfaff aus der Hütte trat und dem vollbärtigen Fahrer zuwinkte. Er erinnerte sich an den Wortwechsel mit Vreni, an den Gratzug unter dem Augustvollmond. Nachträglich bereute er, sie nicht länger angehört zu haben. Vielleicht wäre es auch viel besser gewesen, das Aletsch-Ei Vreni anzuvertrauen. Doch jedes Wenn und Aber, Hätte und Wäre war jetzt nur noch wertloses Gedankengut. Vreni war nicht mehr da, und erst ihr rätselhaftes Nicht-Mehr-Dasein hatte sein Interesse an ihr geweckt, dachte er beim Anblick ihres Gesichts hinter Glas.

Zum Abendessen braute Xavi Abegglen eine währschafte

Risottosuppe, die er mit getrockneten Blüten von Alpenveilchen hübsch garnierte. Dazu reichte er aufgeschnittene, luftgetrocknete Walliser Hauswurst aus Rohfleisch sowie Walliser Roggenbrot.

Am Tisch von Hosang saßen auch ein geselliger Pius Abdeneggen und zwei Touristen, Plaudertaschen, die nur vom Marjelen-Ei redeten und anscheinend mehr wussten als alle anderen. Hosang merkte bald, dass es Naturwissenschaftler sein mussten. Sie arbeiteten im Auftrag ihres Professors, erzählten sie. Die Schweiz gleiche ja einer militärischen Festung, wenn man als Ausländer mit einem wissenschaftlichen Auftrag anreise, beklagten sie sich. Für Forschungszwecke komme man nicht an das Marjelen-Ei heran.

»Schon kurz nachdem die Armee ein Zelt aufgebaut hat, bin ich hingegangen und zur Umkehr gezwungen worden. Dabei wollte ich nur sagen, wer ich bin. Den schwer bewaffneten Soldaten mit ihren Strahlenanzügen konnte ich gerade noch meine Visitenkarte übergeben, und das war's. Ein Jammer, ein schwerer Rückschlag für die Wissenschaft«, beklagte sich der eine.

Dann zeigte das Bild der schwarzen Gestalt im Boulevardblatt also diesen Wissenschaftler, war Hosang überzeugt, aber er behielt es für sich.

Ob sie wenigstens Anhaltspunkte über irgendeinen Zusammenhang zwischen dem Marjelen-Ei und Vreni Abegglens Tod hätten, fragte ein Tischgenosse.

Sie seien keine Fahnder, für sie stehe die Forschung im Zentrum und sonst gar nichts. Sie müssten jetzt andere Wege finden, um mehr über das Ei zu erfahren.

Den suspendierten Polizeikorporal Abdeneggen erkannten sie als zivile Person nicht mehr, er war ein Bergler wie alle Bergler.

»Das Marjelen-Ei wird viel zu wenig ernst genommen, dabei ist es ein Jahrmillionenfund«, sagte einer der Gelehrten. »Gut möglich, dass es die Welt massiv verändern wird.«

Hosang genoss seine ihm vertraute Rolle als Zuhörer und spitzte die Ohren. Vor allem aber mied er den Blickkontakt zu Abdeneggen, der wusste ja angeblich alles über das Ei.

Die beiden Wissenschaftler sprachen die ganze Zeit vom ›JuBeaGap‹, einer völlig neuen Sichtweise von allem, was man bisher kenne oder zu kennen glaube.

»Es wird wohl noch sehr lange dauern, bis man das Marjelen-Ei auch nur in seinen Ansätzen versteht. Aber verstehen ist dann erst der Anfang. Erkenntnisse gewinnen, sie akzeptieren und mit ihnen umgehen ist etwas ganz anderes«, reflektierte einer der beiden.

In der Folge bemühten sich die zwei mitteilsamen Besserwisser, den minder gebildeten Schlechterwissern am Tisch in einfachen Sätzen darzulegen, was der Jahrmillionenfund bedeute.

»Als Ausgangspunkt für den JuBeaGap muss man sich eine Lücke, ein Schlupfloch vorstellen oder bildhaft eine Tür, die zwei Zimmer voneinander trennt«, sagte einer.

Und der andere: »Das erste Zimmer ist uns bekannt. Es ist das Zimmer, in dem wir leben. Aber auch in diesem Zimmer ist uns das meiste noch völlig fremd. Denken wir nur an das Universum. Der gesamte Kosmos gehört zum ersten Zimmer, das wir erst zu einem verschwindend kleinen Teil kennen. Wir glauben zwar, das Universum grosso modo zu verstehen. Hingegen wissen wir nicht einmal, ob dieses Universum das einzige ist, wir wissen nicht, ob es nicht noch andere ›erste Zimmer‹ gibt, die nach gleichen oder ähnlichen Strukturen und Gesetzmäßigkeiten funktionieren wie unser erstes Zimmer. Wenn es uns nun gelingen sollte, die Tür vom ersten Zimmer in das zweite zu öffnen, werden wir durch den JuBeaGap den Zugang zu diesem zweiten Zimmer finden. Zumindest erhoffen wir uns das. Die Tür *trennt* dann die zwei Zimmer nicht mehr voneinander, sondern *verbindet* sie miteinander. Das ist ja der Sinn von Türen: Sie werden zur Verbindung von Räumen errichtet. Aber beim Begriff ›Raum‹ wird es schon etwas brenzlig. Wir gehen nämlich davon aus, dass dieses zweite Zimmer mit dem ersten rein gar nichts zu tun hat, und das macht alles so schwer vorstellbar.«

Hier übernahm sein Kollege das Wort: »Das zweite Zimmer ist aller Wahrscheinlichkeit nach raumlos, also im Gegensatz zum ersten Zimmer ein Raumlosraum, in dem es keinerlei Dimension nach unserer Terminologie gibt. Und wo keine Dimensionen sind, existieren auch keine Grenzen, weder im ganz Kleinen noch im ganz Großen. Und wo keine Dimensionen und Grenzen sind, fehlt auch die Zeit, dort gibt es keine Unendlichkeit, keine Ewigkeit und nicht einmal etwas Augenblickliches – Leer-Zeit-Raumlos-Raum, könnte man etwas umständlich sagen. Doch hier strauchelt die Sprache. Am nächsten kommt noch Kants Idee, Raum und Zeit seien keine eigenständigen Wesenheiten, sondern nur ›Formen der Anschauung‹. Aber bitte sehr, wir sind keine Schöngeister, wir forschen.«

Dann fuhr der andere begeistert fort: »Unser Professor und auch wir sind fest davon überzeugt, dass das Marjelen-Ei die Formel für den Leer-Zeit-Raumlos-Raum beinhaltet. Beinhalten ist aber auch schon wieder falsch, denn beinhalten setzt schon wieder eine räumliche Dimension voraus. Der Marjelen-Ei-Entdecker jedenfalls, den wir leider nicht kennen, könnte uns einen riesigen Schritt vorwärtsbringen. Unser Professor geht nämlich von einer materiellen Sinnestheorie aus. Er vermutet, dass das Marjelen-Ei reine Sinnmaterie ist, die in kein physikalisches Muster des Universums passt. Sinnmaterie als Enklave des zweiten Zimmers im ersten Zimmer. Wir erklären uns das so.«

Jetzt war wieder der andere an der Reihe: »Das Marjelen-Ei nehmen wir wahrscheinlich nur subjektiv als mehrdimensionales, eben eiförmiges Gebilde mit einem ungeheuren Gewicht wahr. Und auch dieses Gewicht ist eine subjektive Größe, man möchte sagen, eine imaginäre Größe, sonst müsste ja, weil es im ersten Zimmer liegt, das erste Zimmer unter dem immensen Gewicht zusammenkrachen. Aber das erste Zimmer kracht nicht zusammen, weil das Marjelen-Ei als Enklave, also ausgegrenzt, darin liegt. Und weil wir uns im ersten Zimmer befinden, blicken wir von außen her an diese Enklave des zweiten Zimmers, ohne den Zugang zur Enklave zu haben. Wir wissen noch nicht exakt, wo sich die Tür befindet. Das Ei verwehrt sich uns, aber es teilt uns etwas mit. Aussageverweigerung, wer kennt das nicht …«

Fliegender Dozentenwechsel: »Damit geben wir uns nicht zufrieden: Wir wollen die Mitteilung entschlüsseln. Und dazu müssen wir ganz vorsichtig durch das Schlupfloch ins zweite Zimmer hineingucken – nicht nur mit den Augen. Wie mein Kollege schon gesagt hat, ist die Enklave des zweiten Zimmers im ersten Zimmer ein raumloser Teil aus dem Leer-Zeit-Raumlos-Raum im Raum. Bereits dieser angenommene Tatbestand ist ein Ereignis von unvorstellbarer Tragweite für alles Leben auf diesem Planeten, für die Wissenschaft, die Kultur, die Religion, die Gesellschaft, überhaupt für alles. In Tat und Wahrheit ist das Ei, in der Form, wie es entdeckt wurde und wie wir seine Existenz im Augenblick konkret beschreiben und für reell halten, ganz und gar inexistent – wie gesagt, in dieser Form. Denn es entspricht vermutlich dem ›Mehr‹ als der Summe von allem. Bis jetzt ist man immer davon ausgegangen, das Ganze sei die Summe aller Teile. Diese Annahme dürfte schon bald Makulatur sein. Das Ganze ist mehr als die Summe aller Teile. Natürlich schulden wir noch den Beweis für diese These, aber wir sind zuversichtlich, auch wenn uns niemand glaubt. Wir kennen das: Wissen ist eine Anhäufung von Vermutungen und die Wahrheitssuche immer ein Konkurrenzkampf verschiedener Hypothesen verschiedener Köpfe. Unter der grauen Eminenz fliegen manchmal die Fetzen wie auf dem Pausenplatz unter rivalisierenden Klassen.«

Der Tischgesellschaft wurde es langsam zu viel. Sie hielten sich an ihrer währschaften Suppe fest, an der würzigen Wurst und dem urchigen Brot, die in diesem ersten Zimmer ganz und gar existent waren. Und dieses Zimmer hieß Gletscherstube und nicht Universum und nicht zweites Zimmer und nicht Leer-Zeit-Raumlos-Raum. Immerhin fragte Abdeneggen dann noch, was denn nun ›Tschubigäp‹ eigentlich bedeute. »Ist das womöglich der leibhaftige Gletschergeist, die Verkörperung des ›Rollibock‹? Oder die auferstandene Vreni Abegglen-Abegglen?« Der Spott war unüberhörbar.

Die beiden Wissenschaftler lachten über diese Nebensächlichkeit und erklärten, JuBeaGap sei ein amerikanischer Arbeitstitel, die Kurzform für ›Justy Beachold Gap‹. Gap heiße Schlupfloch oder Lücke, und Justy Beachold sei ihr Professor.

»Ein Amerikaner?«, fragte Abdeneggen.

»Ein gewordener Amerikaner«, sagte einer der beiden, »eigentlich heißt er Justus Berchtolt und er stammt sogar aus dieser Gegend, aber die ist ihm zu eng geworden, zu engstirnig, darum ist er ausgewandert ins Land der unbegrenzten Möglichkeiten und hat einen anderen Namen angenommen. Sie können sich ja vorstellen, für die Leute in den Staaten ist ›Berchtolt‹ ein Brechreiz.«

Das war für Abdeneggen ein Vermerk in seinem Notizbüchlein wert: *Berchtolt, Brechreiz.*

Der andere doppelte wichtig nach. »Übrigens, auch wir zwei sind ausgewandert und Amerikaner geworden, auch uns wurde es zu eng. Mein Kollege John Darkwood hieß früher einmal Hans Finsterwald, er ist Festkörper- und Gravitationsphysiker, und ich heiße Abraham Blumlein, bei mir lassen die Amis einfach diese blöden Ü-Tüpfelchen weg. Von Beruf bin ich Strahlenforscher und Urknalllauscher und interess…«

Beim *Urknalllauscher* verschluckte sich Hosang und kämpfte gegen einen heftigen Hustenanfall an, wofür er sich mit hochrotem Kopf entschuldigte. Dann balancierte er absturzgefährdet über einen schmalen Grat und schielte nach dem Aletsch-Ei in der Tiefe. Die Gratwanderung – ein Gratzug? – gelang ihm ohne Stolpern. »Ich weiß nicht, aber Ihre Zweizimmertheorie kommt mir vor wie ein riesiges Loch in einem milden Emmentaler: Wir befinden uns mittendrin und rätseln darüber, warum wir den Käse darum herum nicht sehen.«

Der Tisch bebte, weil alle vor Lachen mit den Fäusten draufhauten. Hosang war es fast peinlich. Und die Amerikaner schwiegen.

Um neun Uhr, der Tag dämmerte aus, landete ein Helikopter unmittelbar neben der Gletscherstube. Der Luftraum war am Dienstag um Mitternacht wieder freigegeben worden, und von militärischer Festung fehlte jede Spur. Maria Berchtolt setzte ihre beiden Brüder Albin und Pirmin ab. Sie kamen direkt aus Zermatt, von wo aus sie zwei Seilschaften auf die Dufourspitze des Monte Rosa, den höchsten Punkt in der Schweiz, geführt hatten. Die eierköpfigen Zwillinge begrüßten zuerst Hosang mit einem herzlichen Händedruck, dann Finsterwald und Blümlein mit einem distanzierten, Pius Abdeneggen kumpelhaft, die Übrigen durch pauschales Kopfnicken. Hosang wunderte sich, dass gleich beide erschienen, für seine Strahlhornbesteigung brauchte er ja nur einen, und vorgesehen war Pirmin Berchtolt. Er verlor aber keine weiteren Gedanken daran, vielmehr war er erleichtert, sich nicht länger

Zweizimmergeschichten anhören zu müssen. Und damit es auch sicher nicht dazu kam, spendierte er spontan eine Runde Walliser Trockenfleisch, hauchdünn geschnitten, und Rosé im Offenausschank für alle Gäste. Dafür erntete er Dank von allen Seiten, und Baseballmützen-Xavi freute sich über den unerwarteten Umsatz.

Um zehn Uhr, so schrieb es die Hüttenordnung vor, begann die Nachtruhe, und alle hielten sich daran.

Zwei ungewohnt aufgeräumte Departementsvorsteher erschienen zu ungewohnt später Stunde in Bern vor der Bundeshauspresse. Es war zwanzig Uhr. Erste Ergebnisse der Untersuchungskommission rund um die Luftraumverletzung vom Montag lagen vor. Der lockere Auftritt vor dem versammelten Journalistenhaufen sollte Überlegenheit signalisieren.

»Wir werden behandelt wie die letzten Deppen«, hatte man vor der Pressekonferenz von verschiedenen Journalisten zu hören bekommen. »Zuerst informiert man überhaupt nicht und lässt uns schmoren, dafür dürfen wir dann zur Unzeit antraben.« Aber der Bundesrat wollte dem Vorwurf der Trägheit zuvorkommen. Das Wort hatte der Verteidigungsminister.

»Meine Damen und Herren, lassen Sie mich zu den Luftraumverletzungen vom letzten Montag über den Walliser Alpen das Wichtigste vorwegnehmen: Die Schweizer Luftwaffe hat mit ihrem Einsatz ein eindrückliches Zeugnis ihrer Stärke abgelegt und damit bewiesen, dass sie über schweizerischem Hoheitsgebiet nicht nur jederzeit die Lage richtig einschätzt, sondern auch vollkommen beherrscht.«

Allgemeines Gelächter.

»Aus Ihrer Reaktion, meine Damen und Herren, darf ich schließen, dass Sie nicht über Ihre Nasenspitze hinaus denken. Was wäre geschehen, wenn ich als oberster Verantwortlicher der Streitkräfte und damit auch der Luftwaffe den Befehl zum

Abschuss der Eindringlinge in den gesperrten Luftraum erteilt hätte?«

Kunstpause.

»Dann würden einige von Ihnen heute nicht hier sitzen.«

Kunstpause.

»Nein, meine Damen und Herren, die schweizerische Luftwaffe schießt nicht mit Kanonen auf Spatzen. Das wird sie auch in Zukunft nicht tun.«

Kurzes Grölen, anschließend betretenes Schweigen, da und dort verlegenes Hüsteln. Der Minister fuhr bewusst erst nach einer Weile fort.

»Ich nehme an, meine Damen und Herren, dass Ihre Schweigeminute den Opfern gegolten hat, die wir heute dank dem besonnenen Verhalten aller Verantwortlichen aufseiten der Armee – Gott sei Dank – nicht beklagen müssen. *Nicht* beklagen müssen.«

Ein ungehaltener Jungjournalo brüllte dazwischen: »Studieren Sie zuerst die Verordnung zur Wahrung der Lufthoheit! Die Namen der Eindringlinge, wie Sie uns abschätzig bezeichnen, sind Ihnen alle bekannt gewesen. Dasselbe gilt für die Immatrikulation der Helikopter. Sie war bekannt. Wir haben unseren friedlichen Besuch auf der Alp ganz ordentlich angemeldet. Sie hätten ruhig bei Ihrer Pizza auf Korsika bleiben können.«

Dem Medienminister wurde es zu bunt und er hob an, ein Machtwort zu sprechen.

»Wenn Sie, liebe Medienschaffende, Ihre Konsumentinnen und Konsumenten tatsächlich über lauter Dinge informieren wollten, von denen noch gar nichts bekannt ist, würde Ihnen das Publikum sehr rasch davonlaufen. Wissen über Nichtwissen zu vermitteln ist verdammt schwierig. Berichten Sie einmal ausführlich, ich betone ausführlich, dass Sie nichts über das Marjelen-Ei wissen. Nach ein paar Zeilen werden Sie die

Stirne kratzen. Überrascht bin ich allerdings schon ein wenig, dass Sie über die vermehrt aufgefundenen toten Alpendohlen am Märjelensee kaum etwas berichtet haben. Zu den Ursachen dieses Phänomens kann auch der Bundesrat keine gesicherten Angaben machen. Aber ich bin persönlich wissbegierig geworden und habe, obwohl ich Wichtigeres zu tun hätte, recherchiert: Alle Rabenvögel, also auch die Alpendohle, sind höchst intelligente Lebewesen. Seit Darwin ist uns bekannt, dass den Tieren Gefühle und Fähigkeiten zugebilligt werden müssen. Neugier zum Beispiel oder Erinnerungsvermögen, ja sogar Liebe und lebenslange Treue sind mitnichten exklusive Eigenschaften der Spezies Homo sapiens. Alpendohlen sind in der Lage, sich Lösungen in Gedanken vorzustellen, bevor sie zur Tat schreiten – ganz ähnlich, wie es der Mensch in der Regel auch tut, ich betone in der Regel. Zuerst denken, dann handeln, wäre auch Ihnen am vergangenen Montag gut bekommen.«

Immerhin räumte der Medienminister ein, dass nicht alle auf allen Ebenen die Bedeutung und die mögliche Tragweite des Marjelen-Eis richtig eingeschätzt hätten. »Ich mache diesen Leuten aber keinen Vorwurf, denn wie will man etwas einschätzen, und dann erst noch richtig einschätzen, über das man nichts weiß. Ich kann Ihnen aber versichern, dass das Marjelen-Ei auch im Bundesratszimmer nüchtern und sachlich diskutiert wird.«

Aus dieser Äußerung konnte man eine unausgesprochene Anschuldigung an die Adresse der Informationsverantwortlichen im Wallis heraushören: Warum hatte man die ganze Kommunikation an den zweiten Assistenten des Beauftragten des stellvertretenden Kantonsgeologen delegiert? Der konnte nichts dafür, denn er erfüllte nur seinen Job.

Eine Fragerunde erübrigte sich. Fast. Ein Journalist aus der Westschweiz konnte es sich nicht verkneifen, auf die kulinarischen Vorlieben des Verteidigungsministers zu sprechen zu kommen.

»Herr Bundesrat«, fragte er mit französischem Akzent, »nach Ihrer Rückkehr haben Sie vor laufender Kamera gesagt, Sie hätten auf Korsika die beste Pizza der Welt gegessen. Wie müssen wir das verstehen?«

Der Verteidigungsminister antwortete trocken, dass die Frage nicht Gegenstand dieser Medienkonferenz sei, er aber zu seinen Aussagen stehe – wie immer. Das war undiplomatisch und hatte ein politisches Nachspiel: Italien beschwerte sich beim Auswärtigen Amt in Bern. Es sei ungeheuerlich, dass ein hoher Schweizer Magistrat öffentlich sage, er habe in Korsika – in Frankreich! – die beste Pizza der Welt gegessen. Der Fauxpas wurde schließlich auf Diplomatenebene bereinigt, indem man eine italienische Delegation zu einer Raclette ins Wallis einlud und den Gästen ein Schweizer Sackmesser überreichte.

Kaum war die Pressekonferenz zu Ende, machten sich einige der Journalisten über den Walliser Kantonsgeologen her. Er saß daheim vor dem Fernseher und zeigte sich mehr als überrascht darüber, dass das Marjelen-Ei im Bundesratszimmer diskutiert wurde. Das brachte ihn in arge Nöte. Er hörte bereits die Säge am Bein seines Chefsessels. Am Telefon erklärte er den Journalisten kurzerhand, er übernehme persönlich die volle Verantwortung für alles im Zusammenhang mit dem Marjelen-Ei. Das Versprechen löste er unverzüglich ein: Noch am selben Abend hatte er sein Bauernopfer gefunden und teilte Gutensohn mit Bedauern die sofortige Entlassung mit.

22

Hosang machte kein Auge zu. Die Berghütte war kein Hotel mit Einzel- und Doppelzimmern. Eingezwängt zwischen den Körpern anderer Bergsteiger musste er im Massenlager das Geschnarche und weitere menschliche Laute über sich ergehen lassen, auch immer wieder grell aufblitzende Stirnlampen von Blasendranggepeinigten – und ausgerechnet jetzt hatte er kein Rosenwasser. Dafür allerdings in seinem Schädel das Gefasel von Finsterwald und Blümlein. *Die Tür trennt dann die zwei Zimmer nicht mehr voneinander, sondern verbindet sie.*

Selbstvorwürfe fraßen sich wieder einmal wie Maden durch Hosangs Hirnzellen: Ich hätte das alles verhindern können, wenn ich an jenem Mittwoch auf der Riederalp nicht ins Bergführerbüro gegangen wäre, um meine Entdeckung jemandem anzuvertrauen.

Gerade als er den Handkuss des Augenfalters am Märjelensee in alle Ewigkeit verdammen wollte und in einen Halbschlaf einnickte, stieg auch schon Kaffeeduft durch die Ritzen der Gletscherstube in seine Nase.

Bergsteiger waren Frühaufsteher. Die ersten Seilschaften machten sich schon vor fünf Uhr in der Dämmerung auf den Weg, Hosang und Pirmin mit ihrem Gipfelziel Strahlhorn eine Stunde später. Die Hütte lag noch im Schatten der Berge, und die Luft war kalt. Gleich zu Beginn des Aufstiegs ließ Pirmin seinen Gast wissen, dass sein Bruder Albin ebenfalls das Strahlhorn besteigen würde. Am Seil müsse er zwei Amerikaner zum Gipfel führen, allerdings auf einer anderen Route.

»Sie meinen Finsterwald und Blümlein«, fragte Hosang.

»So ist es, sie sind schon seit einer guten Stunde unterwegs«, bestätigte Pirmin, »und übrigens habe ich gestern Abend ganz vergessen, dir als Pirmin die Hand zu schütteln. Das holen wir jetzt gleich nach, oder? Wie soll ich dich nennen? Hans Heinrich oder lieber John Henry?«

Hans Heinrich winkte ab: »Bitte nur das nicht, ich bin der Heiri.«

Die beiden verstanden sich ausgezeichnet. Heiri erzählte dem Bergführer bei der ersten Rast nach anderthalb Stunden, dass auch sein Großvater ein bergsteigender Heinrich gewesen war, der Heiri genannt werden wollte, »obwohl er ein studierter Nationalökonom war. Den Doktortitel erwarb er sich mit einer Dissertation ›*Über die wirtschaftliche Lage der schweizerischen Bergbahnen und die Möglichkeit ihrer Sanierung*‹. Das war 1918. Schon damals mussten Bergbahnen entweder saniert werden oder ihren Betrieb einstellen. Nach dem Krieg ging's nur harzig vorwärts ... so harzig wie an diesem Berg: Das will und will ja nicht werden.«

»Und es gibt nicht einmal ein Bähnli«, scherzte Pirmin.

Je höher die beiden stiegen, desto weniger sprachen sie. Heiri war mit dem Berg beschäftigt genug, die Kletterei, vor allem auf den schmalen Gratpassagen, war zwar nicht extrem schwierig, der Fels griffig, und doch bedeutete für den Unterländer in dieser Höhe jeder Schritt ein Stück Schwerstarbeit. Immer wieder musste er kurze Verschnaufpausen einlegen. Zum Glück kletterten sie jetzt in der Morgensonne, die angenehm warm vom Himmel schien. Und Pirmin war ein geduldiger und stets aufmunternder Alpinist, der sich seinem Seilgefährten einfühlsam anpasste.

»Das schaffen wir schon, wir zwei, oder nicht?«

Den Gipfel erreichten sie um halb zwölf. Heiri war zufrieden, er hatte wieder einen Berg erklommen, und die Aussicht auf den Aletschgletscher und das Bergpanorama unter einem stahlblauen Himmel präsentierte sich gestochen scharf – einfach überwältigend.

»Bei dieser klaren Wetterlage siehst du in der Rundumsicht vierhundertsiebzig Berggipfel, aber erwarte von mir bitte nicht, dass ich sie dir alle beim Namen nenne.« Immerhin zeigte er dann mit seinem Teleskopstock auf einige imposante Viertausender – Dufourspitze, Täschhorn, Lenzspitze, Dom Mischabel, Nadelhorn, Matterhorn, Zinalrothorn, Weißhorn, Aletschhorn, Jungfrau, Mönch.

»Und wo bleibt die Seilschaft mit deinem Bruder?«, fragte Hosang.

Pirmin meinte, zu dritt würden sie wohl etwas länger kraxeln. »Lassen wir das ihre Sorge sein.«

Weil es praktisch windstill war, konnten die zwei Alpinisten ihre Gipfelrast in vollen Zügen genießen. Sie schauten auch hinunter in die Märjelensenke zum See, vermieden aber jedes Wort über das große Rätsel. Hosang war versucht, Pirmin zu fragen, wie das Strahlhorn zu seinem Namen gekommen war, und überlegte, ob sich wohl eine Legende um eine strahlende Erscheinung in grauer Vorzeit rankte. Umgehend verdrängte er den Gedanken und begann das Wesen der Bergführer zu preisen.

»Ich bewundere euch«, sagte er, »ihr Bergführer lebt uns immer wieder vor, was Karriere machen wirklich heißt: Wenn ihr ganz oben auf dem Gipfel steht, beginnt jedes Mal der Abstieg. Euer Ziel ist immer ganz unten, wenn ihr eure Seilschaften wieder heil ins Tal geführt habt. Ganz unten ist das Ziel, das sollte man einmal den Nadelstreiflern in den Chefetagen bewusst machen.«

So habe er das noch nie betrachtet, sagte Pirmin geschmeichelt und schwieg mit einem Schmunzeln auf dem Gesicht. Kurz darauf machten sie sich an den Abstieg.

»Überall Flechtenteppiche auf den Felsen, Zeichen, dass

sich hier häufig Dohlen niederlassen«, bemerkte Heiri auf einem Zwischenboden. Diese Erscheinung hatte ihm Albrecht auf dem gemeinsamen Gang zum Märjelensee erklärt – kurz vor dem Kollaps.

»Nicht nur von Dohlen, auch von anderen Lebewesen«, präzisierte Pirmin, »Steinbockrudel und Gämsen deponieren hier ihre Losungen, wie wir vornehm ihre Ausscheidungen nennen.«

Stoffwechselendprodukte, schoss es Hosang durch den Kopf, aber er behielt es für sich.

Sie waren schon fast unten, als Heiri seinen Bergkumpanen auf Vreni ansprach.

»Ich habe gehört, dass sie weithin als fleischgewordene Sage bekannt gewesen ist.«

»Ja, sie fehlt uns, wir mochten sie sehr«, antwortete Pirmin auffallend wortkarg.

»Und wie konnte das passieren?«, hakte Hosang vorsichtig nach.

Sie blieben stehen. »Es ist ein Rätsel. Sie hat sich scheinbar umgebracht. Bei uns im Dorf meidet man, darüber zu reden. Jeder grübelt für sich allein. Und trauert allein.«

»Das kann ich verstehen. So ein Schicksal.«

Pirmin spürte das Verständnis und wurde redseliger: »Vreni konnte schauderhaft erzählen, schauderhaft eindrücklich. Wie eine Schauspielerin. In der Märjela geistert und poltert es, spukt, hext und teufelt es. Die meisten Gäste waren hellauf begeistert, wenn sie ihre Geschichten vortrug. Anderen wurde angst und bange, sie sahen in ihr selbst eine Hexe. Sie war ein Magnet, sie zog die Gäste mit ihren Geschichten geradezu an, und das brachte ihr manchen Batzen in die Kasse.«

»Ein großer Verlust für euch alle«, folgerte Heiri und erfuhr dann etwas, das er so direkt von einem Einheimischen noch nie vernommen hatte:

»Weißt du, Heiri, man sagt uns nach, wir Bergler seien ein verschworenes Völklein, das den vielen Entbehrungen im ruppigen Bergklima mit seinen Gefahren gemeinsam trotzt. Auch den Geistern trotzt. Aber bei uns herrscht nicht weniger Neid und Rivalität als anderswo. Jeder zuerst für sich, seine Familie, sein Haus, sein Hab und Gut, so ist es doch, oder nicht? Vielleicht nimmt man uns deshalb oft als so unnahbar und verschlossen wahr. Auch Vreni hatte ihre Neider.«

Dann gingen sie weiter, jeder in seine Gedanken versunken.

Als sie in die Gletscherstube zurückkamen, saßen Albin, John Darkwood und Abraham Blumlein bereits draußen an der Sonne. Auch der Primus Albrecht Berchtolt war zur Hütte gekommen und freute sich, Hosang endlich wiederzusehen. Er war, so Heiris Empfinden, seit seinem Zusammenbruch gealtert. Oder handelte es sich bloß um eine momentane Unpässlichkeit, bedingt durch die beiden Amerikaner, die ihrem neuen Opfer mit dem ›JuBeaGap‹, den zwei Zimmern und der Tür dazwischen, in den Ohren lagen? Auch Pius Abdeneggen saß observierend in der Nähe und winkte Hosang freundschaftlich zu.

Albin trat zu Pirmin und Heiri, den er auch sofort duzte, und schilderte ihnen die Strahlhorntour mit Finsterwald und Blümlein: »Nicht wahr, Mister Abraham machte schon nach einer Dreiviertelstunde schlapp, und dem anderen wurde beim ersten Stützli schwindlig, wir mussten die Übung abblasen. Eigentlich wollten sie die ›Gesteinsluft vermessen‹, so sagten sie es, und buckelten kleine Messinstrumente mit, hoch empfindliche Elektronik, selbst entwickelt, gaben sie sich stolz, nicht wahr, aber die Dinger funktionierten nicht, wie sie sollten. Ja, und jetzt hocken wir hier und die beiden führen sich auf, als hätten sie die Welt neu erfunden. Unglaublich, was die zwei

Wichtigtuer von sich geben, nicht wahr, da schielt jedes Hühnerauge einzeln in eine andere Richtung. Aber mein Vater und ich hören einfach zu, schließlich ist der Kunde König.«

Tatsächlich benahmen sich die beiden Wahlamerikaner wie Könige ohne Manieren: Auf die Holzbänke hingefläzt und Bier in sich schüttend, waren sie sogar dem jungen Hüttenwart Xavi peinlich. Aber mit Abraham wollte er es sich nicht verderben, deshalb ließ er sie machen.

Hosang kehrte am Abend mit einem Bärenhunger ins Hotel zurück und hatte Glück: Aufgetischt wurde der Eintopf ›Kardinal Schiner‹, nach dem Rezept des gleichnamigen Kardinals Matthäus Schiner von Sitten, der von 1465 bis 1522 lebte und bei der Papstwahl nach dem Tod von Leo X. beinahe den Heiligen Stuhl bestiegen hätte, aber am Widerstand der französischen Kardinäle scheiterte. Der Eintopf enthielt Rindsbraten, Rindshaxen, Rindsschwanz, Wachteln und viel Gemüse. Nur das Rebhuhn fehlte im Topf, das kam jeweils erst in den Herbstmonaten dazu.

»Hervorragend!« Hosang wusste nicht, mit welchen Komplimenten er die Gerantin überhäufen sollte. Er verzichtete sogar auf den sauren Gratis-Goron und ließ eine Flasche ›Pinot Noir vendage tardive Barrique‹ aus der Biber-Kellerei in Salgesch entkorken. Und, was sonst überhaupt nicht seine Art war, er bat die Gerantin, sich doch zu ihm an den Tisch zu setzen und ein Gläschen des feinen Tropfens mit ihm zu leeren. Sie war sehr angetan von ihrem Gast, den sie bis anhin als wortkargen Kauz erlebt hatte. Als Gegenleistung für die Einladung erzählte sie ihm die passende Geschichte zum Menü.

»Matthäus Schiner ist in Mühlebach zur Welt gekommen. Nach der Priesterweihe vierzehnhundertsechsundneunzig wurde er Pfarrer von Ernen. Der Dorfkern von Ernen ist übrigens mit seiner typischen Walliser Holzbauweise der älteste intakte in der Schweiz. Sehenswert, das kann ich Ihnen nur empfehlen. Vierzehnhundertneunundneunzig hat Papst Alexander VI. den Schiner zum Bischof von Sitten ernannt. Aber wissen Sie, Schiner war ein streitbarer Polteri. Er wetterte über den Bischof Georg Supersaxo, ebenfalls ein Ernener, der sich in den Dienst der Franzosen gestellt hatte. Schiner und seine Gefolgsleute verbündeten sich hingegen mit Bern. So gelang es ihm, die Eidgenossen zu einem Bündnis mit Papst Julius II. zu überreden, und das hatte die Vertreibung der Franzosen aus Italien zur Folge. Für diese Heldentat ehrte ihn der Papst mit dem Titel *Befreier Italiens und Beschützer der Kirche*. Das müssen Sie sich vorstellen: Ein Schweizer hat Italien befreit! Aber nachdem die Eidgenossen fünfzehnhundertfünfzehn bei Marignano dann eins aufs Dach kriegten, zog Schiner kleinlaut nach Rom ins Exil und soll dort sieben Jahre später an der Pest gestorben sein. Nur sein Eintopf hat überlebt, wie auch die ältesten Tell-Fresken von 1578 an einer Hausfassade in Ernen.«

»War das nicht die Zeit, als der ›schwarze Tod‹ das halbe Wallis dahingerafft hat?«, wollte Hosang seine Recherchen im Briger Stockalperpalast bestätigt haben.

»Genau. Möchten Sie noch eine Portion?«

Er verneinte dankend.

Nach dem Essen und diesem anstrengenden Tag, der doch schon um vier Uhr morgens in der Gletscherstube seinen Anfang genommen hatte, und das nach einer schlaflosen Nacht, wollte Hosang mit dem Rest seiner ›Biberflasche‹ – mit dem Rest der zweiten Flasche – sofort aufs Zimmer, doch es blieb bei der Absicht. An einer Dame an der Bar kam er nicht vorbei: Soldanella, in Zivilkleidung, mit ihrem Laptop beschäftigt. Er hätte sie am liebsten links liegen lassen, genauso abweisend, wie sie ihm am Dienstag nicht den Hauch von Beachtung geschenkt hatte, als sie mit dem alten Mann aufs Zimmer ging – blöde Kuh. Aber es gelang ihm nicht. Das Phantom klopfte ihn auch diesmal weich. Er trat neben sie an die Bar.

»Störe ich?«

»Überhaupt nicht«, war die muntere Antwort.

»Und? Was macht Ihr Rabenvögelstoffwechselendproduktstudium?«

Sie schaute konzentriert auf ihren Bildschirm. »Im Moment studiere ich den Gruppensex bei den Baumfröschen, aber das kann warten.«

Hosang war dermaßen perplex, dass er beinahe den Barhocker verfehlt hätte und seitlich zu Boden gekippt wäre. »Was beschäftigt der Gruppensex bei Baumfröschen eine römisch-katholisch Geistliche? Und warum muss man deswegen auf die Riederalp, wo es meines Wissens keine Baumfrösche gibt?«

Sie bestand darauf, dass dies warten könne. »Hat Ihnen der Eintopf geschmeckt?«, lenkte sie ab.

»Hervorragend«, unterstrich er, »wie die Schlachtplatte in der Gartenbeiz neben Ihrem Kloster.« Und schon waren sie wieder mittendrin – sie unnahbar und Sherlock widerwillig in seinem Ermittlersumpf stochernd.

Sie sicherte ihr Dokument und klappte das Laptop zu. Hosang entdeckte um ihren schlanken weißen Hals ein kleines Kettchen, an dem er ihr Brustkreuz vermutete. Groß würde das Kreuz nicht sein, dachte er, denn das Kettchen war sehr fein. Um nicht wieder in exzessive Phantasien zu entschweben, fragte er sie ohne Umschweife, wer denn ihr Begleiter sei.

»Der Alte vom Dienstag«, fuhr sie mit rauer Wortwahl fort, »ist ein Pfaff, Pater Josef Berchtolt, der mir schon die ganze Zeit zu denken gibt. Nicht gerade mein Typ.«

»Und warum haben Sie ihn dann mit aufs Zimmer genommen?«, fragte Hosang.

Irgendwie interessiere sie seine Geschichte schon. Langweilig sei er nicht. Dann erzählte sie Hosang von der Fahrt in der Stretchlimousine, wo sie dem Geistlichen zum ersten Mal begegnet war, und von der Begegnung in seiner verstaubten Klause. »In seinem Refugium, ein Papierchaos ohne Beispiel, schwadronierte er ausufernd über Klimt. Erst das Telefon schaffte es, ihn Luft holen zu lassen. Und dann hatte er plötzlich Wichtigeres zu tun und setzte mich vor die Tür«.

»So ein Ekel.«

»Ich hätte gern mehr von ihm erfahren. Vor allem über sein Privatleben. Aber bei einem katholischen Pfaffen wäre das wohl illusorisch gewesen. Ein Privatleben haben die ja nicht, ihr Versprechen der Ehelosigkeit verbunden mit sexueller Enthaltsamkeit ist im Grunde genommen ein Verzicht auf Privates. Und wer darauf verzichtet, hat auch mit dem irdischen Leben nicht viel am Hut. Die zu höheren Weihen bereiten Geistlichen liebäugeln doch nur mit dem Unsterblichen im Jenseits. Das ist purer Egoismus. Wer von einem so unbändigen Glauben an das ewige Leben beseelt ist, der müsste nach meiner Logik eigentlich an biologischen Nachkommen interessiert sein und nicht enthaltsam dahinfrömmeln. Der sollte doch seinen Glauben auch genetisch weiterreichen und nicht nur von ›Liebet und vermehret euch‹ faseln.«

»Sie sind also gegen das Zölibat?«, hakte Hosang nach.

»Der alte Zopf ist überfällig«, sagte sie energisch wie eine Aktivistin.

In der Folge erzählte Soldanella von der Kapelle, die Pater Josef beim Märjelensee errichten lassen wolle, und dass er dafür sogar den Namen Ambrosia in Erwägung ziehe.

»Ambrosia?«, fragte er erstaunt. »Das ist ja Ihr Name, pardon, einer Ihrer Namen.«

»Kommt aus dem Griechischen und heißt unsterblich«, klärte sie ihn auf. »Ambrosia sei die Götternahrung, wollte mir der Alte weismachen. Von der anderen Ambrosia, von der *invasiven Neobiota*, die auf den Scheiterhaufen oder in die Kehrichtverbrennung gehört, wusste er offenbar nichts. Dafür wissen Sie jetzt, weshalb Ambrosia auf meiner Visitenkarte steht: Ich liebe Gegensätze und Widersprüche. Nur wenn man sie aufeinanderprallen lässt und sich mit ihnen auseinandersetzt, kann langsam ein Verständnis für das Ganze wachsen.«

Das klang in Hosangs Wahrnehmung nach Aletsch-Ei-Mystik. Er wich aus: »Ich muss fast annehmen, dass Sie nicht nur durch Ihre vielen Namen polarisieren. Bei Ihnen stehen Leib und Geist und Seele in einer ewigen Zerreißprobe, sie finden nicht zur Einheit.«

Sie wollte das nicht weiter kommentieren, aber ihr Lächeln war wiederum betörend, wirkte auf ihn fast betäubend. Doch bevor es so weit war, zog er den Pfeil, der noch in seinem Köcher steckte.

»Aber jetzt weiß ich immer noch nicht, wie das nun mit dem Gruppensex bei den Baumfröschen ist. Wollen Sie den etwa auch mit dem alten Zopf in Verbindung bringen? Oder eher mit dem Unsterblichen?«

Soldanella lachte maliziös: »So falsch ist das gar nicht«, gab sie zu, »jedenfalls sind die Baumfrösche weit fortgeschrittener als das, was uns der Glaube vorschreiben will. Die Baumfroschweibchen lassen sich von mehreren Männchen begatten, und zwar gleichzeitig. Stundenlang. Sie haben dafür einen guten Grund: Der Gruppensex macht die Damenwahl weniger zu einer Selektionswahl. Wenn mehrere Geschlechtspartner gleichzeitig am Werke sind, wird die möglicherweise nicht ideale Wahl eines einzigen, vielleicht impotenten Partners ausgeglichen. Das ist doch clever, finden Sie nicht?«

»Äääh, jaja, doch doch.«

»Ich könnte Ihnen noch viel erzählen, auch über vaterlose Frösche.«

Es blieb ihm nicht verborgen, dass sie ihren Spaß an der Unterhaltung hatte.

»Für die Entstehung eines Frosches braucht es nicht zwingend einen Vater. Ein unbefruchtetes Froschei kann man durch einen bloßen Nadelstich zur Teilung anregen, und schon entwickelt es sich wie ein normaler Embryo.«

Hosang hatte von Tuten und Blasen keine Ahnung. »Und das soll funktionieren?«

»Anscheinend nur bei einigen Amphibien, Knochenfischen, Reptilien und Vögeln. Sie kommen unter bestimmten Voraussetzungen asexuell zu Nachkommen, ganz ohne genetischen Beitrag eines männlichen Partners. Bei den Säugern geht das nicht – Gott sei Dank.«

Was war denn zuerst, das Huhn oder das Ei, hätte er sie am liebsten gefragt, entschied sich jedoch für das biblische Traumpaar. »Aber bei Maria ging es doch auch ganz ohne genetischen Beitrag von Josef. Oder bin ich falsch gewickelt?«

»Lassen wir das«, beendete sie die Konversation und ging aufs Zimmer.

Hosang war nicht unglücklich. Die Müdigkeit von der Strahlhorntour, die Schiner-Geschichte und die geistlichen Paarungstheorien verfehlten ihre Wirkung nicht: Er fand den Schlaf nach einem einzigen Rosenwasser – aus dem randvollen Zahnglas.

23

Mit dem Feldstecher um den Hals machte es sich Hosang am Freitag auf der Aussichtsterrasse der Bergstation Riederalp Mitte gemütlich und bestellte einen Campari Soda. Der wolkenlose Sommertag präsentierte die südlichen Walliser-Alpen von ihrer Postkartenseite. Doch die Gemütlichkeit war von kurzer Dauer.

Schon bald tauchte Pius Abdeneggen auf und setzte sich nach einer hastigen Begrüßung an den Tisch. Aus einem Plastiksack zog er stolz seine ›Trophäe‹ und legte sie Hosang zur Begutachtung vor. Eine tote Alpendohle. »Na? Ist das nicht was? Ich habe das Tier dem Wildhüter abgeluchst. Er hat die strikte Anweisung, Kadaver niemals herauszurücken, und eigentlich ist der Wildhüter auch unbestechlich.«

»Bei Ihnen scheinbar nicht, Kompliment«, lobte Hosang.

Abdeneggen schmunzelte verschmitzt. »Seit der Bundesrat äääh ... Bundesrat Sowieso vor den Medien über das Wesen der Alpendohlen philosophiert hat, ist ihr Wert in die Höhe geschnellt, vor allem wenn die Viecher aus der Märjela stammen und tot sind. Diesen Vogel werde ich präparieren lassen und dann Bundesrat äääh ... Bundesrat Sowieso anbieten. Wenn er ablehnt, werde ich ihn versteigern – den Vogel natürlich.«

Hosang spürte Abdeneggens Freude und spielte mit: »Potztausend ... und dann sind Sie ein gemachter Mann. Und wie weit sind Sie in der Fahndung nach Ihren Kandidaten?«

Abdeneggen erhob sich bereits wieder und verstaute die tote Dohle im Plastiksack. »Sagen wir ... fortgeschritten«, gab er sich verschlossen.

Er verabschiedete sich mit einem schon etwas weniger unbeholfenen Bückling und zottelte pfeifend davon.

Hosang blieb mit einem Kopfschütteln sitzen, das er erst unter Kontrolle bekam, als er durch den Feldstecher das Alpenpanorama bewunderte und über die majestätische Bergruhe reflektierte. Eins werden mit den Bergen, stieg auf einmal eine Sehnsucht in ihm hoch. Vielleicht gelang das ja denen, die in den Bergen ihr Leben ließen. – Vreni?

Wenig später tauchte ein bekanntes Gesicht auf und wollte sich an einen anderen Tisch setzen. Es erblickte Hosang und trat auf ihn zu.

»Wir kennen uns, ich bin Maria Berchtolt.«

Hosang strahlte. »Die Libelle. Setzen Sie sich doch zu mir.«

Maria freute sich: »Danke, ein Prachttag heute, nicht?«

»Und wie. Ich habe gerade eine ganze Weile durch den Feldstecher geschaut und mich beim Anblick des Panoramas gefragt, ob wohl jene den Bergen am nächsten stehen, die in ihnen umgekommen sind.«

»Schöner Gedanke«, fand Maria, »bei meinen Rettungseinsätzen geht mir Derartiges auch oft durch den Kopf.«

Sie ließ sich einen Apfelsaft servieren. Dann überraschte sie Hosang:

»Ich muss mich bei Ihnen noch entschuldigen.«

»Wofür denn?«, staunte er.

»Mein Onkel ist mit Ihnen nicht gerade freundlich umgesprungen. Ich meine unseren Josef. Er hat der Familie seinen Brief an Sie gezeigt. Glauben Sie mir, wir waren gar nicht begeistert.«

Hosang reagierte gelassen. »Das nehme ich ihm nicht übel. Er hat ja nur aus der Bibel zitiert. Aber vielleicht können Sie mir sagen, was er damit eigentlich bezwecken wollte.«

»Seit Vrenis Tod hat er sich verändert. Er krallt sich noch

mehr als früher an seinem Glauben fest. Man kommt fast nicht mehr an ihn heran.«

»Das überrascht mich nicht. Der Glaube ist oft das, was man zuletzt aufgibt. Und als Geistlicher wird er sich im Umgang mit dem Tod immer wieder mit seinem Sinn auseinandersetzen.«

»Da haben Sie recht. Aber seit er Vrenis Leichnam gefunden hat ...«

»Ausgerechnet in der Märjela ...«, forschte Hosang sherlockend. Für seine vage und nie ausgesprochene Vermutung, der *pilgernde Priester*, der die tote Hüttenwartin gefunden habe, wie es in den Medien hieß, könnte Albrecht Berchtolts Bruder gewesen sein, lieferte ihm Maria nun die Bestätigung.

»Das hat ihn aufgewühlt«, seufzte sie. »Ich glaube, er möchte jetzt in seinem Revier mit dem ganzen Volkskult rund um die Oberwalliser Sagenwelt aufräumen und wieder seinen katholischen Urglauben verbreiten. Das kann man ihm als geweihtem Priester der alten Schule auch nicht ankreiden.«

»Tatsächlich.« Hosang hörte hoch konzentriert zu und war auf eine Aletsch-Ei-Fortsetzung gefasst. Sie blieb aus. Marias Handy meldete sich.

»Ja. Ja, ich kann. Gut.« Sie schaute auf ihre Uhr. »In einer Stunde. Alles klar. Ich breche gleich auf. Bis dann.« Zu Hosang sagte sie: »Ich muss leider, ein Einsatz.«

»Hoffentlich nichts Schlimmes. Der Apfelsaft geht auf mein Konto.«

»Oh, vielen Dank. Schlimm ist es nicht, aber für die zwei sömmernden Rinder Stress genug. Sie sind in einem Tobel blockiert, schwer zugänglich. Wir müssen sie mit der Seilwinde aus der Luft bergen.«

Dann reichte sie ihm die Hand und ging. Hosang schaute ihr nach. Wie hart der Bergalltag doch sein konnte, selbst für die Tiere ...

»Ich habe scharf nachgedacht. Gebetet und um eine Eingebung gefleht habe ich auch.«

Pater Josef hatte die engelhafte Novizin Irina Danae Soldanella Ambrosia Marna noch nicht abgeschrieben. Aber auch sie wollte tiefer in die Vergangenheit dieses alten Priesters vordringen, den der Bischof vorzeitig in die Oberwalliser Seitentäler wegbefördert hatte. Darum tauchte sie nach Voranmeldung wieder in seiner papier- und staubdominierten Klause auf. Er war angetan und voller eigennützig guter Dinge.

»Die Kapelle könnte auch Maria Magdalena heißen«, überfiel Pater Josef die Novizin. »Maria Magdalena hat zwei Gesichter, das Marjelen-Ei vielleicht sogar mehr als zwei.«

Sie wusste nicht gleich, wie seine Idee zu verstehen war: »Sie meinen ...«

»Sie wissen doch: Maria Magdalena – Heilige oder Hure.« Das Wort Hure kam gequält. »Und wenn das zu gewagt ist, könnte die Kapelle auch Irina Verena geweiht sein. Aber das muss ich natürlich zuerst mit Rom besprechen.«

»Mit Rom? Warum nicht mit Sankt Petersburg?«, wollte Soldanella wissen.

Der Pater staunte entgeistert. Die fünfnamige Novizin half ihm auf den Sprung:

»Irene aus Sankt Petersburg, verschollen ... und Verena tönt auch etwas würdevoller als Vreni.«

»*Wo zwei oder drei in meinem Namen versammelt sind, da bin ich mitten unter ihnen*«, bibelte er. »Am liebsten würde ich Sie, Schwester ...«

Sie ließ ihn den Satz nicht zu Ende bringen: »Sie wissen, dass Vreni Abegglen-Abegglen eine Reformierte war und mit Rom wohl kaum etwas anfangen konnte.«

»Ja, sie war anders. Aber mit dem Segen des Heiligen Stuhls wäre ich bereit, den Gnadenort und die Kapelle in meinem Revier als ökumenische Pilgerstätte zu akzeptieren. Und wenn ich dabei auf Ihre Unterstützung zählen dürfte ... Sie sind von der jungen Generation und vielleicht etwas aufgeschlossener als ich. Weltoffener. Wir könnten gemeinsam nach Rom reisen. Mit Toni Kalberer. Sie kennen ja meinen zuverlässigen Privatchauffeur.«

Das war ihr zu aufdringlich. Sie wandte sich angewidert von ihm ab und sagte im Hinausgehen: »Mit Rom kann auch ich nicht viel anfangen.«

Der Baum des Paters war wieder um einen Ast ärmer.

»Heiri, es wird Zeit, über gewisse Dinge zu sprechen«, stellte Albrecht Berchtolt mit Nachdruck fest. Er hatte am späten Nachmittag vor dem Hotel auf Hosang gewartet und ihn freundlich begrüßt. Er schien auch wieder frischer zu sein als am Vortag vor der Hütte. Hosang entschied augenblicklich, die Begegnung mit Maria nicht zu erwähnen.

Berchtolt blieb bestimmt: »Ich habe mit meinen Jungen gesprochen. So, wie unsere Alpenwelt in letzter Zeit gebeutelt worden ist, und nach dem Schicksal von Vreni, da wollen wir einiges mit dir bereden. Wie lange bist du noch auf der Riederalp?«

Hosang fühlte sich etwas gedrängt, hatte aber nichts einzuwenden, er wollte ja selbst auch noch dieses oder jenes erfahren.

»Ich habe mein Hotelzimmer bis Montag, dann reise ich heim.«

Albrecht lud ihn auf den Sonntagnachmittag in die Arvenstube ein.

»Der Familienrat trifft sich, du kennst ja alle.«

Stimmt. Am wenigsten kannte er den Pfaff, sagte aber nichts und ließ Albrecht ausreden.

»Darf ich dich vorher noch etwas Persönliches fragen? Bist du ein gläubiger Mensch?«

»Ja, eigentlich schon«, antwortete Heiri.

»Katholik?«

»Nein.«

»Protestant?«

»In einem gewissen Sinne ja, ich protestiere gegen vieles in dieser Welt, meistens allerdings nur für mich. An Demos nehme ich nicht teil. Ich trage keine Transparente, verbreite keine Parolen, werfe keine Pflastersteine, verschmiere keine Hausfassaden, vermumme mich nicht und gehe nicht in die Kirche.«

Albrecht war noch nicht zufrieden: »Bist du Jude?«

»Nein.«

»Was dann?«

»Agnostiker.«

»Also nicht gläubig.«

»Doch. Ich glaube an nichts und halte nichts für unmöglich.«

»Dann hältst du auch ein Leben nach dem Tod nicht für unmöglich.«

»So ist es, nur glaube ich nicht daran. Aber warum fragst du mich das?«, wollte Heiri nun wissen.

»Wegen meinem Bruder. Weißt du, wir sind alle katholisch, aber Josef ist erzkatholisch, er steht nicht mehr ganz auf dem Boden der Tatsachen. Das macht unserer Familie zusehends zu schaffen.«

Heiri wollte hier vor dem Hoteleingang nicht über Glaubensfragen debattieren. Albrechts Äußerungen gaben ihm Gewissheit. Übermorgen würde sich einiges klären.

»Also dann bis Sonntagnachmittag«, sagte der Primus, »so gegen zwei Uhr, auf die Minute kommt es nicht an. Heidy wird uns einen Kuchen backen.«

Nach einem fast brüderlichen Handschlag ging jeder in seine Richtung. Und schon hüpfte auch ein fröhlicher Cyril seinem Großvater entgegen. Natürlich hielt er eine Zeichnung in der Hand und streckte sie Albrecht hin: eine Kirche mit Schweizerfahne auf der Turmspitze, im Hintergrund Berge.

»Schöne Zeichnung. Verrätst du mir auch, wo diese Kirche steht?«

Cyril nickte: »Am Märjelensee, Onkel Liebgott hat mir davon erzählt.«

»Was hat er dir erzählt?«

»Dass der Liebgott im Himmel extra für uns auf die Erde kommt und am Märjelensee eine Kirche baut.«

Im katholischen Wallis war Freitag Fischtag. Die Hotelgerantin stellte Hosang am Abend vor die Wahl zwischen Felchen-Filet meunière oder Kräuteromelett. Er entschied sich auf gut Glück für den Fisch, der ihm viele lästige Gräten bescherte. Was ihm das Kräuteromelett beschert hätte, erfuhr er nicht. So war das mit allen Entscheidungen, man wusste im Voraus nie, ob sie richtig waren.

Mit früh zu Bett gehen war auch an diesem Abend nichts. Schon beim ersten Rosenwasser läutete das Telefon in Hosangs Hotelzimmer. Soldanella.

»Kommen Sie zu mir oder soll ich zu Ihnen kommen?«, fragte sie halb herrisch, halb neckisch.

So forsch war noch nie eine Frau an ihn herangetreten. Er hätte ablehnen können, schlug aber einen diplomatischen Kompromiss vor. »Wir können uns auch an der Bar unten treffen.«

»Bei mir oder bei Ihnen oder gar nicht«, befehligte sie.

»Dann halt bei mir«, ergab er sich und legte den Hörer auf. Ob bei ihm oder bei ihr, tat nichts zur Sache, beide Zimmer waren gleich ausstaffiert. Und wer wusste es schon, vielleicht präsentierte sie ihm ja wieder eine hedonistische Studie.

Das Phantom des Lächelns stand in schwarzer Soutane vor ihm, ohne Schleier, dafür mit Laptop. Sonderbarer Auftritt, dachte Hosang. Sonderbar, dachte er auch, als sich die Dame auf den Bettrand setzte, immerhin war es jetzt das Bett in seinem Hotelzimmer. Sie klappte gleich ihr Laptop auf.

»Schlafen Sie gut in meinem Bett?«, kam es anzüglich über ihre Lippen.

Die Anspielung berührte ihn als abstoßendes, wenn auch körperloses Grapschen, und er lenkte ab: »Sie scheinen ohne Elektronik nicht auszukommen.« Er setzte sich in den Weder-Sessel-Noch-Stuhl schräg zum dreibeinigen Nierentischchen, unbequem.

»Sagen wir, das Ding hält meinen Kopf für Neues frei«, erwiderte Soldanella, »es ist aber auch vergesslichkeitsfördernd.«

»Interessant«, sagte er uninteressiert.

»Sehr interessant.«

Hosang wollte ihr etwas zu trinken anbieten, doch sie lehnte ab, sagte dann aber doch nicht Nein, als er vom ›Pinot Noir vendage tardive Barrique‹ aus der Biber-Kellerei sprach.

»Ich habe die Flasche zum Kardinal-Schiner-Eintopf bestellt, sie ist noch halbvoll, aber Sie müssen mit meinem Zahnglas vorliebnehmen.« Es machte ihr nichts aus.

»Nicht übel«, sagte Soldanella, als sie am Zahnglas nippte.

Mein Zahnglas ... an ihren Lippen ... Seine Augen malten romantischen Kitsch in die Luft.

Soldanella holte ihn ruppig auf den Boden zurück. »Der Pfaff will am Märjelensee eine Kapelle bauen.«

»Von diesem Gerücht habe ich im Dorf gehört. Will er dort bauen, wo Vreni Abegglen-Abegglen gestorben ist?«

»Bei diesem rätselhaften Marjelen-Ei. Als Priester glaubt er an göttliche Wunder. Wer einmal im Kloster zu einer klerikalen Karriere aufgebrochen ist, hat auch gelernt, Wunder zu heiligen.«

Hosang ging nicht darauf ein, obwohl er brennend daran interessiert war zu erfahren, was sie über das Ei wusste. Aber er durfte sein Aletsch-Ei nicht zur Sprache bringen. Warum nur hatte er das Gefühl, dass genau dies ihre Absicht war?

»›Maria Magdalena‹ wollte er die Kapelle weihen«, fuhr sie fort, »dann kam er plötzlich mit ›Irina Verena‹. Und er hat mich nach Rom eingeladen, in der Luxuslimousine von Kalberer. Ich weiß wirklich nicht, was das soll.«

Was sollte Hosang dazu sagen? Er sagte, was man sagt, wenn man nicht weiß, was man sagen soll: »Schöne Einladung«, und dann: »Kalberer?«

Sie erzählte ihm von ihrer Kalberer-Begegnung auf der Fahrt vom ›Fressbalken‹ Würenlos nach Spiez und schloss zweideutig: »Ich habe nicht zugesagt.«

»Aber auch nicht abgesagt«, wollte Hosang ihre Antwort verstanden haben.

Erst jetzt fiel ihm auf, dass der weiße Kollar um ihren Hals fehlte, den sie sonst immer trug, wenn sie in der Soutane daherkam. Er bemerkte es deshalb, weil er erneut das Kettchen um den Hals sah, das er am vorigen Abend an der Bar an ihr entdeckt hatte, als sie zivil gekleidet war. Heute trieben ihn seine Gedanken nicht unbeschwingt weiter: Hatte der fehlende Kollar etwas zu bedeuten, und überhaupt, was trugen denn Nonnen unter den schwarzen Dudelsäcken? Und was Novizinnen? Wie sahen ihre Dessous aus? Jetzt im Sommer bei dieser Wärme?

Soldanella unterbrach seine Gedanken, die ihm die Hitze ins Gesicht trieben. »Ich wollte schon ins Bett, aber als ich Sie im Zimmer hörte, habe ich es mir anders überlegt.«

Sie legte das offene Laptop neben sich auf Hosangs Bett: »Es wird Zeit, mit Ihnen über gewisse Dinge zu reden«, wurde sie ernsthaft.

Genau wie Albrecht Berchtolt, konstatierte Hosang, genau

das Letzte, was er hier brauchte. Aber er hatte es geahnt und versuchte, das Gespräch in seine Richtung zu lenken.

»In der Gletscherstube hängt jetzt ein Bild von Vreni. Alle sagen, die fleischgewordene Sage habe sich selbst umgebracht. Nur Privatdetektiv Abdeneggen sieht das anders. Ich weiß nicht, ob Sie ihn kennen. Was ist Ihre Meinung dazu?«

»Bergleute sind eigen«, wich sie aus. »Schauen Sie sich einmal die knorrigen Arven und Lärchen im Aletschwald an. So sind auch die Einheimischen – knorrig. Jeder muss der Natur mit aller Kraft trotzen, da bleibt für den Nachbarn wenig übrig. Jeder achtet zuerst darauf, dass er seinen eigenen Schädel nicht an einer Felswand zertrümmert. Und die Felswände sind gefährlich nahe, näher als im Flachland.«

Sie nahm das Laptop wieder auf die Knie, es schien, als wollte sie sich dahinter verstecken. Immer wieder fummelte sie an der integrierten Maus und mit der Tastatur herum. Hosang hatte plötzlich seinen Spaß. Das war für ihn der Moment, eine Wissenslücke zu schließen:

»Wie sind Sie eigentlich zu Ihrem Namen ›Marna‹ gekommen? Der fünfte, wenn ich nicht irre.«

»Durch die Bibel«, blieb sie kurz, und er noch kürzer:

»Kapitel?«

Soldanella schenkte sich den letzten Tropfen ›Pinot Noir‹ gleich selbst in Hosangs Zahnglas nach und erklärte mit ihrem Phantomlächeln: »Die Bibel hat sich zur unerschöpflichen Inspirationsquelle für Antworten gemausert, aber *wirklich* beantworten tut sie herzlich wenig.«

»Wie soll ich das deuten?«, fragte er verwundert.

»Die Bibel ist ein menschliches Drama«, nahm sie die Verwunderung auf. »Haben Sie nie gehört, wie es von den Kanzeln tönt? Da liest ein Prediger ein paar Sprüche und fragt sogleich: *Was will uns der Herr damit sagen* oder *Wie ist das Wort Jesu zu deuten*? Und was kommt dann? Ein pastoraler

Vortrag, der *uns* lediglich sagt, was der Prediger denkt, und das sollen wir ihm glauben.«

»Das hat mich immer gestört. Studierte Theologen sind Wahrheitsverdreher, wie studierte Anwälte Rechtsverdreher sind.«

»Ich lasse mir von keinem Kirchenhengst vorphantasieren, wie ich die Heilige Schrift zu verstehen habe. Nichts gegen Phantasie, solange man für sich phantasiert, aber wenn man damit seine Nächsten wie Subalterne einnebelt und zu minderwertigen Kreaturen entwürdigt, schere ich aus. Die Kirche krankt an der Überheblichkeit, die Wahrheit unter Berufung auf Gott allein für sich zu beanspruchen. Das ist das menschliche Drama.«

Hosang sah in ihr immer weniger eine Geistliche. Ihre Ansichten erinnerten ihn viel mehr an eine aufmüpfige Studentin – und an ihn selbst.

Nach einer kurzen Pause pflückte sie dann einen Spruch aus dem ersten Brief des Petrus: »*Seid nüchtern und wachet! Euer Widersacher, der Teufel, geht umher wie ein brüllender Löwe und sucht, wen er verschlingen könne*. Das ist auch so ein Spruch zur Inspiration. Vielerorts wird er in die Komplet, ins Abendgebet aufgenommen. Ist doch vielsagend, nicht?«

Sie klappte ihren Laptop entschlossen zu, stand auf und huschte wortlos aus dem Zimmer.

War das alles? Was hatte sie denn nun so dringend mit ihm besprechen wollen? Hosang schaute ihr nach. Erst unter der Zimmertür auf den Korridor – drehte sie sich noch einmal um und sagte:

»Danke für den Pinot.« Dann war sie weg.

24

Die Hiobsbotschaft erfuhr Hans Heinrich Hosang beim Frühstück.

In der Nacht hatte ein Bergsturz das Zelt mit dem Aletsch-Ei verschüttet. Augenzeugen berichteten, wie ein hausgroßer Brocken im unteren Bereich des Strahlhorns über das Zelt gedonnert war. Ob das Ei Schaden genommen oder keinen Kratzer abbekommen hatte, wusste niemand. Ersten Berichten zufolge hatte es zumindest weder Tote noch Verletzte gegeben.

Bis zum Mittag erfuhr man bereits, dass es höchst ungewiss war, ob und wann der riesige Steinkoloss gesprengt oder abgetragen werden könnte, um das Ei wieder freizulegen. In den Nachrichten hieß es, das betroffene Gebiet liege nicht nur im UNESCO-Weltnaturerbegebiet Jungfrau-Aletsch-Bietschhorn, es stehe laut einem Bundesratsbeschluss bereits seit 1984 im ›Bundesinventar der Landschaften und Naturdenkmäler von nationaler Bedeutung‹ und genieße dadurch den Schutz vor unzweckmäßiger Nutzung.

Natürlicher Felssturz oder gezielter Bombenanschlag? Hosang werweißte und vermutete, der Bundesrat selbst könnte hinter dem Ereignis stehen. Das berührte ihn persönlich, aber er war machtlos. Er konnte und durfte nicht agieren. Immer noch stand er unter einem Gelübde, das ihm zu reden verbot. Dafür hatte die Regierung nun alles in der Hand und konnte in geheimer Absprache mit Wissenschaft und Klerus das Aletsch-Ei unter Kontrolle behalten. Die Wissenschaft würde Dampf machen, um möglichst rasch wieder an das Ei heranzukommen. Die Landesmütter und -väter könnten sich in der Mitte aller Lobbyisten wie die Maden im

Speck einnisten, es allen recht machen wollen, aber nicht können. Sie würden abwägen und vermitteln und verharmlosen und vertrösten und hinausschieben und verhindern und die ›Dossiers‹ ihren Nachfolgern übergeben und die Nachfolger den Nachnachfolgern. So trübte über Generationen hinweg die einstige Wahrheit ein. Beruhte Geschichtsschreibung nicht oft auf dem, was nicht war, weil das, was wirklich war, nicht wahr sein durfte? – Der Acker für Sagen und Legenden wurde von den Ahnen bestellt. Warum sollte Hosang durch das Aletsch-Ei – eine Wahrheit – dereinst nicht eine Sage in die Welt gesetzt haben, zog er in Erwägung. Vor allem aber war er gespannt, was sich am Sonntag in der Arvenstube ereignen würde. *Es wird Zeit, über gewisse Dinge zu sprechen*, dieser Satz, gleichermaßen gesprochen von Albrecht Berchtolt und Soldanella, erhielt für ihn auf einmal eine ungewöhnliche Brisanz.

Privatdetektiv Pius Abdeneggen machte seine Aufwartung bei seinem ›Klienten‹ Pater Josef Berchtolt. Unangemeldet. Josef war daheim und bat ihn in seine Staubbude. Abdeneggen haute es schier um.

»Ein imposantes Lebenswerk, wenn ich mich hier umschaue«, eröffnete Abdeneggen die Sitzung.

Pater Josef ging nicht darauf ein, sondern wetterte gleich drauflos: »Haben Sie vom Attentat am Märjelensee gehört? Unglaublich, was mein Revier alles ertragen muss. Was wird wohl das Nächste sein? So geht es nicht weiter!«

»Attentat? Wie kommen Sie darauf?«

»Das ist doch dieser … dieser Schurke aus der Stadt, der Entdecker, meine ich«, pustete der Pater in den Staub, der wie ein Kumulusgewölk aufquoll. Und dann: »Herrgott, es ist fünf vor zwölf, jetzt muss die Kirche zum Rechten schauen. Ohne Wenn und Aber.«

Der Privatdetektiv blieb professionell: »An Ihrer Stelle würde ich jetzt nicht überreagieren.«

Josef donnerte: »An Ihrer Stelle, Mann, sind Sie an meiner Stelle oder ich? Und überhaupt, was treibt Sie in mein heiliges Gemach? Ohne Voranmeldung!«

»Ich habe für Sie observiert«, gab sich Abdeneggen souverän.

»So! Und? Kann man wenigstens Kalberer wegen Diebstahl anzeigen?«

»Noch nicht, Pater Berchtolt. Sie wissen ja, man soll das Kind nicht mit dem Bade ausschütten.«

»Das predige ich meinem Revier auch immer. Meine Geduld ist fast grenzenlos. Aber irgendwo und irgendwann muss ich eingreifen.«

»Gut, gut, das ist verdienstvoll. Vielleicht kann ich Ihnen sogar behilflich sein. Heute geht es nämlich um die zwei Wissenschaftler Darkwood und Blumlein.«

Josef spitzte die Ohren, und Abdeneggen zog aus der Innentasche seines Kittels einen Zeitungsausschnitt und reichte ihn dem Pater: »Ich hoffe, Sie können das lesen bei diesen trüben Lichtverhältnissen.«

Der Pater riss das Papier an sich und las bei diesen Lichtverhältnissen ohne Brille:

Titel: *Grabschändung.*

Text: *In einem Friedhof am Brienzersee ist in der Nacht zum Freitag ein frisches Grab ausgehoben und ein Sarg entwendet worden. Über die Täter und das Tatmotiv liegen bisher keine näheren Angaben vor. Die Polizei geht davon aus, dass es sich um keinen Vandalenakt handelt, sondern um eine gezielte Aktion. Beobachtungen und Hinweise aus der Bevölkerung, die zur Ermittlung beitragen und zur Festnahme der Täterschaft führen können, nimmt jeder Polizeiposten entgegen.*

Der Pater schaute Abdeneggen verständnislos an.

»Was sagen Sie dazu?«, fragte Pius erwartungsvoll.

Die Stimme des Paters klang gereizt: »Sagen Sie mir doch, was Sie dazu sagen. Und vor allem, was das mit Blumlein und Darkwood zu tun haben soll.«

»Sie erlauben, die zwei bei ihren wirklichen Namen zu nennen: Finsterwald und Blümlein waren in letzter Zeit oft in der Gletscherstube.«

»Die beiden forschen für meinen Bruder Justus in Amerika«, argumentierte der Pater etwas gemäßigter.

»Das ist der springende Punkt. Sie forschten bisher erfolglos. Sie kamen nicht an das Ei heran. Aber bekanntlich führen viele Wege nach Rom.«

Der Pater erschrak, als hörte er diese Plattitüde zum ersten Mal. »Eben. Da haben wir's.« Mehr kam nicht.

»Schauen Sie genau hin. Die Grabschändung geschah vor dem Felssturz.«

»Felssturz, Felssturz«, ereiferte sich der Pater. »Haben Sie noch nie von einem Zeitzünder gehört?«

»Sie scheinen sich auszukennen«, erwiderte Abdeneggen.

»In den Bergen wird viel gesprengt, das wissen Sie so gut wie ich. Und die Sprengmeister berechnen die Sturzmasse und den Sturzweg im Voraus präzis.«

»Genau. Vor allem aber sprengen sie nicht bei Nacht. Tatsache ist doch: Die Messgeräte der Amerikaner sind am Märjelensee ausgefallen. Das war am Abend vor dem Tod von Vreni Abegglen-Abegglen. Am anderen Morgen waren die zwei verschwunden. Und Stunden später haben Sie, Pater Josef, Vreni tot aufgefunden. Das war an einem Freitag. Am Montag darauf wurde das Ei öffentlich. Seither verwehrt die Armee den Zugang zum Ei. Aber Blümlein brauchte für seine Strahlenforschung unbedingt ein Opfer möglichst aus der unmittelbaren Umgebung des rätselhaften Objektes. Er freundete sich mit Xavi an. Und weil die Amis nicht einmal an eine tote Dohle kamen, blieb ihnen nur noch der Leichnam von Vreni. Und Xavi hat ihnen gesagt, wo Vreni begraben ist.«

»Folglich sind Blumlein und Darkwood die Grabschänder«, kombinierte der Pater.

»Möglich. Oder noch schlimmer. Vielleicht haben sie Vreni vorsorglich umgebracht oder durch Komplizen umbringen lassen, um sie später für ihre Forschung zu exhumieren.«

Pater Josef studierte. »Hm, die Polizei sucht Hinweise zur Festnahme der Täterschaft, steht hier. Also werden Sie jetzt die Polizei kontaktieren.«

»Nein, das muss ich Ihnen überlassen, Pater Berchtolt. Ich habe nur für Sie observiert.«

Josef dachte scharf nach, aber nicht scharf genug, er suchte den Rat bei Abdeneggen: »Meinen Sie, es wäre klug, vorher wenigstens noch meinen Bruder Justy Beachold in Amerika zu benachrichtigen? Der ist immerhin der Boss von Blümlein und Finsterwald.«

»Als Privatdetektiv im Dienst meiner Klienten bin ich ungern gleichzeitig deren Berater.«

»Ich sehe, Privatdetektiv Abdeneggen, Sie sind von Gottes Gnaden oder einfach ein Naturtalent. Darum frage ich mich jetzt ernsthaft, ob es überhaupt noch Sinn macht, dass ich weiter für Ihren blöden Dorfpolizistenjob beten soll. Bleiben Sie lieber mein Privatdetektiv und machen Sie weiter so.«

Abdeneggen nahm das Kompliment geehrt zur Kenntnis, stand auf und suchte den Ausgang aus dem Papierchaos. Als er ihn gefunden hatte, drehte er sich noch einmal mit einem halbsteifen Bückling um und zwinkerte dem Pater zu: »Den Zeitungsausschnitt können Sie behalten – ein Papier mehr oder weniger ...«

Ein Papier mehr oder weniger, sinnierte Josef mitten in seinem imposanten Lebenswerk. Am liebsten hätte er es gleich in

Brand gesteckt. Aber dann erinnerte er sich an seinen göttlichen Auftrag. Die Polizei kontaktieren konnte warten. Der Anruf an Justy Beachold auch. Aber nicht der Auftrag an seinen Architekten in Brig – ein Mann mit Erfahrung im Sakralbau. »Ich muss Prioritäten setzen«, sprach sich Josef geschäftig Mut zu.

25

Fünf nach zwei erschien Heiri Hosang mit einem Papiertragsack in der linken Hand. Albrecht Berchtolts Händedruck war von kräftiger Herzlichkeit.

Ein grelles Licht schien in die Arvenstube. Föhnstimmung, man erwartete einen Wetterumsturz. Heidy hatte eine mehrstöckige Schwarzwäldertorte in der Tischmitte aufgebaut, garniert mit rubinroten Weichseln. Der eingeladene Hosang drapierte drei Flaschen ›Pinot Noir vendage tardive Barrique‹ aus dem Papiertragsack rund um die Torte.

»Etwas Kleines als Dank für die liebenswürdige Einladung«, bemühte er seine Höflichkeit.

Der Primus bedankte sich mit dem für helvetische Verhältnisse üblichen »... aber das wäre wirklich nicht nötig gewesen«.

Hosang schaute sich in der Arvenstube um. Es war alles noch genauso wie bei seinem ersten Besuch im Juni. Immer wieder wurde sein Blick magisch von der Göttlichen angezogen, die nach wie vor eine rätselhafte Aura verbreitete. Kaffeeduftwellen verströmten eine gewisse Behaglichkeit, die allerdings in der griesgrämigen Miene des Paters rasch wieder verebbte, der am Tisch saß wie vor dem Schlucken einer fetten Kröte. Die imposante Schwarzwäldertorte erinnerte Hosang an die ersten Stockwerke des Turmbaus zu Babel.

Albrecht als Primus gebührte das Eröffnungswort: »Wir haben in den letzten Wochen viel gesehen, gelesen, gehört und erlebt. Wir haben viel durchgemacht und durchgestanden. Vor allem aber haben wir eisern geschwiegen. Jetzt ist das Ei auch noch verschüttet, und es kursieren schon wieder die wildesten Spekulationen.«

Alle schauten auf die Reaktion des Paters, der die Hände faltete und gleichzeitig auf den Turmbau zu Babel schielte: »Zu spekulieren gibt es nichts mehr, das Zeichen von oben war unmissverständlich.«

»Der Zeitpunkt ist gekommen«, fuhr Albrecht unbeirrt fort, »unserem Schweigen ein Ende zu setzen und offen über das Rätsel zu reden.«

Josefs krampfhaft schielende Augen wichen zögerlich einer sich abzeichnenden Morgendämmerung, und unter dem Tisch setzte ein sanftes Fußtippeln ein – *adagio*. Doch bevor er etwas sagen konnte, wandte sich Albrecht an Hosang:

»Der Einzige, der etwas einwenden könnte, ist unser lieber Heiri. Er hat das große Naturrätsel entdeckt und uns anvertraut. *Uns* anvertraut. Das hätte er nicht tun müssen, es war sein freier Entschluss, und wir können ihm nur dankbar sein.«

Alle waren auf Heiris Kommentar gespannt.

»Ich habe nichts einzuwenden«, kam es nüchtern aus ihm, »höchstens etwas zu ergänzen.«

Das Tippeln des Paters verstummte augenblicklich.

»Ich muss in diesem Kreis mit Nachdruck zu bedenken geben, dass ich wahrscheinlich gar nicht der Entdecker bin.«

»Wie darf man das interpretieren?«, fragte ein sichtlich reservierter Pater, der selbst bei der drückenden Hitze in der Arvenstube seine gelbe Teppichfransenstola nicht abgelegt hatte.

»Das Rätsel ist nicht durch mich publik gemacht worden, folglich muss es einen oder mehrere andere Entdecker geben. Oder aber jemand hat das Schweigeabkommen nicht eingehalten, das an diesem Tisch per Handschlag beschlossen worden ist.«

Er fixierte nun den Pater und stellte fest, dass sich die Morgendämmerung in dessen Gesicht zu einem Tomatenrot verfärbte, begleitet von einem *Prestissimo*, einem sehr schnellen Tippeln unter dem Tisch.

»Wer denn?«, zischte der Pater.

»Es wäre mir leichter ums Herz, wenn ich das wüsste«, war Hosangs angemessene Antwort.

Alle Anwesenden stimmten dem Vorschlag des Primus zu, und Pirmin klatschte seiner Zustimmung noch eine Portion Schadenfreude obendrauf: »Das Geschiss um das Ding ist sowieso aufgeblasen, es wird bald in Vergessenheit geraten, oder etwa nicht?«

»Da bin ich mir nicht so sicher«, zweifelte Hosang. »Und darum überlege ich, die Namen ›Aletsch-Ei‹, ›Märjelen-Ei‹ und ›Marjelen-Ei‹ rechtlich schützen zu lassen.«

»Wozu denn das?«, fragte Albrecht seinen Gast verwundert.

»Reine Vorsorge gegen Unfug und Ausbeutung«, erklärte Hosang.

Die Augen des Paters lauerten wie Schrotkugeln kurz vor dem Abschuss. »Unfug? Ausbeutung? Wie muss man das verstehen?« Ende des Tippelns.

»Nicht wahr, ›Marjelen-Ei‹ brauchen die Wissenschaftler aber bereits als Namen, Unfug hin oder her«, gab Albin zu bedenken.

»Richtig«, sagte Hosang, »aber die Nomenklaturkommission hat klar verlauten lassen, dass der Name provisorisch ist. Meinerseits will ich nur verhindern, dass sich irgendein Neunmalkluger oder eine Institution alle Vermarktungsrechte für irgendwelche Aletsch-Ei-Produkte und -dienstleistungen unter den Nagel reißt, oder eben dasselbe für Märjelen-Ei und Marjelen-Ei.«

»Nennen Sie uns Beispiele«, forderte der Pater barsch.

Pirmin klärte seinen Onkel auf. »Märjelen-Ei-Spaghetti war zum Beispiel der Vorschlag von Cyril. Wir haben schon ganz viele Ideen gehabt, oder nicht? Und was aus dem Märjelen-Eierflop und den Wachteln von Pius geworden ist, wissen wir ja.«

Hosang begründete seine Absicht: »Wir kennen die Habgier der Mächtigen. Den Vermarktern ist alles zuzutrauen, worauf niemand wartet. Ich glaube, niemand wartet auf Aletsch-Ei-Kuhkämpfe, niemand braucht einen Aletsch-Ei-Song. Und auch Aletsch-Ei-Messen, Aletsch-Ei-Prozessionen oder ein Aletsch-Ei-Psalm wären vollkommener Unfug.«

»Das ist ketzerisch«, feuerte der Pater spitz aus sich heraus.

»Sie haben nach Beispielen gefragt«, entgegnete Hosang.

Das schwarze Wandtelefon läutete. Heidy saß am nächsten, nahm den Hörer ab, hörte zu und sagte dann: »Ja. Sie stören gar nicht. Ja ... nein, wirklich ... ja, er sitzt bei uns. Selbstverständlich, wie ist Ihr Name? ... Kalberer ... aah, Toni Kalberer, ach, hallo Toni, sag das doch gleich. Einen Moment.«

Der Pater schoss von seiner Stabelle hoch, die hinter ihm zu Boden kippte, riss Heidy den Hörer aus der Hand und brüllte: »Wir sind noch lange nicht so weit, jetzt lassen Sie mich in Ruhe.« Dann hängte er wütend auf, brachte die Stabelle wieder in den richtigen Stand und setzte sich mit zum Platzen aufgequollenen Schläfen wieder hin.

»Was will denn der gute Toni an einem Sonntagnachmittag?«, fragte Heidy erstaunt.

Es dauerte eine ganze Weile, bis Josef etwas hervorbrachte, das nicht sein eigenes Gedankengut war: »*Wir werden geschmäht und segnen, wir leiden Verfolgung und halten stand; wir werden gelästert und spenden Trost; zum Auswurf der Welt sind wir geworden, zum Abschaum aller bis jetzt. Der Gottlose quält sich sein Leben lang, all die Jahre, die dem Tyrannen bestimmt sind; ein Schreckensgetön ist in seinen Ohren, und der Verderber überfällt ihn in seinem Glück.*«

Albin glaubte, diese Spruchtirade richte sich gegen Hosang,

und hielt dagegen: »Heiri ist ein aufrichtiger Mann, einer von uns, nicht wahr, ein Freund.«

Pirmin bekräftigte: »Wir waren am Donnerstag miteinander auf dem Strahlhorn, eine gute Seilschaft, Heiri, oder nicht?«

»Ich fühle mich euch sehr verbunden, und was die Worte von Pater Berchtolt angeht, so muss ich passen.«

Der Pater verzog sein Gesicht zu einer päpstlich süffisanten Fratze, die andeuten sollte, wie himmelhoch er über dem abgrundtief weltlichen Heiri stand. Die Hierarchie war wiederhergestellt, und der Pater konnte das Gespräch in gewohnt ruppiger Manier fortsetzen.

»Also reden wir über die rätselhafte Erscheinung am Märjelensee. Dazu kann ich nur sagen: Dieses Rätsel ist kein Rätsel, sondern das Werk unseres Allmächtigen, und der gibt uns klar zu verstehen, dass nur er über alles Bescheid weiß. Das war schon immer so, und es wird auch in Zukunft so sein. Der Familienrat in dieser Stube weiß deshalb auch schon, dass ich an einer von Gott in Auftrag gegebenen Mission arbeite.« Dann wandte er sich herablassend an Hosang: »Nur Sie, hoch geehrter Herr ... Herr Vogelsang ...«

»Hosang, Onkel Liebgott, Hans Heinrich Hosang«, korrigierte Heidy.

»Heiri«, korrigierte Albrecht Heidy.

Der Pater: »Sie, Herr Heiri, wissen noch nichts von diesem göttlichen Auftrag, den ich zu erfüllen habe.«

Hosang blieb ruhig: »Sie täuschen sich, Pater Josef, ich kenne den Auftrag. Sie müssen eine Kapelle bauen.«

Alle Augen starrten auf Hosang, nur Josef ließ sich nicht beirren.

»Dann kennen Sie wahrscheinlich meinen Architekten in Brig, mit dem ich gestern gesprochen habe. Ein Meister seines Faches, der sich nicht zum ersten Mal an einen Sakralbau macht. Am Märjelensee wird ein Wallfahrtsort entstehen. Bescheiden wird er sein, aber weltberühmt wird er werden.«

In diesem Augenblick stürmte ein aufgeregter Cyril in die Arvenstube und wirbelte etwas frischen Wind in die stickige Luft: »Mami, Mami«, rief er, »ich hab's herausgefunden!«

In der Hand hielt er einen kleinen Zettel, es war der Kassenstreifen eines größeren Einkaufs im Lebensmittelladen, auf dessen Rückseite der Zehnjährige eine Miniaturzeichnung gekritzelt hatte. Alle waren neugierig und versammelten sich um den Kleinen. Was sie sahen, war eine kleine Bleistiftkritzelei von erstaunlicher Präzision, und sie stellte Folgendes dar: in der Mitte ein Vogelei, ziemlich exakt von der natürlichen Größe eines Dohleneis. Darum herum viele winzige Menschlein, Häuschen, Bäumchen, Blümchen, Tierchen und im Hintergrund die Berge, proportional alles viel, viel kleiner gezeichnet als das Vogelei. Die Erwachsenen suchten angespannt, was es auf dem Bildchen herauszufinden gab.

Hosang reagierte als Erster. Er strich dem kleinen Cyril mit der rechten Hand sanft über den Kopf, als wäre dieser sein eigener Sohn, und sagte mit wässerigen Augen: »Recht hast du, Cyril, du hast es herausgefunden.«

Cyril strahlte übers ganze Gesicht, während die anderen verständnislos dreinschauten, bis ihnen Heiri erklärte, was der kleine Junge herausgefunden hatte: »Das Ei ist etwas so Großes, dass im Verhältnis dazu alles andere klein erscheint.«

Der Pater schwieg, die Kröte im Hals hatte er immer noch nicht geschluckt.

Etwas ganz Großes, ob es das sei, fragte Heidy den Bub, und dieser nickte wie das glücklichste Kind der Welt.

»Kinderaugen haben den ungetrübten Blick«, sagte Hosang, als Cyril mit einem Stück wohlverdienter Torte die Stube verlassen hatte. »Sie sehen, was wir mit unseren verbildeten Augen nicht mehr wahrnehmen können. Wir wähnen uns im Glauben, alles zu verstehen, dabei verstehen wir die einfachsten Dinge nicht. Wir verstehen nicht einmal, dass alles Nichtwissen weit über alles Wissen hinausragt. Wissen als Macht macht uns schwach. Und der Glaube, jeder Glaube, schwächt uns noch mehr. Und überlebt doch, weil er streng patriarchalisch über alles herrscht. Aber künstliche Hierarchien sind früher oder später immer noch gescheitert.«

Die Pateraugen feuerten wahllos ganze Schrotladungen der Verachtung in Hosangs Richtung.

Albrecht nickte zustimmend und philosophierte: »Etwas ganz Großes, wie die Ameise. Sie hebt und schleppt ein Gewicht, das hundertmal schwerer ist als sie selbst. Wer versteht das schon?«

Albin wurde nun sehr direkt und fragte Heiri, was er persönlich vom Märjelen-Ei halte, worin er das ganz Große vermute. »Nicht wahr, es sind jetzt zwei Monate her, und wir haben verdächtig wenig erfahren.«

Hosang hielt mit seiner Meinung hinterm Berg: »Allerdings. Und über den Tod von Vreni wissen wir auch noch zu wenig.«

Der Pater reagierte sofort. »Sie hat sich selbst gerichtet.«

»Das habe ich auch gehört. Von verschiedenen Seiten.«

Maria folgerte Zweifel aus Hosangs Bemerkung: »Sie glauben also nicht an Selbstmord?«

Hosangs Standardantwort: »Ich glaube an nichts und halte nichts für unmöglich.«

Maria wollte mehr hören: »Steht für Sie Vrenis Tod womöglich in einem Zusammenhang mit dem Ei?«

»Ich will nicht spekulieren«, war alles, was Maria zu hören bekam, und Albrecht richtete seinen Blick auf die Göttliche:

»Ich habe Johanna im Jenseits gefragt. Tagelang gelauscht. Nächtelang bei ihr verharrt. Johanna schweigt, und das sagt mir, dass sie es weiß.«

Josefs Tippeln unter dem Tisch beschleunigte nun wieder zum *Prestissimo*. Im Vergleich zum gemächlichen Ticken der Pendeluhr schien es, als wollte Onkel Liebgott der Zeit davonrennen. Doch dann geschah das Unerwartete: Schlagartig hielt sein Fuß still, der Vorsprung auf die Zeit war groß genug, die Feder im trommelnden Spielzeugäffchen aufgezogen. Jetzt wirkte er plötzlich entspannt und gelassen, beinahe humorvoll.

»Ihr wisst, Brüder und Schwestern, dass ich nicht mehr zu den Jüngsten gehöre. Jeden Tag komme ich dem Himmel einen Schritt näher, manchmal sind es zwei oder drei Schritte, manchmal ist es auch nur ein halber. Die Via Dolorosa ist kein Spazierweg.«

Es folgte die klassische Kunstpause. »Es zog mich damals aus den Bergen in die weite Welt hinaus. Nachdem ich mich im Kalten Krieg als Missionar in Russland verdient gemacht habe, bin ich zurückgekehrt, um den Gläubigen in unseren Tälern die Botschaft von Jesus Christus zu verkünden. Und jetzt bin ich noch einmal zu Höherem berufen worden«, setzte Josef seine Predigt fort, wie ein Pfarrer, der das Curriculum vitae eines Verstorbenen zu verlesen hat. »Der Lebensabend meines irdischen Daseins wird erfüllt durch einen großen Auftrag des Allmächtigen. Ich habe ihn in tiefer Gläubigkeit und Dankbarkeit, vor allem aber zum Wohl und Frieden unserer Berge und den Menschen in den Talschaften angenommen.«

»Wir kennen dein Kapellengespinst langsam, davon erzählst du jetzt schon zum zehnten Mal«, fuhr Pirmin brüsk dazwischen, doch der Pater blieb souverän.

»Brüder und Schwestern, sehet, meine Augen leuchten. Ich habe eine große Reise vor mir, die Reise ins Zentrum des Erdkreises. Dort will ich im Gebet die göttliche Kraft für meinen Auftrag erbitten.«

Maria brachte die Predigt auf den Punkt:

»Du gehst nach Rom.«

Dankend nickte Josef seiner Nichte zu, die kurz zuvor mit ihrer Abtreibung gesündigt hatte. »Die heilige Reise soll mich nach Rom führen und …«

Pirmin blockte ihn ab: »Mit dem Hirtenstab in der Hand und einem Lastesel, oder wie?«

»Nein.«

»Ganz sicher nicht mit der Libelle«, stellte Maria sicher.

Josef lachte, was ein seltener Zug auf seinem Gesicht war. »Auch nicht mit der Libelle. Ein leibhaftiger Engel begleitet mich, eine jugendliche Novizin …«, hier musste er sein Kurzzeitgedächtnis zusammenraufen, »… Novizin Irina, frei von Sünden. Und ein getreuer Hirte wird unser Lastenträger sein: Toni Kalberer.«

»Was, der Toni?«, platzte es aus Heidy heraus.

»Der mit dem Luxuslastesel, nicht wahr«, schob Albin nach.

Stretchlimousine, dachte Hosang, hielt sich aber wohlweislich aus dieser familiären Angelegenheit raus.

An der geschlossenen Tür zur Arvenstube klopfte es zweimal. Heidy sprang auf und öffnete. Herein kam Irina Danae Soldanella Ambrosia Marna von Märjela in schwarzer Soutane, mit Schleier, und sie hatte das Laptop dabei. Alle waren sprachlos und dachten an eine perfekte Inszenierung des Paters, der sie auch gleich überschwänglich mit ausgebreiteten Armen in Empfang nahm.

»Schwester Irina! Eben habe ich den versammelten Lieben hier am Tisch von Ihnen erzählt, vom leibhaftigen Engel, von der jugendlichen Novizin, die mich nach Rom begleitet«, rief er und umarmte sie. Sie ließ es geschehen.

Dann löste sie sich aus der Umklammerung.

»Beides ist falsch. Nicht Engel und nicht Schwester, sondern Tochter. Hallo, Papa.«

Pater Josef erschrak erst, als er die erschrockenen Gesichter der anderen sah, und suchte die Erklärung für Irinas ›Papa‹: »Auch wenn ich mich manchmal ein ganz klein wenig wie der Papst aufspiele und mich auch so fühle, der Heilige Vater bin ich nicht, Schwester Irina.«

Sie musterte ihn von Kopf bis Fuß. »Tochter, nicht Schwester«, betonte sie nun deutlich. »Nein, Papa, der Heilige Vater bist du tatsächlich nicht, aber mein leiblicher.«

Ihm wurde schwindlig und sein Gesicht verfärbte sich zu einem Mozzarella-Weiß. Betroffenes Schweigen machte sich in der Stube breit.

»Wie kommen Sie denn auf die Idee? Warum soll mein Bruder Pater Josef Berchtolt, immerhin ein geweihter Priester, Ihr Vater sein? Wer sind Sie überhaupt und wie kommen Sie hierher?«, fragte Albrecht ziemlich aufgebracht.

»Das herauszufinden gehört zu meinem Lebensinhalt. Ich will wissen, wer ich bin. Ich will wissen, wie alles begonnen hat, und möchte manchmal auch wissen, wie alles enden wird. Meine Geschichte ist nicht einfach«, sagte Irina und händigte allen ihre Visitenkarte aus: *Irina Danae Soldanella, Ambrosia Marna von Märjela … unterwegs* … Alle waren mit der Ansammlung der Namen beschäftigt, Hosang am wenigsten, er kannte das Kärtchen und fühlte sich hier nun gänzlich fehl am Platz – in eine Familiensaga hineingezogen, die ihn nichts anging. Immerhin erhob er sich von seiner Stabelle und stellte sich dem Weder-Engel-Noch-Schwester-Wesen offiziell vor.

»Hans Heinrich Hosang.« Die Berchtolts sollten im Glauben bleiben, dass er ihr zum ersten Mal gegenüberstand. Am liebsten wäre er gleich gegangen, setzte sich dann aber doch wieder.

Noch bevor Albin Irina bat, sich auf die letzte leere Stabelle zu setzen, und Heidy den unerwarteten Gast mit Kaffee und Kuchen versorgen konnte, übernahm die Novizin das Szepter.

»Die Wahrheit hat viele Gesichter, auch viele unbekannte. Eines war bis vor Kurzem das Gesicht meines Vaters. Ich suche ihn seit Jahren. Und jetzt sitzt er vor mir, und ich setze mich an den Tisch einer Familie, zu der ich gehöre.«

Sie nahm Platz und legte das Laptop zugeklappt auf den Tisch.

Der Primus rutschte ungewohnt erwartungsvoll auf seiner Stabelle herum: »Jetzt bin ich aber gespannt, was uns meine angebliche Nichte zu erzählen hat.«

Sie erzählte: »*Angeblich* kannst du getrost weglassen, Onkel Albrecht. Mein Vater missionierte im Kalten Krieg in Russland, in St. Petersburg, damals noch Leningrad. Er arbeitete dort mit einer Ordensschwester zusammen, mit Irina. Aber mein Vater nannte sie Irene.«

Maria nickte: »Davon hat uns Onkel Liebgott oft erzählt.«

Das hatte er in der Tat, aber etwas anderes wahrscheinlich nicht ...

»Er missionierte unter dem Falschnamen Matthäus von Märjela«, fuhr Irina fort, »und aus der Zusammenarbeit mit Irene wurde bald mehr. Sie wurde schwanger, neunzehnhundertzweiundsechzig.«

Alle richteten verstörte Blicke auf den Pater, der immer kleiner wurde und unter dem Tisch ein leises *Allegro* auf den Boden tippelte. »Aber nicht von mir«, sagte er abschätzig.

»Das lässt sich heute einfach feststellen«, wusste Maria aus jüngster Erfahrung.

Die markanten Kinngrübchen bei Josef und Irina, ihres neckisch, seines vierzig Jahre älter, sprechen zumindest nicht gegen eine Verwandtschaft, beobachtete Hosang im Stillen.

Irina hatte ihr Laptop aufgeklappt und klickte auf der integrierten Maus: »Papa Matthäus ...«, sie schaute ihn herablassend an, »... oder ist dir Papa Josef lieber?«

Die Augen des Paters spien Funken wie die Augen eines

blechernen Spielzeugroboters, aber er sagte nichts, und sie setzte ihre Aufklärung fort:

»Du hast mir selbst erzählt, dass du Irene nie mehr zu Gesicht bekommen hast. Sie habe sich krank gefühlt. Die Ärzte in Leningrad hätten nicht gewusst, was los war, als wäre es Hexerei, die Schwangerschaft einer Frau nachzuweisen. *Ich weiß nicht, was aus ihr geworden ist*, hast du mir wörtlich gesagt. Nun siehst du es: Mutter ist aus ihr geworden.«

Heidy starrte reglos vor sich hin, Albrecht, Albin und Pirmin fixierten Irina wie eine heilige Madonna, Maria überwachte den schwächelnden Pater, und Hosang wusste nicht, wohin mit den Augen.

»Alles gelogen«, heiserte der Pater, doch Irina blieb emotionslos.

»Du hast mir jede Einzelheit geschildert, Papa. Am letzten Dienstag bist zu mir ins Hotelzimmer gekommen, nachdem wir uns im Dorf begegnet waren. Du hast mir alles über deine Missionarszeit berichtet, auch über den Flugunfall.«

Josef schreckte auf. »Flugunfall?« Dann griff er in die Innentasche seines speckigen Kittels und zog den billigen Ersatzflachmann hervor.

»Am achtzehnten Mai dreiundsechzig, hast du mir erzählt«, sagte Irina, »dass du auf dem Flughafen Leningrad-Schosseynaya die Ankunft von Irene erwartet hast. Sie sollte nach einem Bekanntenbesuch auf einer Datscha in Tallin zurückkehren. Das Flugzeug musste notwassern. Alle Passagiere seien gerettet worden, sagtest du, nur Irene habe gefehlt.«

Hier unterbrach sie, und der Pater fragte verängstigt: »Und was weißt du von ihr?« Mehr brachte er nicht hervor.

»Viel zu wenig«, sagte Irina, »ich kenne meine Mutter nicht, ich weiß nicht, ob sie noch lebt. Ich weiß nur, dass sie bei ihrer Niederkunft in Wien war. Im Stephansdom hat sie mich ausgesetzt, und ich wurde zum Findelkind. Das habe ich einem Melderegister in einem österreichischen Immigrantenarchiv entnommen. Die Mutter deponierte mich nicht zufällig unter dem Kolomanistein. Der Stein wurde am dritten Mai dreizehnhunderteinundsechzig über der Schwelle des Nordportals zum Dom eingemauert. Und der dritte Mai ist mein Geburtstag. Schon immer hat mich der weiße, eiförmige Fleck am Kolomanistein fasziniert. Er soll durch die hunderttausendfach verehrungsvolle Berührung von Gläubigen entstanden sein. Man sagt, unter dem Stein, wo ich lag, sei das Blut des heiligen Koloman geflossen.« Mit einem durchdringenden Blick auf Hosang fügte sie hinzu: »Mich mahnt dieser weiße Fleck bis zum heutigen Tag an das Unauffindbare.«

Albrecht war überfordert und fragte seinen Bruder Josef: »Wer ist der heilige Koloman?«

Der Pater war einer Antwort nicht fähig, und so fuhr Irina fort.

»Unter anderem Schutzheiliger von zum Tod durch den Strang Verurteilten. Aber auch Schutzheiliger der Reisenden und des Viehs. Und Beistand bei Kopf- und Fußleiden, Pest, Unwetter, Feuersbrünsten, Ratten- und Mäuseplagen. Allein in Österreich sind über fünfzehn Koloman-Gnadenorte bekannt.«

Beim Wort *Gnadenorte* schlug ein Blitz durch den Pater, ein Blitz, dem kein Donner folgte. Rund um den Tisch herrschte tiefste Betroffenheit.

Irina erzählte weiter. »Als Findelkind kam ich in ein Frauenhaus, das säugungsfähige Ammen beherbergte. Dass meine Mutter nachher tatsächlich nach Tallin reiste, Papa, ist mehr als fraglich. Jedenfalls stand sie nicht auf der Passagierliste des besagten Flugzeugs, das in Leningrad notwasserte.«

Der Pater schien paralysiert zu sein, nuckelte unablässig am Billigflachmann und tippelte mit den Füßen unter dem Tisch – metronomgenau *presto*.

»Ich bin in Klöstern aufgewachsen und immer wieder ausgerissen, immer wieder«, fuhr Irina fort. »Auch im Kloster Sankt Koloman in Stockerau war ich. Sein Standort ist die Hinrichtungsstätte des heiligen Koloman. Dort starb dieser unschuldige Palästinapilger aus Irland an einem Holunderstrauch. Man hielt den Mönch für einen Spion. Er erlitt einen grausamen Märtyrertod durch den Strang. Der Strang war ein Zweig des Holunderstrauchs. Links und rechts davon henkte man noch zwei Vaganten, Zuchthäusler oder Mörder, so exakt will das niemand mehr wissen. Ihre Leichen vermoderten bald. Nur der Leichnam von Koloman blieb über ein Jahr lang unversehrt am Holunderstrauch hängen. Damit verdiente sich das unschuldige Opfer seine Heiligsprechung.«

Hosang schauderte es. Gänsehaut überzog seine Arme und den Nacken. Der weiße Fleck am Kolomanistein und das Unauffindbare verlinkten sich mit dem Rätsel am Märjelensee ... und Vreni. Starb auch sie einen Märtyrertod? Wurde deshalb ihre Leiche nachts heimlich wieder ausgegraben, weil mit ihr etwas nicht stimmte?

Irina fuhr mit ihrer Schilderung zielgerade fort: »Ich wurde zur Pilgerin von Pforte zu Pforte. Der Anfang meines Pilgerwegs war der Stephansdom. Ich schlug mich durchs Leben. Und mein Name *von Märjela* führte mich schon vor einigen Jahren zum ersten Mal in diese Gegend. Aber das alles hat dich am letzten Dienstag in meinem Hotelzimmer nicht interessiert, Papa. Auf meiner Visitenkarte, die ich in deinen Briefkasten gelegt habe, hätte dir der Name *von Märjela* auffallen müssen. Das ist er dir mit Sicherheit auch. Aber du musstest ihn verdrängen. Nichts wolltest du von mir wissen, du hattest nur deine Kapelle an deinem selbst ernannten Gnadenort im Kopf.«

Wieder zuckte der Blitz in ihm ohne Donnerfolge, und wieder setzte Irina ihren Bericht fort, der immer mehr zur Anklage wurde, ohne es wirklich sein zu wollen: »Weißt du noch, wie du dich dann aus meinem Zimmer verabschiedet hast? Mit einem Wort aus dem ersten Buch Petrus: *Vor allem aber habet gegeneinander nachhaltige Liebe; denn die Liebe deckt eine Menge von Sünden.* So bist du von mir gegangen. Da habe ich bitterlich geweint. Ich fühlte mich wie ein Paria, ein ausgestoßener Mensch. Du wolltest keine Ahnung davon haben, dass ich das Produkt deiner nachhaltigen Liebe bin, mit der du eine Menge Sünden decktest. Und ahnungslos hast du mich für eine Pilgerreise nach Rom in der Karosse von Toni Kalberer anheuern wollen. Ja, anheuern. Dass es zu einer Reise von Vater und Tochter käme, wäre dir nicht im Traum eingefallen.«

Das war nun zu viel für Pater Josef. Er zitterte am ganzen Leib, seine Augen schienen zu erstarren. Keine Blitze mehr, keine Roboterfunken, kein Tippeln. Aus. Ende. Wortlos stand er auf. Die gelbe Teppichfransenstola über seinen Schultern schien ihn zu erdrücken wie eine schwere Basstuba, die ihren Messingglanz verloren hat. Den Kopf eingenickt, trappelte er zur Tür. Entgeisterte Blicke folgten ihm. Es war fast feierlich, fast wie im Theater, wie ein hundertfach geübter Abgang eines Gepeinigten von der Bühne des Welttheaters. Im Türrahmen drehte er sich noch einmal um und sagte mit gekränkter Stimme: *»Was beklagt sich der Mensch? Es hätte sich wahrlich jeder über seine Sünde zu beklagen! Mein Auge tränt unaufhörlich, denn da ist keine Ruhe – bis der Herr vom Himmel herabschauen und dareinsehen wird.«* Dann verließ er die Arvenstube. Ein geistliches Wrack kehrte seiner Familie den Rücken. In der Stube herrschte Totenstille. Die Pendeluhr schlug zur vollen Stunde, Hosang zählte die Schläge nicht. Es waren unzählige. Er kam sich fremd vor. Er gehörte nicht dazu. Er wollte gehen, er wollte die Familie Berchtolt unter sich lassen.

Sein Abschied verlief wortkarg. Das Auseinandergehen zwischen ihm und der Novizin war sogar seltsam unterkühlt – sie reichten sich nicht einmal die Hand. Der Familienschock saß tief. Umso rührender empfand Hosang die spontane Geste von Heidy: Sie gab ihm ein großes Stück Schwarzwäldertorte in ein Aluminiumpapier gewickelt mit auf den Weg – ein Stück Turmbau zu Babel.

26

Die Zurückgebliebenen nahmen Irina in ihrem Kreis auf, mehr formell als familiär, es war ja für alle eine neue Wirklichkeit. Was in den Köpfen der Berchtolts vorging, realisierten sie wohl selbst nicht. Noch konnten oder wollten sie nicht wahrhaben, was sich in der Arvenstube zugetragen hatte. War die Göttliche auf dem Buffet als stumme Zeugin die einzig Wissende? Immerhin lebte Albrechts Frau Johanna noch, als Irina gezeugt und geboren worden war. Die Familiengründung und das Familienschicksal von Albrecht und Johanna standen erst bevor.

Für das ›Findelkind‹ Irina zeigten alle Verständnis. Sie bezeugten es durch das Unverständnis, das aus ihren Gesichtern strömte. Irina ihrerseits trug, so schien es zumindest, biblische Gene von ihrem Vater Matthäus von Märjela in sich. Vielleicht waren es aber auch klösterlich verabreichte Brandmale in ihrem Hirn.

»*Mein Herz entbrannte in mir, durch mein Nachsinnen ward ein Feuer entzündet, ich musste reden mit meiner Zunge*«, entschuldigte sie sich für ihr forsches Auftreten und erzählte ihren Verwandten dann das, was sie sonst noch wusste: Sie erzählte vom Kunstmaler Klimt und seinen rothaarigen Modellen, sie zeigte der Familie auf dem Laptop die Klimt-Bilder ›*Danae*‹, ›*Nuda Veritas*‹ und ›*Die Hoffnung*‹. »Im Bauch dieser Frau ist möglicherweise meine Großmutter«, erklärte Irina, »vielleicht ist die Frau sogar vom Maler geschwängert worden – dann wäre ich eine Urenkelin von Gustav Klimt. Nicht dass ich darauf stolz sein könnte.«

Eigentlich sei ihr das egal, sagte Irina, es genüge ihr, nun den eigenen Vater zu kennen und zu wissen, warum sie von Märjela heiße. Sie gestand, sich ihre Vornamen, außer Irina, selbst gegeben zu haben. »Und *unterwegs* will nichts anderes bedeuten, als dass ich nirgends zu Hause bin. Sicher würde ich gern noch einiges über meine Mutter erfahren. Dass sie eine Ordensschwester war, habe ich von meinem Vater vernommen, dass es die Wahrheit ist, bezweifle ich. Vielleicht war sie auch ein ›leichtes Mädchen‹.«

Ein langes Schweigen dröhnte in der Stube. Nach dem, was sie alles erlebt habe, sagte Albrecht schließlich, verstehe er, dass sie sich zum Glauben hingezogen fühle. Die anderen am Tisch nickten ehrfürchtig. Dann wurde wieder geschwiegen – lange geschwiegen – trauerfeierlich geschwiegen.

»Dass ich gläubig bin, dazu stehe ich, aber leichtgläubig bin ich nicht. Ich lasse mir von der Obrigkeit nichts vormoralisieren und schon gar nichts aufoktroyieren.«

Alle waren froh, dass Irina dem Schweigen ein Ende gesetzt hatte.

Pirmins zweideutiger Kommentar kam postwendend: »Du bist eine reformfreudige Draufgängerin, oder?« Damit animierte er seine ›neue‹ Cousine zu einem geistlichen Bekenntnis.

»Ich fürchte mich nicht vor Gott, zuletzt vor dem Gott, der uns die Kirche aufschwatzt. Hinter Klosterpforten habe ich vieles gesehen, was nicht würdig ist, in die Welt hinausgetragen zu werden«, bekräftigte sie und fügte hinzu: »Am allermeisten verabscheue ich die Korruption, mit der einflussreiche Kirchenhengste ihre Blüten treiben.«

Ob sie denn auch schon einen Kirchenaustritt erwogen habe, fragte Albin und erhielt die Antwort.

»So einfach kommt die verlogene Männerbastion nicht davon, ich bin mit mir im Reinen. Jesus hat eine Gemeinschaft mit gleichberechtigten Frauen und Männern begründet. Erst die frühkatholische Kirche hat das geleugnet, und die heutige leugnet es immer noch. Wenn sie *mich* rausschmeißt, ist das auch eine Antwort. Mein Gottesverständnis gerät deswegen nicht ins Wanken.«

Albrecht war sichtlich gezeichnet. Er saß wie benommen und kraftlos am Tisch. Ganz im Gegensatz zu Heidy: Weil der Turmbau zu Babel bis auf ein paar Krümel weggeputzt war, tischte die gute Fee auf einem knorrigen Arvenholzteller Sauerteigbrot, taufrische Fassbutter und ›Gomser‹ auf – Walliser Bergkäse. Albin entkorkte einen von Hosangs ›Pinot Noir vendage tardive Barrique‹ – der doch nicht nötig gewesen wäre, jetzt aber eine höchst willkommene Bereicherung der Tafel darstellte.

Wieder wurde an die Tür geklopft. Dreimal.

»Dreimal klopft nur Pius. Herein«, rief Albrecht.

Privatdetektiv Pius Abdeneggen streckte zunächst nur den Kopf mit einem breiten Lachen in die Stube. Dann trat er zögerlich ein und setzte sich unzögerlich auf die frei gewordene Stabelle – die seines Klienten Josef Berchtolt. Am Sauerteigbrot, der Fassbutter und dem ›Gomser‹ beteiligte er sich wie ein Dorfpolizist, der alle kennt und überall zulangen darf.

»Ich will euren Sonntag nicht stören. Oh, ihr seid ja gar nicht vollzählig.«

»Dafür haben wir Familienzuwachs bekommen«, versetzte Albin ironisch.

»Meine Güte«, kam es plump aus Pius heraus, und er wandte sich an Irina. »Haben wir uns nicht schon gesehen?«

»Kann sein.«

Albrecht wollte die ›neue Familienzusammensetzung‹ nicht näher zur Sprache bringen. »Wir haben gerade über das Aletsch-Ei diskutiert.«

»Was?«, schoss Pius dazwischen.

»Das Rätsel, über das Gott und die Welt rätselt«, sagte Heidy.

»Aha, und warum soll das Rätsel plötzlich Aletsch-Ei heißen?«

»Der Entdecker nennt es so, nicht wahr?«

»Dann kennt ihr also den Entdecker«, folgerte der Privatdetektiv.

»Donnerwetter, bist du ein schlauer Fuchs«, spottete Pirmin.

Abdeneggen nahm einen gehörigen Schluck Pinot und fragte dann Irina: »Was denken denn Sie über dieses Rätsel?«

»Ich muss es nicht gelöst haben, um besser zu schlafen. Wir sind das Rätsel, darum können wir ihm nicht entrinnen.«

»Genau so denkt ein Detektiv: das Rätsel steckt immer im Menschen«, bestätigte Abdeneggen.

»Sind Sie nicht Polizeikorporal?«

»Gewesen. Ich habe mich beruflich verändert«, gab er mit geschwellter Brust kund. »Und wo ist Pater Berchtolt?«

»Eben gegangen, es war ihm nicht gut«, verharmloste Albrecht.

»Schade, hoffentlich geht es ihm bald besser. Ich hätte nämlich gern Entwarnung gegeben. Es gibt keinen Grund, Toni Kalberer wegen Diebstahl anzuzeigen.«

Albrecht verstand zwar nichts, aber Pius löste wenigstens dieses Rätsel: »Ihr Bruder vermutete, Toni könnte ihm möglicherweise seinen wertvollen Talisman entwendet haben. Aber ganz sicher war er nicht. Ich sollte darum diskret recherchieren.«

Heidy fuhr dazwischen: »Den silbernen Flachmann?«

»Ich habe ihn gefunden. Er zog ein Stück Seidenpapier hervor und rollte es behutsam auf. Zum Vorschein kam das besagte Objekt, ziseliert mit Ornamenten und Buchstaben in Schnörkelschrift, von einem Meister seines Handwerks mit dem Stichel kunstvoll graviert. Auf der einen Seite waren vier allegorische Frauen, die Frühling, Sommer, Herbst und Winter symbolisierten, auf der anderen drei Buchstaben: *M. v. M.* Er glänzte wie neu.

»Jesses, da wird Onkel Liebgott aber frohlocken!«, freute sich Heidy.

»Die drei Buchstaben bedeuten Matthäus *v*on Märjela«, erklärte Irina.

Verdatterte Blicke machten die Runde.

»Mir geht ein Licht auf: Als kleines Mädchen, ich lernte gerade lesen und schreiben, fragte ich den Onkel nach der Bedeutung der Buchstaben *M. u. M.* und bekam zur Antwort, das heiße Matthäus *u*nd Maria, heilige Namen aus der Bibel«, folgerte Maria richtig. »Ich war zufrieden, vor allem wegen *Maria*, ich fühlte mich ein bisschen heilig. Und das *u.* konnte ich in dieser Gravur vom *v.* noch nicht unterscheiden. Aber auf *M*atthäus von *M*ärjela wäre ich nie gekommen.«

»Eigenartig«, sagte Albrecht, »mir hat Josef erzählt, er habe den Flachmann seinerzeit bei einem Trödler erstanden, für ein paar Kopeken. Der Ramschhändler hatte nicht realisiert, dass der Flachmann aus wertvollem Silber war. Aber wo hast du ihn gefunden?«

»Am Märjelensee. Allerdings glänzte er nicht, er sah aus wie ein ganz gewöhnlicher Stein, oxydiert an der Luft, im Schnee und Regen«, sagte Pius.

Albin suchte laut denkend nach einer Erklärung. »Onkel Liebgott, nicht wahr, soll etwas mit dem Anschlag auf das Märjelen-Ei zu tun haben? Uns hat er vorgegaukelt, der Talisman sei ihm gestohlen worden.«

»Eben. Von Toni. Aber vermutlich hat der den Flachmann höchstens einmal gesehen. In der Gletscherstube. In der Mordnacht.«

»Mordnacht?«, fragte Heidy verängstigt.

Die Augen schossen in alle Richtungen, streiften immer wieder die Göttliche auf dem Buffet und ließen keine Zweifel darüber offen, dass es in den Köpfen bebte. Aber niemand konnte oder wollte sich irgendetwas Vernünftiges zusammenreimen. Jedes Szenario wäre ja bloß ein sehr unwahrscheinliches gewesen, eine Möglichkeit unter vielen. Auch die Mutmaßung von Irina war nur eine von vielen.

»Der Talisman, das hat mir mein Vater in meinem Hotelzimmer auch erzählt, sei ihm gestohlen worden. Ich könnte mir vorstellen, dass er auf anderem Weg in die Hände von Toni Kalberer gekommen ist, ganz inoffiziell. Kalberer hat mir sein ganzes Leben erzählt und sicher auch meinem Vater. Er ist Maschineningenieur ETH, spezialisiert auf Mikromaschinen. Aus einem Flachmann kann man sicher auch einen ganz unauffälligen Bombenzünder basteln.«

Albrecht holte nun den Enzian vom Buffet, während Maria konsterniert fragte: »Eine Bombe im Auftrag von Onkel Liebgott?«

»Ich sage nicht, es war so, ich sage, es könnte so gewesen sein.«

Pius hatte aufmerksam zugehört: »Sie kombinieren wie ein Detektiv«, lobte er sie nicht ganz ohne Ironie.

Irina blieb ihm nichts schuldig: »Jeder, der mit offenen Augen durch die Welt geht, wird auf seine Weise Detektiv.«

Stille. Hin und wieder ein schwermütiger Griff nach dem Weinglas, nach Brot, Butter und Käse. Dazu das mechanisch zuverlässige Ticken der Pendeluhr – wie das Ticken einer Zeitbombe. Nur Pius' Pupillen sperberten wie Greifvogelaugen. Mit einem tiefen Seufzen nahm Albrecht endlich das Gespräch wieder auf:

»Bruder Josef hat tatsächlich davon gesprochen.«

»Wovon?«, drängte Maria.

»Ob es nicht das Beste wäre, das Ei einfach *in die Luft zu jagen*«, sagte Josef. »Wenn es sein Ernst war, traue ich ihm zu, dass er Komplizen um sich geschart hat.«

»Oder der suspendierte Polizeikorporal und selbsternannte Privatdetektiv Pius Abdeneggen hat tüchtig mitgemischt«, reizte Albin.

Das wollte Pius Abdeneggen nicht weiter kommentieren. Er begann, den Flachmann wieder vorsichtig in das Seidenpapier einzuwickeln: »Der Talisman gehört natürlich Pater Josef.«

»Ja«, meinte Heidy, »wollen wir ihn nicht wenigstens mit Enzian füllen?«

Abdeneggen erhob sich und schob die Stabelle ordentlich zum Tisch: »Das sollten wir besser nicht. Ich werde das wertvolle Stück dem Pater morgen höchstpersönlich bringen und ihm ein paar Fragen stellen.«

»Zum Bombenanschlag?«

Abdeneggen stand schon unter der Tür, als er sich noch einmal umdrehte: »Auch. Aber vor allem zu Vrenis Tod. Im silbernen Flachmann gluckst immer noch ein Rest ›Blauer Eisenhut‹.«

Nach einem fast schon ehrerbietigen Bückling verließ er das Haus.

Irina schloss das Laptop wie eine Akte. Der Reihe nach umarmte sie mit herzlicher Distanziertheit Albrecht, Maria, Albin, Pirmin und Heidy Berchtolt – ohne Worte, ohne Wünsche, aber mit feuchten Augen.

In der Arvenstube verblieb ein niedergeschmettert ratloser und nicht mehr vollzähliger Familienrat.

Zu diesem Zeitpunkt ahnte die Familie noch nicht, dass ihr Primus honoris, Pater Josef Berchtolt, nicht mehr wiederkehren würde. Der sündige Priester und Vater sollte sich, wie er angekündigt hatte, schon in der Nacht zum Montag im Fond der Stretchlimousine von Toni Kalberer in die heilige Stadt pilgern lassen und im Vatikan Asyl auf Lebzeit finden – freilich weniger honorabel als 490 Jahre zuvor der verdiente Schweizer Kardinal Matthäus Schiner, *Befreier Italiens und Beschützer der Kirche*.

Und Toni Kalberer? Er sollte nach seiner Rückkehr auf die Riederalp den Berchtolts zum ›Fall Josef‹ das Folgende berichten:

»Nach elf Stunden Fahrt waren wir endlich dort. Der Pfaff ist auf der Stelle verschwunden. Ich habe ihm noch das sackschwere Eichenportal mit Eisenbeschlägen zu einem verlotterten Palazzo in einer schattigen, von streunenden Katzen übervölkerten Seitengasse aufgestemmt. Er sagte zu mir, ich solle draußen auf ihn warten, er käme gleich zurück. Die gelbe Stola um seinen Hals war das Letzte, das ich von ihm gesehen habe. Ein übel riechender düsterer Korridor, in dem sich pieppsende Ratten in die Flucht schlugen, schluckte seine Gestalt. Dann knallte das Portal zu und löste in der engen Gasse ein Donnergrollen aus. Ich wartete eine Stunde, zwei Stunden. Nach zweieinviertel Stunden erschien ein Zweimeterhüne von einem Pförtner. Eine dürre Vogelscheuche, nur noch Haut und Knochen, mit tief versenkten Augen im Schädel. Sein Kopf glich einer Gruselfilmfigur. Aber es war ein Mönch in schwarzer Kutte mit Kapuze. Er unterrichtete mich, dass Bruder Matthäus von Märjela sehr müde sei, aber froh und dankbar, nun im Kreis seiner Brüder aufgenommen zu werden. Er bete für mich für eine gute Heimreise in Gottes Händen.

Ich verstand die Welt nicht mehr und erklärte dem Riesen, es müsse sich um eine Verwechslung handeln. Ich hätte einen gewissen Pater Josef Berchtolt nach Rom gefahren und nicht einen Matthäus von Märjela. ›Pater Josef Berchtolt ist ein Paria, ein Ausgestoßener, mein Herr, und Matthäus von Märjela ist unser Bruder. Gehen Sie also und leben Sie wohl‹, hat mir der Pförtner gesagt. Und als ich ihn auf das Geld ansprach, das mir der Pater, ob Berchtolt oder von Märjela, für diese

Reise schuldig sei, zog der Klapperhüne die Schultern hoch, etwa fünfzehn Zentimeter. Einem Milchlamm stehe es nicht gut an, von einem Gotteshirten bare Münzen einzufordern, fletschte er mich an. Das sagte er, aber es bedeutete ›Hau ab und lass dich nicht mehr blicken‹. Ich trat die Heimreise an, ohne Geld und ohne Pater. An der Grenze wurde ich abgefangen. Die Polizei wollte wissen, wo denn mein Fahrgast sei. Die Bullen hielten mir ein Papier vor die Augen. Über Pater Josef ist ein internationaler Haftbefehl erlassen worden. Wegen Mordverdacht oder Mittäterschaft im ›Fall Vreni‹.«

Abdeneggen ärgerte sich maßlos darüber, dass er nicht schnell genug reagiert hatte, als sein Klient am Familienratstisch in der Arvenstube fehlte. Er hätte sich sofort um ihn kümmern sollen. Nicht wegen dessen Unwohlsein. Sondern wegen akuter Fluchtgefahr.

Von dem, was die Kirche mit ihrem Pater und Vater Matthäus von Märjela anrichtete, sollte nie etwas durch die unüberwindbaren Schranken des Vatikans nach außen dringen. An die Schweiz ausgeliefert wurde er nicht.

Im Wallis schrie bald kein Hahn mehr nach dem bibelnden Pater. Der armen Bevölkerung im ›Revier‹ von Josef Berchtolt ging es nicht schlechter – monetär sogar um einiges besser. Nur die Arvenstube wurde von finsterem Gedankengut erdrückt. Es wollte nicht mehr weichen. Erst als am Neujahrsmorgen neben der Göttlichen auf dem Buffet eine Zeichnung lag, begannen erste Sonnenstrahlen das Haus von innen her aufzuwärmen: Cyrils Göttliche hatte zu beiden Seiten zwei schneeweiße Flügelfedern bekommen.

27

Der Medienaufschrei in der Montagspresse war enorm: Lauthals und ohne handfeste Grundlage wurden die politischen Behörden aufs Schärfste attackiert. Hinter der offiziell als ›Felssturz‹ bezeichneten Verschüttung des Marjelen-Eis am Samstag stecke ein politisch motivierter Anschlag, hieß es, und er sei von der Politik selbst von langer Hand geplant, sanktioniert und verübt worden.

Auch in wissenschaftlichen Kreisen war die Empörung groß: Das Marjelen-Ei sei nun definitiv verloren, denn jetzt habe es der Staat in der Hand, willkürlich über eine Freilegung oder Geheimhaltung dieser einmaligen und rätselhaften Naturerscheinung zu verfügen. Jahre würden verstreichen. Man binde den Forschern absichtlich die Hände aus der Befürchtung heraus, die Wissenschaft könnte der Politik eines Tages aus dem Ruder laufen.

Die kirchliche Obrigkeit hüllte sich in Schweigen.

Hosangs Vision reichte nicht nur Jahre, sondern Jahrhunderte in die Zukunft: Die menschliche Evolution wird neue Walliser Sagen hervorbringen, nicht anders als in der Vergangenheit.

Das empfand er fast als tröstlich. Ansprüche und ultimative Forderungen rund um das Aletsch-Ei würden bald verstummen. Vor allem aber hatte Hosang nun seine Antwort auf die Frage gefunden, die ihn auf seiner ersten Fahrt von Kandersteg durch den Lötschbergtunnel nach seiner Zeitschriftenlektüre gefangen genommen hatte: Was ist, wenn heute jemand mit einer Wahrheit kommt, die nicht in unser Weltbild passt?

Dann darf diese Wahrheit nicht wahr sein, sagte er sich,

und so gesehen leben wir wahrscheinlich täglich mit solchen Wahrheiten – manipulierten oder erfundenen Wahrheiten. Vielleicht brauchen wir sie immer dann, wenn wir uns mit der wahren Wahrheit nicht mehr abfinden können. Weil wir sie gar nicht kennen?

Diese Perspektive würde ihn in Zukunft noch oft beschäftigen, dachte er. Und er sollte schon bald recht bekommen.

Kurz vor Mittag hatte er der Gerantin im Hotel Adieu gesagt – Adieu, nicht Auf Wiedersehen – und sich mit zwei Flaschen ›Pinot Noir‹ aus der Biberkellerei auf den Weg zur Bergstation Riederalp West gemacht. Dort deponierte er sein Handgepäck. Ganz bewusst wollte er die weniger frequentierte Gondelbahn für die Talfahrt benützen und nicht die Großkabine mit 80 Plätzen ab Riederalp Mitte. So konnte er sicher sein, dass ihm kein Phantom des Lächelns folgte. Klartext: keine Laptopnonne. Überhaupt würde er das leibhaftige Hirngespinst der Irina Soldanella Danae Ambrosia Marna von Märjela hier oben als Episode in seinem Leben zurücklassen. Sie war jetzt eine gewöhnliche Berchtolt, Punkt. Nie mehr würde er sein Feierabendbier künftig in der Bahnhofshalle am klebrigen Stehtisch trinken – und auch nicht an einem blank polierten. Die Spelunke hinter dem Bahnhof erklärte er zur Tabuzone. Und für Schlachtplatten gab es Alternativen in der Stadt. Vor allem aber gedachte er, den Handkuss des Augenfalters in seinem Kopfarchiv als Souvenir zu hüten wie ein unbezahlbares Schmuckstück im Tresor einer Bank, zu dem er ganz allein Zutritt hatte.

Den Koffer mit den schweren Bergsachen hatte er bereits am Samstag aufgegeben und dem Fahrplan entnommen, dass er an diesem bleiernen Montag spätestens am Abend um acht eine Gondel zur Talfahrt nicht verpassen durfte, um gleichentags noch nach Hause zu kommen.

Von der Station aus nahm er den Weg unter die Füße, der ihn endlich an jenen Ort führen sollte, wo er vor fünfundvierzig Jahren als Kind seine Sommerferien verbracht hatte: zum Chalet Soldanella.

Unterwegs begegnete er einer jüngeren Frau mit zwei Kindern. Sie kamen ihm bekannt vor und er ihnen offenbar auch. Die Frau strahlte ihn an und grüßte freundlich. Auch die Kinder leuchteten. Hosang blieb stehen, die Frau ebenfalls.

»Kennen wir uns?«, fragte er und studierte ihr Gesicht.

Die Frau lachte: »Wir haben uns im Bähnli gesehen.«

»In welchem Bähnli?«

»Nach Mörel. Von dort aus sind wir nach Rimini gereist.«

Jetzt machte es klick: »Ja natürlich. Ich erinnere mich. Der Polizist hat Sie noch vor den amerikanischen Bomben auf dem Meeresgrund der Adria gewarnt. Und? Wie war's?«, erkundigte sich Hosang.

»Schrecklich. Nichts für uns Bergler. Sand, so weit man schaut, nirgends ein ›Hoger‹, alles topfeben. Die Buben hatten zwei Wochen lang Durchfall.«

»Oje!«

»Das Olivenöl.«

»Jaja, wenn man nicht daran gewöhnt ist«, nickte er verständnisvoll.

»Und das Meitschi hat Würmer aufgelesen.«

»Ui! Hoffentlich geht es wieder besser.«

»Jaja. Meinem Mann und mir auch. Ihn hat eine Qualle erwischt und mich ein Seeigel.«

»Also nicht gerade Traumferien«, bilanzierte Hosang.

»Immer noch besser als Bomben.«

»Aber etwas Schönes haben Sie hoffentlich auch erlebt.«

»Dochdoch. Nach Spaghetti Bolognese bis zum Gehtnichtmehr haben die Kinder auf der ganzen Heimreise nach ›Ghackets mit Hörnli‹ geschrien.«

Hosang lachte. Und sie meinte amüsiert: »So ist das eben mit meiner Rasselbande. Jaja, und hier oben steht ja auch kein Stein mehr auf dem anderen«, seufzte sie.

»Wie meinen Sie das?«

»Sie haben noch nichts von diesem Eiertheater gehört? Das ist doch reine Spinnerei.«

»Aha, jaja, dochdoch, das ist wirklich eine Spinnerei.«

»Eben«, meinte sie, »es nimmt mich ja schon wunder, wer so etwas erfinden konnte. Mir tun einfach die toten Wachteln leid.«

»Tote Wachteln?«

»Die von Abdeneggen. In Fiesch unten. Der Fiesling hat sie im Suff allesamt geschlachtet und in die ›Wysswasser‹ geschmissen. Und das alles wegen so einem blöden Ei. Es hat ihm die Stelle gekostet. Geschieht ihm ganz recht. Und dann noch die traurige Geschichte mit der Hüttenwartin. Jaja, alles nicht eitel Sonnenschein.«

Damit war das Thema für sie erledigt.

»Kommt, Buben, wir müssen weiter. Also dann, adieu.«

»Adieu« – nicht auf Wiedersehen. Hosang schaute ihnen wie ein verlorener Sohn nach. Die Buben kehrten sich noch einmal um und winkten. Wie damals in Brig. Nur hatten sie keine Schweizerfähnchen dabei. Hosang winkte zurück.

Das Chalet ›Soldanella‹ war nicht mehr der von Wind, Wetter und Jahreszeiten goldgebräunte Holzbau von damals. Man hatte wiederholt renoviert und sogar angebaut. Das Holz war pechschwarz gebeizt, die Fensterläden rot. Vor allem aber fehlte die Fahnenstange neben dem Chalet, an der Hans Heinrich mit seinem Bruder jeden Morgen die Schweizerfahne hissen und am Abend wieder einholen durfte. Das patriotische Ritual war ihm noch präsent, als wäre es gestern gewesen. Beim Hissen und Einholen, das hatte er bei den Pfadfindern gelernt, musste immer streng darauf geachtet werden, dass die Fahne nicht mit dem Boden in Berührung kam. Das wäre einer Ehrenverletzung des Vaterlandes gleichgekommen. Sogar die Fahnenschwinger schämen sich, wenn sie die Schweizerfahne in den blauen Himmel wirbeln und beim Auffangen durch einen Fehlgriff zu Boden fallen lassen.

Trotz dieser Erinnerungen an die Kindheit und die Ferien im Chalet wollte der Weißt-Du-Noch-Effekt nicht so recht aufkommen – keine nostalgischen Gefühle, keine rosa Brille, Tempi passati. Immerhin sah er noch jenen Tag im August 1959 vor sich, als er mit den Eltern und Geschwistern aufs Eggishorn kraxelte, auf das noch keine Bahn führte. Der Tag war trüb und regnerisch. Nur einmal riss es kurz auf, und durch vorbeiwehende Nebelschwaden hindurch sah man für einige Augenblicke auf den mächtigen Eisstrom des Aletschgletschers und den kleinen Märjelensee hinunter. – Märjelensee, dachte der Bub, das passt doch besser nach Finnland.

Den Märjelensee in Finnland wünschte sich Hosang jetzt, Jahre später, herbei – dann wäre das Aletsch-Ei vielleicht auch dort und somit weit, weit weg, vielleicht auch verschüttet, und es hieße vor allem nicht Aletsch-Ei, und er hätte es nicht entdeckt, und der kleine Cyril hätte nicht *etwas ganz Großes* herausgefunden.

Aber das ist nun einmal nicht der Fall. Und eine falsche Wahrheit will ich jetzt nicht auch noch erfinden, brach er seinen Gedankengang ab.

Nicht weit vom Chalet ›Soldanella‹ entfernt stand die Kapelle St. Bernhard. Hosang betrat einen seelenlosen Raum. Seelenlos? Oder seelenbevölkert?

Immer diese Gegensätze, die einen zerreißen und der Ruhe berauben, dachte er. Oder sind es in Wirklichkeit gar keine Gegensätze? Stellen nicht wir uns dauernd dazwischen und damit uns selbst in den Weg?

Er schaute sich um und ertappte sich, wie sein Blick automatisch nach oben gezogen wurde. Bei Kirchgängern hatte er schon oft beobachtet, wie sie beim Betreten eines Gotteshauses zuerst nach oben schauten, ehrfürchtig, meistens sogar erwartungsvoll. Jetzt erging es ihm auch so, jetzt spürte auch er eine undefinierbare Furcht und blickte nach oben. Was er denn erwarten würde, versuchte er herauszufinden – doch nicht etwa Antworten auf all die Fragen, die sich in den letzten Wochen angehäuft hatten. – In den letzten Wochen? In den letzten Jahrzehnten!

Die Schule hatte ihn verdorben – in weltlicher und geistlicher Hinsicht. Sie hatte ihm alles verboten, was sich außerhalb der Lehrbücher und -programme abspielte. Seine Kinderphantasien wurden ›pädagogisch behandelt‹, ähnlich, wie man mit Gift gegen Unkraut vorging. Nur so konnte er sich seine Verschwiegenheit erklären, die sich in all den Jahren in ihm ausgebreitet und sein freies Denken erstickt hatte, wie die Glut eines Feuers unter Sauerstoffentzug erstickt. Wie war das doch gleich mit der Kuh und der Milch? Die Kuh ernährt sich vegetarisch, frisst Gras und gibt Milch, lehrte man ihn auf der Schulbank. Die Kuh frisst auch Fleisch, protestierte der Schüler Hans Heinrich innerlich: Mit dem Gras frisst sie Käfer, Würmer, Larven, Spinnen, Heuschrecken, Schnecken – eine ganze Menge tierisches Eiweiß –, ergo ist die Kuh kein bloßer Pflanzenfresser, ergo ist Kuhmilch auch Fleischsaft, ergo ist Käse auch ein Fleischprodukt, wenn auch kein Fleischkäse. Er hätte sich mit dieser unwiderlegbaren Logik dem Spott der ganzen Klasse und Lehrerschaft ausgesetzt. Darum schwieg er. Ja, die Schule lehrte ihn das Schweigen. Später zog er dann unter das Kapitel ›Schule‹ einen dicken Strich mit einem dicken Satz: Vergiss, was du in der Schule gelernt hast, aber vergiss nicht, was du in der Schule nicht gelernt hast.

Er setzte sich in der Kapelle auf einen Holzstuhl – Zeit zur langen Weile. Und die Zeit zerrann. Ein Blick auf einen Zwischenbalken des Kappellendaches, der den Raum überspannte, verriet ihm in eingekerbter Gültigkeit einen Spruch, der ihn wieder einmal hin- und herriss: *Wo zwei oder drei in meinem Namen versammelt sind, da bin ich mitten unter ihnen.*

Er stand auf, suchte nach einer Bibel und fand eine neben dem kleinen Altar. Nach kurzem Zögern griff er danach und setzte sich wieder auf den Stuhl. Er begann zu blättern und sah sofort ein, dass es aussichtslos war, diesen einen Spruch auf Anhieb ausfindig zu machen. *Wo zwei oder drei* ... Zwei oder drei, was denn nun? Und warum nicht vier oder mehr? ›Die Bibel hat eine Antwort auf alles‹, erinnerte er sich an Pfarrer Bürglis Standardantwort auf alle Fragen seiner Konfirmanden. Die theologischen Plattitüden trieben Hans Heinrich umgehend zu *seiner* Antwort: Die Bibel hat eine Antwort auf alles ... und auf jede Antwort viele Fragen ... und auf die vielen Fragen noch mehr Antworten ... und so weiter ... bis sich alle Antworten zu Fragen umpolen und zu Unbeantwortungen verkommen.

Ziellos blätterte er sich durch die Bibel wie durch eine Illustrierte und blieb – zufällig? – beim Hohelied hängen. Er begann zu lesen und versank in eine Lektüre mit wunderbaren Sätzen. In dieser Stille konnte er sich ohne pfarrherrliche Predigt von einer Kanzel herab sein Bild ausmalen. Dann legte er die Schrift zurück an ihren Platz und trat ins Freie.

Ein schwülwarmer Wind wehte ihm ins Gesicht wie der Luftstrahl eines Haartrockners. Über dem Tal und den seitlichen Hängen türmten sich mächtige Kumuluswolken auf – Gewittervorboten.

Kaum hatte er sich Richtung Station aufgemacht, schritt auf gleicher Höhe eine schwarze ...

Er blieb ruckartig stehen. Es war nicht Irina Berchtolt.

»Aah, Sie, Privatdetektiv Abdeneggen. Wie geht es der Dohle für Bundesrat Sowieso?«

Abdeneggen lachte listig: »Sie ist beim Tierpräparator. Zehntausend Franken, meint er, tiefer sollte ich sie nicht verkaufen.«

»Toll für Sie, gratuliere.«

»Vorausgesetzt, sie wird nicht noch beschlagnahmt für wissenschaftliche und politische Zwecke, oder so.«

»Das hoffe ich nicht.«

»Eben darum habe ich Ihnen aufgelauert. Sagen Sie bitte, bitte niemandem, dass ich sie beim Wildhüter erschlichen habe.«

»Darauf können Sie zählen. Aber eines nimmt mich doch noch wunder. Warum sagen hier oben alle, Vreni habe Selbstmord begangen? Nur Sie sehen das offenbar anders.«

»Man hat sich auf Selbstmord eingeschworen. Selbstschutz, verstehen Sie?«

»Nein, das verstehe ich nicht.«

»Sagt Ihnen ›Blauer Eisenhut‹ nichts?«

»An einer Überdosis dieser Arznei ist Vreni gestorben.«

»Eben. Und die Arznei wurde ihr höchstwahrscheinlich eingeflößt.«

»Durch wen?«

»Das weiß ich nicht, ich war nicht dabei. Aber ich habe am Märjelensee einen silbernen Flachmann gefunden, in dem ›Blauer Eisenhut‹ war. Und ich kenne den Besitzer des Flachmanns.«

»Deshalb hat sich das Alibi erübrigt, das Sie von mir wollten.«

»Jein«, lachte Abdeneggen, verabschiedete sich ohne Bückling und hüpfte, hüpfte, hüpfte wie ein Känguru in den Alpen davon.

Hosang schaute ihm nach und schüttelte den Kopf.

Nein, dies soll nun einfach nicht die Zeit sein, um Rätsel zu lösen.

Abdeneggens kryptische Antwort erklären und all die anderen kryptischen Antworten, die er in den letzten Wochen so zahlreich zu hören bekommen hatte, wollte er nicht.

Als er sein Handgepäck entgegennahm, wurde ihm schwarz vor den Augen. Es war keine Übelkeit, es war das Phantom des Lächelns, mit Soutane, Schleier und Laptop. Meine Güte, dachte Hosang der Verzweiflung nahe, jetzt auch das noch. Er hätte in diesem Augenblick Feuer auf sie speien können. Woher aber wusste sie, dass er vorhatte, für die letzte Talfahrt des Tages eine Gondel ab Riederalp West zu benützen? Das Rätsel um diese unauffindbare Noch-Nicht- oder Niemals-Nonne trieb ihn zur Weißglut. Ich muss sie loswerden, feuerte es in ihm. Er versuchte, sich mit gespielter Freundlichkeit abzukühlen:

»Drucken Sie jetzt neue Visitenkarten?«

»Höchstens eine zusätzliche«, antwortete das Lächeln, »manchmal ist man ganz froh, wenn man seiner Identität eine andere Offizialität geben kann, nicht?«, und fügte hinzu: »Kleider machen Leute, das war einmal, heute sind es Papiere und biometrische Pässe und morgen werden es Chips unter der Haut sein – wie beim Hund.«

Hosang dachte augenblicklich an ›Piranha‹, den Stoffsackhund bei Sebastiano.

Sie waren die letzten Talfahrer an diesem Tag. Kaum hatte sich die kleine Kabine mit zwei Sitzen aus der Station in Bewegung Richtung Mörel gesetzt, peitschte ein heftiger Regen von allen Seiten wuchtig an die Scheiben. Kleine Hagelkörner knallten ans Glas wie Schrotsalven. Bald war es ein Hagelschauer, und die Hagelkörner so groß wie Golfbälle. Blitz und Donner wechselten in kurzer Folge, und starke Windböen brachten die kaum mehr sichtbaren Baumwipfel über der talwärts schwebenden Gondel in Aufruhr. Hosang schaute auf seine Uhr.

»Reisen Sie mit Ihrem Vater nach Rom?«, fragte er.

»Ich reise mit Ihnen«, war ihre knappe Antwort.

»Wohin?«

»Wohin der Wind uns fährt.«

Den wunderbaren Satz fand Hosang plötzlich alles andere als wunderbar, er fand ihn ausgesprochen ekelhaft. Im nächsten Augenblick wurde die Gondel unter einem heftigen Knall durchgeschüttelt und stand sofort still.

»Ein Blitz«, sagte Irina, als wäre es das Alltäglichste der Welt, dass ein Blitz in eine Seilbahngondel schlägt, in der sie sich befindet. Und dann: »Oder ein Geistesfunke.«

Gefahr bestand keine, die Gondel war ein schützender Faradaykäfig. Trotzdem war Hosang nicht begeistert. Und den *Geistesfunken* verfluchte er in die tiefsten aller Abgründe.

Rundherum sah man keinen Meter weit, die Gondel hing mittendrin, mitten im Gewitter, im Regen, im Hagel, im Blitzlicht, im Gedonner, in Böen, im Nebel. Das kleine Kabäuschen schwankte mal mehr, mal weniger, wie ein Lampion an der Wäscheleine – sehr ungemütlich. Dann fiel auch noch der Strom aus. Kein Licht mehr, und es war, obwohl noch Tag, schon fast Nacht.

»Ich werde den Anschluss in Mörel verpassen«, zeterte Hosang.

»*Wir* werden den Anschluss in Mörel verpassen«, sagte sie aufdringlich und schaute den Besorgten mit ihrem betörenden Lächeln und ihren Rehaugen an. Hosang war nicht ums Lächeln. Übellaunig spähte er hinaus in der Hoffnung, irgendwo ein Licht oder ein Zeichen von Bewegung zu erheischen. Das Einzige, was sich bewegte, war die schlenkernde Gondel, ab und zu ein geisterhaft durch den Nebel schimmernder Baumwipfel, der vom Sturmwind geschüttelt, gezerrt, gezaust wurde. Hosang dachte an die Blumenwiese am Märjelensee, die beim Landeanflug der Libelle unter den Rotoren zerzaust worden war und standhaft getrotzt hatte.

Es dauerte, und es geschah nichts. Eine viertel, eine halbe, eine ganze Stunde. Das Gewitter flaute zwar etwas ab, aber der Regen prasselte unablässig auf die Gondel, und der Nebel schlich immer dichter um sie herum. Es wurde kühler und die Scheiben waren beschlagen. Offenbar gab es kein Notstromaggregat, das in Betrieb hätte genommen werden können, oder es war durch den Blitzschlag ebenfalls lahmgelegt worden. Alles blockiert, ein Totalausfall. Der Zug in Mörel war längst abgefahren, sie mussten sich auf ein längeres Ausharren einrichten.

»Stört es Sie, wenn ich …«

»Im Augenblick stört mich alles«, schnauzte Hosang sie an. Er war gewiss nicht gewaltanfällig, aber ein Gewaltpotenzial steckte in jedem Menschen. In diesem Augenblick hätte er sie am liebsten im Würgegriff zum Schweigen gebracht. Aber vor einer Berührung schreckte er zurück – sich durch eine Berührung mit einer Geistlichen, die fast ganz sicher keine war, beschmutzen, nein, das wollte er nicht.

Sie blieb kühl, aufreizend kühl: »Der Augenblick geht vorbei«, sagte sie. »Ist Ihnen meine Nähe unangenehm?«

Hosang schaute sie im Halbdunkel streng an: »Wie kommen Sie darauf?«

»Sie waren noch nie so garstig.«

Er wandte sich beschämt von ihr ab, so schlecht man das in dieser Enge tun konnte.

Sie nahm es gelassen, das Laptop auf den Knien war hochgefahren und verbreitete einen geisterhaften Schimmer, leicht bläulich, fahl, kalt. Hosang machte sich schon wieder auf irgendeine Studie gefasst, warum nicht ›Über das Nachspiel der europäischen Gottesanbeterin *Mantis religiosa* nach dem Geschlechtsakt mit ihrem Sexualpartner‹. Nichts dergleichen, sie wurde formell.

»Ich bin Ihnen noch eine Antwort schuldig«, blieb sie geduldig. »Heute heiße ich Marna.«

Marna, dachte er verwirrt und wollte eigentlich gar nicht zuhören. Der Regen ließ zögerlich nach, war aber immer noch intensiv und der Nebel stockdick. An eine Evakuierung der Festsitzenden aus dem Käfig per Helikopter wäre nicht zu denken gewesen. Ein Handy hatten beide nicht dabei, es hätte ihnen auch nichts genützt, und das Laptop war hier ebenfalls vom Zugang zur großen weiten Welt abgeschottet. Was blieb ihm anderes, als sie zugeknöpft anzuhören.

»Marna steht für Maria Magdalena, zwei Silben anstatt sieben«, lächelte sie durch das Fastdunkel, »der Name passt zur biblischen Maria Magdalena und zu mir. Er klingt nach Laster und Sünde, als Sinnbild für die erotische Verführung.«

»So. Ich dachte immer, Maria Magdalena sei eine Heilige gewesen«, gab Hosang lustlos von sich.

Das mache den Namen ja so zwiespältig, antwortete sie, und passe darum in unsere Zeit wie kaum ein anderer: »Maria Magdalena ist schon nach biblischer Überlieferung eine Frau mit Eigentum, heute würde man sie als Besserverdienende bezeichnen. Sie kann frei entscheiden, sie ist keine Eier legende Gluckhenne.«

Hosang erholte sich langsam von seiner schweißtreibenden Unpässlichkeit. Die Zelle schrumpfte wohl oder übel zur provisorischen Bleibe zusammen, die er teilen musste. Die beschlagenen Scheiben der Gondel empfand er als eine unberührte leichte Schneedecke, in die sie eingehüllt waren – nolens volens beide unter einer Decke. Irgendwie, dachte er, muss das Leben weitergehen. Oder dann ist hier Schluss.

»Maria Magdalena«, fuhr sie fort, »beflügelt als erotische

Erscheinung männliche Phantasien seit der Antike – als schamhaftes Weib auf der einen Seite, als Objekt wilder Begierden auf der anderen. Beides ist denkbar, es lässt sich nicht einmal bestreiten, dass selbst Jesus Beziehungen zu Frauen gehabt hat, unter anderem zu Maria Magdalena. Sogar die Mär, sie sei von ihm geschwängert worden, hält sich bis heute.«

»Und das erzählen Sie mir hier, in diesem Luftschloss ...«

Sie lachte und schlug die abgedroschene Variante der ›einsamen Insel‹ vor, auf der sie mangels Strom nun gestrandet waren und die Nacht wohl bis zum Morgen miteinander zu verbringen hätten.

Unvermittelt überfiel Hosang die Zellengenossin: »Vreni ist ermordet worden. Abdeneggen hat am Märjelensee einen silbernen ...«

Sie klemmte ihn ab: »Darin war ›Blauer Eisenhut‹, und der Flachmann gehört meinem Vater. Weiß ich alles. Er ist auch bereits unterwegs nach Rom, und ich glaube, dort wird er bleiben.«

»Sie wollen doch nicht etwa darauf anstoßen?«

»Warum nicht? Wenn Sie einen Kelch anzubieten haben?«

Hosang entkorkte eine der beiden Flaschen ›Pinot Noir‹, die er im Hotel am Morgen erstanden hatte, mit seinem Schweizer Sackmesser. Dann kramte er aus der Reisetasche die Feldflasche mit einem aufgesetzten Trinkbecher, schraubte ihn ab, schenkte ein und reichte ihn Marna: »Wir müssen uns am gemeinsamen Kelch laben. Er ist nicht aus Silber, nicht mit Blattgold kunstvoll verziert und nicht geweiht. Prost.«

Sie nippte.

»Der Wein hat Korken.«

Das brachte Hosang nicht in die geringste Verlegenheit, er hatte ja noch eine zweite Flasche dabei. Beim zweiten Versuch nippte er zuerst: »Dieser nicht. Prost«, und er reichte ihr den Kelch.

Sie nippte und sagte: »Sehr gut, sexy.«

Es war inzwischen völlig dunkel. Der bläuliche Schimmer vom Laptop-Bildschirm war überhaupt nicht sexy. Hosang war es aber mehr als recht, dass es durch dieses reale Licht aus dieser virtuellen Welt zu keinen unerwünschten Berührungen zwischen ihm und Marna kommen konnte – Blindekuh spielen, nein danke, das wäre ihm peinlich gewesen. Sie saßen sich schon eng genug gegenüber, sie auf der einen kleinen Sitzbank, er vis-à-vis auf der anderen, beinahe Knie an Knie, zur Tuchfühlung fehlte nicht mehr viel. Irgendein erlösendes Signal, das die Fortsetzung der Talfahrt hätte ankündigen können, blieb aus. Aus der Reisetasche klaubte Hosang nun auch noch eine Aluminiumfolie und öffnete sie: Heidys Stück Schwarzwäldertorte war durch die Erosion in der Tasche zu einem feuchten Schokoladenfladen mit weißer Marmorierung zermalmt, die Weichseln verstümmelte rote Kleckse, aber als ›Babelschutt‹ schmeckte das Backwerk immer noch ganz ordentlich.

»Bei der Beziehung zwischen Maria Magdalena und Jesus bin ich stehen geblieben«, sagte Marna.

»Dann wissen Sie sicher auch, was es mit dem geheimnisvollen Kuss auf sich hat, den Maria Magdalena Jesus gegeben haben soll?«

Sie reichte ihm den Kelch und wusste es: »Die ägyptischen Schriften erwähnen ihn, und seither streiten sich Bibelforscher und Geistliche um den Kuss. Die Kirchenmänner befleißigen sich hartnäckig, den Kuss so zurechtzubiegen, dass er für die Religionen nicht zum Problem wird: Sie sagen überheblich, dass es wohl kein Kuss zwischen Mann und Frau im herkömmlichen Sinn war, sondern ein heiliger Kuss, ein Kuss unter zwei Heiligen. Aber bei der Frage der Wissenschaftler nach dem Unterschied zwischen einem heiligen Kuss und allen anderen Küssen läuft auch die Kirche auf Grund.«

Nachdem der Kelch wieder in ihren Händen war, sagte sie,

dass für Theologen ein Jesus mit menschlichen Bedürfnissen undenkbar sei, ein sexuelles Verhältnis mit Maria Magdalena oder anderen Frauen unmöglich. »Es ist nicht vereinbar mit dem Bild von Jesus aus theologischer Sicht.«

Was bequatschen wir eigentlich heilige und andere Küsse, wütete Hosang in Gedanken. Gab es denn in dieser scheppen Gondel nichts anderes. Er fand etwas anderes: »Dann ist Marna, ich meine Maria Magdalena, nicht weniger rätselhaft als das Aletsch-Ei?«

»Das Rätsel sind wir«, entgegnete sie zweideutig.

»Das ist Spekulation.«

»Das ganze Leben ist Spekulation und auch das Vorher und Nachher«, gab sie zurück und philosophierte weiter: »Und was ist schon das ganze Leben – ein Traum, eine Tragödie, eine Episode? Die Natur ist aus menschlicher Sicht manchmal auch irrational, manchmal mit tödlichen Folgen. Bei den Glühwürmchen sterben alle Männchen nach der Paarung – auf den erfüllten Traum folgt die Tragödie, und dann ist die Episode zu Ende.«

Bitte nicht schon wieder eine Laptopstudie, flehte Hosang insgeheim.

Marna zog aus einer Innentasche ihrer Soutane ein Seidentüchlein von undefinierbarer Farbe hervor und wickelte es sorgfältig auf. Hosang mit dem Kelch in der rechten Hand sah bei diesem spärlichen Licht nicht gleich, was zum Vorschein kam. Einen Augenblick später griff sie nach seiner freien linken Hand – es war die erste Berührung zwischen den beiden, seit sie sich zum ersten Mal begegnet waren, damals im Juni, in der Großkabine hinauf zur Riederalp Mitte. In die offene Handfläche legte ihm Marna einen federleichten Gegenstand.

»Ein taubes Kuckucksei«, sagte sie leise, »ich habe es im Aletschwald gefunden. Es gehört Ihnen.«

Sprachlos reichte er ihr den Kelch zurück und bewunderte

das Ei. Minutenlang drehte er es sachte nach allen Seiten, obwohl er doch fast nichts sehen konnte. Er musste auch nichts sehen, das Ei sandte alles aus, was seine Sinne wahrzunehmen vermochten und was sie gleichzeitig verwirrte. Ein taubes Kuckucksei – er suchte nach einer Symbolik. War es das Souvenir, das er von seiner Bergwanderung hatte nach Hause tragen wollen?

Keine Sentimentalitäten, ernüchterte er sich selbst, zupfte aus dem Außenfach seiner Reisetasche eine CD und streckte sie ihr entgegen. »Das Wiener Schnitzel bei Sebastiano ist tatsächlich paniert wie ein schwammiges Savarin.«

Marna nahm die Diskette entgegen und steckte sie sofort in den Schlitz ihres Laptops – Mahlers dritte Sinfonie. Sie kannte die Musik. Schon nach den ersten Takten klickte sie vorwärts zum sechsten und letzten Satz. Dem rein instrumentalen Adagio hatte Mahler einmal den aufwiegenden Titel ›Was mir die Liebe erzählt‹ gegeben, ihn aber später wieder fallen gelassen und nüchtern ersetzt durch ›Langsam, ruhevoll, empfunden‹. Natürlich war die Wiedergabe aus dem Laptop nicht wie im Konzertsaal.

Im schwachen Laptopschein war Hosangs Zittern nicht zu sehen, nur in seiner Stimme zu hören: *Du hast mir das Herz genommen, meine Schwester, meine Braut, mit einem einzigen Kettchen an deinem Hals.* Den wunderbaren Satz hatte er aus der Bibel in der Kapelle St. Bernhard. Hosang brachte ihn kaum über seine Lippen, nicht weil er so wunderbar war, sondern weil er sie duzte. Marna antwortete nicht. Minutenlang schauten sie sich in die Augen, die doch fast nichts sehen konnten. Das Sehen spielte sich in ihren Gedanken ab. Dann erhob sie sich und stand dicht vor ihm. Mit einer Schlangenbewegung, die schlangenhafter nicht hätte sein können, streifte sie ihre Soutane zuerst über die linke, dann über die rechte Schulter. Sie fiel unter einem seidenen Knistern zu Boden. Endlich erkannte Hosang in der Fastdunkelheit, was ihn schon immer wunder genommen hatte: was Nonnen in der Hitze des Sommers und in lauen Nächten unter ihren Soutanen tragen. Liebend gern hätte er jetzt seine Augen zur Weide ausgeführt, sie an der Sanftheit ihrer Hügel sich laben zu lassen, doch traute er sich nicht aus Angst, durch den bläulich flimmernden Laptopschein in der daunenweichen Röte getäuscht zu werden, von der die anmutige Kluft zum Lebensquell bedeckt war. Er war froh, dass nicht mehr Licht ins Dunkel drang, er hätte sich vollkommene Finsternis gewünscht, um vollkommen sehend zu werden. So unzähmbar erregt sein Herz, und nicht nur sein Herz pochte, so gefasst versuchte er zu bleiben. Für ihre Schönheit fand er zum Hohelied zurück, das er in der Kappelle gelesen hatte: »*Deine beiden Brüste gleichen zwei Rehkälbchen, Gazellenzwillingen, die zwischen den Lilien weiden. Ganz schön bist du, meine Freundin, und kein Makel ist an dir.*«

Auch er hatte sich inzwischen von seiner Bank erhoben. Beide waren sich nun so nahe, dass sie den Atem des anderen spürten, der nicht mehr war als ein Hauch, und sie wünschten sich, ohne es zu sagen, die ewige Dunkelheit. Doch weil sie nicht vollkommen war, konnte sie auch nicht ewig sein.

»*Alles hat seine Zeit und jegliches Vornehmen unter dem Himmel seine Stunde*«, flüsterte Marna.

Ein Rest Licht verriet Hosang, was an ihrem Kettchen hing, am Kettchen, das ihm das Herz genommen hatte: Ihr ›Brustkreuz‹ war aus einem Bergkristall geschliffen – ein Kristallei, nicht größer als ein Dohlenei. »Du ... du trägst ja kein ... das ist doch kein Brustkreuz ... oder sind meine Augen ...?«, stotterte Hans Heinrich.

»Es sieht bloß anders aus. Nicht kreuzfromm. Ich trage es, seit ich das Ei am Märjelensee entdeckt habe.«

Hosang war sprachlos, fast: »Seit wann?«

»Es war vor einigen Jahren, als ich zum ersten Mal an den See kam«, hauchte das Phantom des Lächelns und ließ keine Zweifel an jeglichem Vornehmen zu dieser Stunde. »Bis heute fand sich niemand, dem ich das große Rätsel hätte anvertrauen können.«

»Hat mir die Jungfrau in dir das Herz genommen?«, hauchte er zurück.

»Im Aszendent, ja.«

Bevor seine Sinne der Macht seiner Triebe wichen und er sich einbildete, das Pochen ihres Herzens zu hören, war es ihm völlig eins, im wievielten Zimmer des JuBeaGaps sie sich nun eigentlich befanden. Er spürte jetzt mit jeder Faser seines Körpers den Handkuss des Augenfalters und fragte, ob es nicht an der Zeit wäre, ihn endlich aus dem finsteren Tresor seines Hirns in die Freiheit zu entlassen, dem Unauffindbaren entgegen. Und es war ihm auch eins, ob sein Leben nun den Lauf eines Glühwürmchens nahm: ein Traum, eine Erfüllung, eine Tragödie – eine Episode.

QUELLENHINWEIS

Die Bibelzitate in diesem Buch stammen aus der ›Heiligen Schrift des Alten und Neuen Testaments‹, nach dem Urtext übersetzt von Franz Eugen Schlachter (1859–1911) und als ›Schlachterbibel‹ bekannt geworden, neu bearbeitet und herausgegeben durch ›Das Haus der Bibel‹, Genf und Zürich, 1964.

DANK

Am Zustandekommen dieses Buches waren viele Köpfe und Hände engagiert. Ihnen allen gilt mein herzlicher Dank. Einige möchte ich persönlich erwähnen:

Meine Lebens- und Ehepartnerin Sylvia Marina Keller-Logoz. Sie hat das Roman-Vorhaben an meiner Seite von der ersten Stunde an mit Herzblut und Feingefühl mitgetragen.

Mein Bruder Hans Ulrich Keller. Seine minuziös dokumentierten Erkundungstouren im Aletschgebiet haben mir die hochalpine Bergwelt zum Greifen nahe gebracht.

Meine Schwester Margrith M. Keller. Sie hat in angeregten Gesprächen zu ihrer Zeit im Wallis viel Atmosphärisches lebendig werden lassen.

Michaela Kenklies. Die Lektorin beim Piper Verlag in München hat das Manuskript entdeckt und sich in der Verlagsgruppe zielstrebig für eine Veröffentlichung eingesetzt.

Dr. Doris Janhsen. Durch die Verlagsleiterin von Pendo in München sind viele wertvolle Impulse für die Kriminalgeschichte eingeflossen.

Meike Frese. Die Lektorin bei Pendo hat das Manuskript mit wunderbarer Strenge und kritischen Kommentaren begleitet. Ihr akribisches Auge in der Detailpflege hielt mich bis zur Drucklegung auf Trab.

Nicht fehlen darf an dieser Stelle der Dank an meinen langjährigen Freund und Mentor, den im Wallis heimischen Kunstmaler Oskar Rütsche. Seine unermüdliche Schaffenskraft prägt mein eigenes Schaffen bis zum heutigen Tag mit.

Gedenken möchte ich schließlich meiner Eltern Hans und Claire Keller-Weber. Ihnen verdanke ich meine Bergverbundenheit seit den ersten Lebensjahren.

Pendo

Urs Schaub
Tanner

Kriminalroman. 400 Seiten.
Gebunden

Die Spur eines ungewöhnlichen Verbrechens führt den suspendierten Kommissar Simon Tanner von Marokko ins romantische Grenzland zur französischen Schweiz: die grausamen Morde an kleinen Mädchen. Mithilfe des dicken Kommissars Michel und des zwergenhaften Butlers Honoré, der bei der reichen und verdächtigen Familie Finidori arbeitet, wühlt Tanner die Provinzidylle schnell auf und gerät dabei selbst in Lebensgefahr ... Ein Kriminalroman von hinreißender Üppigkeit und seltener erzählerischer Kraft.

»Ein Debütroman mit einem packenden Mix aus Krimi und Drama.«
Facts

09/1016/01/L

Pendo

Urs Schaub

Wintertauber Tod

Kriminalroman. 352 Seiten. Gebunden

Eines Morgens bedecken mit Katzenblut gemalte Zeichen die Türen eines Dorfes. Es sind Schutzzeichen aus dem zweiten Buch Moses, mit denen der alttestamentarische Gott sein Volk vor dem Tod bewahrte. Doch was ist mit den sieben Häusern, die kein Zeichen an der Tür haben? Als die ersten Dorfbewohner spurlos verschwinden, muss Tanner handeln …
Die Abgründe der Provinz: Ein Krimi nicht nur für Krimifans.

09/1017/01/R

Aletsc
Brig